CHANG E ENG

DARIN STRAUSS

Chang e Eng

Romance

Tradução
Eduardo Brandão

COMPANHIA DAS LETRAS

Título original
Chang and Eng — a novel

Capa
Adaptação da capa original de Allison Saltzman

Fotos de capa
Sião: Corbis/Stock Photos
Chang e Eng: Hulton Getty

Preparação
Isabel Jorge Cury

Revisão
Carmen S. da Costa
Maysa Monção

Dados Internacionais de Catalogação na Publicação (CIP)
Câmara Brasileira do Livro, SP, Brasil

Strauss, Darin
Chang e Eng : romance / Darin Strauss ; tradução Eduardo Brandão. — São Paulo : Companhia das Letras, 2001.

Título original: Chang and Eng : a novel.
ISBN 85-359-0166-3

1. Ficção norte-americana I. Título.

01-3957 CDD-813.5

Índices para catálogo sistemático:
1. Ficção : Século 20 : Literatura norte-americana 813.5
2. Século 20 : Ficção : Literatura norte-americana 813.5

[2001]

EDITORA SCHWARCZ LTDA.
Rua Bandeira Paulista 702 cj. 32
04532-002 — São Paulo — SP
Telefone (11) 3846-0801
Fax (11) 3846-0814
www.companhiadasletras.com.br

Este livro é dedicado com afeto a:
Ellen, Bernie e Izzy Strauss,
John Hodgman,
grande escritor, agente esperto e amigo verdadeiro,
e a Susannah das Campinas

Prólogo

17 de janeiro de 1874
Wilkesboro, Carolina do Norte

Chegou o fim que eu temia desde criança.

Eng desperta e encontra Chang frio a seu lado. O cheiro lembra o fedor de lama do Mekong naquela cama de casal, a meio mundo de distância do Sião. Chang, o da esquerda, está morto. Eng é o da direita.

Chegou também minha hora, *pensa Eng, e seu coração se contorce como um ramo de videira silvestre.*

Durante os últimos sessenta e três anos, os dois (ninguém duvida que sejam dois homens, embora Chang e Eng tenham o estômago e outras coisas mais em comum) viveram em conjunto, dois corpos completos ligados por uma membrana cartilaginosa no peito.

É tarde. A janela aberta deixa entrar o ar da Carolina. Papéis que refletem a luz da lua esvoaçam na escrivaninha como fantasmas brancos. Um folheto da última e catastrófica turnê se engancha em um presente do czar Nicolau — duas caixas folhea-

das a ouro, uma contendo o corpo mumificado de um mangusto, a outra, o de uma cobra. Na parede acima da mesa, um desenho do menino duplo siamês brandindo dois rifles para manter a distância a multidão enfurecida.

Este é o quarto de Eng. As famílias dos gêmeos viveram em casas separadas durante quase seis anos.

Nunca mais voltarei para minha terra. Nunca mais acenarei para o litoral plano e verde do Sião, com seus casebres sob a chuva constante.

Embora não tenha voltado para lá desde que eram crianças, se pudesse abrir a própria cabeça, Eng encontraria a Terra do Elefante Branco gravada nas dobras do cérebro, as águas caudalosas do Mekong jorrando de suas cavidades e uma multidão de caras como as deles. No rosto de Chang começam a aparecer as marcas verdes de um bolor recente.

Sou filho de um pescador do Mekong, a doze mil quilômetros e cinqüenta anos de distância de casa, *Eng pensa.* Será que foi tudo culpa de Chang?

Eng está deitado de lado, olhando para Chang; seus dedos apalpam o pulso do irmão, no ponto onde haveria a pulsação. O peso das pernas e dos antebraços irmanados debaixo da colcha faz Eng sentir formigamentos. Ele tenta sair de sob seu duplo, que dança com ele — a cabeça de Chang sacode como se fosse a de um boneco de trapo. Eng cai de costas, sentindo agudamente cada pêlo do corpo e o suor junto à aliança de casamento. Eng está só. O cheiro é asfixiante. O tempo é como um peixe que o pai pescador pegava na rede.

Eng esfrega o peito do irmão, como se Chang apenas estivesse com frio. O lençol cai no chão. Eng bate com o punho fechado, mas o peito de Chang não se ergue. Eng tem certeza de que sua alma irá para o céu, mas teme que a do irmão esteja destinada a outro lugar.

A vida de Eng está cheia de rostos que olham de soslaio, acusadores, e o improvável amor começa a recuar. Como o exilado que contempla sua cidade natal que se afasta, quando vai navegando rumo à escuridão, a mão estranha da memória puxa-o para as praias de seu passado, que pouco a pouco vão desaparecendo.

LIVRO 1

Toda a infelicidade do homem provém de sua incapacidade de ficar sozinho num quarto.
Pascal

1. Quando nos conhecemos

Segunda-feira, 10 de dezembro de 1842
Carolina do Norte

"Chang-Eng", cantavam as crianças. "Mutante, mutante."

De vez em quando os pequenos inocentes surgiam da nuvem de poeira correndo atrás de nossa carruagem e gritando meu nome e o de Chang. A estrada por que passávamos atravessava um campo seco e desolado. De ambos os lados desfilava a paisagem de grama amarelada e mato morto secando debaixo do céu queimado do entardecer. Sentia o ouvido zunir com a proximidade de meu irmão, que catava uns fiapos de linha caídos em meu ombro, num movimento que evitava me dar cabeçadas. Seus olhos escuros deixavam ver poucos reflexos meus. Eu tinha trinta e um anos. Minha vida ia começar: estava chegando à Carolina do Norte.

Meu irmão e eu não sabíamos que o amor em breve nos emanciparia. Mas, vinte e um filhos e três décadas depois, como parece óbvio que tudo que viria a seguir não passaria de uma conseqüência daquela noite. Quando você sabe que está morrendo, as ilusões voam de seu lado da cama como fagulhas de uma fogueira. Se você estivesse sozinho no escuro, tendo a última chance de encadear as circunstâncias que o transformaram, de um camponês que vendia ovos de pata no Mekong, no mais célebre militante antialcoolismo do sul dos Estados Unidos também veria uma cortina se abrir sobre os momentos que mais marcaram sua vida.

Quando Chang e eu chegamos à Carolina do Norte, estávamos encerrando mais uma turnê mostrando a membrana que o público não podia ver sem chegar à conclusão de que nós dois éramos muito diferentes de todo mundo.

Viemos numa velha carruagem caindo aos pedaços, conduzida a galope por um consumado idiota que havíamos contratado. As portas traziam entalhado o letreiro OS IRMÃOS SIAMESES em letras pintadas de amarelo. Eu tentava cochilar ao lado de Chang, mas meus olhos não ficaram fechados muito tempo. Meu irmão cutucou-me no ombro. "Eng?"

Eu sabia que não adiantava nada pedir para ele ficar quieto quando lhe dava vontade de falar.

"Não quer ler um pouco em voz alta?", Chang sugeriu. Ele sempre falava manso quando pedia alguma coisa.

"Agora?" Cerrei os olhos com mais força. "Não estou com a menor vontade de ler."

"Um trecho de seu livro de Shakespeare não faria a viagem passar mais depressa?" Suas palavras deixavam transparecer a agitação que nossa viagem vinha sendo. Senti uma contração na metade dele de nosso estômago.

"Deixe que eu descanse um pouco", falei, abrindo um olho. "Por que não lê você mesmo?"

"Eu? Está brincando." A indiferença do sorriso de Chang mostrava bem o que é passar três décadas com um pedaço de treze por dezoito centímetros comum um ao outro. "Eng?"

Os repórteres adoram dizer que sou "o menos dominador dos dois". E o fato de um homem ser meio caladão lá quer dizer que ele não sabe impor-se?

"Eng?" Fazia horas que não comíamos nada e isso deixava seu hálito horroroso.

Fechei os olhos com força outra vez. Definir uma personalidade é quase tão fácil quanto dar nó em fumaça. Fingi um ronco.

"Eng!", ele gritou, mostrando que a paciência era um luxo que se devia deixar para os que têm irmãos mais atenciosos. "Eu sei que você não está dormindo."

A estrada poeirenta nos levou a Wilkesboro, última parada naquela turnê de acrobacias e sorrisos que se estendera pelo litoral leste. Eu, que tantos reis já conhecera e tantas terras visitara, nem sequer podia imaginar que ali, em Wilkesboro, encontraríamos as mulheres que criariam o reino pelo qual eu vaguearia.

Chang mandou a besta do cocheiro amarrar nossa parelha de cavalos numa pracinha do centro da cidade, na verdade um simples espaço aberto que ainda não tinha trocado o nome de "Union Square" para "Westwood Park". Parecia manchada, por causa da grama esturricada, e seu único adereço era um mastro sem bandeira erguendo-se inútil ao vento. Quatro árvores lastimáveis gesticulavam como marionetes atrás do mastro.

Mal chegamos, surgiram como que da terra seca curiosos vindos de todas as direções. Pencas de crianças desgrenhadas e seus desgrenhados pais se aglomeraram em torno de nossa carruagem, apontando com o dedo. O resto da população subiu nos telhados para ver melhor. Meu irmão sorriu para todos. Fez o aceno que era sua marca registrada: pondo o antebraço para fora da janela da carruagem, girou a mão, mostrando o dorso e a palma, como um menino mostrando que ela está limpa dos dois lados. Aprendeu o gesto com a rainha Vitória, que saudava assim as massas.

"Desça, cocheiro", meu irmão gritou, molhando meu rosto de saliva. "E abra a porta, por favor!"

O cocheiro resmungou para nós lá de cima de seu banco. Perguntei ao palerma: "Disse alguma coisa?".

Ele abriu a porta para nós, as bochechas bem barbeadas vermelhas como atum do Mekong. E respondeu: "Nada, não, senhores".

"Está falando só com Eng." Aceitei a mão do homem, descendo da carruagem com meu irmão colado à minha esquerda. "Por acaso meu irmão também falou alguma coisa? Então você tem de responder 'Nada, não, *senhor*'." Eu estava cansado e irritadiço: "Quando fala com Eng, você fala com um 'senhor', não com dois".

Longe, por entre os cantos grosseiros dos prédios de Wilkesboro (a pequena igreja presbiteriana branca sem torre, uma apertada cervejaria branca, o inevitável armazém também branco exibindo seu estoque na vitrine), estendiam-se sonolentas cadeias de montanhas azuis escondidas na sombra, cada uma mais borrada que a outra. A lua cheia começara a engatinhar pelo céu.

Tudo naquele ambiente parecia animado por nossa chegada: a multidão se reunindo à nossa volta; o velho de pernas arqueadas que atravessava mancando a Union Square com uma rosa amarela na lapela, as duas meninas que correram para trazê-lo, dando-lhe o braço, até nossa carruagem; os escravos do outro lado da praça remexendo a palha e fingindo não olhar; as mãozinhas brancas cutucando nossa membrana quando descemos da carruagem. Várias procuraram meu rosto.

"Chang-Eng!" Até a criança mais suja estava radiante, como se tivesse ganho um doce. "Mutante, mutante!"

"Obrigado, obrigado", Chang e eu dizíamos enquanto a poeira se assentava em nossos ternos pretos idênticos, justos e engomados, de corte inglês, que Barnum havia comprado para nós. Passeando no meio da multidão, eu e meu irmão éramos dois corpos completos presos pelo peito por uma membrana carnosa, flexível, de dezoito centímetros, que mais parecia um antebraço.

"Chang-Eng agradecem, boa gente", disse Chang. Atravessamos a rua Principal lado a lado, ao ritmo cadenciado de nosso movimento uniforme, os braços suados no ombro um do outro. Como Chang, eu também usava o cabelo preso numa longa trança que dava a volta na minha cabeça. A minha estava amarrada com uma fita azul de seda que caía sobre o ombro de meu irmão, como a dele caía sobre o meu.

A Carolina do Norte era uma mudança e tanto depois de Boston, Washington, Filadélfia, Nova York, aquela série de cidades da Costa Leste que mesmo antes da Guerra da Agressão Ianque haviam se tornado tão vulgares quanto uma fila de mulheres da vida na esquina de uma rua. Muita gente acredita que a guerra civil foi o grande divisor de águas da história dos Estados Unidos, fazendo deslanchar o desenvolvimento da indústria nortista e impulsionando o progresso ianque. Mas, em dezembro de 1842, o Norte tinha inchado tão depressa que fervilhava de fábricas, criminalidade e, principalmente, de gente, gente em excesso, enquanto as cidades do Sul, como aquela, permaneciam em sua condição rural, tão naturais como sempre. Wilkesboro era um desses alegres povoados de outros tempos, tão numerosos no mapa da Carolina do Norte que pareciam estrelas em um céu noturno, antes de a Reconstrução aleijar o Sul.

Meu irmão mantinha o sorriso e não parava de acenar para o pessoal da cidade. Poucos retribuíam a saudação. Um homem de pele amarela e seu gêmeo a ele grudado podem ter permissão para entrar numa cidadezinha da Carolina do Norte, mas nunca serão inteiramente aceitos.

A rua Principal era abaulada, com o centro saliente e as laterais em declive, e cortava toda a cidade. Chang e eu caminhávamos calados; eu pouco falava com ele. O tempo todo, uma discussão sem palavras sobre os fundamentos do movimento percorria nossa junção como uma mensagem por fio telegráfico, e essa conversa já era mais que suficiente. Eu chamava isso de Silêncio, e ele me confortava.

O povo de Wilkesboro havia começado a nos seguir a distância: aqui, duas meninas de uniforme escolar, loiras, se escondiam atrás de um rugoso carvalho escuro para espiar; ali, defronte da fachada de chapa metálica do fórum, alguns garotos excitados gritaram insultos. Um negro ousado caminhou um pedaço junto de nós, depois foi se esconder atrás de umas carroças amarradas ao avarandado do tribunal; do outro lado da rua, perto da cocheira de cavalos de aluguel, uma mulher estacou, olhando boquiaberta para os gêmeos, o rosto pálido como a morte. Poucos transeuntes, porém, sorriam abertamente à nossa passagem ou deixavam escapar um riso amigável quando Chang acenava.

"Eng", disse Chang, apertando os olhos como costumava fazer quando se sentia feliz da vida. "Emocionante, não é?" Com a mão livre, arrumou as lapelas do seu casaco.

"Irmão, não sei do que você está falando."

Chang foi pego de surpresa. Ele, que sempre dava um jeito de ignorar a enorme distância que separava nossos temperamentos.

"Ué", fez ele, examinando meu rosto, "tudo isto!" Entortando nossa junção, ele se pôs à minha frente e, ainda mais perto de mim, olhou por cima de meu ombro a multidão agora já grande que nos seguia de perto. Chang e eu demos alguns passos assim, quase cara a cara, meu irmão de costas; de repente, agitando a mão, acenou para aquela gente. Todo mundo aplaudiu. Chang girou para ficar de frente outra vez.

Era esse exibicionismo servil que eu detestava e contra o qual lutei durante quase toda a minha carreira. (Como quase todo mundo, tenho algumas coisas de que me orgulho: nunca termos participado, nem estarmos associados de maneira alguma, de nenhum circo americano; e meu gosto pela leitura, que me salvou do inglês de imigrante que Chang nunca perdeu.)

A rua Principal terminava na Pensão Yates. Uma comunidade sulina como Wilkesboro, distante não apenas do governo central, mas também das cidades vizinhas, se acredita original, diferente de todas as outras. No entanto, as pequenas pensões como aquela eram típicas de quase todos os vilarejos sulinos, e nessa época Chang e eu já estávamos acostumados a ficar plantados diante delas, esperando para ser aceitos.

A versão wilkesboriana da hospedaria sulina era uma casa de madeira de dois andares, sem pintura, o modesto jardinzinho da frente tomado pelas cerejeiras bravas. Uma mulher gigantesca estava sentada na varanda decrépita da pensão, abanando-se à sombra esquelética dos carvalhos sem folhas. Devia pesar uns duzentos e cinqüenta quilos, se não mais, essa dona de pensão. Dava para ver nesgas de seu couro cabeludo empapado de suor sob o cabelo ralo e grisalho, como a turfa que a gente enxerga entre os juncos de um pântano. Os cabelos terminavam sobre uma testa brilhante, tal como um pântano que se abre para um rio.

Eu e meu irmão paramos na frente dela, apoiando as duas mãos livres no balaústre da varanda. A dona da pensão examinou Chang e a mim em nossos indefectíveis ternos pretos. "Criatura encantadora", a voz grave sacudiu a papada, "tão estranha mesmo como contam." Eu não saberia dizer se a cara da mulher era de simpatia ou zombaria. Usava um vestido feito em casa de pano cinzento, sem nenhuma preocupação de estilo, amorfo como sua pele. Os passarinhos, preparando-se para dormir, faziam enorme algazarra nas árvores da rua.

Imaginei essa mulher na corte do palácio de sua majestade o rei Rama, coberta de jóias, vestida de seda, enquanto quatro ou cinco maridos dançavam à sua volta, homens miúdos de vida breve.

À sua esquerda, de pé, um rapazola carrancudo de chapéu de palha com abas tortas. À direita, duas mulheres loiras — as filhas, imaginei, embora não fossem tão jovens — de cara comprida, sem peitos, dentes sujos de batom as duas. Os olhos da mais alta piscavam, impacientes, como asas de pardal. O fato de ela não ter desviado o rosto, horrorizada, me deu vontade de serrar a junção. Devia ser a luz do crepúsculo, ou o peso do cansaço, mas achei que ela estava sorrindo para mim.

A pele de meu irmão estava pegajosa como o próprio Mekong; sua respiração, ofegante.

O sol poente brincava nos lindos cabelos da moça, entalhando neles linhas de ouro, rosa e sombra. Ela corou e baixou a cabeça, mas continuou a me espiar por baixo das sobrancelhas com seus olhos de um negro azulado. Mordeu o lábio. Uma jovem estava olhando para mim, por incrível que parecesse, e sorrindo! Não dava para entender — olhando nos *meus* olhos! Devolvi o olhar, não sei de onde tirei coragem.

Durante aquela eternidade em que fiquei ali, estático, sem respirar, suspenso aos olhos claros daquela moça estranha, meu coração bateu só uma vez, e foi como uma trovoada, que ecoou sem fim dentro de mim.

O coração de Chang também começou a bater de modo desenfreado por aquela loira alta, filha da dona da pensão — eu senti. Era para mim que a moça olhava fixamente ou era para o gêmeo ao meu lado?

O tempo todo, a irmã da moça ficou na sombra, roendo as unhas. Mas logo vi que ela também estava olhando para minha cara, sem sorrir nem franzir a testa. A cidade inteira estava reunida atrás de nós, observando tudo. A mãe imensa das duas inclinou-se para a frente em seu assento rangente, endireitou o vestido, ajeitou o cabelo.

"Jefferson", disse a mulher grandalhona para o rapazola. "Vá chamar seu pai." Delicadamente, ela tirou um mosquitinho que tinha voado para dentro de sua boca. "Diga a ele que encontrei marido para suas irmãs."

Juro que o povo da cidade deu vivas.

2. Minha família no Sião

Maio de 1811-janeiro de 1819
Sião

Claro que não foi na Carolina do Norte que minha vida começou. Cheguei a este mundo muitos anos antes disso, a cerca de treze mil quilômetros a leste de lá. No reino do Sião.

Sobre nosso nascimento, tudo se sabe.

Quando Chang e eu nascemos, em 1811, em cima de uma esteira de palha em nossa casa flutuante no rio Mekong, não havia ninguém do lado de fora, por causa da chuva forte — ninguém a não ser meu pai, que estava pescando na tempestade. O Mekong era o extremo do mundo, que cortava as piores terras do Sião. Os homens todos usavam bigodes finos, pontudos, tentando parecer chineses. O rio transbordava ininterruptamente e afogava tudo.

A mãe havia nascido ali perto. Ela era uma mulher bonita, a despeito dos dentes, e isso a favoreceu muito. Mas, pelo menos era o que o pai dizia, nossa raça não era de amantes da beleza: lutar com serenidade, essa sim, era a qualidade que os siameses mais apreciavam. A vida era dura demais, dizia o pai, para se dar valor a uma coisa tão sem importância quanto a beleza. O caso, porém, é que todo mundo sabia que ele perdia horas do precioso tempo de trabalho afagando a delicada cabeça de minha mãe.

Os detalhes de meu nascimento, como disse, são conhecidos.

Foi no começo de uma primavera que mais parecia verão, numa meia-noite chuvosa da estação mais chuvosa de um país chuvoso. Morando no Mekong, estávamos a um dia e mil anos de Bangcoc. As casas flutuantes como a nossa formavam uma indefinida aldeia flutuante ao longo das margens semi-submersas de pântanos lamacentos e campos de arroz improdutivos, interrompidos aqui e ali por um coqueiral.

Havia seringueiras e trepadeiras por toda parte, bonitas, frescas, penduradas em ângulos inesperados sobre rochedos, riachos e poças, poças sem fim. Morávamos à sombra de dois modestos morros de calcário, entre cobras inofensivas ou venenosas e raros tigres ou leopardos. Do outro lado do rio, apenas visível a distância, ficavam as encostas de calcário vermelho do monte Kang Gee.

Atracada à frondosa margem verde, nossa casa flutuava sobre uma sinuosa faixa de luar borrada pela chuva. Era uma casa simples, nada mais que algumas pranchas arqueadas de *marbao*, uma árvore local, presas umas às outras com junco e capim, que serviam de cobertura ao fundo chato da embarcação. Estava todo mundo amontoado dentro do cubículo estreito e escuro para o nascimento.

O teto gotejava na barriga inchada de minha mãe, em Jun, a parteira de lábio leporino, e em nossas tias que tinham se agrupado como uma cortina humana em torno da irmã que paria. A mãe era a mais nova. Seu nome era Nok, e tinha três quartos de sangue chinês, tal qual meu pai. A mãe era uma mulher que teria se chateado com um bebê menos singular e problemático que nós dois. Ali está ela — eu a imagino claramente: cabelo preto comprido escovado para cima; rezando aos ancestrais, a testa franzida no esforço de dar à luz gêmeos; sua pele imaculada toda avermelhada nas faces de tanto ofegar. Vejo o pai, também: do lado de fora, pescando naquele aguaceiro, aflito demais para ficar olhando.

A casa flutuante jogava bastante. Jun ajoelhou-se junto aos tornozelos de minha mãe no chão duro, ao lado de um toco de árvore sobre o qual havia uma grossa vela branca. "Estou vendo." Ela enfiava a mão entre as pernas da mãe para ajudar o bebê a sair. "Nok, estou vendo seu filho." O lerdo assistente de Jun, um adolescente vesgo de nome Deng Xu, segurava uma segunda vela sem conseguir impedir que ela tremesse. A luz era escassa.

A mãe arquejava. "Como é ele?" Rugas que apareceram em seu rosto revelavam o que ela estava passando, o que estava para acontecer. "O que é, menino? É menino?" Ela apertava um homenzinho de seda, um boneco de pano que tinha feito dois anos antes, na noite que antecedera seu casamento.

"Ainda não sei." A parteira tinha uma cara contente. "Parece bem. Está tudo bem."

"Jun, quero saber..."

"Quieta, Nok. Já vai terminar."

O pequeno Deng Xu pisou sem querer no sarongue de Jun, prendendo a panturrilha da parteira entre o pé e o chão. "Idiota!", ela gritou. O menino pulou, a vela apagou, e o grito da mãe foi ouvido até na China, pelo menos é o que diz a tradição.

Jun abanou a mão em cima da barriga da mãe, um gesto de gentileza na tentativa de acabar com a dor.

Foi então que o pai abriu a porta, deixou cair o saco de peixes vazio e desabou: era como um montinho descarnado, ali no chão ao lado da mãe. "Meu pobre e lindo coração", sussurrou, pousando a mão ossuda na testa suada da mãe e afagando-a amorosamente. O pai estava ensopado, pingando água de chuva. Os olhos vermelhos.

"Só *agora* é que Raiz-de-Chá resolveu entrar", ralhou a irmã mais velha da mãe. Tia Ping era barbeira ambulante; levava consigo todo o equipamento de trabalho, inclusive a cadeira.

A mãe deu outro grito, uma empurrada final. E Chang e Eng entraram juntos nesta vida.

Nossa mãe então rolou de lado e desmaiou de exaustão. Começou a ter um sonho intenso. Sonhou que havia vozes cantando lá fora, em uma língua desconhecida, um canto que enchia a cabana flutuante e pairava sobre o rio e a escuridão; a canção levou-a às lágrimas. Ela acordou chorando.

Assim nosso nascimento foi tranqüilo, no começo.

Chang e eu estávamos apertados, a cabeça de um nos pés do outro. O rosto de Chang enfiado entre minhas pernas.

"Gêmeos!", Jun exclamou. "São gêmeos, fortes e homens!" E isso animou todo mundo. Um tapa em nosso traseiro, e nosso choro mostrou que estávamos vivos e fortes. A parteira cortou o cordão umbilical com uma faca aquecida na vela. O pai assobiou e olhou para a mãe com um sorriso maroto. Ela entregou a ele o boneco de pano e virou-se para mim e Chang de braços abertos.

Jun pediu para a mãe esperar, enquanto ela "endireitava" o que estava de cabeça para baixo.

"Só falta dar banho neles." Jun era insistente a ponto de ser impositiva. "Deixe que eu faça meu serviço, e depois você faz o seu pelo resto da vida." Então a parteira viu que não era possível nos separar — que nada poderia endireitar a mim e meu irmão.

Às vezes, aprende-se cedo demais, como eu aprendi, do que o mundo é capaz.

Jun deu um grito. O pai deu um grito, nossas tias também, e esse pandemônio ecoou nas árvores lá fora, espantando do ninho bandos de pássaros, que saíram voando no temporal.

Jun deixou-nos cair no chão com estrondo. A parteira viu a mim e a Chang como um monstro único, por mais difícil que isso possa parecer. O pai olhou seus meninos gêmeos chorando e tentou vomitar, mas não conseguiu nada além de um gosto de bile. Ele fugiu de nós e encolheu-se num canto da casa.

Ficamos chorando aos pés do vesgo e acovardado Deng Xu. Chang e eu tínhamos cada qual um corpo distinto — com dois pares de braços e pernas, duas cabeças e peitos, corações e mentes —, mas a única coisa que todos notaram é que éramos ligados na altura do esterno por uma membrana carnosa retorcida: não éramos duas crianças, mas uma maldição para a família. Ninguém se abaixou para tocar a criança dupla, mas qualquer um teria visto — o bebê eram dois.

O mundo pode não ser um local de bondade generalizada, mas algumas ostras conseguem sobreviver em um mar de mexilhões. Existe a bondade ocasional. A mãe, entendendo que meu irmão e eu éramos mais que uma criança, manteve a calma. O brilho de dois mil anos de superstição siamesa sumiu de seus olhos escuros em um instante. Ela murmurou algo junto a meu rosto e tocou nossas faces.

A mãe era sensível. Ela sentou-se e nos pegou nos braços, destorcendo nossa junção. Ficamos um de frente para o outro, Chang e eu. A mãe mandou todo mundo sair. Sua querida amiga Jun, as irmãs, o marido, todos foram banidos da casa flutuante.

"Mas eu *moro* aqui", disse o pai em pânico, voltando a palma das mãos para cima ao se dirigir à mulher.

"Que história é essa?", retorquiu a mãe e deu um chute na direção dele. "E não se esqueça de levar sua rede de pescar. Quem sabe você não faz fortuna sozinho."

Quando todo mundo foi embora, a mãe nos deu banho. Nossa membrana era curta, e Chang e eu só podíamos ficar um de frente para o outro, não lado a lado. O martelar da chuva no teto havia diminuído.

A mãe lavou então a ligação; uma fina veia azul atravessava-a por inteiro. Nossa pele estava coberta de uma película pegajosa como a espuma que se forma na margem quando se tira a pele dos peixes. Diferentemente do que contaram, eu não ronronei junto com meu irmão quando a mãe lavou a dobra sob o queixo de Chang.

Lá fora, as irmãs da mãe, mais Jun, Deng Xu e várias pessoas da cidade tinham se reunido à porta da casa para espiar. A mãe nem deu bola. Estava ocupada demais nos enxugando, enxugando seus recém-nascidos com tiras de folha de palmeira, e se sentia exausta. Finalmente, falou por cima do ombro: "Não pensem que não percebi que estão todos parados aí feito bobos".

Todo mundo saiu.

Esgotada como estava, a mãe terminou de aprontar a casa para nós. Varreu o chão com uma vassoura feita de capim e cabo de pau e nos colocou no cocho de bambu que o pai tinha feito para seu esperado filho dormir.

Passado um tempo, o pai voltou para dentro. Seu cabelo estava empapado e grudado na testa, as roupas tão molhadas que a forma de seu peito se desenhava no tecido. Ficou imóvel, enxugou o lábio e olhou para a mãe.

"Nok." Seu porte era tímido como o de um mendigo. "Nok, nunca te amei tanto como hoje, e hoje nunca como agora." Meu pai não era grande, mas era sólido. O vento soprou porta adentro e se enrolou em nossos corpos como uma coberta de veludo molhada. Éramos uma família.

Durante seis anos, nós quatro levamos uma vida normal, até que chegou de Bangcoc a notícia de que o rei Rama não nos queria vivos.

Embora nosso nascimento tenha sido considerado extraordinário, meu irmão e eu não fomos os primeiros xifópagos. Ao contrário, poderiam até dizer que pertencemos a uma confraria de homens e mulheres que jamais conhecemos — o que seria um equívoco, porque eu sou, e com muito orgulho, antes de tudo siamês e norte-carolinense.

Dela fariam parte: o chamado Bebê Vertical, de Stuttgart (1470), que era na verdade um par de gêmeos unidos pelas costas e que compartilhavam uma só perna; as Monstruosidades Idênticas escocesas, de 1660, ligadas pelos quadris, formando uma dupla do quadril para cima e um só homem daí para baixo; Eliza e Mildred Plumphead, cerca de 1100, Kent, Inglaterra, conhecidas como as Irmãs de Midland, ligadas pelo maxilar e talvez pelos ombros (os rostos voltados para direções opostas, uma nunca viu a outra a não ser com a ajuda de um espelho); as Meninas Escandinavas, Helga e Uula Helpus, que compartilhavam a espinha e tinham uma mão imóvel pendente da região lombar.

Nenhuma dessas pessoas duplas, como eram chamadas, nem de longe chegou perto da fama que Chang e eu obtivemos, e elas nunca chegaram a ser para mim os amigos secretos que foram para meu irmão, que gravou suas histórias na memória desde o dia em que o *New York Times*, ao anunciar nossa quinta turnê nacional, tirou seus nomes do esquecimento. Eu acho que não tenho absolutamente nada em comum com eles.

Quando Chang e eu éramos crianças no Mekong, nosso mundo era uma ilha de desconhecimento. A casa do pai flutuava a quinhentos metros de distância das outras, mas isso não era tudo. Um vulcão não teria sido uma fronteira mais intransponível em nosso mundo do que a mãe foi: meu irmão gêmeo e eu nunca tivemos a oportunidade de entender que éramos diferentes de todas as outras crianças.

Mesmo assim, em nossa ignorância não éramos diferentes da maioria dos cinco milhões de outros camponeses do Sião, um povo que não sabia praticamente nada. Não que um norte-carolinense possa ser tomado por um Isaac Newton, mas pelo menos nos Estados Unidos existe informação disponível — não é preciso andar um dia inteiro com as canelas afundadas na água barrenta para encontrar alguém que viajou para algum lugar. No Mekong, não era possível gozar de uma brisa: qualquer vento vinha carregado do fedor de peixe e esforço físico. Trilhas pantanosas congestionadas por meninas de costas arqueadas, os ombros contorcidos debaixo de pesadas cangas, as pernas cobertas até os joelhos de lama seca: essa é a filosofia da minha terra natal. E a língua tai pode ser uma ferramenta coberta de mel para os menestréis, mas sua falta de precisão levava a uma espécie de ciência pueril que muitas vezes quase matou Chang e a mim.

Mesmo assim, o Sião é minha terra natal e sempre lamentarei tê-la rejeitado.

Quando Chang e eu viemos ao mundo, a notícia do nascimento espetacular atraiu multidões de curiosos, e logo apareceram médicos sugerindo métodos para nos separar. Embora eu tivesse apenas alguns meses de idade, acho que mesmo naquela época eu ansiava por essa separação.

O primeiro cirurgião chegou uma tarde e fez uma libação em nossa porta. Depois de derramar a beberagem, fechou os olhos e rezou num sussurro interiorizado. Sem se mexerem, a mãe e o pai ficaram olhando enquanto o homenzinho pegava seu saco de chita e avançava até Chang e eu deitados em nossa cama. O pai e a mãe foram atrás do médico na ponta dos pés e esperaram que ele falasse. Chang e eu guinchávamos e brincávamos com o boneco de pano da mãe, chamado In.

O dr. Lau tinha os cabelos ralos presos numa trança, um cavanhaque grisalho bem aparado e nariz sardento. Era um homem urbano, de Bangcoc. Pousou seu saco no toco de árvore que servia de mesa no centro de nossa casa flutuante e olhou em torno, antes de se dirigir a meu pai: "Por favor, não se ofenda com o que vou dizer, meu senhor". O médico estava com os olhos apertados, do mesmo jeito que o pai quando olhava a nossa ligação. "Como alguém pode viver nessas condições?"

O pai piscou, dando um passo atrás e deixando cair a mão de minha mãe que estava apoiada em seu braço. Ele disse ao médico que gostávamos de nossa casa, falando como se cada palavra fosse uma dor que ele queria que saísse logo de sua boca. Estava com o cabelo desgrenhado, uns tufos espetados contrastando com o resto colado ao crânio, como sempre.

"Por favor, meu senhor." O médico coçou o queixo. "Não quero ser indelicado..."

"Quer ser o quê, então?" O pai deu um passo na direção do médico.

"... é que ouvi dizer que vocês são mestiços de chineses." O médico começara a falar no mandarim das classes superiores. Lá fora, os juncos estalaram como grilos quando um curioso tentou dar uma espiada para dentro da casa.

"Pergunte aos vizinhos, eles podem contar", replicou o pai falando sempre na língua tai, aspirando e exalando o ar com força pelas narinas.

O médico encolheu os ombros.

"Sou um pescador do rio Mekong", prosseguiu o pai. "Tenho orgulho da minha vocação e de ter aprendido a ser bom nesse ofício."

"Sabe, meu senhor", o doutor sorriu, "eu também tenho um pouco de sangue chinês." Passou a mão pela testa quase calva como se estivesse agradando um bicho de estimação.

O pai arremeteu em direção à porta, esbravejando. O médico parecia confuso. Quando o pai saiu, deu para ouvir o curioso pulando na água entre os juncos. O dr. Lau deu uma risadinha.

A mãe não era do tipo de mulher que perde tempo acariciando o orgulho ferido do marido. Virou para o dr. Lau seus olhos prematuramente envelhecidos, mas firmes: "Doutor, e os meus bebês?".

O médico nos examinou balançando a cabeça com um misto de desagrado e diversão e apertou nossa junção até chorarmos. Arranhou-a, bateu nela como se fosse um lenhador confederado tentando cortar a machadadas uma tora da União, depois encostou o ouvido suavemente em nossos peitos. Depois, circundou o catre com as mãos abertas e começou a ronronar.

"O que nós temos de fazer...", disse finalmente, inclinando a cabeça como para melhor se concentrar, mas levantou o rosto quando ouviu o pai entrando de volta.

A mãe, nervosa, mexendo com a ponta da língua o seu dente da frente marrom e mole, fez para o marido o gesto de pedir silêncio colocando o dedo nos lábios; o pai procurou consolo olhando para os pés. A tristeza que havia em seu rosto voltado para o chão comoveu a mãe.

"Temos...", o cirurgião franziu a testa, "... de pendurar os meninos em um cordão de categute durante noventa dias." O médico ignorou as confusas interjeições da mãe e do pai e continuou: "O cordão deve ficar no centro dessa membrana, de forma que eles fiquem pendurados como um alforje".

A mãe estava tensa, sua expressão como a de alguém prestes a enxotar passarinhos da janela.

"Ao final do prazo", disse o médico, "esse cordão de categute terá separado a membrana, aos poucos, permitindo assim que as partes cortadas tenham tempo de cicatrizar à medida que a coisa progride."

Os lábios da mãe tremeram. O pai botou o médico da porta para fora.

"Se mudarem de idéia...", continuou o médico, tossindo. As margens verdes e planas se estendiam além de nossa casa flutuante, úmidas e serenas. O rio ficava mais adiante.

Outros charlatães vieram e foram embora, cada um com nova inspiração: cortar a membrana com um ferro em brasa, queimá-la, usar uma serra para nos separar (isso parecia especialmente prosaico), aplicar de alguma forma cupins nela etc. Qualquer um desses procedimentos teria dividido o estômago que repartíamos dentro na membrana e nos mataria, claro.

Talvez por causa do médico, ou dos curiosos, o pai levou algum tempo para admitir plenamente que, mesmo com nossa absurda e, a seus olhos, repulsiva condição, era seu dever esconder seu desgosto. Quando os homens do rei vieram nos buscar, alguns anos depois, o pai tinha ficado atencioso, de seu jeito reservado. "Tudo bem, meninos", ele nos dizia, às vezes. "Tudo bem."

A mãe era de natureza mais doce. Ela trabalhava sem parar para garantir que nossa infância fosse um oásis de placidez numa vida dura. Ela própria costurava nossas "roupas", tendo inventado uma espécie de manto com dois buracos para as nossas cabeças. Fomos criados como meninos normais, não como coitados, nem humilhados. Ela nos manteve absolutamente isolados das outras crianças, nos ensinou a cantar, a falar e a ajudar na casa. Deixava que fizéssemos tudo, só não permitia que nos sentíssemos diferentes dos outros. Brigávamos, como imagino que outros irmãos brigam, talvez um pouco mais, e um pouco mais aflitivamente, por razões óbvias. Mas eu diria que vivíamos uma concordância discordante, para citar Horácio.

Depois de algum tempo, recebemos nomes condignos. Meu nome quer dizer "estritamente, amarrar firmemente", em tailandês; Chang quer dizer "sem gosto".

Meu irmão gosta de contar para os repórteres que ele e eu nos considerávamos completos, como qualquer um, e que, quando finalmente vimos outros meninos pela primeira vez (no dia em que fomos atacados), foram as crianças separadas que pareceram estranhas e deficientes a nossos olhos. Mas eu não penso assim. Mesmo em criança, eu sabia que os curiosos vinham nos visitar por alguma razão. Sabia que éramos diferentes, que éramos limitados.

A fragilidade de Chang não contribuía em nada para aprendermos a andar. Nossa pequena membrana conectiva não nos permitia ficar de pé lado a lado. O queixo de meu irmão quase tocava o meu, dia e noite. Um de frente para o outro, como um par de dançarinos, andávamos de lado. Mas simples movimentos cotidianos eram um obstáculo que acabamos aprendendo a transpor. Sentar sem quebrar a cadeira, pegar alguma coisa um pouco fora de meu alcance sem ser puxado para trás, e, muito depois, fazer amor eram como portas trancadas até fazermos nossa chave mestra. Vi dois bêbados tentando apoiar um ao outro na tentativa de voltar para casa inteiros, e duvido que seja tão difícil como simplesmente se mexer quando você é os "Irmãos siameses", de estatura e temperamento diferentes. Eu sempre fui um pouco mais alto.

Levou algum tempo para conseguirmos andar. Mal me lembro da primeira vez (tínhamos por volta de três anos) que saímos sozinhos, mas, anos depois, um folheto britânico de nossa primeira turnê européia dramatizou assim esse momento:

> Quem, tendo sido uma criança cristã, já sentiu vez por outra vontade de largar tudo e sumir; quem já sentiu pelo menos uma vez, numa noite de novembro, que era intolerável ficar impassível cuidando de seus afazeres será capaz de entender o desejo de aventura que agitou o sangue amarelo do Monstro Gêmeo Siamês. A Dupla Unida estava engatinhando na entrada de sua casa flutuante quando se sentiu atraída por uma música oriental vinda de um teatro ambulante; os Meninos Duplos foram na direção dela e caíram, despencaram direto dentro do rio. Debatendo-se, esquisitos como eram, os Gêmeos devem ter feito um tremendo estardalhaço! Os trabalhadores de uma lavanderia ribeirinha acabaram salvando Chang e Eng, e os Gêmeos passaram a sentir para sempre atração pela música!

Eu *consigo* lembrar alguns detalhes da queda — a agitação da poeira, o gosto da turfa em minha boca, a água verde e grossa entupindo meus pulmões e, depois, o tédio de ficar deitado ao lado de Chang durante sua demorada recuperação. Ele ficou doente e abatido semanas a fio. Depois de passar dias na cama assim, comecei a chorar. "Eu o odeio", eu disse. "Odeio." Ele estava fraco e pálido e o esforço de olhar para mim parecia exagerado para sua carinha.

A mãe me abraçou, e senti o cheiro de sal em seu cabelo. Quando ela tentou me soltar para poder abraçá-la, eu me agarrei e não larguei. Meu irmão me olhou de um jeito como se um árbitro tivesse cochichado em seu ouvido: "É a vez de Chang ganhar".

"Eu o odeio", repeti. Mas a mãe me afastou e sentou-se direita. "Um menino duplo não deve brigar um com o outro." Estava muito séria. "Tem gente que briga e pode se afastar do outro. Vocês não podem. Só se cortarem a cabeça." Ela pôs a mão em meu rosto macio e no rosto pálido de Chang e sorriu. "Tudo bem, Broto de Feijão?", perguntou a Chang. "Tudo bem, Eng?", perguntou para mim.

Calma, eu disse comigo mesmo. Sinto muito.

Não posso me acalmar. Continuo tendo que ficar na cama dele, repliquei a mim mesmo.

Esqueça isso, eu me disse. E não sinto muito, coisíssima nenhuma.

Tudo bem, esqueça.

Eu estava conquistando o Silêncio, aprendendo como ser verdadeiro na conversa que surgia em minha cabeça e, em vez de articular a tragédia de minha situação, narrá-la para mim mesmo.

Chang sarou, nós dois pudemos nos levantar, em plena saúde, e logo estávamos infernizando o pai para aprender as filosofias da pesca no Mekong e do kung fu — suas duas paixões.

O pai nos botou sentados na canoinha que ele mantinha amarrada à jangada que formava o chão de nossa casa flutuante, e seus olhos brilharam. A pesca no Mekong é uma arte digna do conhecimento e da prática de um homem sábio, algo como a poesia. Depende de grande precisão: para preparar a corda da rede com uma agulha delicada e fio de seda, para amarrá-la formando uma rede de malhas perfeitamente quadradas, para preparar a isca, enfiando o anzol pela frente da minhoca, fazendo-o sair por trás, e por fim prendê-lo na rede — tudo isso como se você sentisse amor pela bichinha.

"Pegue, Eng." O pai sorriu, coisa que raramente fazia, e seus dentes grandes ficavam estranhos na cara. "Pegue, Chang.

Agora vocês é que vão pescar." Havia dez mil atuns nadando ali, sob a superfície do rio, eu tinha certeza! Mas a pesca no Mekong é Humildade; ela requer uma tranqüilidade de espírito e um mundo de outras bênçãos. As cordas com que são tecidas as redes de pescar são os próprios tendões da virtude. "Os pescadores do Mekong enfrentam a mudança", dizia o pai. "A ponderação ajuda o homem do rio a tomar a decisão certa na hora certa e a diminuir a influência do destino."

O pai também nos mostrou como usar nossa condição para lutar melhor do que as outras crianças. No rio, de manhã e de noite, antes e depois do dia de trabalho, ele nos revelava as artes marciais do templo chinês de Chao-lin e a história dos monges do templo, que haviam organizado o combate em cinco ordens, cada uma baseada no ritmo de um animal diferente: o tigre, a cobra, a cegonha, o leopardo e o dragão. Quando o templo foi destruído por um incêndio, dois sobreviventes fundaram uma cidade chamada Kowlein Tang. Um deles, chamado Hung, foi meu ancestral. Hung e Lau, o outro monge que sobrou, haviam estudado as formas do tigre e da cegonha, respectivamente, e o resto da vida continuaram a treinar juntos. Seu método de kung fu baseado em dois animais passou a ser ensinado em minha família de geração em geração.

Lavado pelo brilho do sol poente ou nascente, os pés mergulhados no Mekong, os cabelos desgrenhados numa nuvem negra, o pai nos ensinava, torcendo as mãos para imitar a garra do tigre arranhando ou agarrando o rosto de um oponente imaginário; ou nos ensinava a arrancar os olhos do adversário, como a cegonha, os braços movendo-se em círculos para aparar socos imaginários, os dedos abertos em forma de bico. O kung fu abrange o ferro e a seda, mistura o mole e o duro.

O pai nos fazia saltar juntos no ar, para adquirir graça e agilidade. Sair do chão era uma manobra ousada, principalmente para lutadores geminados como nós, e exigia o máximo de sincronia em nossa movimentação. O pai foi sábio ao nos ensinar seu kung fu, porque tivemos de usar as artes marciais muito cedo, em tenra idade mesmo: da primeira vez que encontramos outras crianças.

Um dia, chegaram à beira do rio cinco meninos que usavam chapéu de palha triangular. Chang e eu tínhamos então oito anos, estávamos brincando sozinhos; nos divertíamos muito, pendurando-nos frente a frente nas estacas de bambu que, enfileiradas, formavam um curral semi-submerso ao longo da margem do Mekong. Os meninos de chapéu eram alguns anos mais velhos.

Como eram estranhos, maravilhosamente estranhos, aqueles jovens separados! E eu, que achava que o desligamento era coisa só de adultos! Agora, pendurados nas estacas, Chang e eu vimos aquelas criaturas do jeito que os marinheiros deviam ver sua primeira sereia.

"Eles são só metade!", Chang sussurrou. A mim, eles pareceram livres. O mundo, entendi na mesma hora, tinha sido criado sem me levar em conta.

Os meninos correram por ali, fazendo muito alvoroço, até que o mais alto nos viu e parou. Ele era grande demais para o casaco cinzento e as calças vermelhas que vestia. Um a um, os outros adotaram a postura de surpresa petrificada do líder.

"Olá", gritei inquieto, com um esguicho de saliva, ainda balançando junto com meu irmão na linha de pescar estendida entre as estacas acima das águas. Da margem, a menos de dois metros, os meninos inspecionaram Chang e a mim, e nós a eles. Cada uma das caras sujas deles era uma feia denúncia da nossa existência, da infeliz existência deles, do sujo pântano à volta e até daquele dia claro, porque certamente seria seguido por duzentos dias chuvosos.

"Eles estão chegando perto", Chang sussurrou, e muitos sons se sobrepuseram nesse instante, o gorgolejo do rio, os pássaros passando e o chiado que a respiração do meu irmão fazia, denunciando o que era fraco em nós.

O menino líder tinha um grande espaço entre os dentes da frente, que ele preencheu raivosamente com o lábio inferior. Embora isso tenha acontecido muito tempo antes de eu conhecer a Bíblia, ao olhar para aquele garoto arrogante compreendi que os mansos foram colocados nesta terra para enfrentar os inimigos de Deus. Eu queria fazer parte desse último grupo: queria ser separado.

Os cinco atacaram. Correram até nós juntos, avançando pelo Mekong em um movimento maciço, agitando a água, apoiando-se uns nos outros. Essa parede humana nos agarrou antes que conseguíssemos nos mexer, arrancou-nos da linha de pescar e jogou-nos no ar, onde ficamos até a água vir a nosso encontro. Temi por nossa vida.

O menino mais alto, o líder, arrancou uma das estacas de bambu do fundo do rio, soltando-a das linhas de pesca. "Segurem o monstro", ordenou aos companheiros, apontando a estaca afiada para nós. Os outros nos pegaram pelos ombros e nos torceram; nossos rostos ficaram cinco centímetros dentro da água. Minha boca se encheu do gosto acre do Mekong.

Eles nos giraram de forma que nossos ombros ficaram submersos e ficamos cada um com uma face apontando para o céu. Mas, antes que pudéssemos tomar fôlego, o líder avançou e começou a bater em nossa membrana com a vara afiada. Estava tentando nos separar. A cada golpe, a água espirrava do rio como um peixe voador. Nosso sangue começou a jorrar.

"Quebra!", o rosto do menino se retorcia de raiva. Mas nossa ligação não se rompia. "Quebra!"

Depois de um minuto batendo, os companheiros soltaram nossos ombros e olharam para seu líder. O torturador-chefe começou a se afastar. Era impossível nos separar. O líder jogou fora a vara, decepcionado.

Ela logo estava em minhas mãos.

Respirando fundo, quebrei a estaca em duas, passei metade para Chang. Se o bando tivesse atacado nesse momento, teria acabado conosco, mas eles hesitaram; estavam de boca aberta. Pusemo-nos de pé — eu era dois centímetros mais alto que Chang, mas ele era mais forte. E avançamos, oscilando juntos, ferozes, fazendo os movimentos do kung fu. Devíamos ser uma visão de meter medo, um pequeno lutador de quatro braços com duas varas duras, com alguns centímetros de bambu lascado na ponta. Meu irmão e eu miramos no menino mais alto, o líder, e os outros quatro fugiram em disparada, gritando, deixando o líder sozinho para enfrentar nós dois.

Nosso ágil chute duplo no rosto e no pescoço do menino atirou-o para trás com uma curiosa serenidade. Ele parecia um pássaro pousando; os braços se abrindo como as asas de um pardal.

Ele aterrou na margem do rio, fazendo um *puf!* surdo que ecoou pelas árvores. Eu ri. Meu irmão e eu tínhamos chutado ao mesmo tempo sem trocar uma só palavra — não sei como, só sei que chutamos. Conosco era assim: a consciência natural que tínhamos um do outro produzia como que uma centelha, cujo brilho eliminava as diferenças, respondia às perguntas, fazia o mundo girar em nosso ritmo. O que não queria dizer que pensássemos da mesma forma.

Pegamos o cara, eu disse a mim mesmo.

Meu irmão assentiu com a cabeça.

Nosso adversário, ainda caído de costas, procurou à sua volta e agarrou uma das varas de bambu espetadas na água, apoiando-se nela para se levantar, esgotado. Acomodou a massa vermelha do lábio ensangüentado no espaço entre os dentes da frente. E arrancou a estaca do chão, segurando-a como uma espada.

Face a face, Chang e eu voltamos nossas varas pontudas na direção dele. Ele atacou. Três espadas de mentira se bateram.

Chang e eu imitamos a cegonha, usando plácidos movimentos circulares para esquivar os golpes desajeitados do menino, e o ar se encheu do ruído das varas: *crac, crac*. Embora nossa junção flexível fosse pequena, uma criança geminada pode voltear melhor que qualquer um, e logo envolvemos o menino em uma nuvem de bambus. Batemos duas, quatro, oito vezes. Estávamos bem perto dele agora; por uma fração de segundo observei o rosto do menino, transido de medo. E ele caiu para trás.

O menino girou com uma varada que lhe acertamos no quadril e nós o empurramos contra o curral de bambu. Ele quase desabou quando uma das estacas lhe pegou na barriga da perna, e seu rosto espantado perguntava: *Como foi que fiquei assim?*

Mais um chute sincronizado e o menino caiu de costas, enrolando-se nas linhas de pesca.

"Desculpem", o menino mentiu. "Eu não queria machucar vocês." Era evidente que seus canais lacrimais ainda funcionavam direitinho.

Quando Chang e eu avançamos, o pai veio correndo. Estava agitado, sacudia os braços. "Parem... Parem com isso!"

A cara dele estava mais branca que a de um ocidental.

Chang e eu fomos embora. Nem olhamos para o pai, que estava ajudando o menino a se soltar das linhas de pesca. Não pedimos licença para sair dali, nem olhamos para ele, para ver se estava com vergonha de nós. Ou com pena do menino. Essa briga não deu nenhuma satisfação, nenhum alívio. Eu não chorei, mas sentia as lágrimas se acumulando atrás dos olhos. Senti uma grande afeição por Chang. Isso não queria dizer que eu ainda não quisesse a separação. Desse momento em diante, foi o que desejei mais que qualquer outra coisa na vida: ser separado, como os outros meninos.

Chang e eu voltamos para a reclusão de onde tínhamos saído.

Eu costumava dizer que aprendi pouco com minha infância, além de pescar e lutar. Olhando para trás, compreendo que aqueles dias maravilhosos me ensinaram a arte de não chorar, por mais que sentisse vontade.

Quando tínhamos sete anos, tia Ping, a barbeira ambulante, veio dizer que o rei Rama queria o menino duplo morto.

Nossa família estava passando uma tarde adorável na beira do rio. Os restos de uma chuvarada escorriam das folhas das árvores, as cigarras cantavam seus crescendos, a meia-luz produzia sombras em forma de árvores e uma lua pálida pendia do azul-escuro lá em cima.

A mãe, Chang e eu estávamos lavando roupa no Mekong quando um teatro flutuante passou com seus atores cantando e correndo pelo palquinho. Os passarinhos faziam nas árvores a harmonia de fundo, as próprias árvores marcavam o ritmo suave quando o vento soprava nelas e uma folha ou outra se soltava dos ramos e pousava cadenciada. Todos paramos de trabalhar e balançamos o corpo acompanhando a música, todos, menos o pai. Ele estava pensando em vender uns enfeites de bronze em sua banca de peixes: era a estratégia que empregava para conseguir dinheiro quando não estava pescando.

Durante toda aquela manhã um incêndio devastara uma aldeia do Mekong a pouco mais de um quilômetro da margem, e um vago cheiro de queimado ainda temperava o ar quente.

Chang e eu estávamos à beira da água, chafurdando nossos pezinhos na lama macia, conversando, rindo, puxando as orelhas um do outro, ouvindo os peixes saltar do rio com seus rabos sibilantes (isso sempre fazia o pai erguer os olhos dos seus objetos e resmungar).

Logo em seguida, uma mulher vestindo uma jaqueta verde folgada e calças também verdes veio remando até nós em sua canoa estreita.

"Tia Ping veio novamente cortar o cabelo da gente?", Chang perguntou.

Contive um tremor de aborrecimento; eu sempre percebia as coisas antes dele. Se algum problema fazia Chang reagir, eu já havia reagido bem antes, assim como um relâmpago sempre vem antes do estrondo surdo do trovão.

"Paciência", exclamei, tocando a cabeça de Chang com o dedo. Devo admitir que eu tinha um carinho especial por aquele seu sorriso largo, que lhe tomava o rosto inteiro.

Para lá da árvore coberta de musgo que fazia um arco sobre o rio na altura da nossa casa flutuante, junto da depressão lamacenta no início da trilha que levava à aldeia, a um quilômetro e meio da margem, a tia parou de remar. Estava sem fôlego. Nossa tia era uma mulher grande, de pele morena e quente, não chegava a ser bonita a ponto de impressionar.

"Nok, Nok", ela fungou, "preciso falar com você." Estava inquieta, uma das mãos no rosto, apertando o lábio inferior, como se fosse a única maneira de impedir que o segredo escapasse sem querer.

O pai saiu da banca de enfeites e colocou-se entre a mãe e a irmã dela. "O que foi, Ping?"

"Raiz-de-Chá, você é o único chinês que eu conheço que nunca enxerga o que tem na sua frente", suspirou Ping. Ela indicou Chang e a mim e virou os olhos.

Quando os adultos nos mandaram sair para brincar, seguimos nariz com nariz pela beira do rio, amassando com os pés os ovos vermelhos de lesma, contornando a linha das árvores e subindo até o topo verdejante do monte Kang Gee. Mesmo desse ponto alto, nada quebrava a monotonia do horizonte; mas a distância dava para perceber a corrente bicolor onde as águas azuis e transparentes do Mun corriam lado a lado do lamacento Mekong. Ainda não tínhamos visto a menina que vinha em nossa direção.

"Bom, cá estamos", meu irmão disse, e me envolveu com os braços enquanto eu o envolvia com os meus. Esmagávamos minhocas com os pés descalços.

Eu tinha de concordar; ali estávamos, a testa dele encaixada no alto do meu nariz. Chang então acomodou a cabeça onde meu pescoço se ligava ao ombro.

Depois de descansar um pouco pensando em nossa casa, para não ver a grama enlameada e os poços de sal centenas de metros a nossos pés, comecei a rolar monte abaixo com meu irmão, deixando uma dupla trilha na lama. Desde que caímos pela primeira vez dentro do rio, passamos a adorar rolar na lama.

Chang e eu rolávamos e eu sentia seu hálito em meu cabelo a cada risada. "Isso, isso", ele gritava enquanto íamos ganhando velocidade. Nossa membrana esponjosa exposta roçava a cada rotação contra a argila relvosa. A boca de meu irmão emitiu um murmúrio *staccato* que ia ficando mais forte a cada tranco, e senti que ele queria parar.

"Não", consegui dizer com voz trêmula. "Vamos até lá embaixo."

Enfim chegamos ao sopé do morro e ali ficamos, tontos e cansados, a roupa enrolada sobre nossas costas arranhadas. O calor tinha ficado opressivo, o céu já estava trocando seu azul-escuro pelo negrume, e a chuva começava a cair de novo.

Ficamos um minuto recuperando o fôlego. A parte de trás da minha cabeça estava afundada na terra, Chang descansava o rosto em meu peito.

Ao olhar para cima, percebi a menina.

Ali, na metade da descida, a menina de ossos pequenos, poucos músculos e pele macia observava meu irmão e a mim sob uma massa de delicados cabelos negros. Mais ou menos da nossa idade, ela estava a uns cinco metros, curvada, de olhos apertados. Era a primeira menina que víamos, e era uma visão angelical.

A criatura miúda estava esperando ali, mas de repente se virou, correu e logo sumiu monte acima, gritando. Seus gritos pareciam ficar mais altos à medida que se afastava.

Chang se mexeu para levantar e persegui-la, e eu fui junto. Corremos atrás dela. Na verdade, Chang corria enquanto eu tentava brecar para manter o passo. Éramos surpreendentemente rápidos nessa posição, e pelos gritos cada vez mais fortes da menina e o sorriso que se abria no rosto de Chang dava para perceber que a alcançávamos. Seu berro ao cair no chão foi anunciado pelo som de seus passos trôpegos, de modo que eu já estava prevenido quando meu irmão foi parando.

Ele sorriu para a menina. "Olá", falou, curvando-se para ela. O rosto dela estava lívido, sua boca formava um esgar incerto, de cortar o coração, aberta como num grito interrompido. Ela chorava diante daquelas duas crianças, voltadas uma para a outra, inclinadas em sua direção.

A menina nos chutou de modo selvagem e esperneou para se levantar. Depois saiu correndo e recobrou a capacidade de berrar a plenos pulmões.

Chang fez menção de persegui-la uma segunda vez, mas pus minha mão em seu ombro. Mais uma vez, eu o amei nesse momento — não como parte de mim, como disseram e escreveram, mas talvez tanto quanto eu amava a mim mesmo. O cheiro úmido vindo da margem do rio se abateu sobre nós junto com a chuva quente, e lá adiante, no extremo do monte, perto do lábio calcário dos poços de sal, duas carcaças de patos parcialmente comidos lembravam restos humanos.

Estava escurecendo quando voltamos sozinhos para a banca de enfeites na frente de nossa casa flutuante. Contra a margem verde, rio acima, havia pequenos barcos brancos em torno dos quais voejavam pequenas lanternas como vaga-lumes.

A mãe estava chorando e cobria a boca com a mão. O pai a abraçava. Nossa tia passava a mão pelo cabelo da mãe. Ping tinha dado a notícia: o rei queria matar a criança dupla, a maldição.

O jovem soberano, que ascendera recentemente ao trono, tinha fama de delicado. Embora ainda não soubéssemos, sua alteza tinha reputação de poeta. Era o autor da versão siamesa do *Ramayana* e, depois, escrevera os dez mil versos de *Colheita do Sião*, do qual ainda guardo uma quadra:

Este é um tempo de grande exultação
para nossa forte e poderosa nação,
pois de modo especial chegou ao nosso olhar
Chang-Eng, duplo orgulho desta terra, a desfilar.

A mãe foi sempre notável não só pela absoluta harmonia de seus traços, mas também por sua incomensurável tenacidade. Era obrigada a obedecer publicamente a todos os desejos do pai, é claro, mas nunca deixou de parecer magnificamente feroz ao fazê-lo. Seu choro agora nos partia o coração.

A mãe não ia aceitar nenhum decreto, ela disse, pegando-nos com um gemido. A chuva ainda caía, e as gotas que borrifavam seu rosto fizeram a poeira do dia correr por sua face em fios lamacentos.

Ela disse ao pai que poderíamos fugir para a China.

Num sussurro tranqüilizador, o pai lembrou a ela que precisaria de dois dias para reforçar a casa flutuante, de modo que pudesse enfrentar o mar, e construir um remo adequado.

"Mas dá para fazer", a mãe concluiu, empregando o tom que às vezes achava necessário usar com ele.

"Dá." A voz dele mostrava pouca segurança, quase nenhuma certeza. "É possível."

Senti que Chang, assim como eu, achava que o plano não passava de alguma complicada brincadeira de adultos. Mas imaginei como seria adorável navegar pelo mar com a mãe, vendo-a remar na noite, descalça, o cabelo grosso e salgado de maresia, amarrado numa trança tão negra quanto seus olhos.

"A gente talvez não tenha dois dias para arrumar a casa", a mãe disse, como se despertasse de um sonho. Ao mesmo tempo, uma muralha de neblina surgiu do rio flutuando em nossa direção.

Ping disse que conhecia uma pessoa que tinha um barco em ordem para vender, numa aldeia do Mekong não muito longe de onde morávamos. Mas a canoa dela era pequena demais para levar nós quatro até lá, disse. Meu irmão e eu começamos a chorar.

"Vamos ver então se dá para comprar o barco", disse a mãe, pondo-nos no chão. "Já."

A trêmula parede de neblina moderou sua aproximação, cresceu, hesitou junto às árvores curvadas sobre o rio, encolheu e retirou-se rio abaixo.

O pai perguntou: "Ir embora do Mekong assim, sem mais nem menos?". A mãe não respondeu.

Nossos planos de fuga progrediram rapidamente, até que a adversidade, como sempre, atacou.

A mãe, o pai e tia Ping estavam em nossa casa flutuante reunindo as coisas. Largados do lado de fora, Chang e eu fomos andando de lado até um pontão baixo. Brincando entre lágrimas sob o céu escuro, tentamos saltá-lo juntos, mas meu irmão atrasou um pouco o pulo. Caímos violentamente, com a nossa membrana enganchada em uma de suas estacas de fixação. Ficamos ali pendurados, cara a cara. A dor era terrível. Nenhum dos dois podia mexer-se. O rosto de Chang estava vermelho e ele não conseguia respirar.

Não sei quantos anos é preciso ter para entender a morte. Quem sabe os jovens sejam capazes de entendê-la, quem sabe ninguém jamais possa. Mas naquela ponte flutuante, pensando — talvez esperando — que a membrana se quebraria como uma vara de bambu, é possível que tenham percebido.

Naquela época, nossa membrana conectiva tinha uns cinco centímetros de largura, e Chang gostava muito dela. Chamava-a Tzon, isto é, banana madura, e chorava à simples menção minha de cortá-la. Ela era mais dura então, e rangia como um joelho de velho quando nos aproximávamos ou nos afastávamos (ninguém fazia a menor idéia de que a coisa podia crescer conosco, e um dia permitir o posicionamento lateral). Eu estava sempre brincando com uma mancha marrom de pele mais grossa, um peludo sinal de nascença, que ficava bem no meio da membrana, e também com uma pintinha marrom, uma linda ilhazinha que vivia em insolente liberdade na beira do sinal de nascença maior. A pinta fazia cócegas quando tocada.

Mas ali estávamos dependurados naquela estaca. Chang estava ficando azul.

Finalmente, sei lá como, consegui juntar forças para me jogar para o lado dele. Caímos com um ruído surdo na lama, eu de costas, com Chang em cima do meu peito. Eu estremecia com os espasmos dele. E a dor continuava como se lâminas em brasa chovessem sem parar sobre a membrana. Os olhos de Chang estavam fechados, e parecia que meu irmão estava morto ao meu lado. Seu braço estava enganchado no meu, e minhas pernas entorpecidas debaixo do peso dele. Tentei me libertar de Chang mas ele, mole e inconsciente, dançou comigo. Cuspi sangue.

A chuva caía grossa. Meu peito estava todo arranhado e a junção era uma faixa roxa. Da boca de Chang escorreu sangue sobre o meu ombro. Eu estava cansado demais para gritar por socorro, de forma que fechei os olhos.

Acordei com o pai nos levando no colo para casa. A chuva tinha diminuído; não sei bem quanto tempo ficamos ali. "Os dois, é claro, não podem ir para lugar nenhum", disse o pai, que parecia quase esperançoso ao entrar conosco. Chang ainda estava inconsciente; eu, semiconsciente.

Suavemente, o pai nos deitou no tapete, de lado. Depois, pegou o ombro de Chang e nos sacudiu com cuidado. A vela em cima do toco de árvore soltava uma fumaça negra, e sombras contorcidas rondavam a casa flutuante. Os mosquitos zuniam.

A mãe afastou-o e veio sentar-se ao nosso lado. "Você não sabe o que faz." Apesar do calor, ela não estava suando. "Temos que chamar o médico."

Eles discutiram. Ninguém sabia o que fazer. Será que o pai devia comprar o barco e fazer a viagem de um dia para ver um médico em Bangcoc? Ou devia remar até a capital no barco de Ping, na esperança de convencer o médico a vir até ali, para cuidar de nós antes que chegassem os homens do rei? Quem sabe o doutor poderia nos separar, e os homens do rei acabariam não encontrando nenhuma criança dupla para matar. Se Chang pelo menos abrisse os olhos...

O pai resolveu que era melhor ele ir sozinho comprar o barco navegável; ao voltar, poderíamos partir todos juntos. Ele deu um beijo na testa de Chang e na minha e foi embora. Arqueou os ombros para sair na chuva. Não olhou para trás. Gostaria de lembrar como era o pai nesse momento, mas, assim como tantas outras coisas dessa época, a lembrança agora parece um barco a distância, uma manchinha que brilha no horizonte antes de desaparecer. Nunca mais vi meu pai.

A mãe ficou andando de um lado para o outro, e tia Ping sentou-se junto a nós no catre. Ping estava trêmula, suava muito, e ficou nos olhando por um bom tempo. "Eu estou bem", disse-lhe finalmente, e estava falando a verdade. De fora, vinha vindo um fedor como de ovos podres. "Estamos bem", completei.

E inesperadamente a mãe correu até nós e chorou. Chang voltou a si, finalmente. "Meu Broto de Feijão", ela disse.

Ele piscou e ficou olhando para a mãe com olhos assustados. Ela beijou-lhe o rosto, perguntou como estava. "A junção está doendo um pouco", ele disse.

A mãe e Ping consolaram Chang e a mim. E depois que Ping adormeceu ao nosso lado, a mãe cantou, chorou e por horas massageou nossa membrana com água morna e folhas de palmeira. "Ah, você é tão valente, Chang", ela disse, acariciando o rosto dele com seu suave toque. "E você também, Eng", acrescentou, ainda afagando meu irmão. Era eu que tinha me exaurido na ponte nos salvando, que tinha agüentado o pior da dor acordado, que tinha garantido à mãe e a tia Ping que íamos sobreviver. Mas Chang acordou e foi ele quem ganhou os beijos.

O amanhecer logo veio e passou, e o resto da manhã também.

Ao meio-dia, uma mulher veio correndo à nossa porta. Eu não a conhecia, mas parece que era uma das parentes da mãe. "Os homens do rei estão aí para pegar o monstrinho", disse a mulher, sem fôlego. Ela apoiou o braço no batente da porta. Era pequena, e as lindas maçãs de seu rosto pareciam idênticas às da mãe — seus cabelos pretos e macios, e seus olhos límpidos e profundos também. "Estão na aldeia do Mekong procurando este lugar aqui", explicou.

A partir daí, foi tudo muito rápido.

A lâmina da faca estava molhada; a mãe e Ping a tinham mergulhado em água quente. Chang estava chorando, eu não. "Não, por favor", suplicava meu irmão. Acho que não era só porque pensasse que íamos morrer do trauma, se tentassem separar-nos. Ele simplesmente não conseguia imaginar a solidão de uma vida autônoma.

Bem devagar, ela furou a membrana com a ponta da lâmina, fazendo correr uma gota do nosso sangue. As lágrimas também corriam pelo rosto da mãe. Ouvi um discreto triturar quando a lâmina penetrou em nossa pele. Mais sangue. Ofegamos por reflexo. Nossas pernas, num espasmo de autopreservação, se enrolavam umas nas outras, dando um nó nos joelhos. E chorávamos, sentindo uma dor que nenhuma criança jamais conhecerá.

A faca estava dentro de Chang e de mim, embora muito superficialmente. Tentei não gritar, mas o uivo preso atrás de meus dentes cerrados era um atum trêmulo lutando para se libertar da rede. E escapou.

"Por favor", eu disse. "Corte."

A mãe sobressaía acima de nós, apunhalando meu irmão e a mim por um momento que parecia sugar o tempo do ar. Acredito que ela teria nos separado. A tentativa quase com certeza teria nos matado, mas isso parecia menos aterrorizador do que os homens do rei, que tirariam nossa vida com toda a certeza. A mãe não teve a chance de terminar o corte.

Os homens do rei invadiram nossa casa, entrando como se tivessem sido convidados — dois fortes soldados com braços formidáveis, próprios para se estenderem, um de cada vez, e afastar toda uma multidão. Usavam calças de seda vermelha exageradamente largas, com túnicas de seda que mal cobriam seus fortes peitos nus. Ambos tinham a cabeça raspada. A mãe ainda segurava a faca enfiada em nossa membrana. Eu mal conseguia manter os olhos abertos de tanta dor.

Um dos homens pôs a mão no ombro da mãe. Ela simplesmente tirou a faca e recuou um passo.

O rei do Sião, e, por extensão, qualquer coisa associada a ele, recebe mais reverência de seus súditos do que qualquer outro soberano que conheci, do czar da Rússia à rainha da Inglaterra. Ninguém jamais ousa pronunciar seu nome ou escrevê-lo e ninguém, a não ser seu círculo mais íntimo, sabe qual é.

Todo siamês aprende desde o berço que o corpo do rei é um invólucro que purifica sua nobre alma humana antes de elevá-la à excelência divina no momento da morte. O mero status real é prova de mil vidas gloriosas anteriores; mas toda a glória passada é insignificante comparada com essa posição mortal derradeira de soberania, que por sua vez será insignificante comparada ao sagrado que o espera após seu último suspiro. Porém, é traição meditar sobre a mortalidade do rei, e conseqüentemente nenhum herdeiro é escolhido durante sua vida.

Portanto, não fiquei de todo surpreso ao ver a mãe afastar-se um passo para os truculentos funcionários do rei Rama, apesar de eles terem vindo matar seus filhos.

"Esta é a casa mais pobre que já vimos", disse o homem ao lado da mãe. Por um buraco no teto, o sol se refletia em sua cabeça brilhante. Lá fora, apesar do sol, o ruído da chuva envolvia nossa casa.

Por mais imperturbáveis que esses guardas tentassem parecer, não conseguiam evitar de olhar boquiabertos para aqueles gêmeos ligados que eram obrigados a se deitar face a face. Chang estava com a cabeça pesadamente caída de lado, e nós dois ainda ofegantes por causa do corte da faca.

Olhando para a janela, fiquei surpreso ao descobrir que não estava chovendo. Ao contrário, na beira do rio, homens de peito nu batiam tambores para aplacar o Mekong.

A mãe bravamente segurou as lágrimas. Usando uma das mãos para se apoiar em nossa mesa de toco de árvore, ela perguntou aos homens se não podiam esperar o pai voltar. Com um pouco de misericórdia, disse ela, nossa família poderia estar junta para os últimos momentos de Chang-Eng.

"Temos que levá-lo ao rei imediatamente", disse um dos guardas, olhando com nojo e preocupação nossa junção, que sangrava; ele não podia voltar para o rei com crianças desligadas. Prosseguiu: "Sua majestade quer ver o monstro duplo antes que ele seja morto. Eles".

Eu tive a certeza de que ia morrer naquela manhã e, se a mãe tivesse cortado a membrana, teria talvez morrido sozinho. Ou talvez, por um milagre, a separação não nos matasse, e eu poderia viver assim — separado. Entendi então que, fosse hoje, fosse num distante amanhã, eu estaria condenado a morrer ligado a meu irmão.

A mãe então apertou o próprio peito e gritou: "Não!". E chorou, chorou. Achei que ela ia morrer. A morte pelo choro. Ela beijou nossas mãos, chorosa, uma depois da outra.

3. As irmãs Yates

Dezembro de 1842
Carolina do Norte

No mesmo dia em que Chang e eu conhecemos Sarah e Adelaide Yates, da Carolina do Norte, paradas ali, coradas, na varanda da pensão de sua mãe, Wilkesboro começara a construção de uma igreja nova, que poderia ser chamada de esplêndida para uma cidade pequena. Viria a ser o edifício mais alto dos duzentos e cinqüenta quilômetros em torno, exibindo quatro altas colunas dóricas brancas e um pórtico tetrastilo que haveria de impressionar qualquer pessoa de fora. Estavam discutindo a possibilidade de importar vitrais de verdade — da Virgínia, se preciso fosse. Essa nova e grandiosa casa de oração era idéia de Dungsworth, pároco e prefeito de Wilkesboro, e fora a plataforma com que conseguira eleger-se semanas antes. Mas, no dia em que Chang e eu entramos na cidade, a igreja não passava de um ambicioso monte de tábuas do outro lado da rua, em frente à Pensão Yates.

A cidade propriamente quase não tinha árvores, a não ser a patética fileira de pelados álamos da Carolina na praça principal, cuja falta de folhas era atribuída à terra estéril que o antigo prefeito Brett Martin havia importado do Norte — insensatamente e contra a vontade do povo. Pelo menos era o que se dizia; o político em desgraça alegava que a terra havia sido comprada a baixo preço do vizinho monte Airy. Embora o pai do pai de Martin tivesse nascido em Wilkesboro quando a vila nem constava dos registros do Correio, depois do incidente da terra ele passou a ser conhecido como "aquele prefeito ianque Brett Martin".

Apesar dos anos que passamos nos apresentando às multidões das feiras, Chang e eu fomos tomados de timidez naquele dia em que nos vimos diante da família Yates, inquietos naquele pátio interno, com uma multidão de estranhos atrás de nós e aquelas duas moças loiras bem na nossa frente. Elas faziam o possível para esconder a meiga luz que havia em seus olhos, mas esta brilhava contra sua vontade naqueles sorrisos tímidos.

Consciente da multidão, a gigantesca dona da pensão fixou em nós o olhar e pigarreou. "Bom, meninos, vocês disseram que querem um quarto?" Ela sacudia as grandes pernas. Achei que era tão corada quanto as filhas, mas talvez sua pele é que tivesse manchas vermelhas.

Lancei um rápido olhar para as irmãs, mas não respondi nada, nem me mexi.

"Bom", disse a dona da pensão com aquela vivacidade que a maioria das pessoas gordas tem. "Parece que vocês levaram uma surra de cacete." A sra. Yates tinha um jeito que eu já havia visto nos animadores de hipódromos — aparentemente calorosos, mas não especialmente humanos. "Por que não entram para conhecer a pensão?" Ela bateu os dedos na basc da cadeira. "Não precisam ficar com vergonha, chinas."

Meu irmão também estava apreensivo. Mas a frágil porta dos Yates estava aberta; só tínhamos de passar por ela.

Alguém na multidão atrás de nós disse: "Não tem mesmo nenhum outro lugar em Wilkesboro para os chinas ficarem".

A porta estava aberta; nós só tínhamos de passar por ela, e foi o que fizemos.

Ninguém disse uma palavra enquanto as duas irmãs nos levavam por um pequeno corredor até nosso quarto. Tímidas, elas seguiam na frente, nós dois um pouco atrás, eu com o braço no ombro de Chang, tímidos. Eu media um metro e setenta; Chang, um metro e sessenta e cinco.

As Yates não tinham uma beleza tradicional. Tinham uma compleição estranha e caras compridas que pareciam um prolongamento do pescoço. Mas eram mulheres americanas, modestamente graúdas (eram graúdas, não há outra palavra para dizê-lo), e andavam com passos rápidos que conferiam uma digna leveza a suas figuras grandes.

Chegamos à porta de uma água-furtada com paredes manchadas de excrementos de moscas e a pintura branca do teto descascada. Nós quatro ficamos bem juntos, uns olhando para os outros. "Espero que os senhores achem passável — é a única opção na cidade", disse a mais alta. "Meu nome é Adelaide." Era a primeira mulher americana que nos tratava com gentileza.

Chang disse: "Não precisa chamar de 'senhor'". Ele deu um sorriso que eu nunca tinha visto antes, como o de uma tartaruga. E estava suando na nuca.

Estaria flertando? A mais baixa das moças — irmã de Adelaide — estava olhando para ela com o mesmo ar de espanto que provavelmente havia na minha cara. Por um momento ficamos todos na porta do quartinho, submetidos ao respeitoso silêncio, criaturas de cantos distantes de um mesmo mundo. Os pés descalços, de tanto pisá-lo, haviam polido o assoalho dos Yates — as irmãs mesmas estavam descalças, os dedos dos pés curtos e grossos.

"Tudo bem", disse Adelaide. "Como a gente chama vocês, então?"

Meu irmão estava radiante, mas não conseguiu pensar em nada para dizer. Apenas deixou todo o seu rosto se abrir desajeitadamente num sorriso. Ele provavelmente não percebia que estava esfregando o tornozelo no meu.

Finalmente, meu irmão falou: "Pode nos chamar como quiser, dona".

Será que Chang tinha ficado louco? Tudo bem trocar um sorriso eventual com uma mulher americana numa varanda, mas embarcar numa conversa sedutora com ela sempre seria um tabu para irmãos de pele amarela geminados, como nós. Eu não podia participar da coqueteria de Chang, não agüentava nem olhar. Meus olhos se cravavam em meus sapatos pretos constatando como estavam arranhados.

"Tudo bem", disse Adelaide. "Gêmeo siamês, então." Ela deu uma risadinha e senti nela o cheiro de suor feminino misturado com uma fina camada de poeira, um cheiro sutil e adorável.

"Vejo que nossa fama chegou antes da gente, senhorita", eu consegui dizer, "mas nós somos os *gêmeos* siameses."

Como seria adorável apertar a mão dela, eu disse a mim mesmo, sentir aquela suavidade da pele feminina, sobre a qual eu tinha lido nos livros e que podia nos fazer chorar.

Mas é impossível, eu disse a mim mesmo. Chang é um boboca, ele vai sofrer uma tremenda decepção.

Então, de repente, saltitando como um boxeador antes do primeiro soco, meu irmão nos impeliu. Sem me consultar, ele se curvou para o chão poeirento e, levado pelo caos que sem dúvida reinava em seu coração, começou a fazer uma "parada de mão" perto da porta. Eu não tinha alternativa senão acompanhar, surpreso com o fato de alguma parte de mim naquele momento — minhas mãos desajeitadas, meus ombros tensos — funcionar a ponto de sustentar metade de nós. Plantamos bananeira na frente das meninas, que olhavam os gêmeos conjugados à frente delas com a mesma incredulidade com que se olharia alguém que tivesse se transformado num cavalo.

"Nós somos os gêmeos mais famosos do mundo inteiro", disse meu irmão, enfatizando tão ligeiramente que as moças podem nem ter notado.

Ficamos de ponta-cabeça um minuto, dois, minha garganta estrangulada de vergonha, até que ouvi passos se aproximando. Um par de pés de homem veio parar ao lado dos pés das irmãs. Não sei quanto tempo meu irmão queria nos manter ali como uns idiotas, de forma que saí da parada de mão, e ficamos de pé num salto.

"Prazer em conhecer o senhor", eu disse, e Chang sorriu um cumprimento. O homem estava pálido e agitado.

"Tudo bem, meninas", ele disse com uma severa voz paternal, "já mostraram o quarto ao senhor Chang-Eng."

As irmãs se viraram para ir embora, mas o homem empurrou todos os quatro para dentro do quarto, entrou e fechou a porta.

O sr. Yates usava roupa de lã cinzenta tecida em casa e tinha cabelos grisalhos e encaracolados. A cabeça era larga no alto, mas ia se estreitando para baixo até que já acima do queixo o rosto do sr. Yates ficava mais magro do que era de esperar. Sua boca era minúscula.

Depois de alguns minutos, seu olhar foi ficando enervante. O homem nos deu um aperto de mão frio e úmido. "Olá, olá." Foi até a cama e sentou-se solenemente. Nós quatro — Sarah,

Adelaide, e nós dois — ficamos esperando que a quinta pessoa falasse afinal, mas o sr. Yates ficou sentado no colchão com o queixo entre os dois punhos, prendendo entre os dentes o lábio inferior.

Levantou a cabeça e tornou a baixá-la, afundando o rosto nas mãos por um momento. Depois endireitou o corpo e respirou fundo. "É uma honra ter duas pessoas famosas como vocês na minha pensão", disse. Um estranho esgar passou-lhe pela cara, a meia distância de um sorriso, mais parecendo uma careta. "Cobramos um dólar e três centavos por noite, hospedamos bem, vocês teriam de andar muito para achar coisa melhor, e temos algumas regras" — nesse ponto, ele olhou para as meninas —, "mas tenho certeza de que vão ser hóspedes bem-comportados, de forma que não vou perder tempo explicando as coisas direitinho para vocês. Por favor, aceitem nossa hospitalidade."

Num mesmo movimento o sr. Yates se pôs de pé, atravessou o quarto, abriu a porta e fez as filhas sair do quarto. Antes de se retirar, Yates virou-se para nós uma última vez, sem expressão.

E fechou a porta.

Nessa noite, Chang e eu ficamos sentados no peitoril da janela do nosso quarto na Pensão Yates. Li um pouco a Bíblia e uma coletânea de Shakespeare, depois pensei em tirar da mala nossas flautas e pedir para Chang ensaiar comigo. Chang ficou observando os poucos curiosos à espera de nos ver de relance. Meu irmão e eu não estávamos pondo em palavras os pensamentos que nos passavam pela cabeça.

"Eng", Chang acabou dizendo, "o que você acha que aquela mulher grande queria dizer com *maridos*?" Seu rosto estava calmo e interrogativo, mas eu sentia a respiração ansiosa em minhas narinas. "Bom", ele mesmo se respondeu, "só pode querer dizer uma coisa!"

"Será que você não está esquecendo um detalhe importante, Chang?", repliquei, tocando com o indicador nossa membrana.

Nesse instante, bateram na porta. Sombria como o céu da noite, a mais baixa das irmãs — não Adelaide, a outra — entrou em nosso quarto. Ela olhou para nós e nós para ela e, embora sua expressão não fosse de provocar sorrisos, Chang sorriu para ela. Sua cara comprida não estava exatamente carrancuda, mas também não era muito mais agradável do que uma carranca. "Meu nome é Sarah", ela disse. Passou-se um momento. "Hora da janta." Virou-se e saiu.

Tomando aquilo por um convite, meu irmão e eu atravessamos o salão na direção da família Yates sentada por completo a uma mesinha que tomava a maior parte do espaço da salinha de jantar: o sr. e a sra. Yates, o menino Jefferson e, evidentemente, as duas irmãs, todos à nossa espera.

A sra. Yates ostentava um sorriso. "Querem nos fazer companhia?" Se constrangimento fosse crime, Chang e eu parados ali, lado a lado, íamos ter de pagar o triplo pela pensão. A dona da casa não parava de sorrir.

Nas raras ocasiões em que a sra. Yates fazia o esforço de ficar de pé, ela media um metro e sessenta, e dois metros e vinte e cinco de circunferência. Seu peso exato jamais fora medido — Wilkesboro não dispunha de meios adequados para determiná-lo. Anos depois, uns repórteres vindos de Raleigh improvisaram uma balança pondo quatro bigornas de setenta e cinco quilos cada uma numa espécie de gangorra; quando a sra. Yates, sorridente, subiu na balança na ponta dos pés as bigornas voaram e foram aterrissar em cima do pé de um dos repórteres.

"Eu tem muito gosto fazer companhia", disse Chang. "Com muito prazer", acrescentei.

Na mesa havia uma refeição composta de quiabo, ruibarbo, batatas-doces cozidas e peru com molho de uísque ordinário. As meninas mantinham os olhos baixos, fixos na comida. O garoto Jefferson observava nossa junção com um ar aparvalhado. O sr. Yates, aborrecido, chupava os dentes. A sra. Yates sorria. (Quando ela morreu, para que o caixão entrasse, o agente funerário teve de mandar alargar a porta.)

"Cumprimente os gêmeos, Jefferson", a sra. Yates disse para o filho, embora olhasse para nós ao falar. O menino tinha a cara lisa, não usava costeletas e mantinha o cabelo loiro assentado com água. "Oi", fez ele, "muito prazer." A cara dele revelava tanta emoção quanto a de um ator bêbado.

Juntamos duas cadeiras e nos sentamos. Sobrou um lugar vazio na mesa. A sra. Yates apontou para a cadeira desocupada e disse: "Estamos esperando mais alguém. Ele é importante e está morrendo de vontade de conhecer vocês". Deu um estalinho com a língua. "Mas é claro que vocês já estão acostumados a ser o centro das atenções." Ela começou a rir, e ninguém mais parecia saber o que dizer.

Alguns difíceis momentos depois, chegou o prefeito, Dungsworth.

Ao contrário dos Yates, que estavam vestidos com roupas de algodão e lã tecidas em casa, o grandalhão sr. Dungsworth vestia fraque de lã, meias de seda branca e calças largas de cintura alta mantidas esticadas com ligas pretas que passavam sob o arco dos pés. Ele ficou ali parado, examinando meu irmão e a mim.

"Vocês devem ser os famosos gêmeos *siameses* Chang e Eng, não?" Continuou nos fitando. "Do Sião?" O prefeito Dungsworth tinha o rosto jovem, apesar da barba já meio branca. "Vocês causam mesmo uma impressão e tanto."

A dona da pensão, a sra. Yates, levantou as sobrancelhas, imponente. "Gêmeos, este é o nosso prefeito, o prefeito Dungsworth."

O rosto do prefeito continuou impassível e, ao apertar nossas mãos, olhou para o sr. Yates, por cima do ombro de Chang.

Assim que o prefeito sentou, começamos a comer — em silêncio, a não ser pela ocasional percussão do mastigar e do beber.

Passado um momento, o prefeito empurrou o prato, bateu na barriga e olhou para a sra. Yates. "Gosto do seu grude", disse ele afinal, com um toque de arrogância considerado apropriado para um prefeito que cumprimenta uma cidadã. "Nada mau." ("Nada mau" é a frase que resume a atitude das pessoas do noroeste da Carolina do Norte. Elas esperam pouco da vida e se contentam com elogiar assim algo que vai ao encontro de suas parcas expectativas.)

Voltando-se para nós, Dungsworth disse: "Bem-vindos a esta cidade da Carolina do Norte". O prefeito tinha os olhos alertas de um homem jovem que envelhecera depressa; lançou um breve olhar para o sr. Yates e foi embora. E não é que eu percebi um minúsculo sorriso de satisfação nos lábios do prefeito?

Nessa noite, depois do jantar, Chang e eu estávamos em nosso quarto, lendo antes de dormir, quando uma batida tornou a nos surpreender, e mais uma vez a porta se abriu antes que pudéssemos atender. Eram as irmãs, ainda com os vestidos que tinham usado o dia inteiro. Adelaide, a mais alta, sorriu; a irmã não. Cada uma segurava um travesseiro branco.

"Vocês estão só com dois", disse Adelaide. "Nossa mãe achou que iam gostar de mais um para cada um."

"Muito obrigado", dissemos. Controlei nossa postura até ficarmos tão rígidos quanto a justiça do rei Rama.

As irmãs correram os olhos pelo quarto. Sarah olhou para o modesto livro que eu havia colocado no criado-mudo como se fosse encadernado em ouro. "O senhor lê mesmo Shakespeare?", perguntou ela.

Fiquei tão chocado com a palavra *senhor* que levei um momento para responder.

"Desculpe, é que vi o livro...", disse Sarah. Estava envergonhada.

"Sim, senhora", respondi. "Quer dizer, é verdade, estou lendo Shakespeare, aliás uma coletânea de seus melhores solilóquios. Não tem por que pedir desculpas, não foi nada." Do outro lado da janela, as nuvens cobriam o céu cinzento.

"Não vão caçoar muito da gente, vão?", insistiu Sarah, a voz demonstrando real emoção.

"Eu, caçoar de vocês?" Tal idéia me deixou perplexo. Sem ruge, a pele de Sarah era como neve ao sol.

Chang por sua vez sorria para Adelaide. E Adelaide mal continha uma risada.

"Não vão nos tratar com superioridade, vão?", disse Sarah. Nem nos sonhos mais ousados que eu já me permitira nenhuma mulher nunca tinha falado comigo daquele jeito. Desejar uma mulher era para mim uma coisa inconcebível, era como a mão de Deus, era uma magnificência que jamais tocaria um homem como eu.

"Ah, esses chinas não vão humilhar a gente, Sarah", disse Adelaide. "Não são gente leviana." A ousadia dela, em *staccato*, também era adorável, mas as duas me pareciam tão irreais quanto um palácio siamês na rua Principal.

"Claro que não", respondi tentando recobrar a compostura. Indo um pouco longe demais, continuei com uma voz fria e sem intenções: "Jamais faríamos uma coisa dessas".

"Principalmente", interveio Chang, "porque eu mesmo nunca li esse tal de Shakespeare."

Todos riram e me dei conta de que Sarah estava bem perto de mim. O perfume do peito do vestido de uma menina do Sul, tão revigorante quanto uma xícara de café para um camponês amarelo e virgem como eu, fez meu rosto ficar rubro. Respondi-lhe por minha vez com voz vacilante: "Não tenha medo, minha senhora. Nunca vou olhar de cima para as senhoras". Devo admitir que eu começava a sentir prazer em falar com mulheres.

"Desculpe, o que foi que disse?", Adelaide perguntou.

Foi Chang quem respondeu: "Ele disse que nós nunca vamos olhar de cima para alguém...", e meu irmão tomou coragem antes de continuar, "... para alguém tão bonita como você". Foi sua vez de ficar vermelho.

"Desculpe", Adelaide repetiu. "Como é?"

Chang e eu nos olhamos arqueando as sobrancelhas. Eu estava a ponto de repetir minha frase. Então Adelaide disse: "O que foi que disse? Não ouvi". E desatou a rir. Estava brincando conosco.

"É impressão minha", disse Adelaide com uma risada, "ou, se é que posso perguntar, vocês quase nunca conversam um com o outro?" Senti um delicioso e desconhecido tipo de constrangimento.

E então as irmãs pediram licença e saíram para o corredor, continuando a cochichar uma com a outra a caminho do salão. Consegui perceber Sarah dizendo algo para Adelaide. "Está bem", acho que ela disse, "o que você quer que eu faça?"

O que estava acontecendo com as irmãs Yates?

Depois, quando apagamos o lampião cercado de insetos voadores na mesa-de-cabeceira e nos enfiamos debaixo dos lençóis e cobertores, Chang e eu não conseguimos dormir. Quase não cabíamos naquela cama, que era muito estreita — o único tamanho de cama que cabia naquele quarto modesto. Por mais próximos que ficássemos, deitados frente a frente, minhas costas estavam no ar, doendo, sem apoio no colchão.

Percebi o olhar de Chang e, sem dizer uma palavra, rolamos juntos na minha direção para levantar, ficamos de pé, bocejamos, pegamos os travesseiros e nos preparamos para deitar no chão.

O rosto dele estava a um centímetro do meu quando nos ajoelhamos nas tábuas do assoalho, sua respiração excitada. "Prefiro aquela que não tem a cara tão comprida", Chang disse. "Adelaide."

Apertei os olhos para ver se ele não estava brincando.

Que ridículo ficarmos discutindo qual das irmãs nós dois "preferíamos". Talvez eu também "preferisse" Adelaide, mas achei que não valia a pena nem pensar nisso. Ele *gostava* dela. Que ridículo!

Não que eu não gostasse de mulher: secretamente eu até envolvia a idéia de romance numa aura de grande veneração, de grande ternura, embora não pudesse avaliar o que o amor realmente significava. As mulheres da minha fantasia não eram daquele tipo real, secreto, mas sim uma misteriosa confederação enaltecida pela doce luz da imaginação. A principal entre elas era a mãe, rodeada a uma distância reverente pela filha do rei Rama, a princesa Xenga, e pelas heroínas dos romances que eu lia.

A mão de Chang estava perto da minha, e ele tamborilava os dedos distraídos na metade que lhe cabia de nossa junção quando nos cobrimos com o cobertor.

Eu sabia em que ele estava pensando.

"Está enganado", eu disse. "Elas são só pessoas agradáveis. Não dê à amizade delas um sentido maior do que tem. Irmãos como nós não podem 'gostar' de mulher nenhuma."

"A mãe delas falou de *maridos*. Notei que você também olha para elas. Por que não admite isso?"

Não percebi que estava batendo o punho no chão a ponto de ser desagradável. "Nunca haverá nenhuma proposta de casamento, a não ser como brincadeira", eu disse. "Além disso, é o *homem* que faz a proposta. Não a mãe corpulenta da moça." Será que ele havia esquecido o rumo que nossas vidas haviam tomado? Indo de exposição em exposição dentro de uma jaula, mil noites passadas sorrindo enquanto palavras como *horrível* e *nojento* pairavam acima do alarido e invadiam nossos ouvidos? Acrescentar esperança à infindável corrente de desdém, susto e desagrado que era o nosso dia-a-dia só poderia machucar-nos. Sem falar que nenhum juiz toleraria a bigamia — que outro nome usariam? — e poderíamos estar sujeitos até à prisão. "Não seja ridículo", ralhei. Mas não era verdade que as meninas tinham se demorado ali à nossa porta?

"Eu espero por isso a vida inteira", falou Chang.

"Que mulher iria expor o segredo de sua cama nupcial, uma cama compartilhada, como teria de ser a nossa?"

Ele sacudiu a cabeça. "Não interessa." Então sua confiança cedeu à dúvida que se infiltrou em seu rosto.

"E a mãe delas, então?", perguntei. "Não acha esquisito que essa mulher pareça querer que as filhas..."

"Você não liga?", Chang cortou com veemência. "Se você não liga, fique com a Sarah."

"Ficar com quem?" Eu achava Adelaide a mais interessante das duas. "Que absurdo discutir uma coisa dessas!", ri.

Chang dormiu logo. Ele sempre adormecia primeiro e quase sempre roncava.

No dia seguinte, depois de alguma insistência da sra. Yates, as meninas nos levaram a passear. Jefferson, cuja presença silenciosa nem seria notada se não ficasse o tempo todo olhando de boca aberta para nossa ligação, foi junto, de vela. Eu não estava entendendo patavina. *Que diabos estava acontecendo com as irmãs Yates?* Mas não disse nada quando saímos.

Pouco atrás da pensão começava uma floresta, tão verdejante e frondosa quanto as grandes florestas russas de Tsarskoe Selo que visitamos quando de nossa turnê a São Petersburgo quatro anos antes. Wilkesboro era linda quando você mergulhava fundo nela. Silenciosa, um alívio para a agitação, a especulação e o constrangimento das grandes cidades, espalhava-se ao pé da cadeia dos montes Blue Ridge, que olhavam lá do alto para a paisagem poeirenta e desolada com ar de decepção. Uma pacífica desolação cercava a cidade: terras incultas que iam cedendo lugar pouco a pouco, com seus ribeirões cor de ferrugem, às modestas margens do rio Yadkin. Veados viviam nos recônditos das montanhas, raposas nos campos fora da cidade, e o verde das árvores era mais vivo que as cores sombrias dos pântanos do Mekong.

Em meia hora, estávamos caminhando pelo sopé das montanhas, acima do rio. Era um meio-dia azul, luminoso. As irmãs (e Jefferson) corriam à nossa frente para nos mostrar as vistas, e fomos seguindo o caminho natural ladeado de álamos e murado com os picos de rochas cinzentas, margeado de flores silvestres, perfumado pela floresta que o sol aquecia, e eu não tinha como negar que estava contente.

Quando chegamos ao alto do penhasco, as meninas nos mandaram virar e, além da mancha marrom empoeirada de Wilkesboro na paisagem lá embaixo, divisamos a extensão púrpura que se desenrolava, espaçosa como o desejo. Dava para ver dez condados. Senti que nunca tinha estado tão alto, tão perto do céu.

Não esqueça seu lugar, eu disse a mim mesmo. Não confunda amizade feminina com loucura.

Olhe seu irmão, disse para mim mesmo. O boboca ri como se alguém estivesse lhe fazendo cócegas por dentro.

Não faltava muito para o pôr-do-sol e nós cinco estávamos descendo, conversando, rindo — *O que estava acontecendo?* —, caminhando um pouco mais. De repente contornamos uma clareira e vi uma coisa que me disse que devia ficar o resto da vida em Wilkesboro. O rio Yadkin. Envolto em névoa com finas volutas de vapor branco pairando sobre a água como os pêlos de um bode, mesmo num dia de tanto sol, aquele lugar por onde passávamos parecia assumir o colorido de outro país. Sombras cinzentas banhavam as margens pardacentas, altas árvores subiam dos bancos de areia para tocar com suas úmidas folhas verdes a lodosa água verde, cigarras cantavam e, em determinados pontos, as modestas dimensões do Yadkin davam lugar a margens bem mais amplas. Minha memória voou da América para minha terra natal.

"Irmão", Chang disse, olhos arregalados, boca aberta, enquanto ia descendo conosco para a margem do rio. Grandes trutas pintadas nadavam numerosas na água verde-azulada, esperando que Chang e eu recobrássemos nosso instinto de pescador.

"Pois é!", exclamei, "pois é!" Um cheiro de pântano elevou ao máximo minha exaltação.

As irmãs Yates também começaram a rir — embora o riso delas fosse mais leve que a risada profunda, carregada, que eu e meu irmão demos diante dessa miniatura do Mekong. Com a luz rosada do entardecer sobre a água, o Yadkin enrubesceu. A suave mudança de luz era feminina e delicada.

Meu irmão olhou para Adelaide como um órfão olharia para uma refeição caseira, e ela voltava para ele os seus encantos, o rosto comprido e magro e sua tez parecendo creme que ficou demais no sol, o nariz franzido fazendo o centro perfeito de seu sorriso brejeiro. A mão dele pesava em meu ombro —

ele nem me notava —, provocando um arrepio de ansiedade e amargura. Adelaide evitou meu olhar. Eu não sabia o que fazer. Olhei para Sarah, que estava com o cabelo e os olhos iluminados. Ela percebeu que eu a estava olhando e, com um sorriso tímido, talvez o primeiro que dava desde nossa chegada, enterrou o queixo no ombro. Mas não desviou os olhos dos meus.

O que diferenciava, se é que alguma diferença havia, essas moças daquelas que riam ao passar por nossa jaula, de braço dado com o namorado, desfrutando a "diversão das feiras"? E que prazer Chang e eu já havíamos experimentado, que conhecimento tínhamos do modo como as pessoas vivem a vida, pessoas que não estão ligadas a nenhuma outra, nem a uma jaula, a outra nação, à próxima multidão boquiaberta?

E no entanto ali estávamos, subindo uma serra com as meninas Yates e contemplando um mundo tão colorido quanto o que se vê num cromatoscópio. Chegamos a uma reprodução quase idêntica da nossa terra natal, só que essa terra não tinha pontões e era abençoada com uma terra firme a poucos metros das margens do rio. Fiquei olhando a paisagem, ao lado de mulheres que ainda não tinham caçoado de nós, pelo menos não de modo maldoso.

E por que teriam caçoado?

Passaram-se duas semanas, com Chang tentando me convencer a ficar em Wilkesboro pelo menos mais uma semana. Foi aí que meu irmão mudou, ao que parece, da noite para o dia. O Natal estava chegando, e Chang tinha agregado uma nova personalidade: a de cortejador de Adelaide. Ele já não desejava as atenções do palco, chegando a dizer que não queria nem mesmo sair em turnê antes de garantir a afeição de Adelaide. "Todo mundo tem direito à esperança", Chang suspirava de vez em quando, citando, segundo ele, um conselho de nossa mãe (embora *eu* nunca a tenha ouvido dizer isso). "Todo mundo."

Quanto a mim, estava tranqüilo. Não me preocupava com meu coração. O que teria ele a me dizer depois de tantos anos? Resolvi, em vez disso, provar que Chang estava errado. Meu irmão que se expusesse a suas esperanças e "cortejasse" Adelaide. Resolvi que eu seria gentil com Sarah e tinha certeza de que ela não corresponderia. Eu não pensava em cortejá-la a sério, nem ficar gostando dela. Só queria provar minha tese. Quanto a meu irmão e Adelaide, eu não tinha dúvidas; ela ia decepcioná-lo nessa semana, ia decepcioná-lo na semana seguinte, e então poderíamos tocar nossa vida. Era assim que tinha de ser.

Um domingo de tarde, meu irmão e eu fomos dar um passeio na cidade, em busca de um lugar para jantar. Atravessamos sozinhos a Union Square, caminhando no mesmo passo, lado a lado, Chang acenando aos poucos cidadãos que apontavam o dedo e cochichavam em seu passeio de fim de tarde pela rua.

Paramos diante de um botequim onde se lia SERVEM-SE REFEIÇÕES em letras grandes acima das portas de vaivém. Mas não entramos. "Senhor Chang! Senhor Eng!", ouvimos vozes femininas conhecidas nos chamando.

Nós nos viramos e vimos Adelaide e Sarah Yates, usando imaculados vestidos brancos, idênticos, de fitas azuis, levantando poeira ao vir às carreiras em nosso encontro. Elas passaram correndo pelo homem ruivo que vinha devagar também em nossa direção. Ao lado das meninas corria Jefferson, segurando com a mão o chapéu de palha para que não caísse.

"Olá, meninas", dissemos quando elas chegaram até nós. Meu irmão olhou para mim, sorriu, fez uma cara orgulhosa. As meninas ali paradas, recuperando o fôlego. Aos poucos, se recuperaram e todos trocamos sorrisos. Exceto Sarah, que nem sorriu nem fechou a cara.

Jefferson falou manso: "Minha mãe estava se perguntando se vocês, quem sabe, não queriam comer com a gente de novo".

"Querem, não querem? Ah, queiram, por favor!", reforçou Adelaide.

Sarah censurou o entusiasmo da irmã com um olhar severo. Adelaide mordeu o lábio. "Mamãe iria gostar", disse Sarah, conseguindo vencer a timidez.

O homem ruivo tinha parado a uns cinco metros de distância e ficou olhando para nós. Ele tinha grandes costeletas e uma série de cicatrizes de duelos no rosto, que mais parecia o trançado de uma rede de pesca. Segurava um palito nos dedos.

"O que estão fazendo aqui, meninas?", ele gritou, como quem ralha com dois bichinhos de estimação. Sua camisa era pequena demais para seu peito.

Sarah enrubesceu, olhou em torno e começou a sorrir, inquieta. Adelaide, embora pálida, assumiu um ar de falsa segurança. "Nada, Will, conversando com os gêmeos aqui, só isso", ela disse, balançando o corpo de um lado para o outro.

O homem ficou imóvel, olhando para as meninas, para meu irmão e para mim, depois para Jefferson. "Filho", disse ele ao menino, "você ainda só está meio crescido e essas meninas aí vão precisar de *dois* acompanhantes. Quer dizer, está faltando um homem e meio para o que você tem de fazer."

Lancei um olhar para o homem. Ele girava o palito entre os dedos.

Adelaide deu as costas a ele. "Por favor", ela cochichou para mim e Chang, "venham conosco jantar com a mamãe."

Sarah, também cochichando, acrescentou: "Cuidado para não olhar feio para o Will". Ela não tinha coragem de encarar o homem. "*Principalmente* para o Will."

Meu irmão e eu, porém, continuamos olhando; decidido, Will jogou o palito no chão com determinação. Seus pulsos eram grossos como o tronco de uma jovem árvore. Senti o suor correr por minha espinha. Mas não estava com medo.

O homem resmungou quase para si mesmo: "Você já não aprontou confusão que chegue nesta cidade, Sarah Yates?". A expressão dele era muito severa. "Não tem vergonha, não?"

Sarah se encolheu. Enquanto isso, Adelaide cochichava para nós: "Ele é só primo da gente, não liguem". Ouvindo isso, Jefferson empinou a cabeça, como se estivesse sendo deixado de fora de algum segredo familiar. Adelaide calou o irmão com um olhar duro.

"Problemas?", Chang perguntou. "Vergonha?"

"Will só está querendo brincar", disse Adelaide, baixinho. Sarah fechou os olhos com força.

"Foi para isso que vocês vieram a Wilkesboro?" O homem arreganhou os dentes e apontou para as meninas, sem fazer a menor idéia da boa surra que podíamos dar-lhe. Seu rosto estava tomado pelo desprezo. "Isso vocês não vão conseguir."

Poderíamos ter atacado naquele instante, mas eu preferia manter a dignidade. Falei apenas: "Escute aqui...".

Enquanto as meninas nos levavam dali, fiquei olhando para o tal primo. Ele continuou me encarando enquanto descíamos toda a rua Principal.

Naquela noite não conversamos muito durante o jantar. O sr. Yates não se juntou a nós. Depois, sentamos na varanda, e todo mundo sentiu que não havia muito que dizer. A não ser Chang, claro.

"Meu irmão quer se casar", Chang anunciou, um sorriso no rosto. "Se alguma moça quiser, a gente se casa hoje mesmo."

Diante dessas palavras, meu coração estremeceu até a última fibra.

Não consegui pensar em nada para dizer. O sol estava se pondo a passo de caracol diante de meus olhos (o céu tão rosado como as bochechas das envergonhadas mulheres Yates na nossa frente, ali na varanda) e desceu no horizonte antes que eu conseguisse articular: "Eu só não me caso, como Chang sabe muito bem, porque estou grudado nele". Apontei para nossa membrana.

Chang replicou: "E eu não me caso porque estou grudado nele". E apontou para mim. "Não é triste?"

"Se alguém aqui quer se casar, é *ele*, não eu", disse eu, engolindo em seco, transpirando, envergonhado.

"Ele põe a coisa na minha conta, mas se casaria num piscar de olhos", insistiu Chang. "E até piscaria ele mesmo, se ajudasse."

"Existe alguma possibilidade de separar vocês?", perguntou a sra. Yates. Sua papada pareceu tremelicar na minha direção quando fez a pergunta, como se também aquela imensa barbela estivesse curiosa.

"Nós dois decidimos", respondi, com raiva, "que, em vez de ir parar no cemitério, iríamos simplesmente limitar-nos a olhar para as moças bonitas." Pigarreei. "A resposta, portanto, é não, não é possível separar nós dois."

"Ele piscaria até se a moça mais feia da cidade dissesse sim", Chang voltou à carga, rindo.

"É uma pena", sorriu a sra. Yates. "Vocês que, dá para ver, gostam tanto de mulher não quererem se casar. E que desperdício, porque deve ter duas mocinhas de sorte em algum lugar que vão perder os bons maridos que vocês haveriam de ser."

Sarah olhou para a mãe com uma raiva que rivalizava com a minha. Adelaide, porém, estava olhando fixamente para Chang, e pela primeira vez acreditei nele: havia mesmo afeto no olhar que Adelaide fixava em meu irmão.

Inclinei-me, indicando a Chang que queria levantar. "Vamos nos retirar", falei, ofegante.

"Amanhã eu desço", disse Chang, levantando-se. E me indicando com a cabeça: "Deixo *Eng* para trás".

Assim que Chang e eu entramos no quarto perguntei a meu irmão: "Você enlouqueceu?". Girei o corpo e ficamos frente a frente.

Tinha ganas de cortar o pescoço dele. Não brigávamos desde crianças, mas isso não impediu que minha mão assumisse a posição do leopardo. Seu vulnerável pomo-de-adão parecia especialmente atraente. O mentiroso sabia muito bem que era eu que mais sonhava com a separação e ele que pensava em casamento!

Ficamos ali, diante da porta, meio no escuro. "Desculpe", ele disse. O sorriso largo, cheio de dentes, demonstrava quanto era insincero o pedido de desculpas.

Tarde da noite, antes de nos acomodarmos no úmido chão da pensão, Chang disse: "Quero vê-la".

"O quê?", exclamei, pasmo.

Ele foi até a porta e eu logo me vi espiando o corredor, cara a cara com meu gêmeo, tentando enxergar as atividades noturnas da família Yates na distante sala de estar.

A pensão estava quase totalmente silenciosa, a não ser pelo estalido ocasional da velha casa tentando se acomodar à sua fragilidade, ou o lamento desarticulado e intermitente de uma coruja em uma árvore próxima. A porta da sala estava inteiramente aberta. O sr. Yates tinha adormecido em sua poltrona, com o *Wilkes County Spectator* aberto no colo. As duas filhas e a mãe gesticulavam para não fazer barulho. Sarah, curvada à luz do lampião, costurava. A sra. Yates se abanava. Adelaide parecia repreender a irmã com o olhar. De quando em quando, o pai se mexia no sono e, tentando convencer a família que estava o tempo todo acordado, pigarreava e sacudia a cabeça, fingindo participar da conversa que achava que estavam tendo. Tornava a dormir e as meninas sorriam uma para a outra.

A comédia do descanso doméstico parecia adorável, e senti uma carência familiar que jamais tinha experimentado. Chang e eu fechamos a porta depressa, para que não nos vissem.

Dois dias depois era Natal.

Quando acordamos de manhã, a pensão estava mais limpa e arrumada que um bolo natalino; guirlandas verdes de festa decoravam os balaústres da escada, enquanto coroas de pinheiro perfumado e uma árvore de Natal decorada com pinhas, botões de rosa e um laço de veludo vermelho embelezavam a ante-sala.

Esfregando o sono dos olhos, entramos na sala e vimos a sra. Yates sentada em sua cadeira especial de largura dupla, ao lado da grande árvore. Adelaide estava em cima de um banquinho colocando a estrela no topo da árvore.

"Os hóspedes já se levantaram!", a sra. Yates exclamou. "Feliz Natal para os senhores", ela sorriu.

Adelaide virou-se no banquinho para olhar para nós, segurando com dois dedos para que não caísse o chapéu debruado de renda amarela que tinha na cabeça. E ao mesmo tempo o suave som de um riso feminino escorreu da varanda pelas paredes e pelas janelas abertas da pensão — devia ser Sarah; eu não imaginava que ela fosse capaz de rir assim.

Adelaide desceu do banquinho, curvou-se ao pé da árvore para pegar alguma coisa, aproximou-se.

"Feliz Natal", disse, e estendeu uma caixa embrulhada em papel de presente vermelho.

"N-não podemos acei...", eu disse, mas Chang já tinha começado a abrir o pacote. A caixa continha um bordado feito a mão, mostrando meu irmão e a mim, coroado com o letreiro "Os Irmãos Siameses".

"Que lindo", comentei, me sentindo mal por não ter comprado um presente para os Yates. "Nós não..." Chang me deu um pisão no pé para que eu me calasse. Seus olhos de um cinzento amarelado estavam sonhadores.

"A gente não sabia que presente dar de manhã", interrompeu ele. "Por favor, esperem." E saiu correndo pelo corredor. Eu tive de me esforçar para acompanhá-lo.

"Aonde a gente está indo?", perguntei.

Quando chegamos ao quarto, Chang foi até o baú em que guardávamos nossas coisas e nos debruçou sobre ele. Tirou de dentro um pequeno dragão de jade que tínhamos ganhado no palácio do rei Rama, muitos anos antes.

"O que você vai fazer?", perguntei. Ele não respondeu. Eu adorava aquele dragão.

Antes que eu pudesse dizer alguma coisa, já estávamos correndo de volta para as meninas na outra sala. Sarah estava agora ao lado da irmã e da mãe. Ela também usava chapéu, empurrado para trás na cabeça.

Fazendo-nos trotar até elas, Chang ofereceu o dragão a Adelaide. "Feliz Natal, família Yates, e próspero Ano-Novo", disse ele. "Desculpe", ele estava sem fôlego. "Não está embrulhado." Ele engoliu em seco. "Para vocês... Presente. Do Sião. Meu país. Nosso país."

Fiquei perplexo.

As meninas se inclinaram para mostrar o objeto à mãe, e na comoção de vozes femininas que se seguiu cochichei para meu irmão: "Isso era *nosso*".

Chang ficou piscando na minha frente, como se eu tivesse falado em francês ou alguma outra língua que ele não entendesse.

"É mesmo muito bonito, meninos", disse a sra. Yates, admirando o dragão na mão da filha.

"É lindo, lindo mesmo, mamãe!", exclamou Adelaide com entusiasmo, sem nem sequer olhar para a sra. Yates. Seus olhos estavam cravados em meu irmão, isto é, não o tempo todo, porque a cada segundo ela os baixava recatadamente batendo os cílios longos.

Até chegar a Wilkesboro eu sabia o que as viagens reservavam para mim: fraternidade geminada, camas estreitas demais para nosso corpo duplo e poucas surpresas. Mas meu irmão agora experimentava o amor, essa palavra inefável que jamais havia sequer dito em voz alta, como o nome indizível de Rama ou do próprio Deus. Eu não sabia o que estava à nossa espera — à minha espera — e o pânico me dominou o coração.

Todos à minha volta falavam, e eu não percebi as sutilezas que meu irmão utilizara para encantar Adelaide, mas ela estava rindo e suspirando: "Ah, o sr. Chang!". Ouvia tudo que ele dizia e seus olhos estavam mais azuis do que a água do Mekong jamais foi.

Vi-me contemplando a suave paisagem do rosto de Sarah, perturbada apenas pelas rugas provocadas pelo lábio mordido e pelos pés-de-galinha que começavam a surgir em torno dos olhos. Sarah era de uma beleza comum, cheia de uma graça melancólica que habitava aqueles pontos ao longo de sua figura esguia onde era mais evidente que o final da juventude estava se aproximando: a pele macia do colo, a ligeira curvatura dos ombros.

Ela me pegou olhando e virou depressa a cabeça, deixando ver apenas sua face, a maior parte do rosto escondida pelo chapéu.

Estaria me apaixonando por ela?, perguntei a mim mesmo. É assim o sentimento de ternura?

Talvez esteja, respondi. Talvez seja.

Essa descoberta, que me encheria de medo e desânimo minutos antes, agora me parecia pouco mais que uma extravagância que não me dizia respeito diretamente. Em vez de uma onda de paixão, o amor me vinha como um espetáculo curioso e distante. Mas, tal como meu irmão, eu também queria me casar, como os seres humanos normais, experimentar a alegria matrimonial de que gozavam homens muito menos merecedores.

Agora, só me faltava conquistá-la, como Chang havia feito com sua irmã.

Sorri. Mais uma vez Sarah desviou os olhos; eu já não conseguia enxergar seu rosto. Enquanto isso, a Adelaide do meu irmão, ainda de olhos baixos, prendeu graciosamente atrás da orelha uma mecha de cabelos que escapara da touca, sempre de olhos fixos em meu gêmeo.

Mais tarde, tomamos um lanche natalino com toda a família Yates. As meninas haviam preparado purê de batata-doce e conserva de maçã com especiarias, que passamos nos biscoitos de gergelim, junto com bolachas e mingau de semolina coberto de melado de sorgo. Sentamo-nos na frente de Jefferson e da sra. Yates. O sr. Yates colocou-se entre as duas filhas, um planeta severo em torno do qual gravitavam essas duas obedientes luas fêmeas.

A sala de jantar, apesar de humilde, era o coração do palácio do sr. Yates, e li em seus brilhantes e altivos olhos uma atitude de superioridade em relação a todos, salvo a sra. Yates — único membro da família que parecia não se curvar a ele.

As meninas se esforçavam para não dizer que havíamos trocado presentes. Na verdade, quando meu irmão começou a falar do bordado que tínhamos ganho, Adelaide e a sra. Yates lançaram-lhe simultaneamente um olhar pedindo silêncio.

E o sr. Yates estava disposto a não ouvir nada a esse respeito. Com seus cabelos despenteados e a costumeira carranca, evitava nos olhar, para não nos ver olhando para suas filhas.

O sr. Yates abriu um livro de orações: *Primeiro guia para a refeição natalina da Igreja Presbiteriana de Wilkesboro*. Inclinou a cabeça e começou a ler, se não bem, pelo menos com fervor: "Jesus veio ao mundo igual a cada um de nós, dependente dos outros, vulnerável à fome e à sede, ao frio e ao infortúnio. 'O Verbo se fez carne e habitou entre nós', diz o Evangelho de João — o Verbo era uma criança, recém-nascida e dependente". Ele fez uma pausa dramática. "Por meio do nascimento de Nosso Senhor Jesus Cristo, Deus revelou a Si mesmo, e tornou-se Ele mesmo dependente dos seres humanos. Esse Deus tanto nos amou que elevou os frágeis e falíveis seres humanos ao nível de cúmplices de nossa própria salvação. Éramos, e continuamos a ser, parceiros do Senhor." Aqui ele pigarreou. "O Natal é uma história que fala dos que acreditam que podem tomar posse daquilo que mais desejamos, daquilo de que mais precisamos: amor — amor rico, poderoso, irrestrito."

Por sobre a mesa, o rosto de Sarah acalentou meu coração. Queria passar os dedos na pele de seu rosto. Sim, encontrei Deus pela primeira vez naquele dia. Não conhecia a pele de nenhuma mulher. A pele de Sarah parecia mais macia que a de Chang ou a minha.

"Mais que qualquer outra coisa, a história do Natal nos revela quanto Deus nos amou — nos ama — a ponto de nos pedir que sejamos seus parceiros no amor ao mundo e a uns aos outros. Amém." O sr. Yates pousou o livro.

A comida estava deliciosa, e no começo ninguém falou nada, até que a sra. Yates pediu: "Poderiam fazer a gentileza de nos contar como é a Europa?". Embora estivesse falando com Chang e comigo, ela dirigia ao marido um sorriso furtivo.

O sr. Yates voltou-se para meu irmão e para mim. Seus olhos desdenhosos dominavam-lhe o rosto. Chang nem percebeu. "A senhora nunca ir ao continente?", meu irmão perguntou à sra. Yates.

"À Europa? Ah, bem que eu gostaria."

"Paris", Chang disse. "Muito bonita..." Ele estava gostando do papel. "Uma dama."

"E Nova York?", Adelaide perguntou, de olhos arregalados.

O sr. Yates olhou para Chang, que olhava para Adelaide. O rosto do pai tinha perdido a cor.

"Se Paris ser dama", Chang sorriu, "Nova York... não dama."

O sr. Yates grunhiu, embora nem Chang nem Adelaide tenham notado, e a maneira como olhou para a mulher, depois para mim, me deu um nó no estômago.

Adelaide continuou: "Bom, eu *sempre* quis conhecer...".

"Essa cidade de Nova York", proferiu o sr. Yates, "está cheia de ianques. Para mim isso é outro mundo", disse. "Nova York é terra estrangeira para nós." E o sr. Yates continuou olhando e olhando, sem desviar os olhos, e o ritmo trivial da vida cessou. Meu irmão engoliu em seco fazendo algo que pareceu o ruído mais alto da história. Finalmente, Yates proferiu: "Vocês talvez não entendam isso".

Nova York, aquela imperdoável galáxia de luzes, concreto e sombras; Boston, Filadélfia, Washington piscando como a chama de um palito de fósforo numa tênue imitação do fulgor de Nova York; aquela fera chuvosa e brumosa que era Londres caçoando de todos os visitantes; São Petersburgo, com suas vastas praças, seus frios palácios e sua impassível serenidade; Paris, cidade de conversadores inteligentes e beleza fugidia — nenhum desses lugares nunca foi o estrangeiro para mim. Nem eu para eles. "Talvez tenha razão, senhor", respondi.

E então, com uma série de movimentos rápidos e secos, arrumando o vestido sobre os joelhos trêmulos, apoiando na cadeira os dedos longos, finos, sem anéis, Sarah se levantou. Apertou os olhos, olhando para a irmã. Adelaide parecia feliz, Sarah por sua vez forçou um sorriso (a falsa naturalidade daquele sorriso era a coisa mais triste em todo o seu rosto) e, voltando-se para meu irmão e para mim, tomando o cuidado de não olhar diretamente para nós, falou: "Desculpem, mas vocês não acham que esta época do ano é triste? Chega a mexer com meu estômago. Desculpem, mas acho que esta época do ano é muito triste". Distraída, correu um dedo pelo queixo, traçando suavemente seu contorno.

A sra. Yates explicou: "Sarah pede desculpas por querer se retirar tão cedo, mas ela sempre fica muito cansada nos feriados, não é, querida, por causa do estômago. Jefferson, quando foi mesmo aquela Páscoa que ela...".

"Tudo bem, Sarah", o sr. Yates disse à filha, docemente. "Pode ir dormir agora."

Ela saiu da sala sem pedir licença. O sr. Yates ficou olhando para a mão, coçando a palma. "Bom, acho que nós todos também podemos ir pensando em nos retirarmos", disse, com voz derrotada, e levantou-se.

"Eu estava pensando...", continuou Yates, falando manso para esconder o toque de aspereza de suas palavras, "... pensando em quanto tempo vocês dois pretendem ficar em nossa pensão — sem pressa, mas preciso saber para poder arranjar a lista e os detalhes de outros hóspedes, e coisa e tal. Tenho quase certeza de que não vão querer ficar muito tempo em nossa casa."

Tomou fôlego. "Foi um prazer ter vocês dois aqui, mostrar a vocês como se vive no condado de Wilkes. Mas acontece que somos brancos do Sul, minha família é escocesa-irlandesa. Ela é...", fez um ligeiro gesto de cabeça apontando para a mulher e depois para Adelaide, "... e ela também é; e o Jeff aqui também, e o meu outro também, e acontece que nós produzimos todas as coisas que formam uma cultura — não nós, mas nossa gente, quero dizer — coisas como a arte, a ciência, o descaroçador de algodão..." Sua voz áspera calou-se, embora aparentemente ele não tivesse perdido o fio dos pensamentos.

Ficou examinando os sapatos e, como se tivesse visto neles o horário, resmungou que era hora de se retirar. Foi andando para a porta. Jefferson foi atrás.

A sra. Yates não se mexeu; ao contrário, acomodou-se melhor na cadeira. "Foi realmente um prazer receber os dois famosos e bons irmãos siameses em nossa pensão!", exclamou, olhando para Adelaide, que estava, por sua vez, se levantando para acompanhar o pai.

A sra. Yates pediu com os olhos que Adelaide continuasse sentada, e a filha obedeceu, pondo-se como antes ligeiramente inclinada para a frente.

A mãe dela continuou: "Eles me lembram... uma brisa de ar fresco. Não é, Adelaide? Uma brisa fresca, esses dois meninos siameses do Sião".

O sr. Yates virou-se e viu a mulher e a filha ainda sentadas. "Adelaide!", fez ele. "Não vai ajudar sua mãe a levantar da cadeira?"

"Vamos continuar aqui sentadas mais um pouco", a sra. Yates rebateu.

O marido e a mulher se olharam como estranhos. O barulho da porta fechada por Sarah ecoou. Então a sra. Yates deu um sorriso significativo para o marido. "Vamos continuar aqui sentadas mais um pouco, Addie e eu."

O sr. Yates disse um boa-noite seco. Quando ele e Jefferson saíram, Chang continuou falando da Europa.

Logo, porém, a sra. Yates adormeceu, coisa que foi recebida com risinhos por Adelaide e Chang. O sorriso de Adelaide, sua voz, até os movimentos de seu corpo foram ficando cada vez mais acentuados e enérgicos; ela parecia um balão enchendo e, enquanto ela crescia, o mundo à sua volta se encolhia, até ela dominar toda a sala. Levantou-se e veio se sentar perto de nós, ao lado do meu irmão e de mim. Ela era, a seu modo, a mulher mais adorável que eu já havia visto.

"Sei no que você está pensando", disse ela, afastando do rosto uma mecha de cabelo e olhando de lado para Chang. Era como se eu tivesse deixado de existir.

Ela com certeza não ia querer que Chang a beijasse, apesar dos olhos, do ombro que se aproximava devagar e da maneira como passava timidamente a língua nos lábios. Paixão e amizade platônica, muitas vezes irmãs inimigas, não raro envergavam a máscara da semelhança para ocultar a enorme distância que há entre elas, assim eu achava.

Adelaide respirava profunda e rapidamente. "Eu *sei* no que você está pensando, Chang", ela repetiu.

"O que e-eu pensando?"

Olhei para o outro lado. Dava para sentir o coração de meu irmão batendo dentro do meu próprio peito. A mão dele estava suada e agitada no espaço entre meu pescoço e meu ombro.

Adelaide pegou a mão de Chang.

Esse gesto ousado era um choque, evidentemente. Ela está sendo gentil, pensei. Nada mais que isso. Como seria para o meu irmão ser tocado por ela?

O estalido da madeira da casa no silêncio da noite, a luz tristonha das velas na sala, o negro gelado do céu lá fora, nada disso podia ser menos apaixonante, disse comigo mesmo.

"Bom", meu irmão encheu-se de coragem, abriu um sorriso, "Chang está pensando: 'Por que essa moça não casou ainda?'."

O que ele lançara como um elogio não atingiu o objetivo desejado: ela puxou e retirou a mão.

"Não sou casada e estou aqui conversando com você." Ela introduziu uma ponta de frieza em seu tom de voz. Então, assobiando para armar-se de coragem, ele deixou escapar: "Eu te amo!". As palavras esgueiraram-se cautelosas de sua boca, como uma criança ao fugir da cama durante a noite.

"O *que* você disse?", perguntou Adelaide. É claro que ela tinha ouvido, embora ele tivesse falado com delicadeza. Ela tinha ouvido! Quanto a mim, a única coisa que eu podia pensar era que meus ouvidos tinham perdido a confiabilidade.

"Adelaide, eu te amo." A boca dele era um grande arco sorridente.

"Ama?" A dela era menos um sorriso do que um esgar. "Jure."

"Eu te amo."

"*Jure*, chinês."

"Juro. Por... por..." Ele olhou em torno da sala, desesperado, e depois para a janela: "Pela lua no céu". E sorriu.

"Ah, não vá jurar amor por aquela lua idiota, rapaz, porque ela desaparece toda manhã."

Chang franziu a testa e perguntou: "Você... me ama?".

Adelaide olhou profundamente nos olhos de meu irmão. *O que estava acontecendo?* Com uma mão descuidada ela puxou a parte de cima do vestido para acomodar melhor o peito debaixo da roupa. Arranjou os quadris numa posição mais confortável.

"É", respondeu. "Pode ser." Ela era mesmo atraente, eu também achava...

Chang deixou escapar um som que era quase como um piado e riu. Nesse momento os dois se abraçaram. Os dois se abraçaram! Eu não podia deixar de perceber minha profunda e amarga carência. Tinha de dizer alguma coisa, qualquer tolice, mesmo incongruente, mas não disse — porque não encontrei as palavras. Nunca me passara pela cabeça ser possível o isolamento em que me senti naquela sala, em companhia de meu irmão gêmeo, de Adelaide e da sra. Yates.

Adelaide abraçou Chang e puxou-o para si; eu fui quase arrancado de meu lugar. Chang e eu quase frente a frente, numa posição que esticava dolorosamente nossa membrana. Pigarreei para lembrar meu irmão da minha presença, e fiz com que voltássemos à nossa posição original. Tentei me imaginar no lugar de Chang mas não consegui.

Meu irmão gêmeo suspirou ao se soltar do abraço. Então tocou a nossa junção e continuou a me ignorar enquanto dizia a Adelaide: "Mas comigo... problemas especiais...".

Os dois se viraram para me olhar antes de continuarem.

"Mas se um amor é forte de verdade", disse ela, virando-se de novo de modo a olhar só para ele, "nem uma fortaleza consegue resistir a ele. Você me ama de verdade, não ama?"

"Amo."

"Qual é a primeira coisa em mim que podia fazer você não me amar mais?"

Meu irmão engoliu em seco e deixou passar um bom momento antes de dizer: "Quanto tempo você ama eu?".

Ela apertou os lábios e pensou seriamente um instante, enfim sorriu: "Você é sempre assim charmoso?".

"E você sempre bonita assim... não engorda nunca?", tornou Chang.

"Quantos filhos você quer ter?", ela perguntou.

Chang disparou: "O que você gosta menos em mim?".

Eu também queria ouvir a resposta a essa pergunta. Mas antes que ela respondesse, ele continuou.

"Gosto você rindo", ele disse.

É um sorriso luminoso, feliz, disse comigo mesmo.

"O que é que você gosta em mim, rapaz, exatamente?" Pensei notar um ligeiro tremor no lábio dela.

"Você arruma casa?", ele perguntou, e os dois desataram a rir.

"Você me ama?", ele mal conseguiu fazer as palavras saírem da boca, vencendo o riso.

De repente, ela parou de rir, fazendo que ele também parasse.

"Quer que eu diga a verdade sempre, acerca de tudo? Porque eu digo. Se você quiser." O sorriso dela havia desaparecido por completo ao dizer isso. Ela estava mais séria que um pregador. Pegou as mãos dele e apertou. "Esta mulher aqui já deixou de corresponder de algum modo às suas expectativas?" E emendou: "Rapaz, quanta pergunta". Adelaide voltou a sorrir ligeiramente ao final de cada frase, com uma expressão irônica e brincalhona. "É capaz de pensar em mais alguma?"

"Não", Chang respondeu.

"Eu consigo." Olhou ardentemente nos olhos de meu irmão. Seu rosto ficou mais feroz que nunca e aparentou os trinta e dois anos que tinha. "Mais uma que você ainda não perguntou."

Ele entendeu e começou a se ajoelhar, mas eu não fui junto. Ficou meio pendurado entre o sofá e o chão e virou-se para mim com um ar de súplica (*agora* ele se lembrava da minha presença). Eu me abaixei com ele; em um segundo, estávamos os dois de joelhos.

Adelaide, as faces em fogo, lágrimas descendo a longa extensão de seu rosto, debruçou-se sobre sua mãe e sacudiu-a: "Acorde, mãe, acorde!".

"Hã?", fez a sra. Yates e sacudiu a cabeça. Seu rosto todo tremeu, onda após onda sacudindo a carne de suas faces.

Chang virou-se para Adelaide: "Quer se casar comigo?".

4. O rei Rama III

Janeiro de 1819
Sião

Do convés do grande junco do rei, tocadores de gongos e de flauta enchiam com seu som alto o ar em torno de nossa casa flutuante. Esse barco de madeira que nos conduziria a Bangcoc e ao rei, distantes para sempre da segurança de nossa família, tinha a proa dourada e tigres pintados no casco. Chang e eu estávamos com sete anos de idade e nos levavam à corte do rei para morrer.

Nada se mexia a nossa volta. Nenhum outro barco flutuava no rio, nenhum pássaro voava no ar. As únicas pessoas na margem do rio a se despedirem de nós foram a mãe e suas irmãs, todas chorando. Tentei acenar para elas antes que os homens nos pusessem na embarcação.

Estava apavorado. Não conseguia olhar para nenhum dos estranhos, nem para os flautistas eretos em seu tablado de músicos reais (as pernas parecendo o perfil de um arco, com a de trás reta e a da frente curvada), nem para os cinco remadores de caras tristes e mãos encarquilhadas, enfileirados ao longo do barco, e muito menos para os estóicos guardas carecas que nos arrancaram de nossa casa. Fomos atirados num quartinho escuro com uma vigia minúscula. O quarto media sete por cinco passos dos nossos. A porta foi trancada. Nossa junção ainda não era suficientemente longa para nos permitir outra posição além de frente a frente.

A brisa que entrava pela vigia levantava nossa roupa feita em casa e parecia morder nossas costas, mas não havia nem mesmo um cobertor em cima do chão úmido. As feridas em nossa membrana latejavam e o corte da faca queimava como fogo. Meu irmão e eu resolvemos tentar dormir. Nenhum de nós deu voz às perguntas que tão desesperadamente queríamos fazer. Um guincho, como de ar comprimido, das flautas lá fora marcaram a rude saudação de boa viagem. Por alguma razão desconhecida estávamos deixando nossa casa contra nossa vontade. Fechei os olhos e chorei.

Minha imaginação evocava a horrenda corte do rei: esqueletos lutando com mulheres gordas, vermes saindo do nariz das mulheres, criancinhas geminadas como Chang e eu — quatro, cinco, unidas por uma única membrana. Depois de algum tempo, fui acordado desse pesadelo. A cabeça de Chang estava caída, e ele tendo convulsões. Achei que perdera de novo a consciência. Chamei seu nome, e ele ergueu a cabeça depressa, os olhos arregalados. Estivera desperto o tempo todo.

Chang retirou a mão do meio das pernas. Assim teve início um de seus hábitos desprezíveis.

Fui tomado por algo que era metade vergonha, metade repulsa.

"Se você quer brincar com alguma coisa, vamos brincar com In." Horrorizado, estendi para ele o boneco de pano da mãe. Eu estava com ele na mão desde que nos levaram embora.

"Não quero brincar com In." Chang fez uma careta e começou a deslizar discretamente as mãos para as virilhas, como se eu não fosse notar. Estávamos quase nariz com nariz e ele foi igualmente discreto pelo menos duas vezes mais. Seus olhos estavam opacos, como ficariam anos depois toda vez que bebia.

O boneco In era roxo e sem rugas, com pedras escuras no lugar dos olhos. Estava mole de tanto uso, a não ser nas costuras. O braço esquerdo era maior que o direito. Ficamos puxando In para a frente e para trás e, antes que eu me desse conta, o pano rasgou. Tínhamos estraçalhado o boneco; fiquei com a cabeça na mão, Chang com o corpo. Olhamos aquelas partes, depois um para o outro. Não havia o que dizer. Meu irmão e eu examinamos o homenzinho dilacerado e começamos a chorar. Eu só ouvia a água roçando o casco e cheguei a pensar: sou novo demais para morrer.

Nosso choro deve ter sido alto, porque o homem que havia tirado a gente de nossa casa abriu a porta da cela e entrou. Ele respirava pesadamente, enxugando a calva com a mão. A careca dele era escura nos pontos em que os tufos de cabelo se recusavam a sumir inteiramente.

"Por favor", disse ele. "O rei não vai querer ver vocês chorando. Eu é que vou levar vocês para o rei quando estivermos em terra."

Ficamos olhando para ele, e ele para nós. Eu olhava principalmente para o volume arredondado da sua barriga. Ele fixava nosso peito.

"O que estão olhando?", ele perguntou. O quarto estava às escuras, a não ser por uma faixa de sol que ia da porta aberta à parede. "Sou sargento, sabem?" Ele entrou deixando a porta entreaberta.

"A gente não estava olhando para nada", eu disse, entre lágrimas.

Ele juntou as palmas da mão na frente da boca, com os dedos retos e unidos, do jeito que uma criança americana faz para rezar, e tocou o queixo. "Estão querendo ser espertos?", perguntou.

"Não", respondemos.

Ele apertou os olhos. Olhava fixamente para nossa membrana.

"Dói?", perguntou.

Não conseguimos responder. As lágrimas rolavam.

"Posso tocar?" Ele já estava se abaixando, de mão estendida. Tocou nossa membrana cortada e dolorida e sacudiu a cabeça.

"O rei vai matar a gente?" Mais lágrimas.

"Vamos ver a mãe?", Chang perguntou.

"Não tenho a pretensão de saber o que sua majestade vai fazer."

"A gente não fez nada de errado", disse Chang.

Nenhuma resposta.

O guarda respirou fundo pelo nariz e sorriu. Depois, perguntou se gostaríamos de ir com ele até o convés.

Chang e eu ficamos na proa, enxugando as lágrimas do rosto enquanto o barco deslizava para a margem. Estávamos chegando à capital. Cheiros e sons chamavam a atenção para uma manada de búfalos na borda de um campo de arroz. Ao lado deles, dois elefantes jovens marchavam perto de uma clareira, zombando da pressa e da relativa insignificância de seus companheiros menores.

Nosso barco singrou entre fileiras de amplas casas flutuantes marrons e pequenas lojas flutuantes (cujos fregueses saíram para acenar para a nau real) e ultrapassou uma frota de grandes juncos chineses recém-chegados de Pequim.

Não demorou muito e estávamos entrando em Bangcoc, a Cidade das Ameixas Silvestres.

Os pináculos dourados dos templos formavam um alto horizonte artificial acima dos barracos pobres e das cabanas de madeira sobre pontões e estacas. Aqui e ali, as planícies marítimas eram decoradas com árvores frutíferas, palmeiras e uma figueira sagrada igual àquela sob a qual Buda atingiu a iluminação, conforme aprendemos depois. Seguimos o rio pelo centro da cidade, e de cada lado havia alas de casas flutuantes, todos os barcos maiores e mais sólidos que o do pai, todos tendo uma jangada de bambu como base e ancorados à margem lamacenta.

Aquilo tudo parecia coisa do outro mundo para nós. Continuamos a chorar por nossa mãe.

O estuário do rio estava lotado de barcos pequenos e rápidos. A capital não tinha ruas, só o Mekong e seus canais, tomado por vendedores ancestrais de peito nu, que apregoavam suas mercadorias aos gritos, e por monges carecas vestindo túnicas de pano alaranjado. Adiante, milhares desses religiosos rezavam de joelhos numa pequena colina em que havia sido escavada uma série de degraus, agora cobertos de panos alaranjados. Acima e atrás desse morrinho em terraços havia um grande Buda dourado sentado dentro da réplica de uma flor roxa feita de metal.

Ao encontro de nosso junco veio um barco a remo trazendo outros dois representantes do rei. Esse barco nos guiou para um ancoradouro especial ao pé da muralha que cercava o palácio. A muralha caiada, com um sem-número de seteiras, parecia ter quilômetros de extensão e ficava apartada da margem. Pináculos multicores e tetos chatos dourados espiavam lá de dentro a cidade aqui fora. Leões de granito postados a cada poucos metros ao longo do muro rugiam para o mundo com seus olhos de vidro vermelho.

Tudo era novo para nós, os pináculos, a colina com degraus, até os elefantes, mas nada daquilo me impressionou: eu estava morrendo de saudade e de pânico, e nossa junção doía. A tristeza e o medo de uma criança raptada são maiores até mesmo que a majestade do mais feroz leão de granito. Chang parecia especialmente frágil; não conseguia manter os olhos abertos.

Ele não respondeu quando sussurrei seu nome.

"Desçam do barco", disseram-nos. Em terra, o chão era tão duro debaixo de nossos pés que senti como se houvesse desembarcado em outro planeta.

No trajeto, Chang parecia pior até que o pai na hora em que concordou em fugir de barco conosco para a China.

Quatro funcionários do palácio nos levaram para baixo de uma grande seringueira e colocaram um áspero cobertor cinzento sobre nossas cabeças. Ouvi uma vozinha miar: "Sua majestade não quer que ninguém veja a coisa antes de sua alteza".

Os funcionários reais nos levaram cobertos pelo cobertor por alguma entrada, depois por um curto e úmido túnel.

Tiraram a coberta. Estava escuro. Pudemos discernir duas sombras altas, arredondadas à nossa frente — guardas, talvez, assustadores como o monstro solto com que eu havia sonhado. Mesmo cara a cara, com nossa largura dupla, Chang e eu ocupávamos todo o túnel mal iluminado, nossas costas raspando nas paredes de calcário, e de repente, por tristeza e desespero, tivemos a confusa idéia de escapar. Esperneando, raspando as juntas, começamos a correr.

Os homens nos detiveram antes de darmos dois passos, agarrando-nos com firmeza pelos braços.

O túnel dava para uma ampla câmara, bem iluminada. O lugar parecia ter sido cenário de algum incêndio devastador. O chão de granito estava chamuscado e preto, com anômalas manchas rosa e cor de laranja. Pensei ouvir o gemido de um gato em algum lugar.

Meu pé de repente ficou frio. Chang e eu estávamos enfiados até o tornozelo em uma das poças que havia na câmara. Levantando os olhos, vi o próprio rei ali na câmara; eu não sabia naquele momento que ele era o rei, mas sua coroa dourada de um metro de altura deixava óbvio que tinha uma posição elevada.

O rei nos observava incrédulo, sem pestanejar, cercado por um clã de subordinados de manto verde. A cara de sua alteza era chata, inchada e sem expressão, com uma boquinha em forma de umbigo. Apesar da presença do rei Rama, ou talvez por causa dela, corremos para a saída, caindo direto nos braços dos quatro homens que tinham nos trazido.

Um dos serviçais carecas conseguiu agarrar por trás nossa roupa esfarrapada, e outro nos pegou pelos braços.

Outro homem do grupo veio em nossa direção e desembainhou um sabre de lâmina curva. Ele avançou, a lâmina na frente. Diante disso, o rei virou-se e saiu da câmara, seguido por seu séquito de manto verde. Chang e eu fomos deixados sozinhos com os três homens — dois nos imobilizando, o outro se aproximando com a espada.

Um dos homens que nos segurava disse: "Venha com a postura média".

"Não", contestou o homem da espada. Uma longa trança caía-lhe do alto da cabeça raspada.

O espadachim parou na nossa frente com a espada erguida — a postura alta, talvez.

"É agora, irmão." Chang fechou os olhos, mas não conseguiu deter as lágrimas.

Não, eu disse a mim mesmo. Ainda não.

Um dos homens atrás de nós apertava minha mão contra meu cóccix, e o guarda apertou mais. Tentei recuar, mas não consegui.

O espadachim abriu um sorriso mostrando uma fileira incompleta de dentes marrons (lembrei rapidamente da mãe) e, com a arma na mão esquerda, fez um movimento rápido com a direita.

Senti uma dor aguda na cabeça e tudo escureceu.

Quando acordamos estávamos numa cela escura, um cômodo pequeno junto da própria câmara, acessível por um alçapão, que eu só descobri depois. A cela não tinha janelas, nem cobertores, nem catre para dormir. O que havia era um alçapão fechado e uma goteira persistente caindo do teto baixo. No canto, um gato encolhido, miando. Tentei dormir, mas não consegui. Chang, no entanto, parecia não ter problemas para cochilar. Depois de estudar a cela pela quarta vez, virei-me para o meu gêmeo adormecido e fiquei perturbado com as mudanças que as últimas vinte e quatro horas tinham produzido em seu rosto.

"Chang", chamei. "Irmão!"

Ele parecia ainda pior do que quando chegamos do barco: cinzento de tão pálido, os olhos em luta constante para ficar abertos.

Por medo, e também para consolar meu irmão, comecei a recitar uma coisa que o pai sempre dizia quando nos ensinava a pescar. "Os pescadores do Mekong acompanham a mudança." As palavras adultas me confortaram, apesar de nem entendê-las direito. "A ponderação ajuda o homem do rio a tomar a decisão certa na hora certa, diminuindo a influência do destino. Os pescadores do Mekong acompanham a mudança."

"Psss", fez Chang. Ele se alternava entre adormecer e acordar. Nossa junção ainda doía.

Depois de algum tempo, consegui chamar o gato manco do canto. Chamei o gato de In. In, o gato, tinha só três pernas. Ele cambaleou por ali, urinando e defecando. A cela começou a feder.

Meu irmão abriu os olhos e voltou para mim um rosto fora de foco por causa do sono. "Quando você acha que a gente vai poder ir embora daqui, irmão?"

"Como é que vou saber?" Eu estava irritado, esfregando nossa membrana inflamada. "Hein, Chang, como é que vou saber?"

Antes que eu terminasse de falar, Chang tinha voltado a cochilar, o rosto contorcido de dor. Acariciei sua cabeça suada. Afastei uma mecha de cabelo do seu olho, que ele abriu, assustado.

"Quando você acha que a gente vai poder sair daqui, irmão?", tornou a perguntar, piscando.

Depois de algum tempo, uma hora talvez, ouvi barulho do outro lado do alçapão. Sacudi Chang para que acordasse. "Não, por favor", ele disse, e voltou a dormir.

Só vamos sair daqui, pensei, quando o rei nos matar.

Nesse momento, um guarda careca entrou na cela e fechou a porta, como se estivesse entrando no quarto dele. Vestido de preto, o homem trazia um recipiente de água e pareceu horrorizado. Em cima do ombro, trazia o que pareciam peças de roupa. Teve de curvar os ombros para não bater no teto, e ao fazê-lo vi que era o careca que havia nos prendido, o gordo que agora denotava um ar tenso.

"Vocês têm de saber de umas coisas", falou.

Chang acordou. Perguntou ao homem: "Como é seu nome?".

O homem coçou a nuca careca. "Nao", disse por fim.

"Somos Chang e Eng", meu irmão disse.

Nao olhou para nós, ganhando coragem para nos olhar nos olhos pela primeira vez. "Vocês sempre têm de se inclinar na presença do rei", disse. "E nunca olhem nos olhos dele, nunca falem direto com ele, vocês têm de falar com o 'ouvidor' real."

Nao pôs no chão o recipiente de água.

Ele nos deu o banho menos terno de toda a história do Sião, com água morna e folhas, e nos passou umas calças pretas de lã e jaquetas de seda verde, modificadas para acomodar nossa junção. O buraco especial na jaqueta era um pouco apertado, mas fiquei contente por estar de roupa nova. Era a primeira vez que usávamos calças. Logo vieram dois outros homens escovar nosso cabelo, que ia até o queixo. E mais três para supervisionar.

"O rei vai matar a gente?"

Deram-nos instruções confusas, gritadas, sobre o protocolo da corte, disseram-nos quantas vezes e em que momentos nos curvarmos para o trono e quanto nos abaixarmos; ensinaram-nos a desviar os olhos quando o rei falasse conosco; e a cantar a Canção do Sião, que muito provavelmente teríamos de repetir quando mandassem.

"Quando o rei vai matar a gente?"

Fizeram-nos ensaiar a genuflexão. Esticávamos a ligadura, tentando dolorosamente sincronizar nossas curvaturas para tocar com a cabeça o chão úmido. Não conseguíamos nos curvar, mas só nos enrolar numa posição mais deitada que ajoelhada, com os queixos encostados.

Disseram que estava na hora de conhecermos o rei do Sião.

Sussurrei para Chang e para mim mesmo as palavras do pai: "A *ponderação ajuda a tomar a decisão certa no momento certo, diminuindo a influência do destino*". Tínhamos sete anos de idade.

Chang e eu fomos levados por um alçapão para a câmara maior, onde havia outros serviçais, que não olhavam para nós. Estes usavam altos chapéus dourados e levavam a espada sempre na frente, empunhada com as duas mãos. Estavam sem camisa.

Os homens nos levaram para fora, para o sol, passando pela muralha, até um barco de doze remos que estava na margem do rio. Os marinheiros do barco vestiam seda vermelha. Ficamos na proa enquanto o barco circundava a muralha externa do palácio, até atracar num portão com pináculos de metal.

"Entrem aí", disse um dos guardas de peito nu, apontando uma grande rede de deitar presa em quatro varas grossas. Dois gigantes seguravam as varas. E mulheres bonitas, de peitos grandes, envoltas em lenços azuis, nos entregaram pratos de camarões e nos mandaram comer antes de entrar no jardim real.

Nunca tínhamos deitado numa rede antes, sentindo o perfume das flores do rei, que pareciam altas ao sol nascente. E eu nunca havia imaginado receber camarões das mãos delicadas de uma encantadora criada. Fomos levados pelos jardins reluzentes, passamos por um segundo portão patrulhado por sentinelas de roupa vermelha bufante, depois por uma avenida de areia margeada de ambos os lados por fileiras de canhões negros, passamos em seguida por um gramado onde doze elefantes cinzentos eram conduzidos em círculo pelos tratadores. Chegamos finalmente ao Pavilhão da Assembléia Nacional e a um terceiro e último portão. "Desçam da rede!", vociferou um guarda.

Topamos com três edifícios do outro lado: o palácio real cheio de pináculos, com seu telhado dourado brilhando ao sol;

o Templo do Buda de Esmeralda, uma composição de pináculos verdes e vermelhos em degraus e telhados ricamente dourados; e o vasto Pavilhão da Justiça, onde o rei estava concluindo um processo legal.

Entramos no Grande Salão à espera da morte.

O espaço principal era uma alta cúpula, com teto e paredes de um vermelho profundo enfeitados com frisos de ouro. O chão era de mármore cinza-escuro, que brilhava como a água do rio de manhã. Uma ala de colunas de pé-direito duplo, ligadas por balcões entalhados, se espalhava pela parede dos fundos, e sobre pedestais de marfim em cada canto nobres leões empalhados davam um silencioso rugido eterno. Havia mais gente reunida ali do que jamais havíamos visto na vida.

O lugar do trono propriamente dito ficava muito acima do chão, sobre uma série de degraus semicirculares acarpetados. Esse pedestal era decorado com dragões de jade e pratos dourados, rodeado de cortinas vermelhas, que iam do chão até quase o teto esculpido, onde encontrava uma cúpula de vinte párasóis de ouro pendurados no alto como uma nuvem dourada.

No trono, com sua túnica informe dourada e a faixa vermelha, estava o gorducho rei Rama, de pernas cruzadas. Ao lado do rei, uma menina pequena de capa vermelha de seda, provavelmente uma princesa, nervosa e diminuta no fofo assento encarnado de um pequeno trono, o cabelo negro como carvão caindo solto nos ombros.

Com o queixo ligeiramente protuberante e um sorriso que parecia um esgar desanimado, ele falou com a sonolenta determinação comum às classes cultivadas de todas as sociedades. Tinha por volta de vinte anos e estava julgando: havia uma audiência legal em curso. O litigante, um fazendeiro baixote, curvou-se até tocar a testa no chão ao ser pronunciada a sentença, que lhe foi desfavorável. O homem foi levado embora, chorando.

A multidão de cortesãos a postos ficou olhando para mim e meu irmão. Era nosso primeiro encontro com o olhar concentrado de uma multidão: o grupo e todos os seus olhos.

Não olhem para mim, pensei. Olhem para Chang.

Chegou nossa vez diante do grande senhor. Nesse momento, muitos cortesãos estranhos vieram até nós e cochicharam em nosso ouvido.

"Não falem diretamente com o rei todo-poderoso."

"Não olhem diretamente para o rei todo-poderoso."

"Nem para as esposas do rei todo-poderoso."

"Como sabem, o eterno soberano tem duas mil esposas."

"Se o monarca todo-poderoso chamar vocês de 'ilustre cão', aceitem o termo com total gratidão."

"Quer dizer que ele gosta de vocês." (O rei do Sião se dirige ao seu jovem príncipe como "Aclamado Rato", tão grande é a distância entre um soberano e o mais alto membro de sua corte.)

Curvamo-nos no chão diante do rei Rama. Embora proibidos de olhar para ele, dei uma espiada. Sua alteza não tinha pescoço e seus cabelos eram como uma onda brilhante subindo logo acima das sobrancelhas. Seus olhos eram negros.

A poucos passos dos pés de sua majestade havia um homem de ar sério e bigode bem penteado com uma vara de bambu atravessada no colo. Esse homem era o ouvidor do rei. Ele é que intermediaria toda a conversa com sua majestade.

Enquanto o rei e esse homem examinavam meu irmão e a mim, um menininho magrelo de uns doze anos veio correndo até nós, sacudindo-se como alguém que sofre de paralisia convulsiva. Ele sussurrou: "Repitam comigo". E recitou a maneira certa de dirigir-se ao rei.

"Exaltado senhor!", Chang e eu dissemos, papagaiando o menino sussurrante. "Soberano de múltiplos príncipes! Que o senhor das vidas pise sobre mim, escravo aqui prostrado, e calque a minha coluna de escravo sob seus pés! Estou pronto para receber a poeira dourada de seus pés sobre minha pobre cabeça!" Enquanto isso, um enxame de cortesãos havia se reunido atrás de nós, formando um semicírculo. Eu tinha medo de fechar os olhos e alguém cortar a minha cabeça enquanto eu não estivesse olhando.

"Então é esse o desafio que a natureza tem para mim?" O rei franziu a cara real como se estivesse se referindo a algum cheiro intolerável. Depois, franzindo a testa, ordenou: "Cão desprezível, pergunte se eles já comeram arroz hoje". Sua voz soava petulante e trovejante, mas era surpreendentemente terna.

O homem sentado aos pés reais repetiu a pergunta de sua alteza. Respondemos que ainda não tínhamos comido arroz nenhum. (Os siameses fazem essa pergunta sobre o arroz da mesma forma que os ingleses sempre começam uma conversa com "Lindo dia, hoje, não?". Cada obsessão nacional com sua maneira de cumprimentar.)

"Sapo visguento", disse o rei ao seu intermediário, "lembre a essa criança dupla que vamos arrancar-lhe os olhos se continuar a olhar diretamente para nós."

O ouvidor do rei se pôs de pé e correu até nós. Era muito mais alto do que eu tinha imaginado. Bateu com força em nossas costas com a vara da bambu. Perdemos o fôlego; a pele de Chang ficou branca como a de um fantasma. O ouvidor voltou a se sentar aos pés do rei.

"Diga a sua alteza que pedimos perdão", eu disse. "Sim, diga, por favor", disse Chang.

O mármore encostado à minha bochecha era frio. A princesa também cuidava de não olhar para o pai, fixando a ponta inquieta do seu pé dentro do sapato.

"O gêmeo desculpou-se, majestade." O intermediário olhava para a frente ao falar com o monarca sentado acima de seus ombros.

O rei continuou: "Idiota confuso, pergunte ao gêmeo: foi enviado pelo senhor das mortes para anunciar a destruição de nosso reino?".

"Acredito que não", respondi, sentindo passar a dor do golpe da vara. Parecia que já não era eu que estava ali com a cara no mármore, mas algum outro menino infeliz em minha situação. Chang fedia a suor e a dias longe de casa.

"Pode dar certeza?" A voz do rei agora era toda intimidação, a ternura havia desaparecido. A princesa sentada a seus pés, silenciosa como uma flor, baixou os olhos, encontrou os meus e encolheu-se de medo.

O homem aos pés do rei disse: "Pode dar...".

"O Sião pode falar sozinho com essa criatura!", rugiu o rei. Então apertou seus olhos e fez com que neles surgisse um brilho penetrante. Eu não desviei o olhar.

"Você merece viver, criança dupla?" Seu tom era calmo agora, como se estivesse perguntando se ia chover.

"Acho que sim", Chang respondeu baixinho.

"Analise o processo expresso pela palavra *acho*", riu-se o rei. "Vai encontrar uma porção de teorias difíceis de provar. Por exemplo, que eu é que penso, que existe um eu e que esse eu sabe o que é pensar." Seu rosto contorceu-se num sorriso que tinha pouca alegria. "Você não entende", prosseguiu, arrumando a faixa da cintura. Ele ia nos decapitar, eu tinha certeza.

Se for o fim, pensei, como Chang vai enfrentar nossa morte?

"De pé", disse o rei Rama. "De pé, de pé, de pé."

Chang e eu nos pusemos de pé, fazendo o mármore guinchar com o roçar do corpo.

"Estamos curiosos para ver como se mexem." Ele não demonstrava nenhum sentimento, nem na voz nem no rosto. "Nossa questão é saber se farão de sua vida uma contribuição substancial para nosso reino." Enquanto ele falava, Chang e eu andamos em um pequeno círculo em volta do trono.

"Cooperação sincopada", ele murmurou. "Não tínhamos percebido que eram tão graciosos." E, retomando a severidade da voz: "Mais depressa!".

Informamos ao criado do rei Rama que sabíamos andar sobre as mãos.

"Mas isso é uma surpresa", disse o rei, rindo. "Podem mesmo?"

"Podemos mostrar."

"Vamos, vamos. Estamos olhando." O rei deu uma olhada para os aristocratas que estavam atrás de nós. E ouviu-se o farfalhar de todos desviando os olhos, cuidando de não encontrar seu olhar.

O homem aos pés do rei disse: "Vamos, vamos, Menino Duplo". O rei bateu o pé para o homem. Seu rosto real enrubesceu. Todo o salão mergulhou no mais absoluto silêncio. O intermediário ficou olhando tristemente para o próprio colo.

"Nós estamos *olhando*", disse o rei afinal.

E ali, naquela corte gloriosa, Chang e eu fizemos nossa primeira apresentação.

Curvamos o corpo para o duplo reflexo de nós mesmos que havia abaixo da superfície do mármore polido, colocando nossas quatro mãos estendidas no chão frio. Depois, nos alçamos no ar com um impulso dos quadris e nos deslocamos, como um par de rodas ligadas por um pequeno eixo.

Juro que o rei aplaudiu. E sorriu também. E assim a princesa. Meu irmão e eu tínhamos a habilidade de andar sobre as quatro mãos com a segurança que outras crianças correm com dois pés. Apesar do cansaço e da solidão que eu sentia, gostei do orgulho que experimentava. Respondendo ao aplauso, começamos uma série de cambalhotas para trás, descrevendo rápidos anéis no ar, girando e girando. Os movimentos de kung fu eram dolorosos, porque nossa membrana ainda estava machucada pela faca da mãe, mas conseguimos cair de pé sobre as quatro pernas e estendemos os braços, na esperança de ter evitado nossa morte.

O rei Rama inclinou a cabeça, sorriu amavelmente e levantou a mão. Senti uma punhalada no coração! O sorriso e o gesto desenvolto eram iguais ao friso do teto real! O tom e o brilho do sorriso e do movimento eram pacificadores, num momento que poderia ter sido pavoroso. Ele sabia cativar. Era majestoso.

"Adorável", disse. "Que criatura *adorável*." Ele fez um aceno de cabeça para alguém que estava às nossas costas. Ouviram-se gongos. Todos os cortesãos do Grande Salão se puseram de joelhos. As pessoas gritavam e assobiavam; Chang e eu tapamos os ouvidos. "Eu queria dormir", disse a meu irmão, que não conseguia me escutar com aquele clamor. Minha excitação tinha virado exaustão. Senti lágrimas brotando dos olhos. Os criados não paravam de bater nos gongos ensurdecedores. Meu irmão me abraçou. Íamos viver.

O rei se pôs de pé, levantou os braços e mexeu a cabeça para cima e para baixo enquanto um bando de criados corria para fechar as cortinas que estavam escondidas atrás do trono. Um momento depois, o rei Rama e a pequena princesa tinham desaparecido por trás dos panos.

A sala silenciou. Os cortesãos puseram-se de pé e aproximaram-se de nós. O rei havia terminado sua inspeção; agora era a vez deles. Juntaram-se em torno de meu irmão e de mim. Nunca tínhamos estado perto de tanta gente.

Achei que tinha visto uma cara conhecida, longe de nós, no meio da multidão: o dr. Lau, aquele cirurgião de Bangcoc que tinha vindo a nossa casa flutuante querendo a separação. Ele sorriu, depois riu e fez o gesto de serrar nossa membrana. Antes que eu pudesse mostrá-lo para meu irmão, porém, muitos rostos se juntaram em volta de nós, e não enxerguei mais o médico.

Outro homem, um gordo aristocrata vestido de dourado, colocou-se entre nós e todos os outros. Ele inclinou o pescoço e levantou a mão, o mesmo gesto que seu monarca havia feito minutos antes. Nesse homem, o gesto tinha pouco charme: um gesto real esvaziado pela falta de encanto de um corpo ignóbil.

E então uma multidão de dedos tocou de todos os lados nossa junção.

"Dói?", alguém perguntou.

Eu comecei a chorar.

"*Dói?*"

"Nem sempre."

"Vocês pensam as mesmas coisas?"

Não dissemos nada.

"*Vocês pensam as mesmas coisas?*"

Dissemos que não sabíamos.

"Vocês se aliviam ao mesmo tempo?"

Meu irmão e eu não entendemos.

"O *banheiro*. Vocês vão ao banheiro na mesma hora?"

"Quase sempre a gente vai ao mesmo tempo."

Outra pessoa estranha se destacava atrás daquela multidão, observando a excitação daquela gente toda ao mesmo tempo que nos observava. Sua pele era estranha, branca como arroz, e o cabelo ralo era marrom. Usava um terno ocidental de três peças; era o primeiro ocidental que eu via na vida. Achei que parecia um monstro.

Depois, um homem com cheiro de suor e óleo de linhaça pegou Chang e a mim pelas mãos e nos levou para fora do salão. Foi o fim da minha infância.

Embora tivesse muitas mulheres, num sentido estrito Rama tinha trinta e cinco esposas. As outras mil novecentas e tantas eram concubinas. Fomos levados para ver essas mulheres imediatamente depois de nossa audiência com o rei.

O homem do óleo de linhaça nos levou por um grande corredor espelhado. Era um corredor estreito que se enrolava em si mesmo como um caracol. Mal conseguia manter meus olhos abertos enquanto avançávamos. Não dormia desde que haviam nos tirado do nosso barco de pesca, dias antes.

"Por que está chorando?", o homem me perguntou, tomando por choro meus olhos fechados. "Vai conhecer as esposas do rei."

"Meu irmão está cansado", Chang explicou. E então, como se aceitando a sugestão, as lágrimas começaram a correr por meu rosto.

"E *você* não está cansado?", o homem perguntou a Chang.

"Não tanto." Ele encolheu os ombros. "Quando a gente vai poder ver a mãe?"

Entramos numa grande alcova com cortinas de seda azul caindo em arco dos tetos altos. Não havia janelas para iluminar a sala. Nosso guia desapareceu assim que nos depositou à porta das rainhas.

Chang e eu ficamos sozinhos entre as mulheres. Essas esposas reais eram jovens — iam dos doze aos vinte anos, acho — e estavam deitadas em camas luxuosas (nunca tínhamos visto camas de verdade), usando vestidos dourados parecidos com o do rei, só que a roupa delas não tinha a faixa real de Rama. Eram trinta e cinco.

"Olhe, metade está chorando", disse uma. Não devia ser muito mais velha do que nós, e seus braços eram finos como varas.

As belas donzelas do rei nos fizeram parar na frente de cada cama e responder a suas perguntas. Não me lembro do que a maioria delas perguntou, um interrogatório inofensivo do tipo feminino, mas nunca esquecerei o que aconteceu quando chegamos diante da última do circuito de camas que formavam uma fileira no salão.

A última rainha era a mais velha, a mais majestosa e bela. Parecia desinteressada do espetáculo que nós éramos. Todas as outras se sentavam quando nos aproximávamos, mas esta simplesmente continuou deitada de costas, olhando para o teto. Nem sequer mexeu a cabeça; simplesmente moveu os olhos para nos olhar de soslaio.

"Queria saber se vocês têm um sexo ou dois." Era uma mulher corrompida, dada a excessos. "Tirem a roupa."

Ela se apoiou nas mãos e sentou-se.

Hesitamos. Nos anos que se seguiram, sofri desgostos, fui cuspido, atacado, me senti sozinho e estranho nas cidades cinzentas do Oeste, mas nada me doeu mais que a humilhação daquele momento.

"Façam o que eu digo ou morrem", a rainha murmurou. "Quero ver." Ela puxou o lóbulo de uma orelha, distraída, e deu o seu sorriso maligno. "*Agora*."

Posso atribuir a culpa de minha submissão à falta de sono ou à timidez da juventude, mas o fato é que nos despimos sem protesto. Já adulto, eu não me rebaixaria por nenhuma rainha, nenhum rei.

Meu irmão e eu ficamos diante dela, despidos. As outras mulheres levantaram das camas e nos cercaram. Éramos corpos gêmeos, completos e distintos, face a face, com dois exemplares de cada parte encontrada em qualquer pessoa de nascimento normal. Mais a nossa junção.

A rainha que tinha feito a gente tirar a roupa meneou a cabeça durante algum tempo. As outras ficaram olhando. Chang e eu ali, o ar frio arrepiando nossa pele. As fitas de seda dependuradas estavam absolutamente imóveis.

Então a rainha cerrou os lábios. Suas faces se inflaram e ela começou a se sacudir como um bêbado que segura o próprio vômito. O riso explodiu, porém, e mostrou-se contagioso. A câmara real começou a vibrar com o riso feminino.

Até nossa chegada a Wilkesboro, isso era o que eu conhecia em matéria de intimidade com mulheres.

Logo, Chang e eu nos vimos de volta à nossa pequena cela escura, prisioneiros como In, o gato de três pernas. Eu não conseguia dormir. Não sei quanto tempo fiquei acordado, porque não havia como distinguir o dia da noite naquele lugar frio e úmido. A cela tinha um cheiro horrível por causa dos dejetos de In.

Chang não parava de falar, quando estava acordado, fazendo as mesmas perguntas repetidamente. "Acha que vamos sair daqui, irmão?" ou "Será que a mãe vem?". Eu não respondia em voz alta.

Não, eu dizia para mim mesmo. E não.

Nao entrava de vez em quando em nossa cela, com uma bandeja de arroz e um balde para evacuar. Chang e eu nos acostumamos a usar o balde; se pelo menos conseguíssemos que In nos imitasse...

O tempo passava lento como lava naquela câmara úmida.

"Balde meio vazio hoje, meninos", disse nosso criado careca numa das ocasiões em que veio retirar nossas sujeiras.

"Como você sabe que a gente um dia não vai atacar você, Nao?", Chang perguntou. Ainda estávamos com as mesmas calças e a jaqueta que o criado havia dado para usar diante do rei. Estavam agora escuras e fedidas. "Como você sabe que a gente não vai fazer de *você* nosso prisioneiro?"

Apesar do escuro, percebi um sorriso franzindo a pele da cara imensa do criado e sua careca lisa. As curvas cheias de seu corpo debaixo do manto pareciam flutuar na sombra iluminada aqui e ali pela luz que vazava das frestas da porta. "Vocês não são disso", ele disse.

Muitos dias devem ter se passado e mesmo assim eu não conseguia dormir. Foi então que aprendi que os espíritos malignos podem envergar a máscara da bondade.

Uma manhã, ou noite, enquanto Chang dormia e eu não, o calor incômodo e a falta de descanso me deixavam mole e não percebi de imediato a chegada dele. Mas lá estava ele quando levantei os olhos. Terá ele realmente ajoelhado sobre seu joelho coberto de seda no chão úmido para olhar para nós? É, eu não sonhei. Vi o pé do rei Rama com a macia sandália marrom, ouvi sua voz e senti seu cheiro. Em nossa cela! Seus perfumes lembravam-me o gengibre e uma floresta mais grandiosa do que qualquer outra que eu já havia visto.

Sentei-me, perplexo, puxando Chang junto. Olhei em volta, mas ele tinha ido embora. Ou desaparecido. Implorei na direção da porta que batia. Precisava da mãe e embora fosse um menino muito novo que nunca antes pedira uma coisa assim, senti-me tão sujo que desejei desesperadamente um banho. Nossas roupas estavam agora completamente esfarrapadas.

Talvez ele tivesse vindo para nos matar.

Disse comigo mesmo para manter a calma: "*Os pescadores do Mekong acompanham a mudança. Tomam a decisão certa na hora certa, diminuindo a influência do destino...*".

Mesmo sentado, Chang dormia. Senti ódio dele então, por dormir, por meramente existir. Se tivesse podido de alguma forma me separar dele antes de tudo isso, estaria agora com a mãe, pensei.

O tempo, como sempre, continuava passando. Meu irmão me convenceu a participar de brincadeiras que tínhamos inventado, embora eu estivesse começando a tremer de fadiga. Treinamos paradas de mão, saltos, cambalhotas. Provavelmente foi esse exercício, além do fato de estarmos ficando mais velhos e maiores, que mudou nossa junção. Ela estava ficando gradualmente mais longa, e depois de poucas semanas ou meses éramos capazes de andar quase lado a lado, com os braços no ombro um do outro como dois homens que posam para um retrato.

Às vezes, eu sentia que o chão de concreto estava para se abrir e que a nossos pés havia um abismo eriçado de... De quê? De monstros com dentes afiados ou de almofadas macias? Os espíritos da malignidade ou da bondade? O pântano do Mekong sempre me parecera frio e sombrio demais entre os dedos secos dos pés. Tentei me consolar com fatos assim enquanto não dormia.

Toda vez que Nao levava nosso balde nos dava instruções; aprendemos o *Hino de Ramkhamhaeng*. Ele nos mostrou um mapa e apontou onde ficava a Cochinchina. Praticamos o ato de ajoelhar. E aí Nao ia embora, Chang dormia, e eu conversava com o gato.

Uma vez, enquanto Chang roncava, In passou mancando sobre uma poça de seus próprios dejetos, e depois em cima de mim. Juntando um pouco de energia, peguei a criaturinha malcheirosa e pela primeira vez lhe disse: "Eu te amo". Ele olhou para mim, perplexo. Olhei para o espaço onde deveria existir sua quarta pata, depois para as poças onde as águas felinas estavam mais frescas e para um ponto onde o excremento do gato era recente e disse: "Comecei a amar você apesar de...".

"Será que *eu* quero ser amado *apesar de*?", disse o gato com voz profunda e educada. "Será que alguém quer?"

Larguei o bicho. Eu havia atingido uma nova categoria de desespero. Precisava dormir.

Nao trouxe jaquetas novas de seda verde e calças de lã preta e nos fez vesti-las.

Depois disso, sempre com um ruidoso séquito de acompanhantes, o próprio Rama começou a visitar nossa cela só para conversar conosco. Vinha de chinelos de seda e roupas esvoaçantes que dois súditos atrás dele mantinham longe do chão. Ele entrava, sorria para nós, nos cumprimentava, perguntava como estávamos e saía. No começo, ainda não tínhamos permissão de olhar para ele, mas com o passar do tempo começamos a lhe falar diretamente.

Tentando recriar a atmosfera dessa época para seus leitores, um jornalista de ética questionável inventou para o semanário alemão *Der Überfallen* uma página curiosa, e inexata, de um diário imaginário do rei Raima (sic) do Sião:

> Tornei a me encontrar com meus amigos Monstro. Serão dois? Como essa não é uma pergunta que possa ser respondida de mais de duas maneiras por um homem sensato, que um Rei, que é imune de toda e qualquer culpa, a passe adiante e simplesmente afirme que Chang e Ang não são indistinguíveis. Ang é calado e sério; o pequeno Chang é uma delícia.

Essa passagem, *fictícia*, me arrepia de raiva da cabeça aos pés. Além disso, o editor do *Der Überfallen* cometeu um erro tipográfico — *eu* é que era a *Freude* [delícia] de Rama.

Aquilo continuou por uma quinzena, depois duas, depois tempo suficiente para perder a conta. Contei ao rei Rama que estava tendo dificuldade para dormir e num átimo recebi almofadas e cobertores para pôr debaixo de nossos corpos e nos aquecer. Apesar de nos manter em cativeiro e de provavelmente ainda estar pensando se ia ou não nos matar (às vezes ele parecia conversar conosco de forma a avaliar o mérito de nos manter vivos), eu era suficientemente jovem para considerar sua majestade como um amigo. Ele parecia admirado com nossa junção e ficava olhando para ela durante todo o tempo de suas visitas.

Ele logo nos transferiu para outras instalações. Embora pequena e austera, essa casa, pelo jeito acomodação de escravos, era luxuosa em comparação com nossa velha cela, e também com nossa casa flutuante no Mekong. Tínhamos uma cama, uma cama de verdade, e lençóis, e a casa fora construída em terra firme e tinha vista para o palácio. Infelizmente, Nao não deixou que levássemos In conosco.

Ali eu conseguia dormir bem, mas sempre acordava triste, me perguntando se um dia enxergaria alguma coisa além dos muros do palácio. Às vezes, imaginava meus pais me chamando em uma língua exótica que eu não entendia.

Embora meu irmão e eu recebêssemos um tratamento mais respeitoso e apesar da companhia de sua alteza e do lampejo de beleza palaciana que vinha com ele, mais do que nunca eu sentia saudade daquele sujo trecho do Mekong de nossa infância, da casa flutuante batida pelo vento e, principalmente, da mãe com sua mão delicada. Nessa casinha nos limites do palácio, voando em imaginação pela rota dos juncos até a lama marrom e brilhante, até as estacas fincadas no rio de minha terra natal, eu me sentia menos miserável pela presença augusta do rei e dos acompanhantes reais que traziam camarões, arroz e atum branco. Por alguma razão lembro-me com carinho desse tempo com o rei. Creio que a memória tem pelo menos duas faces, caprichosas por sinal.

Quando sua alteza chegava para a visita, precedido por toques de tambor e um tapete de pétalas de rosas, o sol já estava se pondo. Uma hora antes, seus criados teriam vindo limpar nossa casa, desaparecendo a seguir em silêncio.

Chang e eu fazíamos paradas de mão para sua alteza e ele nos fazia perguntas ou simplesmente falava das agruras que só um líder conhece. Seus homens ficavam alinhados imóveis, todos com as mãos enluvadas atrás das costas (exceto o que carregava a bandeja de pétalas de rosa e o que trazia a comida).

Um dia, em vez do manto de seda vermelha comprido que cobria todo o chão à sua volta, ele usava uma roupa desenhada com maior precisão do que todas as outras que eu já o tinha visto usar antes. As calças, compridas e retas, eram cortadas acompanhando as formas reais e pregueadas. Os sapatos estranhos eram feitos de couro brilhante (material novo para nós). A jaqueta, cruzada no peito, escondia em parte o colete cinzento com botões. Era uma roupa ocidental. O rei usou-a para se encontrar com o imperador da China e outra vez, quando nos mandou embora para casa.

"Tem de vir conosco em uma viagem, Menino Duplo", disse ele da primeira vez que nos visitou vestido assim.

"Para onde, grande alteza real?", perguntei diretamente a ele.

O rei disse que Chang e eu tínhamos de ir com ele ao Templo do Buda Reclinado, onde ia encontrar-se com o imperador da Cochinchina. "Será uma grande honra para vocês."

"Parece interessante, alteza real", disse o borbulhante Chang, inclinando a cabeça como se alguém estivesse acariciando seu pescoço. Ele não sentia mais falta da mãe? Não falava mais nela.

Nosso rei e seu séquito nos deixaram sozinhos em nossas acomodações. Logo, outro grupo de criados entrou, trazendo duas roupas: mantos pretos de seda, que ganhavam majestade por causa das franjas amarelas, e duas calças vermelhas decoradas com labaredas bordadas. Um dos criados, de uns doze anos e olhos escuros, recuou diante de nós, enojado. Meu irmão gêmeo olhou para ele com amargura nos olhos entrecerrados; peguei a mão de Chang e coloquei-a em nossa membrana. Já estávamos rindo antes de os criados meninos terminarem de nos vestir as roupas.

Do lado de fora da porta, dois outros homens de Rama chegaram com um filhote de elefante acinzentado. No céu cinzento não havia sol. Garoava.

O primeiro homem, muito baixo, de rosto pequeno, redondo e vermelho como uma romã carnuda, estava em cima do elefante. O outro, muito grande e cheirando a terra seca, pegou meu irmão e a mim pela cintura, foi direto para trás do animal e nos jogou no lombo dele. Ou tentou. Cada vez que o homem nos levantava, Chang e eu tentávamos alcançar o elefante, mas não conseguíamos montar porque o animal sacudia o rabo ou balançava o corpo para a frente.

"Quieto", resmungava o homem que nos carregava. O outro homem, montado no elefante, ria baixinho. Na décima tentativa, fomos colocados com sucesso no traseiro do animal.

Chang e eu ficamos agarrados no homem de cara vermelha enquanto ele conduzia o elefante pelo jardim real. Ele olhou por cima do ombro e zombou: "Vai ser difícil descrever essa cena".

Chang dirigiu-me um olhar que dizia que ele achava aquilo divertido.

"Ele tentou dez vezes até colocar vocês aqui em cima", disse o homem, virando-se mais para dar uma olhada em nós. Depois de um segundo, sorriu, maldoso. "Vocês vão ser capazes de sobreviver neste mundo, contanto que tenha sempre algum criado disposto a carregar vocês todo dia da vida."

Quando chegamos ao fim das terras reais, fomos colocados numa pequena canoa. Às nossas costas, o condutor do elefante remava; havia outro homem parado ao nosso lado na proa — era Nao, que não víamos fazia tempo.

"Nao, sou eu, Chang e Eng", disse meu irmão.

"É", ele respondeu. Estava apertando os olhos por causa da chuva, elegantemente parado com um pé em cima de um rolo de corda. Anos depois, quando vi pela primeira vez a famosa pintura de George Washington atravessando o Delaware, lembrei-me de Nao.

Enquanto nosso barco ia subindo o rio, as pessoas se juntavam na margem, correndo para a dobra de pântano em que o Mekong encontra a terra; apontavam para nós. Outros barcos começaram a emparelhar com o nosso. Todo mundo começou a gritar.

"O que está acontecendo?", Chang perguntou.

"Ficaram sabendo da chegada de vocês", disse Nao. "A dupla maldição."

Ouvi, atrás de nós, a voz do outro homem, o remador de cara vermelha. "Essa gente devia ter visto isso aí tentando subir no elefante", grunhiu.

As pessoas continuavam se aproximando.

Cresciam em número e em ruído ao se agruparem, e em pouco tempo era uma multidão que se formara engrossando aquele clamor de exclamações e gritos estridentes.

Barcos estranhos se aproximaram, abalroando o nosso, cada vez mais numerosos. Os ocupantes dessas canoas que nos cercavam se debruçavam, tentando alcançar nossa proa, querendo tocar nossa membrana. Os gritos agora eram altos. Mais canoas; mais mãos agarrando. Em meio à agitada cortina de corpos inquietos, de mãos que nos agarravam e braços que nos puxavam, eu via de relance uns pescadores pulando na margem na tentativa de nos enxergarem e gente correndo nas barrancas, os músculos e as veias do pescoço inchados e tensos, gritando: "Olhem! Olhem!".

O enxame de barcos bloqueava e sacudia agora nossa canoa. Chang e eu nos agarramos a Nao. Tantos rostos nos rodeavam que chegavam a cobrir o céu: olhos arregalados, bocas desesperadas, narizes frementes, era como se tivéssemos caído dentro de um vespeiro. Mesmo apertado contra Nao, mil mãos me agarravam; o calor de tantos corpos me aterrorizava; um denso emaranhado de cheiros infectava as centenas de hálitos exalados em uníssono sobre mim.

"Para trás, para trás!", gritava Nao batendo nas cabeças, nos rostos, nos ombros da multidão com uma vara de bambu. "Para trás!"

A turba acabou recuando. Nao gritou por cima do ombro para nosso remador (que estava quase apalermado): "Anda, seu imbecil!".

Deslizamos pelo meio da multidão ensandecida. E conseguimos seguir rio abaixo, na direção do Templo do Buda Reclinado. E o sol começou a brilhar.

O Templo do Buda Reclinado ficava a céu aberto e era composto de um círculo de talvez cinco mil altos postes de madeira que, no topo, se abriam em arcos como caules de flores se abrem em folhas. A cada oito postes havia uma guarita abrigando uma sentinela. Dentro, no centro dos canteiros de flores dispostos em grandes anéis concêntricos, despontava um Buda dourado. As pétalas das flores balançavam, embora não houvesse vento. O movimento das flores fazia as manchas coloridas de seus caules se soltarem, lançando no ar uma delicada poeira vermelha, azul e amarela. Assim como a estátua, o marrom da terra lodosa em torno dos canteiros estava manchado por esse fino pó. Chang e eu fomos levados ao anel central, na frente do Buda, junto com o séquito de Rama.

O séquito real estava organizado em três colunas. Um passo à nossa frente, o rei Rama, com pulseiras e anéis de ouro martelado e seu terno à ocidental; à esquerda dele, algumas de suas esposas, inclusive a rainha que nos fizera tirar a roupa. À direita, a princesa que tínhamos visto no Grande Salão, a princesa Xenga, filha de Rama, cuja beleza morena se destacava mesmo entre as belíssimas aias à sua volta. Ficamos ao lado de Nao, com seus braços cruzados no peito largo e sua testa franzida ao notar que eu olhava para Xenga. Atrás de nós, um grupo de agitados cortesãos, pigarreando. O templo não tinha ninguém mais além dos cerca de trinta membros do séquito de Rama.

"O que estamos esperando, Nao?", Chang perguntou.

Seu rosto denotou contrariedade. "Quieto", disse ele.

Pelo portão frontal, entrou em passo de marcha uma ala de mil soldados vestidos com uniformes de prata e capacetes de madeira. Em seguida, oitenta elefantes de trombas poeirentas. Quarenta tocadores de tambor passaram por nós também, montados em elefantes alternados, e um tigre rosnando numa jaula de madeira. E então entrou algum tipo de personagem real, sentado num trono carregado sobre os ombros de quatro enormes criados sem camisa.

"A delegação da Cochinchina", Nao cochichou para nós com o canto da boca meio fechada.

Vão nos matar agora?, perguntei a mim mesmo.

Veja como seu irmão gêmeo sorri nervoso, disse a mim mesmo. Simples e bonzinho, mas que pena você estar ligado a ele.

O imperador da Cochinchina, gorducho como Rama, acenava e sorria para a nossa delegação. Usava roupas verdes e um alto chapéu dourado mais alto que todos os chapéus altos que eu já vira Rama usar. O chapéu balançava e se dobrava quando o imperador acenava.

Rama fitava o imperador e balançava a cabeça, sem emoção.

Um dos elefantes inesperadamente empinou as patas da frente. O tocador de tambor montado no animal foi atirado longe, aterrissando em uma nuvem de poeira e cor em um dos círculos de canteiros; seu tambor se espatifou ao lado dele. O rei Rama soltou um suspiro. O elefante saiu da fileira, e a terra sacudiu enquanto ele galopava em torno do templo, fugindo dos soldados. O imperador da Cochinchina fez uma careta. "Meus homens já pegam o animal!", gritou para nós em chinês, arranjando a roupa. "Não se preocupem!"

Os soldados laçaram o elefante e o trouxeram diante do imperador. Um dos criados do imperador deu-lhe um chicote, e com um sorriso perturbado ele bateu no animal, seguro por vinte homens, no mínimo. Então, o tocador de tambor que viera montado no elefante, todo ensangüentado, foi até o imperador e prostrou-se diante dos chinelos vermelhos de seu amo. Outro criado deu um passo à frente segurando uma espada.

"Você falhou", disse o imperador ao homem prostrado com o tom de suave censura que os pais de bom coração empregam ao ralhar com os filhos.

O criado decapitou o homem com um golpe da lâmina. De longe, vi o sangue borrifando as flores. Uma gota de sangue manchou a gola verde do imperador.

Chang e eu sentimos os joelhos ceder. Mais uma vez, Rama virou a cabeça para a rainha, levantou as sobrancelhas e suspirou. Encolheu os ombros. "Muito *severo*", o rei sussurrou. Todo mundo concordou discretamente.

O imperador da Cochinchina atravessou o forte até onde estava Rama. Ele esticou a mão para a frente e sacudiu a cabeça de repente, não muito diferente do elefante. Os dois líderes se abraçaram, beijaram-se nas faces, depois ficaram com as mãos um no ombro do outro. Ao fazê-lo, o imperador nos viu, por cima do ombro de Rama. Desviou depressa os olhos, fingindo não ter notado. O imperador voltou até seus transportadores. Os dois grupos — o séquito da Cochinchina e o de Rama — ficaram frente a frente. Mais adiante, o corpo sem cabeça continuava na piscina do próprio sangue.

A meio caminho entre os dois grupos, os cochinchinos alinharam todos os elefantes perpendicularmente à jaula do tigre. Então, dois soldados cochinchinos soltaram o tigre, formaram um círculo em volta dos dois tipos de animal, e assistimos a uma desequilibrada batalha entre espécies.

O tigre, havia muito um animal odiado na Cochinchina, tivera a boca costurada e as garras removidas. E estava preso por uma corda amarrada a uma estaca que os soldados cravaram no chão. Todos os elefantes se alinharam diante do tigre. Os soldados cutucavam os animais, um a um, para lutarem contra o tigre, e um a um os elefantes recuavam. Os gigantescos animais tinham medo do tigre indefeso.

Os tratadores dos elefantes foram açoitados com bambus até cair, desmaiados. O imperador exibia sua careta digna e ajeitou a roupa, rindo. Finalmente, um dos elefantes atacou o tigre, espetando o animal menor com suas presas. O animal espetado grunhiu e tentou arranhar o atacante; o elefante sacudiu a cabeça, atirando o tigre para o alto. O tigre morreu ao tocar o chão.

Para não ser superado, o rei Rama deu um passo à frente.

“Preparamos para nossos vizinhos de Hue uma demonstração em honra da recente revisão das leis imperiais que governam o comércio entre os dois países”, disse.

Nao nos pegou pelas mãos e levou-nos até o rei. Depois recuou. O rei olhou para nós como Deus deve ter olhado a terra no sétimo dia.

"Vejam o Menino Duplo!", Rama gritou.

Chang e eu demos um passo à frente nas jaquetas de seda preta que Nao tinha nos dado para a ocasião, que deixavam exposta nossa membrana. Curvamo-nos no chão lamacento e fizemos uma parada de mão. Ouvimos um ruído que parecia o vento. Imaginei o que aconteceria conosco se não agradássemos a nosso rei e seu convidado. Meu olhar pousou nas flores, que ficaram de cabeça para baixo e começaram a oscilar entre nós e o séquito do imperador.

Basta um único golpe, eu pensava. Um golpe para separar um homem de sua cabeça com tanta precisão.

Demos uma cambalhota no ar e pousamos sobre os pés. O único som que se ouvia era dos elefantes respirando. Todos olharam para o imperador, até que ele finalmente caminhou com seu passo oscilante até o rei e nós. Parou diante de Rama. O imperador estrangeiro olhou para nós, incrédulo, e tocou nossa membrana. Era muito jovem, mais jovem até do que Rama.

Chang e eu nos curvamos e ali ficamos.

Com voz grave, o imperador disse: "Evidentemente, temos em nosso reino diversas pessoas assim ligadas".

"É mesmo?", replicou Rama.

"Mais até que diversas." O imperador sacudiu a cabeça. "Não sabia que valorizava isso, rei Rama. Se soubéssemos, teríamos trazido os muitos meninos duplos de meu reino como presente."

"Quando retribuirmos os favores a seu país, haveremos de ver esses meninos", disse Rama.

O imperador apertou os olhos. Observou Rama. "Claro. Não será difícil providenciar."

“Eles são um sinal”, disse Rama. “Não acha?”

Soprou um vento carregado do perfume das flores, levantando poeira. O imperador observou o polvilhar da areia.

“Sinal de uma nação abençoada”, disse Rama. “Não?”

O imperador fez uma pausa, engoliu em seco, forçou um sorriso. “Sim.”

Nao deu um passo à frente e escoltou Chang e a mim de volta a nosso lugar na fila. A luminosidade da tarde agora se misturava com a luz das tochas nas guaritas. Depois de mais duas horas de tediosas trocas de cortesias, Nao nos levou de volta a nossa casinha. A turba havia se dispersado e dessa vez fomos protegidos das vistas, ocultados sob um pano no convés do junco, para não despertar de novo o interesse popular. Este viria mais tarde, e tão intenso que não poderia ser evitado.

5. Um namoro duplo

Dezembro de 1842 — janeiro de 1843
Carolina do Norte

Quando Adelaide, ou Addie, como meu irmão a chamava agora, aceitou a proposta de casamento de Chang, tiramos prolongadas férias de nossas viagens, e meu irmão se transformou em algo mais que o homem que adorava ser admirado em público.

Não que Chang tenha começado imediatamente a agir de modo diferente quando nós dois ficávamos a sós; ao contrário, era quando estava com ela que ele se revelava uma nova pessoa. Nesse caso, o amor não era realmente cego, mas cegava. Ali estava um homem que havia divertido cabeças coroadas com sua graça, se não inteligente, ao menos fluente. E, agora, o amor o atordoava a tal ponto que ele perdia de vista o fato de que "a galhofa espirituosa" que ele desenvolvera nos salões da Europa tinha de lhe servir pelo menos tão bem quanto lá no ambiente social rural da Carolina do Norte. E ele não conseguia abrir a boca diante do pessoal do campo.

Uma vez, por volta do meio-dia, logo depois de ter dito sim ao meu irmão, Adelaide, Chang e eu nos sentamos numa manta que ela havia estendido na grama poeirenta e cheia de folhas do jardim dos Yates. Naquele clima quente, o desejo de voltar ao Sião bateu de novo em mim, ao contemplar a copa verde das árvores em volta, às quais a luz forte do sol, com seu jogo de sombras, dava a brilhante transparência das esmeraldas.

A sra. Yates estava olhando a gente da varanda dos fundos, fora do alcance de nossas palavras. Seu marido, o sr. Yates, tentava não ser visto enquanto espionava da janela sua filha e aqueles dois companheiros exóticos. Yates não sabia do noivado da filha; a sra. Yates planejava escondê-lo dele o maior tempo possível. Eu não conseguia entender por que Adelaide e a sra. Yates não compartilhavam a oposição do sr. Yates.

É seu dever para com seu irmão pôr um fim nisso, dizia eu a mim mesmo. Para o próprio bem dele.

Expor a ele quanto era improvável sua posição, dizia de mim para comigo. Poupará os dois da dor.

Adelaide estava deitada de bruços na manta, de frente para Chang, o queixo apoiado nos antebraços dobrados. Ela e meu irmão se olhavam, como se fossem crianças observando um presente de Natal no dia 24 de dezembro. Ambos queriam falar, mas não se conheciam o suficiente para conversar à vontade.

"É evidente que vocês vão ter de ficar aqui", Adelaide disse, afinal, batendo a poeira. "Todas as noites, até a gente se casar." Ela se aproximou de meu irmão e olhou intensamente nos olhos dele. "Você tem de mostrar ao papai que tem boas intenções. Como é que vai fazer se não for aqui, Chang?"

"Por quê?", perguntei.

Meus dois companheiros voltaram a atenção para mim subitamente, como se eu tivesse aparecido do nada; fazia horas que eu não dizia uma palavra. "Por que está falando de casamento conosco?", perguntei. "Por quê, por quê?"

Os olhos de meu irmão cintilaram de raiva. "Porque ela..."

"Como?" Eu não queria deixar meu irmão completar o pensamento. "Por que ela haveria de amar alguém como você?" O rosto dele demonstrou o efeito de minhas palavras em seu coração.

Quanto a Adelaide, ela desviou os olhos, mas pode ter disfarçado um sorriso. Eu me vi pensando: Sarah não faria isso, sorrir tão maldosamente. Eu não tinha conversado muito com Sarah, não conseguia juntar coragem para cortejá-la embora a visse todo dia e agora fiquei surpreso com o prazer que senti ao pensar nela, na raridade de seu sorriso sincero.

"Escute." Adelaide apontou um dedo para mim e assumiu o tom secreto e radioso de um conspirador. "Sabe de uma coisa, Eng?" Definitivamente, ela estava sorrindo. "É evidente que você devia tentar conhecer minha irmã."

Não sei até que ponto consegui evitar que minha boca se escancarasse. Ela deu de ombros e percebi que estava me provocando. Ou estaria enganado? Apertei os olhos, fixando-a. "Você acha que eu..."

"Foi o que eu disse", ela riu. Chang olhava para Adelaide como se ela tivesse resolvido o mistério do vôo.

"É evidente que não faz nenhum sentido Chang e eu nos casarmos com um irmão solteiro por perto." A voz dela era um misto de riso e sussurro. "Dois mais dois é mais fácil que dois mais um."

"É", concordei, ainda sem entender direito suas motivações, mas entendendo, sim, e com enlevo, aquela insinuação. Eu era uma caricatura da serenidade. "Talvez eu até gostasse disso."

A partir daí, as coisas correram depressa.

Poucas horas depois, meu irmão e eu estávamos sentados na varanda dos Yates com Adelaide e a sra. Yates. Nós dois em silêncio enquanto a mãe matutava sobre como arranjar meu futuro com Sarah. Eu fiquei ali, mudo, esperando aquelas duas estranhas planejarem minha vida.

Adelaide estava sentada rígida na balaustrada. A sra. Yates armou uma cara dura como a de uma marionete.

"É disso que aquela menina precisa", falou Adelaide. "Só que ela não sabe."

"Ah, eu já estava desconfiada", disse a sra. Yates, dando uma palmada no joelho. "Uma colcha de Natal."

Eu estava envergonhado demais para perguntar o que era aquilo. Os dedos de Chang estavam pousados em seu colo, e seus olhos estavam vazios.

"Juntar toda a nossa gente, juntar a cidade inteira, e todo mundo contente..." A mãe Yates se animava com a beleza da idéia. "A menina não vai nem saber o que deu nela."

"Talvez até cale de uma vez por todas a boca da cidade, que vive falando dela por causa...", acrescentou Adelaide.

Adelaide se interrompeu subitamente. Ela e a mãe pareceram congelar-se. Vi, de repente, uma inexplicável amargura insinuar-se no rosto da sra. Yates, como quando se vê de relance uma truta subindo quase à superfície na corrente do rio.

Chang não percebeu a raiva inflamada nos olhos da sra. Yates e sorriu para sua futura sogra. Ela recuperou seu bom humor e sorriu para ele também.

Como meus dias e noites passariam a ser horríveis se, enquanto meu irmão vivia sua vida de casado, eu não conseguisse conquistar o coração de Sarah! Fosse qual fosse o resultado, eu haveria de sobreviver, disse a mim mesmo. Os pescadores do Mekong acompanham a mudança.

"O que é uma colcha de Natal?", perguntei, interrompendo os outros.

Minha pergunta, porém, permaneceria, pelo menos por enquanto, sem resposta (ninguém me contou que colcha de Natal era uma reunião em que um grande grupo de mulheres ficava costurando, enquanto os homens bebiam) porque o sr. Yates apareceu na varanda, encerrando a discussão. Ele olhou para Adelaide, depois para Chang e, embora ninguém lhe tivesse dito nada, ele devia perceber o naufrágio de sua vida familiar. Segurando o chapéu com ambas as mãos, Yates estava menor do que semanas antes, e mais pálido. Por causa da inquietação; por causa da dor.

Embora o Natal já tivesse chegado e passado, a sra. Yates começou a organizar uma colcha de Natal. Ia convidar a cidade inteira para passar o sábado seguinte, 3 de janeiro, no quintal da casa dela. Embora fosse ostensivamente uma comemoração atrasada em relação à data festiva e, segundo a sra. Yates, um jeito de Wilkesboro mostrar o sentido do Natal para seus famosos visitantes duplos, o plano foi maquinado na realidade para forçar Sarah a ficar a meu lado. A colcha constituía minha única chance de conquistar seu afeto, pensei. Meus dotes de sedução tinham de estar em plena forma se eu quisesse seduzi-la — mas será que eu queria efetivamente seduzi-la? Fiquei tremendamente estressado.

Na varanda, certa manhã, estávamos sentados sozinhos quando Sarah passou por nós, entrando na pensão. "Olá", cumprimentei-a quando ela passou; não ouvi resposta. Um cansaço estranho tomou então conta de mim, e me isolei nele. Mais ou menos uma hora depois, ela saiu e tornou a passar por nós a caminho da cidade, junto com a irmã. "Olá, senhor Eng", disse dessa vez, depois de eu ter cumprimentado primeiro. Senti como se de repente eu houvesse sido sugado para algum ponto morto escondido atrás das fagulhas e dos minerais do coração e da mente. Já não tinha orgulho, nem cérebro. Só uma enorme vontade de não ficar sozinho enquanto Chang gozava sua felicidade.

A noite na véspera da colcha testemunhou uma violenta briga.

Adelaide e a sra. Yates estavam com o sr. Yates em um dos quartos de cima. Chang, Sarah, Jefferson e eu estávamos na sala. O clamor de uma discussão explodiu no ar, tão nítido e doloroso quanto o troar de um canhão.

"Não admito!", berrou o sr. Yates. "Não me importa o que as pessoas dizem de nós. As coisas não são assim! Isso não é motivo. Não é motivo para..."

Sentada a nosso lado, Sarah olhou para mim. Seu rosto corou de vergonha. "O tempo está bom para esta época de Natal, não é?" Eu não estava preparado para as palavras de Sarah, de forma que não ouvi essa sua primeira tentativa de desviar nossa atenção da discussão no quarto. "Nem me lembro mais da última vez que fez um tempo bom assim em janeiro", ela repetiu, dessa vez mais alto.

"É", eu disse, disposto a jogar o jogo. "A... a temperatura está esplêndida." Sorri para Sarah e ela conseguiu retribuir, mas seu lábio inferior estava tremendo.

"Papai, o senhor não está entendendo!", o grito de Adelaide ecoou pelo corredor. "Estou de castigo faz dez anos", ela berrava, "e nem foi culpa minha!"

"Quieta!", disse a sra. Yates. "Quieta!"

"Já sou uma mulher crescida agora, pai, faz tempo!"

"Pois é, Sarah...", pigarreei, forçando um sorriso. "Acha que a colcha vai ser interessante?"

"Não me importa que escutem!" A voz de Adelaide soou através das paredes.

"Ah", Sarah respondeu para mim, embora seus olhos se apagassem, concentrada em falar e ouvir ao mesmo tempo. "O senhor vai à colcha, senhor Eng?"

"Cuidado com a boca, Adelaide Yates, eu ainda sou seu pai! Você já falou demais!"

"Queria que chegasse logo o dia", respondi a Sarah. Bati as palmas das mãos, que estavam suadas: "Da colcha, digo".

Do outro lado da sala, Jefferson quebrou seu silêncio com um grunhido. "Detesto briga." Estava sentado na larga cadeira feita sob medida para sua mãe, fixando as mãos cruzadas no colo.

"É", disse Chang. "É ruim."

Sarah começou a chorar. Uma lágrima rolou, romântica, por seu rosto. A imagem dessa moça chorando era uma das coisas realmente puras desta vida, uma flor querendo se abrir, um dia com a família no rio quando se tem cinco anos de idade, o vulcânico pôr-do-sol refletido em centenas de torres dos templos dos jardins de nosso rei, lembranças felizes. Mas ela não olhou para mim.

De qualquer forma, a manhã da colcha chegou. E assim como, em nossas turnês, eu nunca achei as altas personalidades que conheci ou as novas cidades que descobria no horizonte tão maravilhosas quanto sempre esperava fossem ser, também essa ocasião não teve a meus olhos o brilho e a grandeza que eu lhe havia atribuído em minha imaginação.

Mas a decepção durou pouco.

Em uma hora ensolarada da manhã, Jefferson e o sr. Yates ajudaram a sra. Yates a sair para o jardim, onde a sentaram em sua incrível cadeira dupla. Ao lado da sra. Yates, o pai e o filho armaram uma mesa de piquenique, sobre a qual estenderam uma grande colcha de Natal verde e numerosas agulhas de costura. Ao lado dessa, uma segunda mesa de piquenique atraía os convidados, e algumas moscas, com um porco, um bezerro gordo, um grande peru de festa, molho agridoce e molho de carne.

Adelaide, com um vestido amarelo-brilhante, veio conversar com Chang e comigo. "Papai vai acabar concordando conosco." Ela estava radiosa.

Sarah, porém, não estava em lugar nenhum, e por isso fiz à irmã de meu amor algumas perguntas aparentemente indiferentes sobre o paradeiro de Sarah.

Adelaide, mesmo usando um chapéu amarelo de abas largas que combinava com o vestido, levou a mão aos olhos para se proteger do sol. "Olhe só para ele", disse a meu irmão, "está mais nervoso que um gato molhado." Sacudiu a cabeça para mim, de um jeito brincalhão e carinhoso. "Não se preocupe, Eng. Eu pensei bastante no assunto. Chang e eu não podemos casar deixando você de lado."

O prazer que as palavras dela me trouxeram fez com que eu começasse a sentir por Adelaide um afeto que, de certa maneira, era maior que aquele que eu sentia por Sarah. Ou, pelo menos, diferente. Adelaide estava empurrando para mim o objeto de meu desejo, enquanto a própria Sarah continuava indiferente a meus encantos. Além disso, era Sarah que eu *desejava* e que, portanto, me deixava nervoso cada vez que a via. Adelaide era uma colaboradora sensível. Inclinei a cabeça para a noiva de meu irmão para demonstrar minha gratidão.

"Posso fazer uma pergunta, Adelaide?", pigarreei. "Aconteceu... aconteceu alguma coisa com sua irmã? Alguma coisa que as pessoas... evitam comentar?"

O olhar de Adelaide assumiu um ar de desconsideração. "É mais que evidente que você nunca vai ter a coragem de falar com ela", respondeu Adelaide, desdenhosa. "Quer dizer, no caso muito pouco provável de ela resolver lhe dar uma chance." Os lábios dela se curvaram num sorriso.

Então Adelaide, uns dois centímetros mais baixa que Chang e uns cinco mais baixa que eu, olhou por cima do ombro para ver se alguém estava nos vigiando. Furtivamente ela colocou a mão bem perto da manga do casaco de meu irmão, o que o fez sorrir como se tivesse ganho na loteria, colocando o braço de forma que o algodão de seu paletó tocasse ligeiramente os dedos dela.

Os convidados foram chegando aos poucos. Primeiro, apareceu um grupo de mulheres, depois alguns altos e vermelhos homens da Carolina do Norte juntaram-se à colcha, todos exibindo fortes braços e grossas costeletas. A mesa das mulheres logo começou a ressoar com o som das agulhas, e pouco depois a fumaça de tabaco subia em fitas da boca de cada homem, branqueando o ar quente.

Junto à mesa da colcha, encarapitada em sua cadeira feita em casa, a sra. Yates, com Jefferson a seu lado, irradiava satisfação. A uns cinco metros dos convidados, na varanda dos fundos, Adelaide ainda fazia companhia a mim e a meu irmão, uma vez que Chang e eu estávamos nervosos demais para suportar a pressão social da conversa festiva. "Tentem não parecer muito agitados, vocês dois", disse ela. Arrumava o cabelo, mordia o lábio, seus olhos correndo de nós para a festa, da festa para nós. "Adelaide Yates, Adelaide Yates", murmurava para si mesma, "Adelaide Yates, Adelaide..."

Os convidados não falavam muito, preferindo observar Chang e a mim. No meio dos homens, circulava o "primo" das meninas, Will, aquele valentão de cabelo vermelho que havia nos provocado na cidade semanas antes. Eu tinha descoberto que ele não era aparentado da família Yates coisíssima nenhuma e que ganhava a vida perseguindo escravos fugidos até o Canadá, marcando imediatamente a ferro os que conseguia recuperar. Ele sacudia a cabeça enquanto nos observava.

Sarah ainda não tinha aparecido. Nem o sr. Yates. Eu estava começando a perder as esperanças quando a dama que eu talvez amasse saiu da casa para a varanda dos fundos, acompanhada de uma moça alta, curvilínea e completamente vesga. Sarah acenou com a cabeça para mim ao passar a caminho da mesa da colcha, uma saudação bem magra.

Adelaide reagiu. "Vai, rapaz", sussurrou para mim, com um gesto na direção de Sarah.

Chang e eu caminhamos até a mesa da colcha.

Antes de chegarmos, um homem veio em nossa direção, colocando-se entre nós e nosso destino. Era grande e estava bêbado, com o longo casaco de festa pendurado nos ombros redondos. Ele pegou uma agulha de costura que estava na mesa da colcha e colocou-se uns passos à nossa frente.

Perguntou em voz alta: "Vocês são os tais gêmeos *siameses*?".

Eu não disse nada. Meu irmão também ficou calado.

"Chang e Kang?", o homem continuou. Ele virou a cabeça para olhar para os amigos que estavam atrás dele. Apertou mais a agulha. "Do Sião? Seis e Meia Dúzia."

Meu irmão e eu ficamos tensos.

"São grudados mesmo?" Embora se dirigisse diretamente a Chang e a mim, o homem falava muito alto, como se quisesse nos envergonhar diante de todo mundo.

"Isso mesmo, meu senhor", respondi.

Os olhos de todos estavam cravados em nós. Cobrimos o sol com a mão para ver melhor nosso adversário. Naquele instante, o sr. Yates saiu da casa. Ele também não disse nada, ficou nos observando de longe.

Adelaide veio ficar ao lado de Chang. Nós três encaramos o homem, que parecia maior a cada segundo nos observando em silêncio.

Da mesa de piquenique, Will, o primo, latiu: "Viram só?". Ele se pôs de pé. "Viram como essa menina foi para o lado desses chineses grudados?" Ele veio em nossa direção até ficar ombro a ombro com o homem que segurava a agulha.

"E então, Sarah, não vai participar da festa? Ou será que os chineses são brancos demais para você?", disse Will, procurando meus olhos o tempo todo, esforçando-se para parecer agressivo. E declarou a todo mundo: "Não quero nem saber o que esses aí andam fazendo".

Diante disso, Chang e eu demos um pulo para perto dos nossos rivais. Em um único movimento estávamos a um centímetro deles; meu nariz quase encostado na boca de Will. Por mais agressivos que fossem, os dois homens devem ter ficado surpresos com a rapidez de nosso movimento conjunto.

"Se continuarem falando", Chang sussurrou, "eu e meu irmão vamos ter de derrubar vocês dois."

Pelo canto dos olhos, vi o sr. Yates. E embora não tivesse como saber se ele estava pensando em dizer ou fazer alguma coisa, levantei a mão em sua direção, indicando que ele devia ficar de fora, quieto. Os convidados se aproximaram, ruidosamente, para assistir.

"Retire o que disse de Sarah Yates", falei em voz muito mansa. Lentamente, estendi a mão e agarrei o pulso do bêbado de casaco comprido, segurando tranqüilamente a agulha de costura. A mão dele não se mexeu ao meu toque, e ele não se opôs quando lhe tirei a agulha da mão. Deu um passo para trás, afastando-se de nós, e depois mais um.

Eu estava com a agulha agora e levantei-a até o queixo de Will, tocando delicadamente a ponta debaixo do lábio inferior dele. O rapaz ficou duro.

"O que pensa que está fazendo?" A voz dele, de repente, ficou aguda e feminina.

"Está entendendo o que eu digo?", perguntei. O homem cheirava a roupa suja. Se ele fizer um movimento, pensei, espeto a cara dele. "Nunca, nunca mais fale mal de Sarah Yates." Levantei a outra mão, que não estava segurando a agulha, e, para minha eterna surpresa, Sarah veio se colocar a meu lado.

Will correu os olhos dela para mim. Apertei um pouco mais a agulha em sua pele. Ele engoliu em seco.

Eu sentia intensamente a presença de Sarah, que comprimia os lábios; parecia estar fazendo um grande esforço para não falar. Ela pousou os dedos em minha mão, a mão que segurava a agulha, e afastou-a do rosto de Will. Seu toque era mais duro que feminino, mas esse toque de mulher era agradável. Ela não sabia o que fazer depois, pude perceber.

Sem dizer uma palavra, deixando de boca aberta o grupo da colcha, Sarah puxou Chang e a mim para fora da festa. Depois de alguns metros, Will gritou por trás dela: "Até que enfim você pegou mais alguma coisa na sua ratoeira!". Mas não importava mais; ela estava nos levando para a floresta, para o rio Yadkin. Vi um último rosto, antes de entrar na mata: era o do sr. Yates, e ele estava carrancudo.

Sarah não parava de tremer e resmungar enquanto avançávamos. Chang e eu demos de ombros sem saber em que direção estávamos sendo levados, mas eu estava feliz demais para me incomodar.

Talvez eu consiga o que você tem, irmão, eu disse a mim mesmo.

Será que meu gêmeo sente o bater do meu coração?, eu me perguntei. Como eu senti o *dele* quando pediu a mão de Adelaide?

Sarah nos conduziu por uma subida íngreme, coberta de arbustos, até o pico, onde o Yadkin gorgolejava pela primeira vez vindo ao mundo, suas águas claras correndo por uma série de degraus de pedra. Ladeando o regato, dentro de um grupo de árvores altas, três pedras sem cor cercavam uma área de relva macia e plana, mais ou menos do tamanho e da forma de uma cama. Quando chegamos a essa clareira, que estava manchada de raios de sol, Sarah sentou-se na relva, as costas apoiadas em uma das pedras escuras e irregulares. Sem sabermos o que fazer, Chang e eu nos sentamos ao lado dela. Meu irmão me deu uns tapinhas nas costas e eu o amei sem amargura. Tínhamos vivido tantas coisas juntos, em nossas mais de três décadas!

Chang e eu ficamos assim um pouco, sem dizer palavra, sentados ao lado dessa mulher cujo rosto estava coberto de suor. Ela não estava chorando, mas eu achei ter ouvido um soluço quando ela enxugou o nariz nas costas da mão.

Um vento suave nos afagava, a luz do dia tinha um brilho profundo e claro, tudo era perfeito — as pedras emergindo da estreita fonte verdejante; a relva macia; Chang à minha esquerda; Sarah à direita, brincando com o mato a seu lado.

"Que lugar romântico", comentei.

"Sempre achei", ela assentiu, fitando o vazio e mordendo o lábio. "Sempre achei."

Ficamos ali sentados um pouco, nossos olhos pousados na pequena nascente do rio. Chang procurou algo para dizer e saiu-se com isso: "Eu amando sua irmã".

Sarah riu baixinho, um fio de ar saindo pelas narinas. Não olhou para nós.

"Por que provocam você?", perguntei, o mais suavemente possível.

Ela fechou os olhos, que estavam secos e duros, e cobriu o rosto com as mãos. Respirou fundo, como se estivesse para mergulhar na água. Quando começou a falar, sua voz, que já era quase um sussurro, ficou ainda mais abafada pelas mãos sobre a boca.

Algum tempo antes, contou, quando era garota e as meninas e os meninos de sua idade ainda nem pensavam em quem tinha ou não tinha dinheiro, ela fora popular, muito popular, graças à touca amarela que usava na cidade. Era até chamada de "Touca Amarela" e chegara a ser nomeada vice-diretora da comissão social da igreja. Seus pais possuíam um escravo que fazia as camas na pensão e ajudava a cuidar das poucas fileiras de algodão que cultivavam então no jardim. Como era jovem demais para entender que não devia se relacionar com negros, Sarah ficou amiga dele, cujo nome era Thomas. Era um escravo jovem e alto, cujo joelho tinha sido mutilado por uma bala numa tentativa de fuga na fronteira norte da Virgínia; o defeito na perna tornara seu preço acessível ao sr. Yates. Ele tinha uns olhos apagados, disse Sarah. Ela não sabia que não podia confiar num escravo. Naquela época não sabia. Só quis ser simpática, falou.

"E ele se aproveitou da minha amizade." Foi a primeira vez que a vi chorosa e precisando de mim para alguma coisa. "Entende, senhor Eng?"

Eu disse que sim.

Claro que havia sido contra sua vontade, disse ela, e só uma vez, com um escravo, aquele horrível escravo... Contou como seu irmão, Jefferson, havia topado com eles na floresta. E como foi o julgamento em seguida, e o enforcamento, considerado um acontecimento tão importante em Wilkesboro que a escola ficou fechada nesse dia. As crianças foram levadas para assistir.

Então parou de falar.

Eu não sabia o que dizer para aquela mulher, mas queria dizer *alguma coisa* e então ouvi que alguém se aproximava. Era Adelaide, saindo da floresta e caminhando em nossa direção. "Sabia que ia encontrar vocês aqui: o esconderijo preferido de Sarah na Pedra Moody."

Adelaide ficou olhando para a irmã; pôs a mão na cintura, apertou os lábios, encarou Sarah um pouco e entendeu tudo.

"Foi um escândalo horrível", disse Adelaide, dirigindo-se a Chang e a mim. "Sarah ficou arrasada", sussurrou, passando a mão no cabelo. "Um *escravo*!", exclamou, e fez uma cara de quem chupou limão. "Quase me arrasou também. Não esqueçam que sou um ano mais nova que minha linda irmã." Começou a sorrir. "Mas ele teve o que mereceu", disse Adelaide. "É evidente que deram um jeito naquele *tarado*", concluiu.

Sarah levantou a cabeça e olhou para a irmã com olhos febris. "O que passou, passou", disse. "Eu sei." Respirou fundo, muitas vezes, até parar de tremer. Suas mãos estavam apertadas na testa. "Sei que passou." O dia estava tão silencioso que dava para ouvir o rio gorgolejando suavemente ao nascer e o vento falando com voz macia.

Adelaide sentou-se ao lado do meu irmão. Éramos dois casais ligados pelas circunstâncias.

Adelaide dirigiu-se à irmã: "Não foi bonito o que Eng fez por você lá em casa, Sarah?".

Quando conseguiu controlar o queixo que tremia, Sarah olhou para mim e disse: "Foi... foi lindo o que você fez por mim lá em casa". Ela demorou um bom momento para olhar para mim, mas acabou olhando. Nas árvores em volta, um azulão cantou.

Sarah e eu ficamos nos olhando. Até ela desviar os olhos.

Para ela era difícil me olhar nos olhos, mas continuou tentando. Pela primeira vez na vida, vi uma mulher que não era minha mãe lutando para me amar. Sarah ali estava, quase me olhando nos olhos, sob o sol da Carolina do Norte, com sua irmã sorrindo lindamente atrás dela, e eu dei um sorriso sem jeito. Uma alegria densa e quente penetrou meu coração. Sarah tinha um rosto lindamente comprido. Seus cabelos loiros destoavam à maravilha dos meus, escuros.

"Sarah...", comecei, meus lábios nervosos formulando, para minha surpresa, as palavras que eu queria que formulassem, "você quer..."

"Sim." Ela assentiu com a cabeça, tocando o rosto de leve. Suas mãos não pareciam jovens na luz. Eram agitadas, cheias de veias e muito finas, e agora estavam prometidas a mim. Eram minhas agora. Puxei Chang e nos levantamos. Corremos para as montanhas.

"Por que estamos indo?", Chang perguntou enquanto eu trepava nas pedras e nos puxava para dentro da floresta. "Por que deixar Sarah lá, quando ela acabou de dizer sim?" Eu estava sem fôlego por causa da corrida, e os galhos arranhavam meu rosto ao passar.

Eu não sabia o que responder. Estava arrastando meu irmão comigo para o coração da floresta para esconder minhas lágrimas de gratidão.

6. A tristeza do Sião

1819-25
Sião

O cativeiro que Chang e eu vivemos na adolescência no palácio do rei Rama transbordava de ouropéis da nobreza. Nosso banho matinal na banheira dobrável que Nao trazia era morno e delicioso. O sabonete inglês de alcatrão era um companheiro que não conhecêramos em nossa vida no Mekong. Outro companheiro era a própria alteza real. Nessa altura, eu estava plenamente convencido de que ele não ia mais matar a gente.

Uma noite, muito tarde, o rei entrou em nossa cabana, nos despertando. Surpreendentemente, estava sem seu costumeiro séquito de serviçais. Usava uma longa roupa vermelha esvoaçante, com um tigre nas costas e o símbolo do sol no peito.

"Acorde, Elefante Duplo", ele trovejou da porta. "Sabiam que a população começou a chamar vocês por esse nome em suas novas lendas: elefante duplo? Não? Bom, nós sabemos, nós sabemos de tudo."

Eu era jovem demais para entender na época, mas o rei estava bêbado. "Levantem", ele arrotou. "Queremos lhes mostrar uma coisa." Ele nos dirigiu pela noite com mãos grandes como as de Buda.

Era muito tarde. O cantar dos grilos parecia extraordinariamente alto, o céu estava lindo, repleto de estrelas. Ombro a ombro, caminhamos ao lado do rei sozinho, só nós nos jardins reais. Ele avançava com dificuldade, cambaleando um pouco, nós dois um passo atrás, bocejando.

Ele nos levou até o alto de um pequeno morro verdejante, onde um piso de mármore cercado de cascalho surgia no meio do gramado. No centro desse piso de mármore, que parecia um tanto deslocado ali, erguia-se uma gigantesca jaula de ferro, na qual estavam confinados um homem nu e treze crianças, também nuas. Estavam presos por grossas correntes e amordaçados. O homem estava acordado e olhou para nós com olhos que deixavam transparecer um profundo pavor; as crianças dormiam.

"Queremos contar uma história", Rama nos disse, afagando nossas cabeças. "Às vezes, um homem pode pensar que é uma sombra. E acreditar que uma sombra pode fugir do sol até que a sombra fique pequenina na distância mais remota. O sol real, porém, enxerga as coisas, por menores que sejam. Nosso olho é como uma lente de aumento."

O rei evitava olhar para o prisioneiro. Engolindo em seco, ele nos contou que, de manhã, aquele homem ia ser pendurado pelo queixo num gancho; depois seria obrigado a sentar-se em sete estacas pontudas, cada uma com trinta centímetros de comprimento; depois jogado em óleo fervente e, por fim, socado num imenso almofariz até virar pó diante dos olhos de sua família. Rama queria que todos vissem o traidor agora, ele disse, por isso todas as paredes que impediam de vê-lo haviam sido demolidas. O rei ficou com os olhos cheios de lágrimas ao contar a história. Chang olhou para mim com um medo que eu não via desde o momento em que fôramos raptados.

Existe alguma razão para o rei querer que a gente veja isso, disse a mim mesmo. Ainda haveríamos de sofrer a mesma sorte.

Peguei a mão de meu irmão e fiquei segurando, do mesmo jeito que faria depois com a mão de minha mulher.

Rama nos levou de volta para nossa cabana e nos presenteou com uma estatueta: um dragão de jade do tamanho de um punho. "Para vocês", disse ele. Um raio branco de luar iluminou a pequena estátua verde, com seus olhos de pedras negras e a cauda denteada, cujo sorriso parecia capaz de se transformar a qualquer momento num rosnado feroz. Chang e eu agradecemos ao rei Rama, subimos na cama, segurando o presente, e adormecemos. Conservamos esse presente durante mais de vinte anos.

Pensei que ele ia nos guardar em seu castelo para sempre, para nos exibir a todo chefe estrangeiro que viesse em visita. Eu estava enganado, mas não tinha como saber então.

Como dois tesouros preciosos do rei, começamos a receber educação. Nao vinha a nossas acomodações para nos dar lições de linguagem e de história. Isso durou cerca de quatro anos. Durante todo esse tempo, o próprio rei Rama nos deu aula no lugar do criado em três ocasiões. Em uma dessas vezes, a pequena princesa Xenga acompanhou o pai e ficou ouvindo. Chang e eu devíamos ter por volta de treze anos.

O real pai e a filha ficaram a nosso lado na cabana, sentados em tronos portáteis que eram mantidos no alto por pares de fortes criados que seguravam as alças existentes nas pernas das poltronas. Suspensa a meio metro do chão, Xenga, como o pai, estava vestida de seda vermelha, e do outro lado da sala eu podia sentir o cheiro de gengibre que perfumava seus cabelos. Sob seus pés, pétalas de rosas frescas.

Em algum momento, entre as regras de gramática do tailandês e a história da batalha de Ramkhamhaeng, o rei ensinou: "As pessoas ficam sempre jovens por sua fé no Sião". As palavras saíram da boca do rei cheias de emoção.

Tentei espiar a princesa. Nervosa e miúda no macio assento vermelho de seu pequeno trono, ela tinha lindos cabelos compridos, que trazia soltos. Como eu, ela também não sabia o que fazer ou dizer na presença do pai.

Muitas crianças bonitas se destacam por sua juventude; sua forma e seu porte são tão diferentes dos adultos que os jovens parecem fazer parte de outra espécie. Com outras crianças é diferente. Essa princesa, já parecendo uma elegante *mulher* aos doze anos de idade, exibia um encanto provocante no rosto liso e no corpo gracioso; sentada ali, a cabeça de lado, as mãos pousadas nas coxas finas, a juventude apenas desabrochando, já possuía, por algum dote excepcional, o carisma perigoso que só costuma ser encontrado nos adultos.

"Quem busca o melhor da vida fica velho e é esmagado pelo mundo", disse o rei. Fiquei sentado, em muda apreciação, sabendo que para lançar o menor olhar à princesa teria de me inclinar para a frente, movendo assim ostensivamente meu irmão na direção da filha real.

Mesmo assim espiei. Xenga sacudia a cabeça às palavras do pai.

"Excelência?" A voz de meu irmão soava tão informal como quando me interrompia. Um silêncio glacial caiu sobre a sala.

"... e quem está sempre preparado para o pior fica velho ainda mais cedo, com essa preocupação", completou o rei, como se não tivesse ouvido.

"Alteza?", Chang insistiu.

Mesmo autorizados a olhar para o rei, não podíamos falar-lhe a menos que ele nos pedisse. Em seu elegante trono, Rama olhou para o teto e suspirou pelo nariz. Os criados se agitaram. A princesa dignou-se a lançar um olhar para mim pela primeira vez, e era um olhar cheio de inquietude.

Um dos serviçais do rei inclinou-se e cochichou muito alto em seu ouvido: "O Menino Duplo tem uma pergunta, excelência".

"Sim, o Sião sabe", disse o rei. "O Sião *sabe*." Sua alteza agitou-se e o trono tremeu. Os carregadores tiveram de se esforçar para não comprometer a posição do rei.

"O que foi?", Rama perguntou a meu irmão. "O que você quer, para interromper assim as lições de uma majestade coroada?"

De olhos no chão, gemi por dentro.

"Majestade, seria possível revermos nossa mãe?", perguntou Chang, pondo de lado qualquer prudência. Fiquei surpreso. Ele não falava da mãe fazia um bom tempo; de meu lado, eu também não, pelo menos não com ele.

A coroa de Rama, uma oval branca com penas prateadas saindo do topo, estava um pouco torta em sua cabeça.

"Quer ir embora do palácio real?"

"Você é um hóspede do Sião!", exclamou a princesa. Ela tinha a língua presa. Gotas de suor formaram-se em sua testa, e os cabelos negros que se enrolavam acima das ferraduras de suas sobrancelhas começaram a tremer. Eu só queria segurar a mão dela, porque um aperto de mão produz pelo menos certo aspecto de intimidade, e achava que jamais chegaria mais perto de um beijo romântico.

Rama levantou a mão com calma, apontou o dedo para cima em um gesto de silêncio e olhou para a filha. "Cadelinha Ganidora, quem lhe deu permissão para falar?", disse-lhe o rei com voz macia. A princesa baixou a cabeça.

O rei mandou os carregadores conduzi-lo para a porta. Ali, abriu-as para seu palácio e seus jardins.

"Contemple o Sião", sussurrou e apontou para seu reino com um gesto que sacudiu um pouco a cadeira; os carregadores reais deram duro para manter o rei equilibrado. Na margem do rio, meninos soldados montavam guarda aqui e ali em cima da muralha do castelo, atirando flechas no ar só de brincadeira, mísseis distantes que pareciam tão inofensivos quanto agulhas de pinho ao vento. Sobre o rio, um raio de sol escapava de uma abertura entre as nuvens cinzentas.

A princesa Xenga voltou-se com a sofreguidão de uma amante para aquele cenário de calor sufocante: as verdes campinas, o brilho do sol, as sete torres de templos no horizonte. E sorriu para sua existência de eterna e suave tranqüilidade.

"Chang e Eng", rugiu o rei. Olhamos para Rama, que estava lambendo os dentes, como uma serpente. O sol da tarde aparecia através da abertura da porta, enroscando-se no rei instalado em seu trono, e aquela luz dava-lhe aquele halo real em nome do qual combatiam-se guerras, arrasavam-se aldeias, destruíam-se templos, ofertavam-se sacrifícios, e infelizes súditos geminados eram arrancados de suas casas.

"Meus jovens visitantes", disse ele, "a perda é menos danosa para a alma mais tosca do que para a alma mais nobre; para esta última são sempre maiores os riscos. O rei Chulalongkorn, nosso antepassado, dizia: 'Quando um dragão perde um dedo, ele volta; um homem não'. Entendem?"

Divisei ao longe uma mancha de nuvens negras recortadas contra as nuvens cinzentas que cobriam quase todo o céu. Talvez estivessem apontando o pedaço de rio onde havíamos vivido nossa antiga vida.

"Desçam-nos", ordenou o rei a seus serviçais. Os dois grandalhões se olharam e ergueram as sobrancelhas.

"Seu senhor pede para ser *baixado*!", os olhos de Rama brilhavam de magnificência e fúria. "Será preciso mandar esticar suas orelhas para ouvirem melhor as ordens?" Os homens colocaram o trono no chão, oscilando.

Rama ajeitou as mangas. "Levem Xenga e deixem-nos com o duplo. Já!"

Os serviçais do rei conduziram a princesa e seus subordinados para fora. O vento fez a porta estremecer, as árvores distantes dançaram, e o ar prometia chuva iminente.

Estávamos sozinhos com o rei. "Entendemos as coisas que dizem respeito a vocês." Agora, só havia em seu rosto compreensão e apreensão. "Vocês talvez nos entendam um pouco também. Talvez tanto quanto possível para qualquer um."

"Majestade, seria possível ver a nossa...", meu irmão começou a falar.

Dei-lhe um pontapé e ele calou a boca.

Os olhos do rei fitavam o horizonte quando ele disse: "O que eu *sou*, para o mundo eu *não* sou. No Salão Real de Justiça, com mil rostos diante de mim, à espera de um decreto, muitas vezes me pergunto: Sou rei ou sou outro? Estarei dissociado de mim?". Ele piscou e olhou para mim e meu irmão.

Pigarreou. "É uma coincidência vocês pedirem para ir embora do palácio neste momento", disse Rama, retomando o tom de voz real. "Sabem o que quer dizer coincidência?"

Fizemos que sim.

"Apareceu uma razão para vocês retornarem ao seio de sua família." Rama correu a mão pelo pescoço, do queixo até a clavícula. "Chegou-nos ontem a notícia de que seu pai morreu. Nós talvez permitamos a ida de vocês para assistir ao funeral." E com isso ele nos libertou para sempre.

No dia seguinte, bem cedinho, fomos acordados por Nao nos retirando de nossa cabana. Ele jogou um cobertor preto sobre nossas cabeças e nos carregou para uma carroça na qual nos fez deitar, o cobertor quente em cima de nossos corpos, embaixo o fundo todo lascado da carroça. O carrinho parecia prestes a se quebrar em pedaços a cada pedra do caminho. "Acha que é verdade?", Chang perguntou.

A carrocinha parou. Quando Nao levantou o cobertor, estávamos fora dos portões do palácio, em um belo lugar verdejante, ao lado de uma grande árvore, à margem do rio. Os passarinhos saltitavam nos galhos como equilibristas na corda bamba.

Meu irmão e eu descemos para a relva macia e Nao ficou em silêncio ao nosso lado. Chang e eu nos apertamos um contra o outro. Os mosquitos do rio nos picavam. Os passarinhos alçaram vôo e sumiram na tarde úmida. Com a luz alaranjada do amanhecer incendiando a água, o Mekong era profundamente triste. Ficamos horas contemplando o rio.

Finalmente, ouvimos ruído de passos. Dois serviçais do rei apareceram, trazendo um terceiro homem. Sua roupa cinzenta era o primeiro traje de camponês que eu via na vida. Era o tio Xau, parente de tia Ping, que nós porém não conhecíamos.

Xau espichava o pescoço e olhava para todos os lados. Isso, mais a rapidez de suas pernas finas e o modo como seus braços pendiam, se arrastando, balançando, dava-lhe um ar de marionete. Não demorou muito para Xau ver Chang e a mim pela primeira vez na vida. Ele parou, como se a visão o tivesse atingido fisicamente.

A boca começou a se abrir e as mãos a cobriram. A tristeza e a surpresa em seus olhos davam ao seu rosto um ar que jamais esquecerei: compungido e petulante. Olhei para trás querendo saber o que o deixava tão triste e perplexo, mas não havia nada atrás de nós, a não ser sol e relva.

Nao lançou-nos um breve olhar de despedida, fez um aceno silencioso e breve para o tio Xau, e nós partimos, apertados na canoa de nosso parente, enquanto ele remava pelo azul e ouro cintilantes do Mekong, em direção à nossa casa.

Era o pico da estação quente, o rio estava no auge da cheia e nossa canoinha passava pela luz e pela sombra em rápida sucessão, sempre próxima da margem, sob a sombra refrescante das árvores.

Ninguém falava. Uma vez, Xau virou-se para tocar a lustrosa seda negra de nossas jaquetas. Meneou a cabeça, deu um grunhido e continuou remando.

O pai estava morto. E a mãe?

Pegamos o caminho mais longo, evitando a capital, seguindo um dos afluentes do Mekong para evitar as multidões. Nós íamos virados para trás, vendo as torres, as muralhas, os topos das estátuas do palácio ficar cada vez menores; logo avistamos toda a cidade de Bangcoc atrás de nós, com suas estreitas pontes de pedestres, seus morros adornados de estátuas, seus barcos vazios amarrados nas margens, oscilando em uníssono na marola, daquela distância formando todos um só bloco, como um gigante sonolento.

Ao nos aproximarmos de nosso trecho conhecido do Mekong, senti mil e uma emoções inundar minha cabeça. Estava esperançoso e magoado ao mesmo tempo. A expectativa, junto com a perda, fazia meu peito palpitar.

Quando vi o rio a distância, ele parecia diferente. Da água saíam o que parecia ser as costas curvas de troncos, um ou dois a cada metro no início. Com o sol forte, à medida que nos aproximávamos de nossa velha casa, o ar ficava cada vez mais pesado e úmido. Logo a água passou a exalar um cheiro forte, como de peixe estragado; vinha do aterro do outro lado do rio, por cima das árvores. O fedor grudava nas folhas úmidas e, lentamente, em nossas roupas, em nossa pele. Minhas narinas começaram a arder. Os troncos mergulhados no rio eram, na verdade, os corpos submersos dos mortos recentes.

Xau remava com uma das mãos, usando a outra para tapar a boca e o nariz. A cada respiração, o odor pútrido dos afogados ficava cada vez mais profundo, mais intenso e mais nauseabundo no ar de verão.

Prosseguimos. O rio agora estava coalhado de corpos, parcialmente submersos, corpos mortos, negros de lama e terra, as roupas oscilando levemente na brisa suave quando nossa canoa passava depressa por eles. O sol brilhava forte no rio, os raios cálidos brincando na carne decomposta. Assim fomos recebidos.

Era o final de 1823 e o cólera havia empesteado o Mekong. A epidemia caiu sobre a aldeia como um raio na escuridão e, quando passou, os sobreviventes não eram capazes nem de enterrar os incontáveis mortos. Uma multidão foi atirada no rio. A corrente não conseguia remover o pútrido amontoado.

Logo vimos a mãe, à margem do rio, do *nosso* pedaço do rio. Sua pele estava manchada como um jornal velho. Junto dela, um homem ossudo e baixo, estranho para Chang e para mim, com o braço sobre seus ombros delicados. Quando a mãe viu a canoa chegando, flutuando na corrente no meio dos corpos, ela empurrou o homem, correu para a beirada e começou a gritar: "Meus filhinhos!". Ela estendia os braços para nossa canoa que chegava, tomada por uma agitação de êxtase, os dedos bem separados. "Meus filhos, meus filhos", não parou de gritar até chegarmos a ela. "Eng e o meu Broto de Feijão."

Assim que chegamos perto o bastante, a mãe nos pegou nos braços com um gemido. Estávamos muito maiores que da última vez que nos viu, e ela havia envelhecido bastante; não só estava com um rosto franzido de velha mas também cheia de cabelos brancos. Cambaleou com o nosso peso duplo. Mas cheirava gostoso, o mesmo cheiro do pai, o cheiro de alguém que trabalha duro.

A mãe deixou o tio Xau na margem, com aquele estranho ossudo que acariciara seus ombros, e nos levou para dentro da casa flutuante. Como nossa casa nos pareceu pequena! As pranchas de *marbao* cobrindo o fundo chato, a estreita cabana, escura mesmo ao meio-dia do verão, o toco de árvore que servia de mesa e era nossa melhor mobília, tudo parecia tão miserável. Tínhamos mesmo *vivido* ali?

O pai fora um dos primeiros a morrer com a epidemia; a tia Ping, a mais recente vítima da peste. Tínhamos perdido o enterro do pai. O funeral de Ping seria mais tarde, naquele mesmo dia.

Chang e eu enxugamos as lágrimas do rosto da mãe, e ela começou a rir por cima dos soluços. "Conseguem ficar lado a lado agora, como dois irmãos de verdade! Eu tinha certeza de que ia rever minha dupla alegria", exclamou, embora seu rosto dissesse que não.

A caminho do funeral de Ping, eu só conseguia lembrar de minha tia como uma vaga mancha de calor, não como uma imagem clara, nítida. Uma vez, ela havia nos trazido os maiores bolos de arroz que eu já havia visto. Ela gostava de música e costumava cantarolar com uma voz aguda enquanto nos cortava o cabelo. Eu conseguia me lembrar do arroz, ouvir a melodia. E fora a tia Ping quem avisara a mãe que o rei Rama ia nos levar.

"Ainda temos a mãe", Chang sussurrou.

Chang e eu acompanhamos o tio Xau, a mãe e Sen, o homem ossudo (ele era amigo de infância dela e tinha cabelos que brotavam em tufos acima da cara magra), até o pátio de um templo na floresta. Era um altar rente ao chão, uma modesta imitação daqueles que havia no palácio de Rama, com bambu no lugar do mármore do templo real, e com sapé onde neste havia ouro.

Ping estava num caixão de madeira sobre um alto catafalco coberto por um pano vermelho e fino. Acima dela, um dossel branco, porque o branco é a cor do luto no Sião, enfeitado com festões de flores perfumadas. A mãe chorava, sem conseguir controlar-se.

Chang também começou a chorar. Seus espasmos lacrimosos me sacudiam todo enquanto abríamos caminho na multidão. Na parte de trás do templo, flautistas e percussionistas começaram a tocar e alguém fez soar um gongo. Gente que eu não conhecia foi consolar a mãe com uma palavra, uma frase, antes de ir embora. "Sentimos muito", diziam, "sentimos muito sua perda."

Um velho sacerdote encurvado, de túnica amarela, veio trôpego até a mãe, sacudiu a cabeça como se sentindo gratificado em maldizer com ela o destino, depois pegou a mão da mãe e nos levou devagar para um pequeno pátio gramado nos fundos do templo. Enquanto tentava consolá-la com sua voz trêmula, o sacerdote olhava insistentemente em nossa direção, tentando observar Chang e a mim.

A música estridente passou a soar alto, como se fosse um choro. Um modesto grupo havia nos acompanhado até o pequeno pátio. Começou a cair uma chuva fina, que não aliviou em nada o calor.

O sacerdote foi, curvado, até uma plataforma baixa de madeira. Subiu nela, gemendo e tremendo como se ela fosse muito mais alta do que era, e voltou-se para os presentes. A seus velhos pés sentaram-se quatro mulheres segurando lamparinas acesas. Essas mulheres também estavam curvadas, mas não por causa da velhice: tentavam proteger da chuva a tênue chama de seus candeeiros, como se sua vida dependesse dela. A mãe, Chang e eu ficamos diante da plataforma, com o pequeno grupo às nossas costas. Todos olhavam de boca aberta nossa junção.

Eu ali estava, assustado, achando que de alguma forma tudo era, se não culpa minha, pelo menos do meu defeito, da peculiaridade da minha membrana.

O sacerdote começou a rezar suavemente em voz gutural: "A vida se acaba. A vida começa", dizia ele, resmungando as palavras, e continuou repetindo-as num cântico, enquanto quatro jovens acólitos levavam lentamente o caixão da tia Ping pelo meio da multidão na direção da gente e da plataforma. O caixão estava vazio. A tia Ping, seu corpo, não estava ali.

Um jovem sacerdote deu um passo à frente e presenteou a mãe com o pano vermelho que cobria o catafalco.

"O corpo de sua amada irmã está sendo lavado e purificado." Ele segurava o pano vermelho como se fosse quebrar, caso caísse. O lábio da mãe tremeu fazendo doer meu coração. "Obrigada", fez a mãe, pegando o pano, afinal. O sorriso que conseguiu dar causava tanta pena quanto a própria desgraça, e acho que ela nem notou que estava chovendo. Pousou a mão na cabeça de Chang, enrolando seu cabelo com os dedos compridos. Senti meu irmão soluçando. E fiz como ele.

O corpo da tia Ping estava sendo trazido de volta para o catafalco vazio, nossa tia balançando em cima dos ombros dos quatro homens que haviam carregado o caixão. Ela vinha envolta em lençóis tão brancos quanto sua pálida pele sem vida e brilhava, molhada que estava das abluções. A mãe gemeu quando viu o corpo da irmã. Fingi pensar em coisas solenes e boas, mas não conseguia me concentrar. As mulheres sentadas junto do caixão com seus candeeiros acesos me distraíam. Elas tentavam não olhar para nós, da mesma forma que eu tentava não olhar para elas.

Então me ocorreu que tia Ping estava sorrindo ali deitada. Mas não estava; quando fixei os olhos nela, a expressão de Ping era solene e reservada, a pele tão esticada que os ossos quase a perfuravam, e o corpo nu se revelava sob o lençol como manchas cinzentas onde sua carne molhada aderia ao pano. "Olá, tia", disse meu irmão. As órbitas de Ping estavam vazias; as mãos cinzentas, cruzadas em cima do ventre; o rosto escuro parecia zangado, e imenso, com profundas narinas negras. A pele de seu rosto estava coberta por uma penugem branca. Mesmo com a chuva, o cheiro era asfixiante.

Recuamos. As quatro mulheres sentadas jogaram as lamparinas acesas em cima de Ping.

O fogo saltou sobre o corpo de minha tia, envolvendo-a. Usando a mão para proteger o rosto do calor, observei sua silhueta diminuir no meio das chamas. Senti-me mal. Chang encostou a cabeça em meu ombro, escondendo o rosto. A morte se insinuara entre as labaredas dançarinas, caçoando de velhos e moços, lançando no ar a fuligem dos restos de Ping, que formaram amplos círculos acima do fogo.

Anos depois, quando li a Bíblia para me preparar para meu batismo no rio Yadkin, na Carolina do Norte, uma passagem me inquietou e me relembrou o corpo de Ping ardendo: "Pois vós sois pó e ao pó voltareis". Como me preparar para isso se, mesmo agora, no fim da vida, nada sou capaz de entender?

Chang e eu tínhamos crescido desde a última vez que vimos a mãe, de forma que foi preciso tomar providências para as acomodações na minúscula casa flutuante. Era o nosso antigo lar, mas não o sentíamos assim. Em nossa primeira noite com ela, depois do funeral de Ping, a mãe nos sentou no chão e perguntou como havia sido o tempo que passamos com o rei. Ela forçou um sorriso que calou fundo em mim. Mas seu queixo tremia.

"Algumas coisas no palácio eram agradáveis." Chang tentava consolá-la, mas falava com tanto nervosismo quanto os cortesãos de Rama diante da pessoa do rei. "Olhe este dragão de jade que sua majestade nos deu, mãe", ele mostrou.

"Senti saudade de você", falei. "É", ecoou Chang, "sentimos saudades de você, claro." Chovia dentro da cabana flutuante.

A mãe olhou-me nos olhos. Uma ruga de preocupação passou por seu rosto, rápida como água derramada. "Por favor", disse ela, "parem com isso." Chang e eu não sabíamos o que tínhamos feito de errado.

"Sei o que estão fazendo." A voz dela era suave e firme. "Estão com pena de mim. E de vocês mesmos. Eu sei."

"Não", dissemos.

Ela conseguiu dar outro sorriso. Parecia ter metade da própria altura agora. Eu não conseguia acreditar.

"Quando seu pai ficou doente", disse ela, "o corpo dele vazava." Os olhos dela se inflamaram. "A vida não é um dragão de jade. Ele vazava por todo lado. E Ping também. Vocês acham isso nojento?"

Senti meu irmão engolindo em seco ao mesmo tempo que eu. A mãe respirava ruidosamente pelo nariz. Em vez de nos reconfortar, ali estava ela, inconsolável — outra reviravolta inesperada!

Mas às vezes ela se distraía e sorria — e eu me sentia de novo como um menino de seis anos de idade com um pai e uma mãe felizes, com uma casa que eu nem notava ser de uma pobreza extrema, e ria de novo e não pensava em mais nada, conversava afavelmente com meu irmão, ouvia-o falar. Mas o sorriso da mãe morria, ou eu ouvia um peixe saltando no Mekong e me via de volta a dormir no chão desagradável, junto do catre de minha mãe, suando junto com Chang em uma áspera e quente esteira de palha.

As noites, com seu céu azul-escuro, eram tórridas. Às vezes, Chang, que geralmente dormia antes de mim, se enrolava ainda mais apertado e passava o braço por meu quadril. Isso deixava as noites ainda mais quentes.

"Boa noite, irmão", dizia ele. E roncava.

A mãe, com a cabeça apoiada na mão, grunhia e gemia no sono.

As insistentes visitas de Sen à nossa porta começaram a incomodar Chang e a mim. Viúvo austero, de sobrancelhas grossas e bolsas escuras debaixo dos olhos, Sen era, nas próprias palavras, um "muito bem-sucedido comerciante" e levava consigo uma maleta esfarrapada cheia dos anzóis que ele um dia levara "até Hong Kong ganhando a vida de modo honrado".

Às vezes, se a mãe o deixava sozinho conosco, surgia-lhe um brilho molhado no olhar e, apressado e sorridente, ele se referia às mulheres como "o gênero inferior".

Nós concordávamos com a cabeça.

Sen procurava parecer paternal. "Quer saber de uma coisa, Menino Duplo? Para um homem como eu, para o tipo de homem que vocês vão ser, se é que eu posso ajudar como penso que posso, as dificuldades não são a coisa excepcional que são para as pessoas menores." Ao contrário do pai, Sen usava um tom de voz muito alto para comunicar o que achava que conhecia do mundo. "A calamidade é tão comum em meu dia-a-dia como as chuvas torrenciais no monte Kang Gee, meninos. Acham que sempre tive tão pouco cabelo assim na cabeça?" Ele nos puxou para mais perto. "Não, não, fique quieto um pouco, Menino Duplo. Vou contar uma história. Meu falecido pai, um homem que vocês gostariam de ter conhecido, perdeu o olho quando era um jovem sacerdote. Mas guardou o olho em uma caixa, coberto com um pano, ou pelo menos dizia às pessoas que tinha guardado. Correu a notícia de que esse olho podia ver dentro da alma. E por isso meu pai passou a ser amado por todos." Enquanto Sen falava, eu olhava seus dentes, uniformes, completos e brancos. "E, além do mais, próspero", rematou.

"Seu pai parece interessante", eu disse.

"Vejam vocês, um menino duplo passando tempos difíceis." Ele não olhou para nós ao falar. "Posso ver vocês começando a subir a montanha da 'oportunidade'. A dificuldade é o que faz o homem, é muito estimulante."

A falta do pai não parecia propriamente uma oportunidade. A mãe passava o tempo chorando, ou sentada ao lado de Sen, ou ambas as coisas. Vivíamos em extrema pobreza.

Os funerais do pai e de Ping haviam custado tudo que a mãe possuía; nossas redes de pescar atum foram vendidas, nossa barraca de bugigangas passada adiante, nosso ânimo arrasado. Chang e eu ficávamos dias sentados na canoa amarrada à casa flutuante, pescando com a mão dentro do rio. Mas poucos peixes queriam nadar em volta dos corpos das vítimas da nossa aldeia, e os poucos que conseguíamos pescar eram indispensáveis para nossa alimentação; por isso não tínhamos nada para vender.

É, Sen, é sempre uma aventura perder o pai no primeiro momento da alta temporada de pesca; e quando as magras economias da família da gente se esgotam em poucas semanas, então isso também passa a ser uma miséria instrutiva, "estimulante". Os gemidos e gritos da mãe muitas vezes faziam com que Chang e eu nos afastássemos da casa flutuante. Ela estava ali conosco, depois de todo aquele tempo, e eu me pegava sentindo a falta dela mesmo assim, e novas dores faziam-se sentir no meu coração.

A chuva caiu e irrigou a terra, caiu e irrigou, até que caiu e inundou. Passaram-se dias e mais dias de chuva, semanas e mais semanas. Chang contava nossos problemas às árvores, às pedras, à lama, esperando conclamar os espíritos benfazejos. Nenhum surgiu.

Vez por outra Sen discretamente dava à mãe um pouco de dinheiro.

Comecei a sonhar com a princesa Xenga e suas frágeis mãos. Assim se passou um ano; estávamos com catorze anos. Se fôssemos dois meninos separados, podíamos ter arrumado trabalho, para ajudar a mãe. Era assim que eu pensava.

Foi então que aconteceu uma coisa.

Como antes, estranhos começaram a visitar nossa casa flutuante.

Começou com uma visitante solitária. Uma mulher chegou um dia de Bangcoc, velha, magra e séria, os braços enfiados nos bolsos da roupa até quase os cotovelos. Ficou parada na frente da casa flutuante, olhando em silêncio.

"Por que veio até aqui?", Sen perguntou, coçando o alto da cabeça ossuda. Ele acabava de acordar e seu cabelo ralo estava todo arrepiado. "Só para ver *esses* meninos?"

"Eles conheceram o rei." A mulher fechou os olhos como se tentasse imaginar como era essa honra. "E eu queria conhecer os dois. O elefante duplo. A dupla felicidade do Sião."

A mulher enfiou a cabeça pela porta, deu uma olhada em nós, sorriu, fez que sim com a cabeça e foi embora sem dizer mais uma palavra.

Logo as pessoas começaram a aparecer em hordas. Vinham só dar uma olhada. Um homem com marcas de chicotadas no pescoço e na cara nos deu uma porção de ovos de pata e um grande pato preto que balançou a cabeça e grasnou. Depois de ficar um momento à nossa porta, o homem se virou, desceu para a margem, depois virou-se de novo e acenou.

Foi assim que Chang e eu começamos nosso negócio de criação de patos e venda de ovos.

Vendíamos os ovos a dinheiro aos comerciantes locais, depois tomamos emprestado o barco do tio Xau para subir o rio e comprar mais alguns patos. Os comerciantes nos observavam de boca fechada e olhos arregalados quando íamos remando entregar a mercadoria.

Com o dinheiro dos ovos, aumentamos nossa criação, depois organizamos o negócio inteiro outra vez. Passado um tempo, a mãe quis saber: "O que é isso? Viramos vendedores de pato agora?".

"Viramos, sim", respondemos.

Eu odiava aquela palidez dela, aquela voz mais fraca e sua nova expressão, porque de alguma maneira eu via aquilo como o resultado da falta de interesse materno. Seus dentes marrons tinham afinal terminado de cair; ela escondia essa ausência com uma careta permanente.

De qualquer forma, uma bela tarde, na margem ao lado de nossa casa flutuante, Chang e eu construímos um cercado de bambu (estávamos bem fortes para nossa idade). Ali dentro, cavamos uma poça e a enchemos d'água. Nesse laguinho criávamos nossos patos tão puros quanto na natureza.

Chang e eu sempre procurávamos ajuda um do outro nessa época e tínhamos sempre respostas às perguntas do outro.

"E se esta história não der certo?", ele perguntou.

"Tomaremos a decisão certa no momento certo, diminuindo a influência do destino. Como dizia o pai."

"E se a mãe ou Sen nos impedirem de pescar?", perguntei.

"O pescador do Mekong acompanha a mudança."

"Devemos trabalhar sempre só os dois juntos", Chang disse. "Ninguém mais sabe das coisas como nós." Ele piscou. "Não me pergunte o que é que sabemos, mas sabemos."

Rolamos na margem do rio e nos abraçamos porque não conseguíamos parar de rir. Quem podia dizer quando tínhamos dado risadas assim pela última vez? Ou qual seria a próxima?

Toda manhã misturávamos barro e sal em um tanque de bambu e conservávamos os ovos nessa mistura que evocava o cheiro de suor. Meu braço direito e o braço esquerdo de Chang estavam ficando fortes de tanto preparar essa consistente mistura de barro e sal, mais fortes que a pobreza. Meu irmão e eu ainda não conversávamos muito um com o outro, mas era uma conquista de nós dois. Ao contrário das versões ocidentais de nossa vida, nosso negócio deu certo *não* por causa da curiosidade mórbida de nossos fregueses, mas graças a nosso trabalho duro. Vendíamos muitos ovos.

"Vamos guardar um", ele sugeriu num dia quente de sol.

"Do que você está falando?", perguntei. Estávamos sem camisa, preparando a mistura. Os braços em volta do ombro um do outro, cada um segurando um pau, com o qual mexíamos a pasta.

Meu irmão apontou para um patinho magro e branco nadando na poça, precisando de um banho. "Aquele ali. Nosso bicho de estimação." Chamamos o pato de In. Ele tinha o bico comprido e andava gingando.

Então, numa bela manhã do Mekong, vimos dois homens andando lado a lado no monte, vindo em nossa direção. Um era baixo, o outro alto. Não sabíamos ainda que esse dia iria mudar para sempre nosso mundo.

"Por aqui", um deles estava dizendo ao outro.

O primeiro, vestido com uma roupa suja de camponês siamês e esfregando as mãos ao andar, tropeçou nas próprias pernas ao conduzir o segundo pela lama de nosso tanque de patos. Estava chovendo, claro, e o primeiro segurava um guarda-chuva acima da cabeça mais alta do segundo. "Acho que o senhor vai encontrar o elefante duplo por aqui", disse o primeiro, ensopado, levantando o guarda-chuva como uma lanterna em cima do companheiro mais alto.

O segundo homem era bem esquisito: um gigante, com a pele tão pálida quanto a do cadáver de Ping, mas ao mesmo tempo vagamente rosada como gordura animal, e o cabelo *cas-*

tanho — uma cor bizarra! Ele protegia um olho com um pedaço de vidro redondo, apoiava-se em uma bengala branca e debaixo do casaco grande usava uma roupa igual àquelas vestes justas e de corte estranho que Rama às vezes exibia. O homem tinha também um bigode basto, como um cachorrinho peludo, em cima da boca.

Lembrei-me de que já o tinha visto antes: quando encontramos o rei Rama e sua corte pela primeira vez, esse homem estranho estava lá, um pouco apartado da multidão.

Chang e eu esperamos que o branco e seu acompanhante se aproximassem. Os patos rodavam a nossa volta, sacudindo a água das asas. Os homens contornaram nossa criação e pararam a nossa frente.

"Andei procurando vocês", disse o homem estranho, a língua não conseguindo dominar inteiramente as exigências do tai. Ele fumava cachimbo, apesar da chuva, e o cheiro do tabaco com aroma de cereja me chegou ao nariz em espirais de fumaça.

"Nós somos Chang-Eng", disse meu irmão, e eu perguntei: "Você quem é?".

"Sou o capitão Abel Coffin", disse o homem alto, com sua voz tonitruante. Ele sorriu com intimidade para nós, como se fosse nosso confidente da vida inteira. Irradiava energia, e debaixo da cúpula de sua careca o nariz parecia ocupar à força o centro do rosto.

"Está passando mal?", meu irmão perguntou.

"Como?", ele perguntou.

Chang apontou para o cabelo claro e o rosto muito pálido do homem.

Ele riu e indagou: "Tem algum lugar onde a gente possa conversar?". Entregou a bengala a seu subordinado e foi na direção de nossa casa flutuante sem esperar convite.

* * *

Quem era aquele capitão Coffin?

A voz dele parecia uma buzina de navio, seus passos eram largos como nações.

Mas será que isso bastava? Como podia um homem, mesmo um homem daqueles, num lugar daqueles, persuadir a mãe a permitir que ele fizesse o que fez?

Seguimos o capitão Coffin e seu acompanhante até a casa flutuante. Mesmo de dia, com pouco ou nenhum sol entrando pela janelinha minúscula, nossa pequena cabana ficava envolta numa névoa de luz amarelada, na qual as velas pareciam pálidos fantasmas a lutar com a garoa. A mãe estava sentada com Sen, em silêncio, as cadeiras uma de frente para a outra, os dois de mãos dadas. Viraram-se devagar para o capitão, sem surpresa.

"Olá, minha boa senhora", disse o homem branco, em tai inseguro, mas alto.

"Olá", ecoou o criado de Coffin, um passo atrás do capitão e encharcado.

A mãe examinou o capitão um longo momento. Não disse nada, fixando os olhos em seu bigode.

"Sou o capitão Coffin." E depois, mais devagar: "Coffin. Cof-fin, é um nome *inglês*". Chang e eu saímos de trás do capitão para ver qual seria a reação da mãe.

"Está passando mal?", ela perguntou.

Coffin virou-se para seu acompanhante, confuso.

"Ele é estrangeiro", o homem disse à mãe, apontando para a pele e o cabelo de Coffin.

"O que quer aqui?", ela perguntou.

"Quero mudar a vida de vocês", ele sussurrou, enchendo a frase com os ritmos brancos de sua fala estrangeira. O ar que saía de seus lábios fazia mexer a parte de baixo do bigode.

O capitão virou-se para mim e meu irmão, pegando-nos pelo braço de Chang e colocando-nos entre ele e a mãe.

"Quero tornar estes dois ricos, e você também, como... como... Como é a palavra nesta língua atrasada?"

"Conseqüência", disse o outro homem.

"Isso, como conseqüência." O capitão girava o monóculo entre dois dedos da mão livre. A outra ainda prendia o braço de Chang.

Eu sentia o volume trêmulo de seu corpo inteiro atrás de nossa fragilidade. Ele era tão grande quanto Chang e eu juntos e pegou meu bíceps retesado com a mão enorme. Ao segurar meu irmão e a mim, senti o toque e a força de seus dedos cheios de anéis e, apesar de sua altura, não pude evitar o cheiro de seu hálito, que era forte e pesado de fumaça de tabaco.

"Entendem o que estou oferecendo a vocês?", ele perguntou. A casa flutuante não se alterou enquanto ele falava, nem os grasnidos abafados dos patos lá fora, em seu cercado. "Estou lhes oferecendo a glória." A pele pálida de suas mãos parecia ainda mais doentia na luz penumbrosa. As chamas tremeluzentes da cabana flutuante eram magros fantasmas indiferentes, brincando em seus dedos. E o rosto cansado da mãe era apenas mais um detalhe na cena que não podia ser mais inexpressiva, mais indiferente para o capitão Coffin.

Ele falou de seu plano de levar Chang e a mim para a América e a Inglaterra, repúblicas de que nunca tínhamos ouvido falar. Coffin disse que seríamos mais ricos do que jamais sonhamos.

"Selvagens?", disse a mãe. "Você quer levar meus filhinhos para os selvagens?"

"Não", disse o capitão. Ele falava daquele jeito que os homens costumam quando entendem que o mundo se curva à sua força; do jeito que Rama falava, um tom grave e cheio de autoridade. "As pessoas desses lugares gostam de mim", disse.

A mãe encolheu os ombros.

"As pessoas lá não são como vocês", completou o capitão. "São como eu."

A mãe franziu a testa.

"Chang e Eng vão ficar ricos?", Sen perguntou. "Tem muito pato para cuidar nessas terras?"

O capitão ajeitou o casaco. "As pessoas vão pagar com dinheiro para ver essas criaturas brilhantes." Ele respirou fundo. "Permitir que sejam uma atração do circo trará grande honra para a sua família, e para a sua nação, de forma que o mundo possa contemplar o que a mulher mais abençoada do bendito império do Sião pôde lhe oferecer."

A mãe parecia confusa; não havia tradução para a palavra *circo*.

O capitão virou-nos para que ficássemos cara a cara com ele e se ajoelhou diante de nós. A rotação enrolou meus pés com os de Chang e o capitão teve de nos segurar para que não caíssemos. "De todas as nações da Terra, de todas as famílias, só o Sião e esta família possuem a criatura dupla, a maravilha viva", disse, olhando-nos nos olhos.

"São só crianças, iguais aos outros meninos", disse a mãe. "Só que são ligados."

O capitão Coffin lhe garantiu que seríamos tratados com respeito, e que o dinheiro que ganhássemos iria diretamente para ela. "E eles estarão de volta dentro de um ano. Dois, no máximo", disse o capitão.

"Dois no máximo", repetiu o criado do capitão.

O capitão se levantou.

"Pode confiar em mim, sou amigo do seu rei." Ele nos contou sobre as cidades da América, com suas altas casas de pedra, calçamentos sólidos, iluminação a gás e elétrica, locomotivas, carroças puxadas por cavalos, com seus vidros e barcos a vapor mais rápidos que qualquer junco do Mekong.

A sala se encheu de um silêncio cético.

"Nunca mais vai ter de trabalhar", Coffin disse para a mãe. Outro tipo de silêncio se abateu sobre nós.

O capitão estalou os dedos. Seu criado deu um passo à frente e entregou à mãe uma bolsa cheia de jóias. "Seus filhos serão tratados com sentimento", disse o capitão. "Com grande dignidade."

Uma angústia terrível, inapelável, espalhou-se em meu peito. Estávamos indo embora de novo.

O *Sachem*, um navio de trezentas e noventa e sete toneladas comandado por Coffin, era a embarcação mais impressionante que eu já havia visto. Um mastro em cada extremidade do convés, sustentando cinco grandes velas brancas, e um terceiro mastro, mais alto, no centro, sustentando outras seis. Uma rede de cordas interligava as velas, convergindo no cesto de gávea, no alto do mastro da mezena. Com cem pés de comprimento, trinta pés de largura e seu duplo convés cintilante, era diferente de qualquer junco. Na proa, um imenso poste pontudo furava o ar a sua frente. Grandes marujos brancos se sacudiam no convés de baixo, entre imensos sacos de arroz. Até os ratos a bordo eram colossais.

Quando vimos o navio pela primeira vez, Chang e eu estávamos no barco a remo de Xau, com a mãe, Sen e nosso pato de estimação, In, oscilando no Mekong. E ali, bem diante de nós, onde uma fileira de casas flutuantes balançava como destroços entre nosso barco e a boca do golfo do Sião, e onde o olhar deparava com um excesso de vistas familiares (os verdes campos de arroz ladeando o rio que se despejava no golfo, a trama de varais de roupa imitando as redes de pesca logo abaixo, o grande número de barquinhos como o nosso transportando peixe, camarões ou seda), ali estava a mais fantástica de todas as vistas: atrás da mistura de telhados inclinados, dos muros e das paredes, além das roupas cinzentas dos camponeses siameses dançando nos varais, ali estavam os mastros do *Sachem*, pairando, divertidos, acima de tudo aquilo, da forma como os adultos pairam acima das crianças que brincam. O panorama fez um forte calafrio percorrer minha espinha como um raio interno.

Ouvi a mãe fungar. Olhei para ela e vi que estava sorrindo entre as lágrimas que lhe escorriam pelo rosto. "Que beleza", ela deixou escapar baixinho pelo espaço onde estariam os dentes.

"Não queremos ir embora do Sião", disse Chang. Estávamos sentados ao lado da mãe, Sen remando. O grasnante In pulava do colo de Chang para o meu.

"Vocês já viram mais coisas em sua curta vida do que eu jamais vi", disse a mãe, com a voz trêmula. "E agora vão ver ainda mais."

"Não queremos", Chang replicou à beira das lágrimas. Sen deu um grunhido atrás de nós.

"Vamos ficar bem, mãe", eu disse. Chang me bateu no peito, com força, pouco acima do ponto onde a membrana sai do nosso corpo. Eu lhe dei um tapa na orelha pequenina e caímos no chão do barco, brigando. In caiu conosco e ficou batendo as asas brancas.

"Psss! Parem com isso", disse a mãe.

O capitão Coffin estava a nossa espera, debruçado no parapeito de estibordo do navio. A vinte metros de distância dava para divisar seu bigode, dessa vez encerado, formando pontas finas de ambos os lados, mais largo que seu rosto, provavelmente grande o bastante para as pessoas atrás dele enxergarem as duas pontas engomadas.

Muito mais alto que nós, com as mãos atrás das costas, à nossa espera, Coffin vestia sua túnica vermelha que se enfunava sob o casaco azul de capitão. Seus botões dourados cintilavam ao primeiro sol da manhã, combinando com as ombreiras, e as calças brancas se abriam a partir da coxa. Mesmo entre os grandes mastros do navio, ele parecia um gigante. De onde olhávamos, o topo de seu chapéu parecia tocar as nuvens.

Ele acenou quando viu a gente e soltou uma risada gostosa. Gritou-nos uma saudação grave em língua tai. A mãe abraçou Chang e a mim e despediu-se. "Vejo vocês dentro de um ano, meus filhos." O sol da manhã projetava discos cor de laranja na água.

"Tudo isso é para o bem de vocês", Sen nos disse.

Soou o apito do navio. Chang e eu deixamos a mãe e subimos a bordo do *Sachem* junto com In, nosso pato de estimação, rumo à América.

7. Um casamento em Wilkesboro

1842-3
Wilkesboro

Nosso duplo casamento foi marcado às pressas. Não que a cidade ou o sr. Yates o aprovassem. Mas escrevi uma carta a Yates, explicitando meus sentimentos e intenções, e mandei uma cópia para o *Wilkes County Spectator*. Eu era casto e cristão e continuaria a ser ambas as coisas, informei por escrito. E assim o sr. Yates capitulou à vontade das três mulheres de sua vida, e até que com bastante delicadeza. Não que ele já conseguisse falar com Chang e comigo, ou mesmo olhar para nós. Mas pelo menos também não falou nada contra nós. E foi assim que Chang e eu nos vimos um dia argumentando, perante um tribunal da Carolina do Norte, que nem Sarah nem Adelaide estariam cometendo bigamia ao se casarem com gêmeos conjuntos. O juiz, o meritíssimo Patch Meadows, acabou concordando.

Tivemos o cuidado de não violar nenhuma outra lei. Na Carolina do Norte, nenhuma mulher branca e livre podia casarse com alguém de sangue indígena, negro, mestiço ou mulato até três gerações antes. Achei uma sorte os norte-carolinenses não terem nenhuma legislação proibindo siameses, embora os olhares e assobios que recebíamos nos informassem que provavelmente logo haveria esse adendo aos vade-mécuns legais.

Mandaram-nos também escolher um sobrenome. Querendo parecer americano, escolhi Bunker, em homenagem à batalha que colocou este país no caminho da liberdade. Chang concordou, e passamos a ser Chang e Eng Bunker.

Quando parecia que tudo estava dando certo, a vida começou novamente a ficar difícil. Na noite da véspera do casamento, fomos convocados a comparecer na reitoria do pároco Hodge, de Wilkesboro, um homem que mal conhecíamos. Sentados no escritório do pároco, com os livros de Deus olhando para nós, tivemos de explicar nossas intenções a esse atarracado e jovem ministro imberbe que tinha bochechas cor-de-rosa e óculos à Benjamin Franklin. A cidade de Wilkesboro, disse Hodge, exigia isso.

Pense no que essa gente pode querer de você, disse a mim mesmo.

Vai ver, disse a mim mesmo, é a mesma coisa que você quer.

Levando aos lábios a xícara de chá, respondi ao pastor: "Se for para impedir a desgraça de Adelaide e Sarah", tomei calmamente um gole e pousei a xícara, "eu e meu irmão podemos ser separados".

"É, podemos", Chang disse, embora não parecesse nem um pouco entusiasmado com a idéia.

Claro que sabíamos dos riscos que isso envolvia, mas ali estávamos, discutindo a separação. Não era a primeira vez que ponderávamos sobre a operação com um ocidental. Em Londres, Nova York, Filadélfia e Paris vários médicos avaliaram a possível separação e sempre acabaram convencendo Chang de que era muito pouco segura. Eu estava disposto a tentar, apesar do risco, principalmente se isso significasse a conquista de nosso direito de casar. Se eu me visse casado e separado de meu irmão, que inesperada felicidade minha vida seria!

"Escute, senhor... Eng, não é? O senhor não entende", disse Hodge. O jovem pastor parecia desarrumado, como se tivesse passado na cama o dia inteiro vestido com seu terno marrom amassado. "A cidade está muito incomodada. E as pessoas estão prontas para..."

"Ah, nós sabemos, pastor Hodge", eu disse. "Sei que pode acabar nos matando."

Não conseguia escapar de nosso duplo reflexo naquela sala pequena. O reflexo morava no espelho embaçado da parede dos fundos, na colher que usei para mexer o chá, ondulava no próprio chá, na madeira polida da mesa, nos olhos do pastor.

"É, nós sabemos", disse meu irmão. "Nós somos tão diferentes que o povo da cidade tem medo de nós. Nunca na vida eu quis ser separado. Gosto de Chang e Eng do jeito que é. Mas tomamos uma decisão." Meu irmão inclinou-se para a frente. "Nós sabemos."

O murmúrio da multidão reunida a distância havia crescido. Pela janela de Hodge, viam-se num morro distante pontos luminosos se deslocando para um corpo de luz maior: homens com tocha se juntando debaixo das estrelas. A cidade tinha suas exigências. Por isso Chang e eu tínhamos vindo armados.

"Não", disse Hodge, "vocês não sabem de nada. Essa gente está pouco se importando com o jeito como vocês nasceram. Nossa cidade aqui é de gente da montanha. Wilkesboro é isolada, e por escolha própria." Ele sussurrava, tentando remover a perversidade de suas palavras.

"Não somos contaminados pelo outro mundo", continuou. "Pensem nestas montanhas do sul como uma espécie de ilha, mantida isolada geração após geração. Talvez assim vocês nos reconheçam. Não costumamos ver muita gente de fora. As pessoas daqui não estão acostumadas nem mesmo com a gente de Savannah ou Nova Orleans. E chamamos *essa gente* de forasteiros." O rosto dele agora estava bondoso e sorridente. "De forma que o que essa gente não quer é ver as meninas Yates casando com quase negros do outro mundo. Principalmente essas meninas, principalmente depois..."

Ele ficou me olhando por um longo tempo. Ele sabia que eu era cristão. Tínhamos conversado sobre Deus quando Chang e eu chegamos à sua porta, e ficara impressionado com meu conhecimento da Bíblia.

O pároco prosseguiu com voz macia: "Talvez tenham ficado tempo demais em Wilkesboro". Sorriu. "Sei o que estão pensando. Não somos um povo atrasado. Temos uma poderosa ambição quando vemos algo que tem de ser conquistado e temos o coração justo. Gostamos das coisas tradicionais, como eram para Daniel Boone cem anos atrás e do jeito que eram antes dele. O tempo aqui não passa depressa; o tempo fica." Ainda não havia terminado. "O problema é que vocês são chineses, que vocês têm a pele cor de limão."

Lá fora, a multidão começou a se aproximar. Eu não acreditava em Hodge. Sem dúvida eles estavam protestando, eu pensava, contra a idéia de os maridos serem um, as esposas duas. As meninas Yates estão atrás de perversão luxuriosa, era a voz que corria.

O murmúrio da multidão agora era um rugido.

Conclusões, não deliberações, levam à ação. A razão não consegue levar estranhos a uma percepção diferente do mundo. Nenhum diálogo é capaz de vencer grandes divisões. Chang e eu resolvemos lutar. Um homem tem de ser sempre um homem.

"Desculpe, pastor."

Pegamos nossos rifles e saímos para a varanda. Nunca tínhamos dado um tiro, mas não podia ser difícil. Passei o braço esquerdo com firmeza pelo ombro de meu irmão. Mantivemos baixas as armas, de lado, e carregadas. O pastor Hodge saiu conosco e ficou ao nosso lado. Lembro-me de ter pensado que ele era um americano valente.

Era uma noite quente para janeiro e mais negra que os corvos das minas de carvão do condado de Wilkes. A multidão, uma bola de luz que se ampliava ao se aproximar, foi logo se separando em indivíduos portando tochas. Deviam ser uns vinte homens no total; um ou dois com armas, alguns com forcados, pás, machados. O resto levava apenas as tochas, cuspindo, xingando e enxugando a testa nas mangas imundas da camisa. A maioria escondia parte do rosto com lenços. Detiveram-se diante da varanda do pastor e ficaram ali, no jardim da casa.

A turba estava bem próxima de nós, à luz do fogo e à sombra. Chang tirou o braço do meu ombro e usou ambas as mãos para levantar sua arma. Ao fazer isso, teve de girar em minha direção, de forma que ficamos frente a frente; ele apontando a arma para a multidão. Senti o suor nas axilas. Minha boca estava seca.

"Calma, gente", Chang gritou, embora ninguém estivesse se mexendo. A grossa coronha de madeira de sua arma estava a dois centímetros de meu rosto.

"Pastor, é melhor o senhor descer", disse um homem à frente do grupo, com seu chapéu de palha. "Nosso negócio é com os chineses." Reconheci o rosto semi-encoberto do homem. Ele estava entre os primeiros que acenaram para nós e nos cumprimentaram quando chegamos à cidade.

"Também não tenho certeza quanto à correção desse casamento, John", resmungou Hodge, piscando, coçando a cabeça. "Mas violência é uma coisa que sei que está errada." Ele apontou para o homem. "*Violência!*"

Outro homem, bem maior, um valentão com grossas sobrancelhas negras, deu um passo à frente do grupo. Fechou um olho, levantou a arma, apontada diretamente para Chang. A extremidade de sua arma estava a um metro do meu irmão. "Não é normal", disse, calmo.

Com ambas as mãos, apontei minha arma para a cabeça do homem. Ele não se mexeu. Moscas negras zuniram entre nós, em busca dos cavalos que pastavam na relva do estábulo próximo. Os nós de meus dedos tocavam os de Chang; os carregadores de nossas armas alinhados. Chang, aquele homem mascarado e eu, ali parados, nossas armas formando a letra Y no ar.

Como é que você veio parar aqui, Eng?, perguntei a mim mesmo.

Vim atrás de meu irmão, respondi a mim mesmo.

"Podemos morrer", ouvi-me dizendo para a multidão, "mas não vamos desistir do direito de casar..." Na minha voz vibravam o desespero e a coragem.

O valentão não desviou a arma que apontava para meu irmão.

"... e pelo menos um de vocês vai morrer junto conosco. Isso eu posso jurar."

O que eu estava fazendo? Não tinha nada contra aqueles homens. Imaginei apertar o gatilho: nada ganho, tudo perdido, tudo acabado. Nunca tinha fixado nada com tanta intensidade como fixava a arma daquele homem.

Não recue, disse a mim mesmo. É isso o que você quer, afinal. Uma chance de felicidade.

"Vamos tocar fogo na sua casa, pastor", uma voz gritou da multidão. "Não pense que não."

Uma pedra veio voando e quebrou a janela fronteira do pastor. "Deus há de enforcá-lo."

Hodge sacudiu a cabeça. "Sei que esses chineses são bons homens de sua raça, homens *cristãos* e direitos." Ele ergueu as mãos diante de si, as palmas abertas, os dedos separados; sua voz tremia.

Chang e eu continuamos apontando nossas armas para o homem à nossa frente. Eu podia sentir o menor tremor da mão de meu irmão. "Firme", disse a ele. "Sim, eu sei", ele respondeu. Senti meus órgãos internos subindo para a garganta.

Com minha visão periférica, notei uma carroça vindo em nossa direção, descendo a rua de terra junto ao jardim de Hodge. Eram Sarah e Adelaide. Tentei não olhar, não chamar a atenção para sua chegada iminente.

Alguém no meio da multidão gritou: "Pastor, saia daí". Apertei a arma com mais força.

Uma segunda pedra foi atirada e atingiu-me no peito; caímos de lado. As duas armas dispararam ao cair de nossas mãos. Meu peito estava latejando; a pedra havia tirado meu fôlego. Eu chiava. As balas perderam-se no vazio.

O valentão avançou para a varanda. Em dois passos chegou até nós, apontando a arma para mim.

Quando o homem começou a apertar o gatilho, Chang e eu dobramos dois de nossos joelhos no peito num movimento conjunto até estarem lado a lado. E desferimo-lhe um violento chute na barriga, os calcanhares atingindo-o como se fossem um só.

O que aconteceu em seguida ficou imortalizado no desenho de um artista norte-carolinense chamado John Ray Jr., contratado para ilustrar o panfleto distribuído em nossa última turnê. No desenho de Ray Jr., que podia até estar ali presente com um lenço na cara, o valentão está voando para trás, sua arma disparando no vazio. Ele é mostrado voando a um metro e meio de altura, os braços abertos. A força do chute duplo simultâneo foi retratada com precisão. Eu não saí bem no retrato, surpreendido no movimento, mas Chang, sentado um pouco mais alto que eu, pode ser visto sorrindo. O que o desenho não tinha como captar foi o momento seguinte, quando o homem caiu contra a última pilastra da varanda de Hodge e despencou com um ruído surdo. Estava inconsciente quando tocou o chão.

Com um grito em uníssono, a multidão avançou, com sede de sangue nos olhos. Alguns arrastavam as tochas ao se deslocarem, queimando o chão atrás deles. O resto segurava as tochas na frente, decidido a atear fogo na casa do pastor e nos matar. Suas sombras eram gigantescas.

O troar de uma arma de fogo paralisou a multidão. Adelaide estava de pé na carroça do pai, apontando um rifle para o ar. Estava envolta em fumaça. Sarah, a minha Sarah, também estava ali... segurando as rédeas e impedindo que os cavalos disparassem.

"Será que não percebem que eu sei muito bem quem são vocês?", Adelaide gritou. "Foi meu pai que mandou vocês aqui?" Lá estava ela, de pé, uma jovem alta com peito farto e quadris largos, uma lutadora. Seus cabelos estavam bem-arrumados. "Sei que é você, Jed! E Steven Thomas!" Ela apontava a arma para um homem diferente a cada nome que dizia. "David Cooper", gritou. "Tyler Brody! Estou vendo sua cara atrás desse cachecol. Foi sua mãe que o fez para você?"

"Vamos pegar nossas armas", eu disse a meu irmão, e, engatinhando, conseguimos pegar o rifle de Chang enquanto a multidão prestava atenção em nossas noivas. Quando Chang e eu nos levantamos, meu irmão apontou a arma para a multidão. Eu levantei os punhos cerrados diante de mim.

"Seus patifes!", Sarah gritou. Não pensei que ela tivesse essa capacidade de paixão. Ela se virou devagar para os homens. "Patifes!", tornou a gritar, sacudindo as rédeas com raiva.

A multidão ficou imóvel. O tal John, com a mesma calma daquela noite, disse: "Esses chineses, esses malditos chineses, não vão ficar com vocês, meninas". Nesse momento, John virou-se e viu meu irmão com a arma apontada para a sua cabeça. O covarde deu um pulo para trás.

"Vão para casa", ordenou o pastor. "Vão todos para casa!"

Ninguém reagiu.

Seja valente!, eu disse a mim mesmo. *Seja valente!* Meu olhar se encontrou com o de John. Uma fração de segundo, e ele desviou os olhos.

Os homens voltaram resmungando para o lugar de onde tinham vindo. Olhei para Sarah, mas ela ainda estava olhando para o espaço à sua frente. Estava na hora de começar nosso casamento.

O dia seguinte era a data marcada para nosso casamento, uma tarde alegre e ensolarada em Wilkesboro. A cerimônia foi realizada na ampla sala de estar da pensão dos Yates, e como um casamento é sempre um casamento, toda a Wilkesboro vestiu suas roupas de festa. Parece que havia mais gente em Wilkesboro disposta a comemorar uma união notável do que disposta a impedi-la à força. E assim uma multidão de cidadãos se reuniu em volta da casa, decorada para a ocasião. Os que não foram convidados, principalmente as mulheres, resolveram se aglomerar à frente das janelas do andar térreo, acotovelando-se e empurrando-se, espiando com os narizes colados nos vidros, esperando que lhes dessem licença para entrar. Alguns homens andavam de um lado para o outro no jardim, resmungando. O xerife Bishton ficou na porta da frente, pronto para qualquer confusão.

As convidadas de nossas noivas entraram pela porta da frente usando flores e segurando a cauda dos vestidos. Jornalistas intrometidos circulavam, de casaco mal cortado, gravata branca e luvas brancas. Chang e eu não convidamos ninguém.

Eu tinha a esperança de que, apesar da confusão da noite anterior, fosse uma bela festa. Os Yates tinham espalhado rosas na sala de estar, arrumado o quadro de margaridas da parede e colocado um candelabro de prata em cima do púlpito improvisado armado no fundo da sala, diante de duas fileiras de cadeiras de madeira. Todos esses ornamentos brilhavam ao sol. Cordões de pipoca decoravam o teto, pendendo das vigas como graciosas teias de aranha.

Chang e eu nos ocultamos atrás da quina da parede, no alto da escada atapetada, para ver o que estava acontecendo lá embaixo; eu é que espiava. Estávamos só de calças, ainda não tínhamos vestido o paletó nem o colete. "O que está acontecendo?", meu irmão perguntava, a mão apertando meu ombro.

Brotando do enxame de veludo e cetim, dos chapéus, cabelos, pescoços e braços nus, subia uma discreta mas viva conversação, ecoando sob o teto baixo. O nível de expectativa era mais alto que o apropriado para um casamento. Alguns membros da família Yates tentavam dar a impressão de que nem pensavam nas implicações de os dois noivos serem grudados.

Afinal, uma das damas da multidão, de vestido vermelho e com grandes ombros gordos, deixou escapar: "Mas é bem estranho, cá entre nós!". E todos os convidados começaram a expressar abertamente suas dúvidas.

Então Thom, um negro meio gasto, de seus quarenta e cinco anos, que a sra. Yates nos deu de presente de casamento, veio por trás de nós e disse: "Patrões, está na hora de acabar de se vestirem". Ele usava uma venda num olho e tinha os ombros tão desgastados pelos anos de trabalho que não conseguia levantar os braços acima da cabeça. Mesmo assim, o escravo colocou uma das mãos em meu braço direito e a outra no braço esquerdo de Chang. Só o havíamos conhecido naquele dia.

Voltando para nosso quarto, vi a noiva de Chang do outro lado do corredor, por uma fresta entre a porta não inteiramente fechada. Adelaide estava olhando pela janela, mordendo o indicador, vestida de branco, com um longo véu e um buquê de flores de corniso. Alguém dentro do quarto fechou a porta.

Chang estava um pouco curvado, fazia uma careta como se alguém estivesse pisando em sua cabeça. "Espero ter sido um bom irmão para você", ele disse.

Dei uma risadinha e disse-lhe que relaxasse.

"Acho que você foi muito bom comigo", falou.

"Vamos nos aprontar."

Não era fácil se vestir porque Chang ficava tentando andar pelo quarto. Íamos usar smokings pretos idênticos, deixando os três botões do meio das camisas desabotoados, além dos dois botões de cima dos coletes pretos de seda, para dar espaço para nossa membrana.

"A aliança... está com você?", Chang perguntou, nervoso, sacudindo a mão.

"Está", respondi. "E você não perdeu a outra, não é?"

Ele revirou os bolsos e franziu o rosto em desespero.

O escravo Thom pigarreou. "A outra aliança está bem ali na penteadeira, patrão", disse com um plácido sorriso. A aliança estava onde Thom dissera, junto de nosso sempre presente tabuleiro de damas.

"Será que alguém já fez tanta bobagem algum dia?", meu irmão me perguntou. Eu parei, firmando os pés nos chão: bastava de andar de um lado para o outro! Chang se deteve com um tranco.

"Tudo bem", eu disse. "Você fez a besteira de colocar o anel no lugar errado. Mas ali está ele, em cima da mesa. Relaxe, irmão. Você é meu padrinho, vamos, vista o colete", eu disse. "Thom, ajude."

"Mas e a camisa?", Chang gritou.

"Você já está de camisa, Chang", observei.

Durante um longo momento, Chang ficou olhando para o próprio peito, sem dizer nada. Depois falou: "Esta aqui está toda amassada!".

Thom coçou a cabeça. O escravo não conseguia deixar de olhar para nossa junção.

"A camisa está *boa*", eu disse. "Vamos acabar de nos vestir."

Bateram na porta e o sr. Yates entrou, os cabelos crespos espetados de ambos os lados do crânio. Olhou para nós dois por um instante, entrecerrou os olhos, forçou um sorriso. "Está na hora, meninos."

"Lá estão eles!" "Quem é quem?" "Ai, meu Deus, aquelas meninas parecem mais apavoradas do que felizes!" Esses foram alguns dos comentários das pessoas.

Chang e eu paramos diante do pastor Hodge. Os convidados estavam sentados atrás de nós, e esperamos o sr. e a sra. Yates nos trazerem Adelaide e Sarah.

Não consegui tirar os olhos de minha noiva quando ela veio andando pelo corredor. Já não via nada nem ninguém; não me importava o que as pessoas murmuravam; seu rosto era comprido, ainda mais comprido que o de Adelaide, mas isso é que a deixava bonita, pensei. Quanto mais comprida a cara, melhor, pensei, e senti pena de meu irmão, que estava se casando com uma mulher que tinha apenas o nariz meio comprido.

Demorou algum tempo para as meninas e os pais descobrirem como é que deviam proceder. A sra. Yates respirava pesado e arrastava seu corpanzil a passos lentíssimos. Quando os pais das meninas chegaram até nós, o sr. Yates me pegou pelo braço errado, como se pensasse que podia passar *entre* Chang e mim, e a sra. Yates esqueceu que tinha de dar um passo de lado para Adelaide poder ficar do lado de Chang.

A multidão se agitou nas cadeiras, com um farfalhar de saias.

Finalmente as coisas se acertaram, cada noiva pegando a mão de seu futuro marido. Os olhos das meninas traíam as mesmas perguntas que pulsavam dentro de mim: *O que é que eu estou fazendo? O que será que vai acontecer depois?* Eu tinha acabado de completar trinta e dois anos.

Era curioso, eu disse a mim mesmo, mas trazer outras pessoas para a nossa ligação vai torná-la mais fácil de suportar.

Chang tinha razão, eu disse comigo mesmo. E lhe devo isso.

Quis dizer a ele o quanto estava agradecido naquela mesma hora.

A sra. Yates parou na nossa frente e tentou falar alguma coisa, mas não conseguiu. Começou a chorar, depois a rir, fazendo sua papada sacudir-se. Enquanto isso, o jovem pastor Hodge, com seus cabelos de um loiro acinzentado brilhando de tão molhados e repartidos no meio da cabeça, começou a se inclinar sobre o púlpito improvisado entre ele e nós (na verdade uma mesinha baixa, coberta por um pano vermelho, em cima da mesa de jantar). Ele afastou o candelabro para um lado de modo a poder enxergar os dois casais.

O sr. Yates inclinou-se cauteloso para Sarah, sussurrou alguma coisa e, fazendo um sinal à mulher, deu dois passos para trás. Com certa dificuldade, a sra. Yates o imitou.

Será que isto está acontecendo?, pensei. E voltei-me para a minha noiva, para o seu rosto de perfil, e devido ao tremor quase imperceptível de seus lábios e de suas pálpebras percebi que ela sentiu meus olhos sobre ela. Sarah não retribuiu meu olhar; o véu, preso em sua pequena orelha rosada, tremia.

Sorri para meu irmão, que piscava, e para sua noiva. Adelaide reteve um suspiro na garganta. Suas mãozinhas tremiam nas luvas brancas compridas. Ela me viu sorrir para ela e parecia mais velha que os seus trinta e um anos.

Eu estava cheio de alegria e de medo. Agora não era nenhum famoso fenômeno siamês: era um noivo casando-se com duas irmãs de Wilkesboro, Carolina do Norte.

"De pé", disse Hodge, e a multidão se levantou. Ele rezou por nós, pela paz, e a casa parecia respirar com sua voz. Rezou pelo entendimento num mundo insensato. Seu discurso me impressionou. Como pude eu pensar que era capaz de atravessar a vida sozinho?, pensei. Sorri para minha mulher e toquei sua mão enluvada com meu dedo. Aquelas meninas tinham saído armadas em nossa defesa durante a noite, pensei comigo.

Hodge invocou Deus, a Carolina do Norte e os Estados Unidos, depois se voltou para nós com a Bíblia nas mãos. "Jesus eterno, que juntaste aqueles que eram separados...", leu com uma voz suave, mas aguda, "... que ordenaste esta união em sagrado matrimônio que não pode ser desfeita, da mesma forma como abençoou Abraão e Sara e seus muitos descendentes, segundo a Sua Sagrada Aliança, conduze-os pelo caminho das boas obras."

"Amém", ressoou atrás de nós.

Olhei para minha mulher. Ela estava quase sorrindo e olhando de olhos semicerrados para o nada. Uma veia lateral de seu rosto estava pulsando. Chang e as duas meninas não estavam mais ouvindo o pregador. Com o olhar no infinito, haviam ignorado o sentido das palavras da cerimônia, o que eu considerava vergonhoso.

Não que eu não estivesse arrebatado pelas coisas. Naquele dia, naquele momento, estava ocorrendo a mais séria ruptura com minha antiga vida, e uma vida diferente, normal, estava começando para mim. Levantei a mão do ombro de meu irmão e dei-lhe tapinhas nas costas. Ele nem notou; tinha se virado para sua esposa, esticando ao máximo nossa junção.

Mas essa nova vida que eu divisava ainda não existia, e eu não conseguia nem ver claramente como iria ser.

De repente, percebi que o sermão fora interrompido. Eu tinha perdido o fio do que Hodge vinha dizendo; houve um momento de hesitação, de sussurros e sorrisos. Meu irmão estava segurando a aliança, e ao que parece eu tinha de lhe passar a aliança dele.

Chang me entregou a jóia que eu devia colocar no dedo de minha noiva, e retribuí o favor. Tentamos ambos nos voltar para nossas noivas, o que resultou num ridículo vaivém que nos desequilibrou. Isso não acontecia fazia mais de trinta anos, desde que aprendemos a andar. Um murmúrio percorreu a multidão.

Depois que Chang colocou a aliança no dedo de Adelaide, viramo-nos para Sarah, minha noiva. Ouvi gemidos que me pediam para ser rápido quando me voltei para o sorriso de felicidade que iluminava o rosto radiante de Sarah. Aquele sorriso refletia-se em todos os que olhavam para ela. Um gêiser de emoção irrompeu da lama que eu trazia dentro de mim.

"Coloque!", ela sussurrou, mostrando seus fortes dentes americanos, os olhos bem abertos. "Coloque!" Enquanto isso, a mão de Chang em pânico tamborilava em meu ombro com os cinco dedos.

Fiquei surpreso com o que tomei por júbilo no rosto comprido de minha noiva, e seu sentimento me contagiou. Peguei sua delicada mão enluvada e deslizei o anel em seu dedo. Suspiros e risos lacrimosos subiram do meio da multidão para os meus ouvidos. O brilho de minha noiva parecia ter contagiado todo mundo.

Eu nunca tinha visto Sarah daquele jeito. O brilho de seu rosto era encantador. Tive vontade de falar com ela, mas não sabia se a cerimônia havia terminado.

"Podem beijar as noivas." Hodge exibia um grande sorriso também. "E vocês, meninas, inclinem-se e beijem seus noivos."

Na ponta dos pés, Sarah curvou-se para mim. Beijei seus lábios sorridentes com tímido cuidado, e a lateral da cabeça de meu irmão apertou-se contra a minha quando ele recebeu o forte beijo de sua noiva.

Oferecemos o braço às irmãs e saímos pelo corredor, tomados por uma estranha e nova sensação de proximidade. Foi só quando encontrei os olhos assombrados e tímidos de minha noiva — e de sua irmã — que acreditei que aquilo era verdade, porque senti que éramos um só. Eu mal conhecia aquelas meninas, mas isso não tinha importância. Elas haviam salvado nossa vida na noite anterior e salvavam de novo agora.

Na mesa principal jantamos ao lado de nossas esposas, junto com Jefferson, o pastor Hodge, o prefeito Dungsworth e o sr. e a sra. Yates. Outros convidados ocupavam as cinco mesas colocadas a nossa volta na sala de jantar. Olhei em torno e imaginei se alguma daquelas pessoas estivera entre as que haviam tentado nos matar na noite anterior.

Assim como Chang e eu, a sra. Yates estava sentada num banco feito sob medida. À nossa direita, Hodge ria a toda hora, fazendo cara de bom entendedor. Ele parecia pensar que tudo que se dizia fazia parte de um jogo de subentendidos.

"Os escravos estão dizendo que este é um casamento espiritual." A voz de Hodge já tremia e rachava antecipando a risada que subia por sua garganta. "*Vudu*. Agora, não sei se isso é bom ou ruim", concluiu pestanejando.

"Os escravos precisam dessas histórias de espíritos", disse o prefeito Dungsworth.

"Eu também!", Hodge exclamou e sacudiu os ombros para se eximir de qualquer acusação de comportamento inadequado. O sr. Yates desviou os olhos de Hodge.

"Não acho que é *isso* que a gente está fazendo", disse Adelaide, negando com a cabeça. "Um casamento espiritual."

Sarah baixou os olhos e concordou: "Nem eu".

Hodge olhou demoradamente para ela, como se quisesse dizer alguma coisa que sabia que devia calar. "Eu só quis dizer...", ele se inclinou para sussurrar, "... que às vezes eu fico tão bobo que acho que não sou nem um pouco mais civilizado do que eles. Quer dizer, não é *bem assim*..." Ele riu à idéia de que não era civilizado e olhou para o espaço entre meu irmão e mim. "Já sentiram isso alguma vez, gêmeos? Não serem mais civilizados do que qualquer outro não-branco do condado de Wilkes?"

Chang abriu a boca, mas não disse nada. Estava esperando que eu falasse alguma coisa.

"Como disse?", Chang finalmente respondeu. Todo mundo riu. Chang começou a sorrir e me cutucou com o cotovelo ao limpar o suor do lábio superior.

"Chang e Eng são brilhantes", comentou a sra. Yates com o prefeito. "Aprenderam inglês sozinhos, e Eng lê Shakespeare."

A barba grisalha, o rosto jovem e os olhos azuis do prefeito Dungsworth lhe davam um ar quase senhorial. Ele apertou os lábios fixando a sra. Yates e meneou a cabeça. E meu sogro soltou o ar pelo nariz, produzindo uma espécie de riso baixo, amargo.

A sra. Yates sacudiu as mãos gordas para chamar a atenção de alguém sentado em uma mesa do outro lado da sala. Depois sorriu. "O que é que vocês estão rindo aí?", gritou. "Todo mundo se divertindo aí desse lado e eu aqui, junto com estes bobalhões", continuou a sra. Yates se fazendo de zangada, com uma voz de bebê. Ela fez biquinho e depois explodiu numa risada que sacudiu todo seu corpo, apoiando a mão pesada no pulso do prefeito. Eu olhei para o outro lado.

Thom e dois outros negros, a jovem Harriet e Brett, que outro dono de escravos havia emprestado para aquela noite, serviram o jantar: vagens, purê de batata, pato assado e peru ensopado, este último apresentado separadamente, em recipientes de prata. Thom, mais cambaleante do que nunca, fazia os dois escravos servir as mesas tão depressa que o lenço de Harriet ondulava atrás dela como se ela estivesse enfrentando uma ventania.

Eu disse aos Yates que a comida estava deliciosa. Meu sogro olhou para mim, os olhos muito empapuçados, mas conseguiu não franzir a testa e voltou a olhar para o próprio prato.

"Vai acabar se acostumando com esse tipo de comida", disse Dungsworth.

"Vamos fazer um pouco de arroz para Chang e Eng, não é, meninas?", disse a sra. Yates. "Mas os gêmeos queriam comida boa, como a que a gente estamos comendo. Está comendo." Ela sorriu e bufou. Respirar não era coisa fácil para ela.

"Aposto que isto aqui é melhor do que arroz", disse Hodge. Espichou o beiço e esperou até nosso sogro prestar atenção nele. "Aposto que é mesmo", acrescentou o pastor.

"Deve ser", Yates resmungou. Ele agarrava o garfo com um vigor que revelava muito bem o que achava do assunto.

"Este ensopado está especialmente bom, meninas", eu disse, sem saber bem o que dizer, pensando em meu sorriso e na sinceridade que eu queria demonstrar com ele.

"Não que arroz não seja bom", Chang falou.

Minha esposa mantinha a cabeça baixa, como se seu queixo comprido fosse uma extensão do peito. Nossa opção pelo casamento tinha suas conseqüências, pensei. Ela provavelmente sabia disso.

"Jefferson gosta de arroz", disse a sra. Yates olhando o filho. "Não é, Jeff?"

Jefferson coçou a cabeça.

"Por favor, mãe", Adelaide e Sarah disseram em uníssono.

"É verdade." A sra. Yates sacudiu a cabeça com determinação. "Não como um chinês, mas como um menino que gosta de arroz."

"Acho que gosto." A voz de Jefferson falhava com a chegada da idade adulta. "Com galinha, às vezes."

Eu não estava escutando: pensava em minhas esperanças que durante anos tinham passado despercebidas como bolhas saindo de um tesouro escondido no fundo do mar. Apeguei-me a elas para alimentar meu apetite pela aventura que estava por vir. E meu medo dela. Lá fora, a névoa começava a envolver a varanda da frente.

Depois do jantar, todo mundo se reuniu no gramado e dançou a *Virginia reel* à luz dos lampiões. Hodge ficou na varanda tocando violino, enquanto a multidão se dividia em duas alas batendo palmas, uma de homens, outra de suas parceiras. A dupla do fim das filas se encontrava no meio, dava as mãos e dançava no espaço entre as filas; depois o casal seguinte repetia o ritual, e assim por diante. O chão tremia. A névoa ondulava em torno das pernas que dançavam.

Chang e eu nos retiramos com nossas esposas para a varanda, ao lado de Hodge e de seu violino. Por motivos óbvios não podíamos dançar. Nós, os quatro recém-casados, ficamos olhando para o universo escuro e branco, batendo palmas, sorrindo e acompanhando com a cabeça nossos saltitantes convidados.

A música do violino de Hodge era aguda e baseada numa escala pentatônica. Eu pensava num vento soprando devagar entre árvores mortas quando Hodge tocava os tons mais graves e, quando ele arranhava as notas mais altas, era como o som triste que saía dos lábios da mãe quando ela chorava.

Minha esposa estremeceu a meu lado, embora não fizesse frio. "Sabe que tocamos flauta?", falei. Pensando nos mistérios do amor, Sarah olhou para mim, torcendo levemente seu pescoço delicado, os cílios tremendo como borboletas que pousam num regato.

"Mas sou péssimo dançarino", confessei, sentindo subir ao peito um calor que tomei pelo começo de meu futuro, "e nunca na vida tirei ninguém..."

"Nós não é nada bom nisso", Chang disse, virando-se para sua noiva.

"... mas estou tirando você agora." Nos olhos de minha esposa, vi meu próprio sorriso. "Você me dá o prazer desta dança?"

Quando chegou nossa vez de passar entre as fileiras de convidados, houve certa confusão. Levantando mais poeira que os dançarinos anteriores, Chang e eu chegamos ao centro, nossas mãos apertando os ombros um do outro; e esperamos nossas noivas. As duas meninas valsaram em nossa direção, sorrindo e corando, olhando para seus maridos; mas quando chegou a hora de virar e começar a dançar pelo corredor, Adelaide seguiu o próprio instinto e tentou pegar o braço *de dentro* de seu marido. Ela percebeu o erro e mudou para o braço externo, mas era tarde demais. Todo mundo havia percebido.

O rosto de meu irmão estampava um patético e nervoso sorriso; eu senti o calor subir a meu rosto. As palmas perderam o ritmo. Mesmo assim, nós quatro começamos a dançar entre os convidados. Eu me rendi ao ritmo e à melodia. Fechei os olhos. Senti a mão de minha esposa suando e tremendo na minha. Comecei a dançar.

Foi delicioso e, com os olhos ainda fechados, pensei que era um momento especial, não fossem os "desculpe" que ouvi. Abri os olhos e vi as pessoas se afastando para abrir caminho enquanto dançávamos pelo corredor. As fileiras estavam muito próximas uma da outra, o corredor estreito demais para um casal duplo.

As colunas se abriram, alargando nosso caminho: a confusão da reorganização. A música de Hodge continuou soando porém, e o ritmo das palmas com ela. Tornei a fechar os olhos. Uma brisa morna soprava gostosa em meu cabelo. Minha esposa acariciava meu pulso com o polegar enquanto dançávamos. Toda aquela agitação, e ela ainda acariciava suavemente minha mão. Abri os olhos. Todo mundo sorria à luz dos lampiões. Eu sabia o que era o amor. Tudo que eu sempre quisera era ficar sozinho, e obtivera exatamente o oposto disso. Mas como estava feliz!

LIVRO 2

O sonho do Estado é ser um, o sonho do indivíduo é ser dois.
Jean-Luc Godard

8. Os mistérios do leito conjugal

1843
Wilkesboro

Nosso duplo casamento coincidiu com o fim da mais abençoada era do variegado sul da América. Chang e eu, dois imigrantes pensando apenas na busca da felicidade, tínhamos vivido mergulhados em nossa vida e não havíamos notado os maus presságios e o descontentamento que fervilhavam na América. Mas depois que nos estabelecemos no condado de Wilkes, era impossível não notar um sinal de comoção no ar, já em 1843.

A preservação da União, embora parecesse cada vez menos possível, se tornara o objetivo central da maioria dos sulinos da época. A nação estava construindo estradas e canais que o filho predileto da Carolina, John Calhoun, tinha chamado de "mais poderoso cimento para unir as partes da nação". Com o tempo, eu acabaria influenciado pelo grande político Henry Clay, dos *Whigs*, cuja teimosia em impor altas tarifas sobre as importações aumentaria o valor do milho e dos porcos que eu passaria a produzir, mas admirava Calhoun também. Sua fidelidade aos direitos dos estados, sua convicção de que os componentes, dotados de autogoverno, desse corpo político deviam ter o poder de fazer o que quisessem era uma posição com a qual eu, evidentemente, sentia natural afinidade. As sementes da secessão já estavam sendo plantadas, porém; a Carolina do Sul chegara a ameaçar separar-se onze anos antes, mas recuara quando o presidente Jackson organizou um exército para decapitar essa sublevação. Ninguém acreditava que ela viesse a se manifestar de novo, se algum dia ocorresse outro confronto. E outro confronto parecia inevitável.

Ainda não era a época em que eu seria arrastado ao turbilhão da política. Naquele momento, eu sentia uma inquieta familiaridade com uma América que era meu lar fazia muitos anos, como o Sião havia sido antes. Às vezes, eu olhava a minha pele e sentia vergonha. Que distância havia entre Thom e nós no afeto da família Yates?

Depois do casamento, Chang e eu resolvemos que era melhor ficar longe de nossas esposas enquanto nossa casa nova no condado de Wilkes era reformada. Bancamos a reforma com o dinheiro que havíamos economizado em anos de turnês. Meu irmão e eu passamos as primeiras semanas de nossa vida de casados sozinhos no hotel Guion, na cidade vizinha de Mount Airy, Carolina do Norte, introduzindo minuciosas modificações nos planos que fazíamos para resolver as complicadas questões de nosso leito conjugal.

O método pelo qual Chang e eu acabamos nos decidindo, e que revelamos aos jornais, foi o seguinte: sempre que um de nós precisasse de privacidade com sua esposa, o outro tinha de ficar "insensibilizado" um tempo, como que inconsciente, permitindo que o outro gêmeo gozasse a companhia da esposa em particular. Embora nossa situação parecesse imoral e chocante para o resto do mundo, era lançando mão do que chamávamos de "controle alternado" que teríamos a certeza de nos mantermos puros. Eu entraria imediatamente no elevado alheamento do transe, tentando levar meu espírito para longe de nossos corpos, como uma névoa, dando a volta ao mundo até o Sião. Dessa forma, evitaríamos as alegações de relações impróprias entre nós e nossas esposas.

Logo ficou pronta aquela que chamaríamos de "nossa casa", e meu irmão e eu fomos, excitados, visitá-la antes da chegada de nossas esposas. A carruagem aproximou-se da casinha bem depois do entardecer. Nossa nova residência ficava em Morro da Armadilha, uma colina fora da cidade, assim batizada em homenagem a um velho caçador que costumava colocar ali suas armadilhas para caçar perus selvagens. A casa era um quadrado branco, baixa, despretensiosa, sólida, erguida num terreno poeirento em aclive, longe da estrada de terra. ("Nenhum cidadão raivoso vai incomodar a gente aqui", eu tinha dito a Chang.) Construída com pedras e madeira tiradas das margens do rio Yadkin, tinha uma cozinha, sala de jantar e uma pequena sala de estar no primeiro andar, além de uma escada bem larga para nós dois. No segundo andar, havia dois quartos para os casais, um deles com uma cama especial para acomodar três pessoas, o outro em que nossas esposas podiam se alternar para passar sozinhas noite sim, noite não; e mais dois quartos para os filhos que viéssemos a ter.

Bétulas esquálidas, sem folhas, cercavam a casa, que tinha telhado marrom e duas chaminés, uma de cada lado. Era uma paisagem desolada, tranqüila, uma casa que se fundia com o panorama de carroças de algodão, gado distante e velhas igrejas que era o condado de Wilkes. Perto da casa havia uma cocheira, onde abrigávamos nossos animais e estocávamos feno, milho e lenha. No quintal, a cabana de Thom completava nossa modesta propriedade.

Escureceu antes que Chang, eu e Thom chegássemos a essa nova residência, e ninguém estivera lá antes para providenciar alguma luz lá dentro. Só com a claridade da lua cheia, a terra seca de nossa propriedade em volta da casa se estendia irregular e cinzenta, como se uma chapa de chumbo a cobrisse.

Thom pegou as caixas de roupas e livros e colocou-as no meio da escura mobília de carvalho e nogueira.

Nessa primeira noite, sozinhos de novo pelo menos mais uma vez, Chang e eu deitamos na maior cama que já havíamos visto. Ainda não tínhamos colocado cortinas nas grandes janelas novas, e o quarto estava cheio de luar, emprestando a cor de areia clara às tábuas do chão. A touca de dormir listrada de verde de meu irmão ficava lhe escorregando da cabeça, e ele também não conseguia pregar os olhos.

"Não dá para acreditar em nossa sorte", comentei.

Chang respondeu como se estivesse no meio de um monólogo. "Essas duas irmãs fazerem uma coisa dessas, relevarem..." Sua voz carregada de emoção estava grossa, como se estivesse com a boca cheia de arroz. "Ser mãe é tão importante para elas que..." Ele sorriu e se aconchegou a mim para se esquentar. Debaixo do cobertor, os pés de Chang se inquietavam, em silêncio, como toupeiras cavando o chão.

"Poucas outras moças seriam tão... refinadas", falei, o nariz cheio do aroma doce do creme de cabelo de Chang. "Elas salvaram nossa vida", suspirei. A palavra *esposas* rondava minha cabeça. Quantas vezes Chang e eu tínhamos ficado deitados assim, com medo até mesmo de falar em casamento?

"É, isso é extraordinário", disse ele, levantando o braço que estava embaixo do meu pescoço e batendo distraído em meu ombro três vezes com a mão.

Eu havia desistido de encontrar uma explicação para nosso amor recém-descoberto. Embora as irmãs fossem diferentes em muita coisa, eram como a maior parte das irmãs e irmãos, que costumam definir uma espécie de ética própria, como se constituíssem uma sociedade de dois membros. Assim, a conduta de uma em relação à outra podia desconcertar todo mundo, menos elas mesmas.

"Imagine se não tivéssemos encontrado as duas", eu disse. "Essas irmãs adoráveis."

"Por que pensar uma coisa dessas?" Chang falava sem abrir os olhos.

"Porque podíamos ter precisado desesperadamente do que agora temos, sem saber que era isso."

"Eu sempre soube", afirmou meu irmão. "Eu sempre soube."

Eu não conseguia deixar de pensar nos prazeres e mistérios do leito matrimonial. "Estamos a ponto de receber outra coisa que eu nunca esperei."

Chang não respondeu. Tinha adormecido.

Nessa noite, sonhei que eu era Sarah e eu próprio ao mesmo tempo. Sabia que tal coisa era impossível — e impossível de traduzir em palavras —, mas senti que eu era dos dois sexos ao mesmo tempo, embora soubesse que uma pessoa tem de ser inteiramente de um ou de outro. Eu era ambos, de alguma forma homem e mulher, ela e eu.

Na noite seguinte, Adelaide e Sarah chegaram depois do jantar. Era um fim de semana frio; os fogareiros estavam acesos. Ajudamos nossas esposas a descer da carruagem e as conduzimos pelo caminho do jardim até a casa nova, enquanto Thom pegava as caixas de cosméticos, roupas e outras coisas e trazia tudo para dentro. Ouviam-se sinos de igreja tocando do outro lado do morro. Por alguma razão eu estava com muita pressa.

"Como vai, Adelaide?" Chang examinou o rosto da esposa antes de se permitir um sorriso.

"Não dá para adivinhar?", ela respondeu. "Mais excitada que nunca."

"Como vai você, Sarah?", perguntei.

"Muito bem, obrigada." A voz dela tremeu. "Só estou com o estômago meio virado."

As meninas usavam chapeuzinhos e vestidos brancos com babados debruados de vermelho, idênticos. A parte de cima do peito delas era mais visível que normalmente, sobressaindo do decote de babados, e admirei a firmeza da pele e as manchinhas das sardas infantis espalhadas pelo colo.

Com suas mãos delicadas em nossas mãos suadas, levamos Adelaide e Sarah para o macio sofá cinzento da saleta. Antes que elas se sentassem, Chang e eu viramos e corremos para fora da sala, na direção da cozinha. Adelaide gritou para nós: "Aonde vocês vão?".

Estávamos correndo pelo corredor. "Vocês vão ver", respondi por cima do ombro. "Um minuto, por favor", Chang disse por cima do dele.

Enquanto remexíamos numa gaveta aberta, procurando as caixas compridas de nossas flautas, eu escutava uma animada sessão de cochichos entre nossas esposas na outra sala.

Num instante, Chang e eu estávamos nos ajoelhando diante das meninas, frente a frente para liberar nossos braços. "Para você", disse cada um de nós. Fugindo do roteiro que tínhamos combinado, Chang acrescentou: "Por amor", formando as palavras com a cadência quebrada de seu sotaque.

Tínhamos passado o dia ensaiando aquele número. Abrimos o estojo dos instrumentos e montamos habilmente nossas flautas, colocando as duas lado a lado como duas enguias prateadas. E tocamos. Sarah tirou o chapeuzinho e pôs no colo. Seu cabelo loiro estava repartido no meio, puxado para trás num coque, moldura dourada perfeita para o esplendor anguloso do seu nariz, que parecia entalhado por um escultor do Velho Mundo ambicioso demais para parar de esculpir. A irmã era uma variação do mesmo tema.

Quando Chang e eu começamos a tocar "O, Susannah", os olhos de minha esposa assumiram o ar respeitoso de alguém que assiste à passagem de uma parada. As notas altas saltavam depressa, sem vibrato, sua sonora elegância recuando diante da elegância maior de minha esposa. Tentei me concentrar nas aberturas do instrumento, em minha boca e nas oscilações da respiração, mas minhas notas caíam aos pedaços em volta dela.

Notei que Chang estava sentindo a mesma coisa. Paramos de tocar.

"Não parem", disseram nossas esposas, segurando os chapéus.

Tiramos na sorte, atirando para o ar uma moeda com cabeça de búfalo, de quem seria a primeira noite de lua-de-mel no quarto para três, e ela saiu para Chang e Adelaide. Quando resolvemos nos recolher, eu dei boa-noite a Sarah e me inclinei para beijá-la, puxando Chang comigo. Já havia oferecido os lábios a minha esposa antes, no casamento, com o mesmo entusiasmo, mas agora a sensação era mais familiar, e me vi fabricando visões de nossa vida futura a partir da sensação desse primeiro beijo de boa-noite. Adivinhei a risada de nossos filhos não nascidos, e o calor de mil beijos por vir, cada um mais íntimo que o anterior.

Beijei seus lábios uma, duas vezes, depois simplesmente mantive a boca colada, ternamente, suavemente, na dela, sem me mexer, e senti meu peito invadido como por uma turba agitada. Minha mulher afastou-se, piscando. "Amanhã", fez ela. Limpou os lábios no antebraço, virou-se e foi para o quarto, balançando o corpo de um jeito que me tocou fisicamente. Então Chang, sua esposa e eu fomos para o quarto principal e para os enigmas que lá se encontravam.

Adelaide foi se preparar na pequena pia ao lado do quarto, enquanto Chang e eu ali ficávamos, vestindo nosso pijama vermelho de sempre, que deixávamos desabotoado no peito para dar liberdade à nossa membrana. Chang usava sua touca de dormir.

Quando Adelaide entrou no quarto, iluminado pela única vela que ela trazia na mão e pelo fulgor de seu sorriso nervoso, Chang e eu estávamos frente a frente, deitados de lado na cama, o jeito mais confortável para nós deitarmos. Chang estava muito mais irrequieto que eu. Adelaide colocou a vela no criado-mudo e pegou um grande espelho de mão. Olhou-se nele enquanto arrumava os cabelos, sem conseguir disfarçar uma vívida expectativa, quase à beira do pânico.

A cabeça de Chang invadiu meu travesseiro. O nariz dele quase tocava o meu; senti a rapidez de seu coração.

"Sempre tentei imaginar como seria este momento", disse a mulher de meu irmão para o reflexo no espelho. Pousou por fim o espelho virado para baixo na penteadeira e voltou-se para nós. "Talvez eu não seja boa", disse. "Desde menina sempre tentei imaginar..."

A esposa de meu irmão olhou para mim, mas seus olhos se desviaram depressa. Ela parecia falar com nós dois por meio do seu sorriso que aparecia e desaparecia sem cessar, ansiosamente.

Adelaide olhou para Chang e deu uma risada em que parecia não confiar. Prendeu o cabelo loiro atrás das orelhas, mas algumas mechas caíam pelo rosto e pela testa. Hesitante, entrou no lado dele da cama e, ajoelhada sobre o marido, beijou-lhe a têmpora, não com suavidade, nem com calma, mas como uma galinha que bica a comida.

Chang piscou os olhos. Ele disse alguma coisa, mas seus lábios estavam rígidos demais para formular o som de qualquer palavra compreensível.

"Talvez eu não seja boa." Adelaide inclinou-se para ele.

Fechei os olhos, seguindo o método que Chang e eu havíamos escolhido, para ficar "inconsciente" durante a hora seguinte. Mas a cada movimento, tranco ou chute da perna de Adelaide, meus olhos se abriam instintivamente, contra minha vontade.

De olhos bem fechados de novo, esperando achar pensamentos inocentes, não consegui ignorar a substância que só existe nos homens para apressar o fluxo do sangue ao ouvir uma mulher que se entrega pela primeira vez. Seu aroma era leve e penetrante.

Os dedos de Adelaide roçaram acidentalmente meu ventre. Eu me descobri olhando para Chang enquanto ele levantava a camisola de dormir dela e quando meus olhos estavam, infelizmente abertos outra vez, ele estava tirando as calcinhas de algodão branco e puxando-a, nua, para si. Estávamos de costas, a membrana esticada. Depois de mais uma invasão, acho que um toque em minha canela, vi-a montando em cima de Chang, desabotoando o pijama dele e franzindo a testa. Os seios dela eram pequenos, muito pálidos. Os pêlos onde a parte baixa de seu corpo se separava em duas coxas pareciam uma pelúcia.

Sua pele não revelava músculos, quase não tinha pêlos; ela era magra. Eu não esperava que o corpo de uma mulher tivesse aquele aspecto, mas parecia perfeito em sua feminilidade, sua fragilidade e sua estranheza. Depois de tentar fechar os olhos outra vez, senti um terceiro toque não intencional de sua mão, em meu peito dessa vez, enquanto ela batalhava com os botões de Chang, e mais uma vez quando ela lutava com o pijama vermelho. Por um momento, ela olhou diretamente para mim, com olhos suaves, tão apavorados quanto os meus. Hesitante, Adelaide tocou nossa membrana numa quase carícia, uma estranha novidade.

Seus seios eram pálidos, pensei, bem pequenos.

Fechei os olhos com força. A sensação da perna dela tocando a minha era suave e natural. Notei que seu pescoço estava polvilhado de talco.

Adelaide não olhava para o rosto de Chang; mas tocava seu peito, acariciava sua pele, e deixou escapar um grunhido quando descobriu a virilidade dele. Ficou chocada, como era de esperar, com os pêlos do púbis de Chang, que eram (como os meus) parte pretos, parte grisalhos, divididos verticalmente. E então meu irmão e sua esposa começaram a ter relações.

Chang tornou a me sacudir quando subiu em cima de sua mulher e de mim. Ele tocava os bicos dos seios dela como se temesse nunca mais ter essa oportunidade. Meu braço estava em volta do ombro de meu irmão e, para possibilitar isso, nossa membrana estava mais esticada do que devia. Essa inoportuna posição não me deixava outra escolha senão ficar encostado em Adelaide, cobrindo parcialmente seu corpo, na curva do quadril, mexendo-me ao longo de sua perna enquanto meu irmão balançava para a frente e para trás. Chang viu que meus olhos estavam abertos; virou depressa o rosto, e eu fechei os olhos. Com toda a força.

Depois de rolarmos um pouco os três, os cabelos loiros de Adelaide caíram, fazendo cócegas, em meu pescoço, ao mesmo tempo uma dádiva e uma tortura. Fiz força para manter os olhos fechados enquanto joelhos, cotovelos e dedos me tocavam ou roçavam em mim. Nossa membrana doía. Embora de olhos fechados, eu sabia que ela estava em cima de meu irmão porque seus cabelos roçavam meu pescoço outra vez. Deixei meu olhar percorrer seu rosto afogueado, seguindo as curvas dos ossos de sua bela face. Outro acidente: seus dedos correram involuntariamente contra a palma de minha mão antes que ela pudesse retirar a mão envergonhada. Ela estava alarmada e envergonhada, quase chorando. E eu me sentia só e exposto.

Enquanto isso, Chang, de olhos fechados, transpirava, mordia o lábio, e então começou a sorrir triunfalmente. Senti também alguma coisa, como uma pena deslizando de leve ao longo de meu corpo, do queixo aos pés, e estremeci. Gradualmente, instintivamente, espero que imperceptivelmente, comecei a aproximar da face da esposa de meu irmão os meus próprios lábios abertos num O. Interrompi o gesto no último momento. O vento fazia um ruído penetrante nas magnólias lá fora, e o colchão cantava sua rangente canção.

Pronto. Olhei agora para a esposa de meu irmão, esperando ver nela um novo conhecimento. Eu achava que, quando a visse despida, seria capaz de entender de alguma forma tudo sobre essa mulher, de desvendar o segredo que a tornava um indivíduo e distinguir o que era essencial nela do que não era. Mas, é claro, eu não conseguia apreender nada sobre essa pessoa, muito pelo contrário. Era como se eu estivesse vendo dez Adelaides agora. A cunhada única como um mistério de dez cabeças.

Quando ela e meu irmão terminaram, Chang levou algum tempo para se separar de sua esposa. Ele estava ofegante como um peixe tirado da água. E então Adelaide, sorrindo, cobriu a boca de Chang com a mão pequena, repousou a cabeça em seu peito e olhou para mim.

* * *

De pijama e pés descalços na manhã seguinte, Chang e eu acordamos sozinhos na cama. Penetrando o meu sonho, o cheiro de gordura e carne da salsicha matinal nos comunicou que era hora de levantar e aproveitar o primeiro dia pleno de nosso casamento. Chang e eu vestimos o terno e entramos na sala de jantar onde Sarah usava um vestido azul simples, e Adelaide um cinzento. Fomos diretamente para a longa mesa retangular para comer, e Thom começou a nos servir a omelete de tomate e cebola e a salsicha que ele e nossas esposas haviam preparado. Nossa cadeira dupla de palha rangeu quando nos acomodamos nela. As meninas vieram sentar uma de cada lado de nós com os olhos baixos.

A sala de jantar, com sua pesada mobília de mogno e a grande janela dando para o empoeirado cruzamento de duas trilhas esquecidas que agora formavam nosso quintal, ainda não tinha a familiaridade de um lar. Isso demandaria tempo, se não outras coisas também. Além da cerca dos fundos, arbustos escuros separavam nosso terreno da estrada.

"Dormiu bem?", perguntei à minha esposa, limpando o ovo de meus lábios com o guardanapo.

Sarah pousou o garfo e mastigou depressa para poder responder. "Dormi", disse ela, engolindo. "Muito bem." Sacudiu a cabeça e parou. Olhou em torno da sala. E pegou de novo o talher.

Quando voltou a comer, minha mulher perguntou baixinho: "E você? Dormiu?". Ela estava cortando os ovos com a faca e olhando timidamente para o prato.

Minha cunhada deu uma olhada para Chang, depois baixou os olhos. O olhar era dirigido a meu irmão, tenho quase certeza, mas por um instante achei que ela deu um olhar de relance para mim.

Minha esposa esperava uma resposta. Era minha vez de pousar os talheres. "Dormi muito bem, minha querida", respondi.

"Vai ser bonito", disse Chang sorrindo. "Casamento."

Depois do café tivemos um dia modorrento. Embora estivéssemos planejando uma vida com menos viagens, Chang e eu ensaiamos nossos números no quintal, tocamos flauta, demos cambalhotas, fizemos paradas de mão, quebramos galhos em cima de nossa membrana, improvisamos piadas para uma platéia imaginária. As meninas arrumaram a casa, tricotaram e bordaram, acenando da janela de quando em quando. À noite, comemos galinha com arroz, que Thom preparou. Depois, quando nós quatro passeamos debaixo das árvores e pelo trecho deserto da Milburry Lane que dava em nosso quintal, agradeci o toque da mão macia de Sarah, levando-a, apesar de meu nervosismo, aos lábios.

Naquela noite, era minha vez com minha esposa.

Enquanto esperava que Sarah viesse se juntar a nós no quarto, meu irmão cochichou em meu ouvido: "Não fique nervoso".

"Obrigado, Chang. Não estou nervoso." Estávamos deitados na cama, esperando a chegada de Sarah.

"Quer me perguntar alguma coisa?", ele estava animado.

Respirei fundo. "Não, irmão." Enxuguei o suor do lábio superior e tentei me acalmar. "Obrigado."

"Pronto, então?"

"Estou pronto, Chang, sim."

"Está preparado?"

Eu estava pensando em minha esposa e em como as coisas seriam dentro de vinte anos.

"Acho que você deve ter algumas perguntas." Chang fez uma careta. "Porque nunca fez isso antes."

"Não fiz, mas tenho certeza de que vou ser menos... indiscreto que você."

Chegou a hora. Chang e eu estávamos frente a frente no colchão. Minha mulher entrou no quarto, seus cabelos presos numa curva precisa no alto da cabeça. Eu exibia meu sorriso mais seguro, mas meu coração disparou quando vi Sarah se despir. Eu não sabia como era difícil para uma mulher tirar a roupa. Ela batalhou com os ganchos e botões de seu espartilho, e foi sem dúvida nesse momento, antes de eu sequer tocar sua pele, que senti o maior prazer. O delicioso mistério aumentava a cada segundo e elevava minhas expectativas ao infinito.

Chang fechou os olhos, e eu esperei ardentemente que ele não dissesse nada, rompendo aquela rara e delicada impressão.

Minha esposa, porém, falava sem parar enquanto o vestido lhe caía aos pés: "Mamãe disse que vai ser uma experiência estranha. 'Com um só já é', mamãe disse. Não que ela quisesse dizer que... quer dizer...". Sarah gaguejou. "Não quis ofender vocês, nenhum dos dois..."

Para escapar de sua tagarelice, concentrei-me no ruído de suas roupas, de suas mãos lidando com os incontáveis fechos, ganchos, tiras e suportes. Aquilo me fez lembrar dos meus meses a bordo do *Sachem*: se fechasse os olhos, lá estava eu, entre o cordame rangente, as velas enfunadas e, como o ruído do algodão de suas roupas de baixo roçando contra a maciez de sua pele, o som das ondas lambendo a proa. Rolei de costas, distendendo nossa membrana ao retirar o braço de sob a cabeça de Chang. Ele abriu os olhos por um segundo e tornou a fechá-los.

Sarah chegou ao pé da cama, parou e nos examinou com um ar triste e confuso no rosto. Ela era alta e, agora que estava nua, parecia mais corpulenta. Ergueu os braços e soltou o cabelo loiro, que caiu em cascata por seu rosto, emoldurando os olhos claros. Seus seios se enrijeceram quando ela levantou os braços, parecendo pálidas laranjas com bicos rosados. Os olhos de meu irmão estavam fechados, mas ele exibia um inexplicável e perturbador sorriso.

Sarah subiu na cama e veio até mim engatinhando. Beijou-me. Saboreei aquele beijo com todo o meu corpo. Um espasmo incendiou a parte baixa de meu corpo, meu ventre encheu-se de raios e trovões, minha cabeça girava, e eu era capaz de jurar que minhas costelas estavam dando vivas como a corte do rei Rama. Beijei minha esposa.

Para não fazer nada errado, considerei meu corpo de menor importância que o dela. Mas ao mesmo tempo compreendi que o que eu estava sentindo não se parecia em nada com o êxtase que eu esperava: não tinha suficiente magia, mas em vez disso um excesso de arquejos e de melancolia.

Sarah estava despendendo tanta energia que, quando abri os olhos e vi suas faces vermelhas, temi que ela fosse desmaiar com o excesso. Ela mordeu meu lábio inferior — por querer? — e quando nos virei por cima dela, meu irmão gemeu como se tivesse sido chutado ou esbofeteado inadvertidamente. Mas não era possível, porque todas as mãos e pés de Sarah estavam me tocando.

Os olhos de minha esposa estavam abertos e presos nos meus quando a penetrei. Nós nos mexemos juntos, em cadência. Eu estava em cima dela, com meu irmão balançando ao meu lado, esticando a membrana. Os firmes globos de seus seios tinham se dilatado e eram agora montes macios, quase planos.

Senti que minha esposa havia se transformado em uma estranha parte de mim, não inteiramente integrada, mas isso apenas porque essa nova parte de mim estava experimentando seu próprio prazer. A mão dela em minha mão tremia e estava fraca, os dedos enganchados nos meus, e o que senti dentro de mim só posso descrever como um vazio recém-surgido em meu peito, sugando toda a solidão de uma vida solitária e querendo ser preenchido com algo novo. Tentei, faminto, preenchê-lo com imagens à minha volta: o pescoço dela arqueado como se à espera da forca, a curva de seu quadril nu, a forma de sua boca aberta (por toda a minha vida, disse a mim mesmo, haveria de me lembrar de sua boca aberta e trêmula), a urgência e as lágrimas que brotaram nos olhos dela.

E então, sem nenhum aviso, essa nova projeção do meu corpo que era Sarah perdeu toda a ternura, ainda que ela tentasse mostrar no rosto uma expressão dramática não só de paixão, mas de algo muito mais significativo. Senti frio de repente.

Um repelão, um suspiro, e acabou, quase tão depressa quanto começou.

9. No mar

1825-6
A bordo do Sachem, *rumo a Nova York*

O sol brilhava, cintilando na água, branco no ápice do céu, e o calor havia chegado. Tínhamos catorze anos e havíamos começado nossa viagem para um lugar chamado Nova York, mas a distância, às nossas costas, ainda ouvíamos os gritos de um solitário siamês vendedor de bugigangas ecoando nas ondas, e imaginei que ele conclamava todos os juncos, todas as casas flutuantes, do primeiro ao último, e o horizonte, e o céu, e a mãe, a vir atrás de nós, e o Mekong também, a nos resgatar. No momento em que pisamos no convés dianteiro do *Sachem*, nossa vida no mar foi difícil e solitária.

Nosso navio singrava preguiçoso o oceano. Os ventos alísios nos levavam num sussurro para longe de casa, e junto ao cordame principal devia haver quarenta homens da tripulação enfileirados, todos de pele branca, todos alertas; todos mantinham as mãos às costas, a mesma posição em que estava o capitão Coffin quando chegamos. O capitão dirigiu-se à tripulação em linguagem que soava desarticulada, depois se virou depressa para mim e Chang. "Vou apresentar vocês aos melhores marinheiros do mundo", disse em seu siamês nada natural.

A tripulação fez um ar de desdém coletivo ao nos ver.

Em seus rostos procurei algum futuro para contrabalançar meu passado. A tripulação não percebia os marcos de minha vida que desapareciam: as casas flutuantes cinzentas que pareciam sangrar lama negra debaixo da chuva; o sol refletindo, quente, na pele dourada de uma das abóbadas do palácio de Rama; um peixe-voador sacudindo-se para fora d'água e se contorcendo no ar, iluminado pelo sol, antes de cair na onda seguinte do Mekong; os olhos da mãe se enchendo de lágrimas quando fomos embora para conhecer o rei Rama. Não via nada que se comparasse a isso nas estranhas caras brancas da tripulação do *Sachem*.

Mas minhas entranhas acabaram se acalmando. O convés tinha suas peculiaridades, e meu irmão e eu tínhamos permissão para vagar livremente debaixo do céu sem nuvens.

No começo, Chang e eu nos mantivemos sozinhos, atravessando o convés, inquietos, como homens que sonham andar nas nuvens, certos de despencarem a cada passo hesitante.

O dia passava em silêncio. Quase desistimos de comer na primeira noite, por medo de nos sentarmos com a tripulação. Paramos inteiramente de nos comunicar. Antes disso, toda vez que encontrávamos os tripulantes que nos estranhavam, bastava ficar um pouco no meio deles para um se afastar ou brigar. Num navio, um menino duplo está sob exame todas as horas do dia.

Mas acabamos tendo de comer e, no segundo dia, sentamos com a tripulação. A sala de jantar era bastante ampla, iluminada por lampiões de prata. Sentamos à mesa do capitão, que era a maior de todas. As janelas abertas deixavam entrar a brisa do mar e o cheiro das marés salgadas. Os lampiões projetavam a sombra do crucifixo da parede na toalha branca de nossa mesa, onde contornava a garrafa de vinho e a travessa de pato assado que ficava no centro.

Coffin sentou-se ao meu lado. Pegou um saleiro, pôs um pouco de sal na palma da mão, mostrou a palma aberta e seu conteúdo para mim e Chang, sussurrando em inglês: "Sal".

Ficamos quietos. A sala estava quieta, todo mundo imóvel, a não ser o pato In, que pulou da cadeira para o meu colo.

"Sal", Coffin falou mais alto, franzindo a testa e ignorando os ruídos do pato, os dedos da mão aberta esticados como se nos mostrasse um diamante. Levou a mão até o monóculo e fingiu examiná-la: "*Sal*".

"Sal", eu disse.

"Sal", repetiu meu irmão, embora não tenha se saído tão bem quanto eu com o *l*.

A tripulação, é claro, riu. O capitão lambeu a palma da mão e balançou a cabeça. "Muito bem", disse em seu estranho tai.

Daquela noite em diante, sempre que tinha um tempo livre dos encargos do comando, Coffin se sentava ao nosso lado, nos ensinando inglês e passeando pelos dois conveses. Se estava ocupado, a tripulação se punha a nos educar. Apesar da novidade que o inglês era para nós, eles ensinaram Chang e a mim a jogar damas.

Por que todos eles usavam coletes e paletós? Decerto não eram todos da nobreza. Será que *nunca* comiam arroz? Por que eram tão pálidos? Será que eram tão desajeitados com as mãos que tinham de usar garfos e facas?

As respostas a essas perguntas demoravam, porque Chang e eu passávamos a maior parte do tempo brincando em nosso camarote, na cama que tinha quase dois metros de comprimento por mais de um metro de largura, presa à parede. O grande inconveniente do camarote era que estava situado perto do sino no convés de popa. Nossas únicas posses eram nossas roupas, o pato In e o dragão de jade que o rei Rama tinha nos dado.

As horas passavam no aprendizado do inglês, do jogo de damas, o que me ocupava e me deixava como que anestesiado. A cada poucas horas, sempre de surpresa, a saudade de casa abria os olhos e se reavivava, e então tudo se resumia à angústia, minha velha conhecida. "Temos de bolar um plano", disse meu irmão, o rosto cheio de ansiedade, "para voltar para casa."

É, ele tinha razão: um plano. "Assim que chegarmos, a gente descobre um jeito de fugir", falei. Íamos trabalhar juntos e voltar ao Mekong antes do esperado, garantiu ele.

Mas, meu irmão, é justamente a proximidade com você que estraga tudo, pensei.

"Eng?", Chang chamou. Estávamos sozinhos, jogando damas certa noite, antes de dormir. Ouvi minha voz respondendo baixinho: "Vamos nos dar bem, mano".

Chang pousou os olhos no peito e pôs a mão na nossa junção. Como não conseguíamos sentar suficientemente separados para ficarmos frente a frente, colocávamos o tabuleiro entre nós, mas nossa visão lateral dava a mim e a meu irmão um quadro suficientemente completo da partida. Aprendemos a jogar tão bem que derrotávamos com facilidade os marinheiros, com quem sempre jogávamos. Agora, porém, éramos só nós dois em volta do tabuleiro; ele empurrou sua dama solitária para uma casa em que certamente perderia o jogo. Corrigi sua jogada, pondo sua peça numa posição em que comeria três das minhas. Ele não levantou os olhos quando fiz isso. O navio balançou, todo o bojo dele gemendo, os cabos cantando.

Dormimos profundamente nessa noite, e sonhei que Chang e eu estávamos vestidos de branco, deitados em uma cama branca num quarto branco; centenas de grossas varinhas cor-de-rosa nos cutucavam, no peito, no estômago, nos olhos, na nossa membrana.

Despertei com um sobressalto, sem saber onde estava, mas via o capitão Coffin parado sobre nós, o dedo indicador estendido bem sobre nossa junção. Atrás do capitão, um marinheiro segurando uma pálida vela e um diário.

"Hã?", Chang resmungou, abrindo os olhos. Comecei a sentir cãibras na perna que estava embaixo da perna de meu irmão. O corpo dele junto ao meu pareceu estranhamente miúdo; aquela cabine não era minha casa.

"Durma de novo, Menino Duplo. Ninguém esteve aqui", Coffin sussurrou em siamês. Ele e o marinheiro saíram pela escotilha, que estava debruada de água salgada e luar. Nosso pato In acordou e começou a grasnar no canto.

Eu havia aprendido inglês o suficiente para decifrar o que o capitão pronunciou para o marinheiro ao sair: "Experiência A: quando um gêmeo é tocado, os dois acordam simultaneamente".

"Assim que chegarmos a Nova York, entendeu?", eu disse a Chang.

"Vamos voltar logo para casa", ele completou.

Na manhã seguinte cedinho, com o dia raiando e o mar principiando a passar o seu ruge de sol, Chang e eu nos vimos no centro de uma roda de marinheiros. Tentei me concentrar não na situação em que estávamos, mas na nuvem solitária que, do nosso ponto de vista, parecia presa no curral formado pelos mastros e cordas do *Sachem*. Bem na minha frente, a situação: o capitão Coffin e, ao lado dele, um marinheiro segurando uma grossa corda. O marinheiro tinha o pescoço grosso como uma tora e um grande topete loiro bem claro. À nossa volta, todos os rostos do círculo estavam imbecilizados pela expectativa. A corda do marinheiro estava enrolada na nossa membrana como um fio num carretel.

As calças do capitão estavam muito bem passadas, brilhando brancas ao sol de verão. Levantou a mão enluvada de branco muito acima da cabeça. "Ao meu sinal, senhor Lawrence", disse ele. Parecia duas vezes mais alto que o marinheiro.

"Sim, senhor." O loiro sr. Lawrence quase podia ser chamado de menino. O rosto suado e amarelo de enjôo de mar ou de calor.

"Agora", disse o capitão, baixando a mão.

Respirei fundo e prendi a respiração. Cravei as unhas no ombro de Chang, como ele cravou no meu. Meu irmão guinchou quando o marinheiro puxou a corda. Separe!, pensei. Separe!

"Deu uma boa puxada, hein, senhor Lawrence?", o capitão perguntou. Eu abri os olhos e soltei o ar.

"Sim, senhor."

"Mais uma vez, Lawrence."

Mais um puxão. Guincho. E uma sensação de fogo queimando.

Ofeguei. A nuvem solitária no céu estava empalada no mastro da mezena.

O capitão voltou sua atenção para mim e Chang. Brincava com o monóculo. "Menino Duplo, sentiu isso?", perguntou em seu tai titubeante.

"Senti", meu irmão e eu respondemos.

"Diria que essa sensação é... incômoda?"

"Sim."

"Diria dolorosa?" Ele inclinou a cabeça para nós ao falar, como se quisesse acompanhar fisicamente com o rosto as palavras à medida que saíam de sua boca.

"Sim", dissemos. Os olhos de meu irmão estavam vidrados. "Sim", ele repetiu.

O capitão Coffin pesou nossas respostas por um momento, cofiando os bigodes, pensativo. A corda ainda arranhava nossa pele, embora o marinheiro a segurasse com menos força.

"Senhor Smithers!", o capitão chamou. Um marinheiro magrinho deu um passo à frente do círculo, com um diário. "Smithers, anote que nenhum dos dois gêmeos chegou ao fim da experiência sem sentir dor."

O capitão voltou-se para nós. Um amplo sorriso tomou seu rosto. A tripulação sacudia a cabeça, um olhando para o outro como parentes admirando o nascimento de um bebê saudável. Um marinheiro aplaudiu, percebeu que era o único a fazê-lo e parou de repente.

O capitão tocou o rosto de Chang e o meu. "Sou alto demais, e talvez por causa disso a única coisa que sempre me amou, além do mar, foi o céu. Mas todo o Novo Mundo vai amar vocês."

Estávamos de novo livres para passear pelo navio.

E passeamos de fato; o convés era o único local de brincadeiras que havia. Nosso sincronismo havia se transformado na delícia da tripulação, e muitas vezes nos pregavam peças, quase sempre divertidas. Um belo dia ensolarado nos encontrou correndo pela popa do navio, no convés de ré, acima do convés principal. Quem nos perseguia em volta do mastro da gata era o sr. Lawrence, aquele marinheiro cuja cabeleira clara e despenteada parecia como que um cachorrinho branco de madame estirado do alto da sua cabeça até o pescoço. Havia outros marinheiros aqui e ali, sem camisa, quase todos loiros, trabalhando na limpeza, ou dobrando panos e cordas. Eles levantavam a cabeça e sorriam para nós. "Pegue os chineses, companheiro", e riam quando Chang e eu, sempre no mesmo passo, escapávamos pelo labirinto de homens, cordas, mastros e balaustradas. Ouvi quando meu irmão quase riu em meio à respiração pesada quando demos de repente com uma abertura no chão do convés.

O que aconteceu em seguida foi tão natural quanto um canto de passarinho numa floresta da Carolina do Norte, mas deixou os marinheiros boquiabertos, como se tivéssemos levantado o navio com as mãos. Quando irmãos geminados estão correndo e de repente não há nada sob seus pés a não ser seis metros de vazio, qualquer hesitação momentânea que leve um gêmeo a parar enquanto o outro pula pode significar a morte.

Mas comigo e Chang é diferente. O entendimento recíproco de nossos corpos produz uma faísca em nosso sangue comum que anula as diferenças e nos faz comungar com o universo.

Nós dois saltamos com a graça e a harmonia de um gamo e o seu reflexo na lagoa, ultrapassando o alçapão aberto em uníssono e aterrissando em segurança do outro lado, onde continuamos a correr. Um olhar por cima dos ombros nos mostrou que nosso perseguidor estava parado diante do alçapão, ofegante, as mãos apoiadas nos joelhos.

O sr. Lawrence foi um dos que mais se responsabilizaram por nos ensinar inglês. Todo dia, depois do café da manhã, ele vinha sentar em nossa cama e lia para nós. Não era muito mais velho que nós, talvez uns quatro anos apenas, e era muito alto e simples. Ele nos ensinava desenhando conceitos simples num bloco: a palavra *casa* e depois uma representação rústica da idéia.

Ele passou conosco o que pareceram centenas de horas enquanto ficávamos deitados na cama. Chang reclamava de dor de dente e aprendia devagar, e eu esperava meu irmão captar aquilo que eu tinha aprendido horas, dias, semanas antes. O navio subia, e minha vigia, com o sol se pondo em seu quadrante mais baixo, parecia uma guilhotina depois da decapitação.

Uma vez, o sr. Lawrence teve de repetir a palavra *examine* [examinar] mais de cento e cinqüenta vezes até Chang entender, e depois *help* [ajudar] pelo menos duzentas. Eu comecei a odiar o inglês não só porque era uma língua estranha falada por aqueles homens esquisitos de uma terra que eu não queria visitar, mas também por causa do ritmo de lesma em que tive de aprender.

Assim que chegarmos, eu disse a mim mesmo, vou dar um jeito de escapar.

Certa tarde, durante uma de nossas lições, quando meu irmão e o sr. Lawrence estavam encerrando um diálogo de uma hora em torno da palavra *house* [casa], senti que o barco mudava de posição, e mesmo através do casco dava para ouvir o murmúrio de excitação da tripulação lá fora.

"Vamos lançar âncora daqui a pouco", disse Lawrence. "*Anchor*."

"*Anchor*", papagaiou Chang. Dava para ouvir os gritos dos marinheiros aglomerados e debruçados nos balaústres de mogno. E risos também.

"Santa Helena", explicou Lawrence. "Estamos em Santa Helena. *It's an island* [É uma ilha]." Ele desenhou o mar em seu bloco, e depois um ponto.

"Herena it's an", disse Chang. "It's-an."

O capitão entrou em nossa cabine, segurando entre os dedos o cachimbo de espuma-do-mar. O paletó azul-marinho que vestia estava passado e sem um fiapo, o monóculo encaixado no olho como por obra de magnetização; Coffin parecia vestido para algum acontecimento formal. Era alto demais para a cabine.

"Está dispensado, senhor Lawrence. Pode ir."

O capitão colocou o bocal do cachimbo entre os dentes, tragou, depois o retirou e apontou o cachimbo para nós.

"Esta vai ser a última conversa de vocês que não será em inglês", disse, em tai. "Até entre vocês mesmos. É importante que falem bem a língua quando chegarmos a Nova York." A fumaça do cachimbo enchia nossa cabine, recendendo um canteiro de flores em decomposição. "Entendeu, Menino Duplo?"

"Não consigo dormir, e meu dente está doendo", respondeu Chang em tai, esfregando os olhos. "Como é Nova York?" As abas de seu nariz estavam vermelhas e brilhantes.

"Você é muito nervoso, metadinha", riu-se o capitão. E começou a falar em inglês: "A cidade de Nova York é como o Jardim do Éden".

Olhamos os dois para ele, sem entender. Coffin pousou as mãos em nossos ombros e curvou seu corpo enorme para a frente como se estivesse se debruçando da amurada, olhando para a parede como se ali houvesse uma bela vista. Voltou a falar em nossa língua: "Nova York é radiosa". E em inglês: "Um enorme torvelinho de terracota e pedra".

"O que vamos fazer lá?", perguntei.

O capitão levantou as sobrancelhas e abriu os lábios. "Não vão fazer nada." Levou o cachimbo à boca; parecia fazer um favor ao objeto. "E o mundo vai assistir."

Coffin virou-se e saiu, provavelmente para ir à ilha de Santa Helena, no oceano Atlântico, cerca de três mil e quinhentas milhas a oeste do Sião.

Mais uma vez, Chang e eu fomos deixados juntos a sós.

Foram mais oito meses no mar. O capitão permitia que passássemos as tardes e o começo da noite no cesto da gávea no alto do mastro principal. Solidamente presa à romã do mastro, a gávea continha uma cadeira confortável, uma pasta de couro para mapas e porta-vozes. Estávamos sentados no cesto da gávea quando vimos nosso futuro.

Era o primeiro quarto de vigia; o céu estava escurecendo com o entardecer. Abaixo, os marinheiros estavam lado a lado junto da grinalda de popa, olhando ao longe. Só uma ocasional batida da vela ou o barulho da quilha que avançava quebravam o silêncio.

Um marujo comprido chamado Tyrone Miller, que estava encostado na gaiúta de vante, deu um pulo e gritou: "Nossa! Viram aquilo?".

Depois de viajar sete mil, quinhentas e vinte milhas náuticas, o *Sachem* estava chegando ao porto de Nova York.

Mesmo depois de passar duzentos e cinqüenta dias no mar com o capitão Coffin, não estávamos preparados para a primeira visão de Manhattan. Por mais coisas que viéssemos a ver em nossa vida de viagens, e dentro de pouco tempo Chang e eu estaríamos sempre viajando, nada jamais se compararia àquele momento.

A orla de terra ficou visível no horizonte. Eu nunca tinha visto uma cidade iluminada antes.

Quando o *Sachem* se inclinou num longo arco na direção da cidade, o casco brilhando diante de Brooklyn, Chang e eu descemos para o convés para ver melhor: uma cidade cintilante de estreitas montanhas de concreto estirando-se vinte, vinte e cinco metros para o céu! Com suas íngremes paredes em forma de cunha, suas cúpulas escuras, suas janelas de vidro, esses picos forjados piscavam de alto a baixo, refletindo as luzes da rua.

Pilhas de lenha em chamas formavam um colar de pérolas acima e abaixo das docas, penetrando na noite; com os flancos fumegantes, enormes animais chamados cavalos puxavam estranhos mecanismos à beira d'água. "Olhe, olhe!" Chang pulava sem parar. "É maravilhoso!"

Eu não concordava. Os edifícios, a própria solidez que a cidade demonstrava, apesar de estar à beira d'água, e o cinzento generalizado daquele lugar — as chaminés exalando um hálito cinzento; as árvores cinzentas brotando do concreto cinzento no dia cinzento; a fumaça que subia das fogueiras de lenha; as nuvens, cinzentas na luz que morria, se escondendo nas frestas e ângulos desse alto horizonte —, tudo isso me levava a imaginar Manhattan como uma manada de monstruosos elefantes que se juntavam para congelar-se em pedra na orla da cidade.

Estávamos junto do mastro do *Sachem*, enrolados num cobertor, quando entramos no porto. Nunca antes disso tínhamos visto, nem mesmo no palácio de Rama, janelas de vidro, tijolos, cavalos! Onde estavam os juncos?, pensei. Não havia nenhum. Até nas docas as pessoas se sentavam em bancos, passeavam, preguiçosas, andavam de carruagem, de ônibus puxados a cavalo ou em bondes lotados. E o mais esquisito de tudo eram os homens bem alimentados, bem vestidos, de pele branca, e as mulheres vagabundeando, olhando os navios. Na ponta da luneta que eu tinha encostada ao olho, damas seguravam seus *lorgnons* entre os dedos, cavalheiros sentavam-se equilibrando bengalas de castão de prata nos joelhos. Quando íamos voltar para casa?

Os marinheiros do *Sachem* estavam se aprontando para baixar as velas e, com o traquete enfunado como o peito da camisa branca do capitão Coffin, o navio deslizou até seu ponto de atracamento no cais. O convés do *Sachem* gemeu com a âncora baixando, as correntes guinchando em direção ao chão, e os marinheiros começaram a comemorar.

Ao nosso lado, o capitão riu, achando graça da nossa perplexidade. "Isto é Nova York." Suas bochechas enormes tremiam. "Nem vocês nem ela estão prontos um para o outro." Ele parecia mais temeroso que excitado. "Mas isso vai mudar."

* * *

O capitão Coffin nos tirou do *Sachem* escondidos debaixo de um cobertor. Quando o ergueu, Chang e eu nos vimos ao lado dele num canto escuro da doca, junto de pilhas de caixotes e de fardos, longe da vista dos transeuntes. Das sombras, veio um homem em nossa direção.

"Bom", disse Coffin ao cavalheiro quando chegou perto de nós. "Eu não disse a verdade sobre os meninos?" Agora éramos quatro parados à sombra do casco do navio, que era mais escuro que a noite escura.

O capitão acendeu um fósforo e colocou perto de nossa junção. O sr. Hunter apertou os olhos, tocou a membrana e sorriu. "É, as pessoas vão vir aos montes." Era um homem alto, magro, de meia-idade, que usava cachecol e polainas.

Senti que Chang estava ficando inquieto. Acariciamos um o ombro do outro. In, nosso patinho, estava dentro de um cesto aos nossos pés e começou a grasnar. Eu fiquei observando as sombras: como iríamos escapar?

"Faça esse pato ficar quieto." Coffin olhava para todos os lados, para se certificar de que ninguém podia ver-nos, e sacudiu o fósforo até apagar a chama.

"*Hello, mister*", disse meu irmão, com o *l* rolando por causa do sotaque pesado.

"Eu sou Eng", apresentei-me em inglês, "e ele é Chang."

O homem respondeu: "Olá, Menino Duplo. Eu sou Robert Hunter".

Coffin começou a rir, sacudindo a barriga. "Olá, meu ovo de ouro."

Os dois homens caíram na risada. Quem sabe a gente podia embarcar clandestinamente num desses navios?

"Olá, vida de luxo e riqueza", Hunter disse a meu irmão e a mim assim que recobrou a respiração.

"E como vai minha boa estrela sortuda?" O capitão ria gostosamente agora, balançando o corpo alto.

Era a vez de Hunter: "Olá, milhões no banco!".

E o capitão: "Ave, ó bolsos cheios!".

"E bom dia, sonhos meus de dinheiro vivo! Estais realizados!"

"É um prazer conhecê-los, pães e peixes que caem em nossas mãos como maná do céu!"

"Boa noite, *argent fait le jeu!*"

"Venham e descansem aqui na minha poltrona, ó felizes combinações do acaso!"

"Saudações, ó aposta certa!"

"Viva tu, meu duplo pote de ouro!"

"Bem-vinda a Nova York, minha dupla fonte de inesgotável riqueza!"

Os dois homens riram e riram até Hunter se controlar, consultar o relógio de bolso e dizer: "Muito bem, já chega".

Coffin nos deixou com Hunter, e nós nos despedimos.

A carruagem puxada a cavalos de Hunter nos levou pela intensa agitação da vida noturna de Nova York. Trotamos pela Broadway (era igual a um Mekong calçado de pedras), passamos diante dos telhados verdes da estação de trens da rua Cortlandt e do edifício de mármore da prefeitura, que tinha no telhado uma miniatura da linha de horizonte da cidade, recortada por torres, colunas e espigões. Passamos pelo altíssimo hotel Franklin House, com suas janelas incontáveis, que davam para a padaria Bogert, com seus bolos confeitados expostos na vitrine. Os marcos de Nova York passavam uns atrás dos outros: o edifício de pedra e tijolo da Hanover Square, a livraria Putnam, os teatros baixos e cinzentos da rua Chatham, cada um com sua bandeira. Os espectadores, de cartola e luvas brancas, pele muito mais clara que a nossa, estavam reunidos comparando os divertimentos da noite.

"Fechem as cortinas", Hunter sibilou enquanto seguíamos a passo rápido. "As pessoas vão literalmente *ver* vocês." Puxei o grosso pano marrom da janela da carruagem.

"Tudo virá a seu tempo, certo?", disse Hunter, sorrindo e chupando os dentes. Ele era um pouco surdo. Seu nariz se arrebitava na metade e apontava para o alto. Assim como Coffin, Hunter usava monóculo, mas, ao contrário de Coffin, sua lente ampliava seu olho esquerdo, a ponto de parecer que ele havia grudado um globo ocular gigante na cara. "Precisamos preparar vocês antes que saibam de sua existência." Ele tinha a voz alta e aguda, como se fosse de um corpo menor que o seu. Não parava de consultar o relógio de bolso e de suspirar.

Passamos reclusos nossas primeiras noites em Nova York.

Hunter levou-nos a um lugar conhecido como bairro alto, um lugar de fazendas isoladas bem em frente dos símbolos do progresso. Instalou-nos em Dutch Hill, a leste da rua 42, numa casa de dois andares caindo aos pedaços com um jardim, ou melhor, um pedaço de terra poeirenta pedindo cuidados, cercada por um fosso.

Ele nos levou até a ante-sala, onde encontramos a sra. A. C. Sachs, uma viúva de olhos empapuçados e meio fechados, sem dúvida exagerados para sua idade. Ela não tinha sobrancelhas.

"Nossa", a mulher deu uma risada. "Esses chineses são mesmo uma coisa."

Ela e Hunter ficaram olhando para nós. E nós ficamos plantados diante deles, Chang segurando In.

"Exatamente, minha boa viúva Sachs; eles são literalmente uma falha da natureza", Hunter buscava um tom suave, "e as pessoas não conseguem tirar os olhos das falhas da Mãe Natureza." Entregou à mulher um punhado de moedas.

Meu irmão e eu nunca tínhamos visto uma casa americana. Corremos os olhos pela sala, examinando tudo em detalhes: as toalhinhas nas mesas, o sofá macio, as lâmpadas.

"Dois ao mesmo tempo." A sra. Sachs sacudiu a cabeça. "Vejam só."

"Hã?", fez Hunter, pondo a mão em concha no ouvido.

"Dois ao mesmo tempo, eu disse."

"É." Hunter consultou o relógio de bolso. "Está na hora de eu..."

"E o que você pretende fazer com essa criatura?", ela interrompeu, apontando nosso pato de estimação. Meu irmão carregava In fora do cesto, com os braços enrolados no corpo do bicho, de forma que a cabeça dele repousava em meu peito.

"Nosso pato chamado In", disse Chang e afagou o pescoço do animal.

A viúva Sachs virou-se para Hunter e inclinou ligeiramente a cabeça. A pele onde devia estar sua sobrancelha levantou-se em expectativa.

"Eu fico com seu bichinho, Menino Duplo", disse Hunter. Ele deu um passo na nossa direção e estendeu as mãos para In, tentando pegar o pato, que recuou, olhou em volta, começou a grasnar, bateu as asas contra o meu rosto. Hunter não conseguia pegar o bicho direito. "Devolvo seu bichinho literalmente logo, logo, Menino Duplo." O homem gemia e agarrava, o rosto ficando vermelho que nem pimentão, o monóculo escapando do globo ocular. "É só me dar o bichinho, tá bom?" Ele sorriu, agitado, não conseguindo pegar In, sentindo que ia perder a luta. "É só entregar, por favor, meninos."

Meu irmão e eu entregamos In.

Finalmente, com o pato nas mãos, Hunter levou um momento para se recompor e ajustar o monóculo de volta no olho.

"Não deixe que ninguém saiba do Menino Duplo. Nem mesmo suas filhas", ele instruiu a sra. Sachs, enquanto In batia as asas debaixo de seu queixo. Agarrado a nosso companheiro grasnador, Hunter partiu, dizendo à viúva para nunca deixar Chang e eu sairmos. "Nunca. E não fale disso com literalmente ninguém."

A sra. Sachs nos levou para nosso quarto, um espaço bem iluminado no primeiro andar, tomado por pilhas desarrumadas de lençóis sujos, toalhas, corpetes e roupas de baixo. (Mais tarde, ao ver pela primeira vez uma nevasca em Nova York, eu me lembraria imediatamente dos montes de roupa suja cor de rato de nosso quarto na casa da sra. Sachs.)

"Muito bem", disse ela saindo do quarto. "Chineses, aquele quarto lá em cima é meu." Ela sacudiu o dedo para nós. "Não sei que tipo de disparate oriental vocês estão esperando, mas vão ficar aqui embaixo." Ela respirou fundo. "Vocês são mesmo uma coisa", disse ela e foi embora.

Dormimos no chão.

Nova York jazia a distância pela janela do meu quarto, irregular, com edifícios em diversos estágios de construção. A luz fraca e a sombra de uma nuvem esculpiam novos vales e montanhas no horizonte da cidade, remendando constantemente seu trabalho, revelando uma garganta ou escondendo um pico aqui, revelando e escondendo, enquanto cinco ou seis luzinhas desconsoladas, espalhadas pelo recortado horizonte apenas iluminado de Manhattan, bruxuleavam sob as estrelas que brilhavam com a mesma solidão intimista que conhecíamos do amanhecer siamês. Nova York antes do nascer do dia permanecia constantemente iluminada por ao menos um punhado de pequenas e solitárias luzes.

"Eng?", Chang chamou. Ele sacudia a cabeça para a ridícula cidade lá fora, além de nossa janela. Eu fingia dormir.

"Sei que está acordado", disse ele afinal, em nosso tai nativo. Não parei de fingir um ronco e Chang comentou: "Podia ser pior, mano". Meu irmão talvez tivesse razão, mas eu não via como podia ser pior.

"Nós vamos embora, vamos fugir, quem sabe amanhã", disse ele.

Abri os olhos. "Vamos bolar um plano agora."

Então a porta se abriu, e virando depressa vimos dois pares de olhos brilhantes nos espionando no escuro. Apenas dois pares de olhos flutuando, brilhantes, na escuridão, aparentemente independentes de qualquer tipo de corpo; os olhos pairaram ali por um momento, incorpóreos, acompanhados de suspiros exclamativos. A porta então se fechou, e pelas paredes ouvimos risinhos de mulher e o som de mimosos pés femininos subindo depressa os degraus.

Na manhã seguinte, Hunter estava à nossa porta. Trazia duas roupas brancas e dois quepes de marinheiro. "Para a apresentação de vocês", disse.

Ficou balançando o corpo alto e magro para a frente e para trás, piscando os olhos, docemente. "Vocês não podem se limitar a ficar literalmente parados na frente do povo, certo? Têm de fazer alguma apresentação, correto? Um show."

Chang olhou para mim. Encolhemos nossos quatro ombros.

"Não posso negar que estou um pouco irritado", Hunter disse, puxando o relógio de bolso e sacudindo a cabeça. "Não tenho tempo para..."

"Jogamos damas", disse meu irmão, batalhando para vestir a calça de marinheiro. "O senhor está com o pato?", perguntou.

"Damas?" O olho esquerdo, aquele que ficava ampliado atrás do monóculo, brilhou de modo intenso, único sinal de vida no contexto murcho de seu rosto.

"É um jogo", expliquei.

Os olhos de Chang estavam ficando rasos de água. "Está com o pato?"

"Eu *sei* que é um jogo", disse o sr. Hunter. E arranjou o cachecol com as pontas dos dedos. "Estou, sim, meninos, o patinho está bem. Vamos ser amigos, certo? Vocês logo vão ver o pato. A amizade é uma coisa ótima, certo...?"

"Então, podemos ficar com o pato, meu senhor?", perguntei.

"... literalmente a melhor coisa do mundo, a amizade. Uma das melhores. Bom, que lado de vocês é Kang e qual o outro?"

Dois minutos depois, Chang e eu estávamos plantando bananeira no meio dos lençóis no chão e Hunter aplaudia. "Muito bem, muito bem, Menino Duplo, é isso mesmo." E ria. "Volto amanhã", disse Hunter à porta, já de saída. "Excelente, meninos, literalmente excelente."

Nessa noite, assim que aprontamos nosso lugarzinho no meio de duas pilhas de lençóis, ouvimos passos suaves se aproximando. Tal como na noite anterior, a porta de nosso quarto se abriu um pouquinho e mais uma vez dois pares de olhos surgiram, observando. E logo depois duas moças espiavam pela porta. Uma delas era alta, de vestido marrom-dourado; a outra, também alta mas um pouco menos, vestia cinzento. Na penumbra, era difícil distinguir muito mais. As duas mulheres olharam algum tempo, depois avançaram lentamente até nossa cama.

"São horríveis", disse a mais alta. O rosto debaixo da franja negra era perfeitamente oval. Parecia quase adulta.

"Psss!", fez a outra, que devia ter uns vinte anos, uma moça bonita com bochechas de buldogue.

"Não me mande ficar quieta! Eles não entendem, são *chineses*", disse a primeira.

Chang e eu não abrimos a boca, mantendo o silêncio com músculos retesados, fingindo dormir.

"Acho engraçados", disse a bochechuda.

"Horríveis, eu já disse."

A bochechuda chegou perto. Examinou meus olhos e sorriu arreganhando os dentes.

A parceira dela prendeu a respiração. "O que você está fazendo?" E riu. "Volte aqui, Martha."

"É meu namorado", disse Martha cara-de-buldogue, rindo. "Não. Meus *namorados*."

E correram para fora do quarto, cacarejando.

"Será que uma mulher pode imaginar...?", uma perguntou à outra enquanto subiam ruidosamente a escada.

As mulheres são todas iguais. Elas é que mais se assustavam com nosso aspecto, elas é que mais facilmente expressavam sua náusea em nossa companhia, pensei, e senti falta de minha mãe.

Nossas primeiras platéias ficavam divididas: metade se assustava com facilidade, metade não acreditava. E então voltavam.

Coffin e Hunter haviam armado uma grande tenda de lona perto da cerca de madeira de um dos gramados de Madison Square e colocado uma pequena jaula dentro dela. Ao lado da tenda havia um velho canhão que marcava o início do espetáculo.

Era uma noite quente. Em cada um dos quatro mastros que sustentavam a lona havia um rústico retrato de mim e de meu irmão debaixo de umas palmeiras. A tenda era iluminada por tochas espalhadas por toda ela, inclusive dos lados de nossa jaula. Dentro dela, estávamos nós, sentados no chão, em cima da palha, vestindo nossas roupas brancas de marinheiro, a membrana aparecendo pelos buracos recortados no peito da roupa. Prendemos nosso cabelo comprido em tranças amarradas no alto da cabeça com fitas de seda, a dele azul, a minha vermelha, e nos demos as mãos quando entrou uma multidão: crianças de boca aberta e adultos que sacudiam as cabeças, velhos franzindo a testa e mocinhas corando, pobres usando meias azuis desfiadas e ricos cavalheiros de bengala, todos tinham de passar depressa para não deter a longa fila que se formara, ondulando ao longo de toda a dimensão da tenda. Chang e eu sentimos os malditos olhares cheios de curiosidade, o espreitar concentrado da multidão, e eu não conseguia parar de tremer.

Junto com os visitantes casuais, vinham os céticos profissionais, os doutores, os jornalistas, que chegavam perto de nossa jaula, descontentes com a luz fraca, como revisores míopes que lêem o texto o mais perto possível. Na frente de nossa jaula havia uma placa grande e cinzenta com os dizeres: O MONSTRO.

Com o uniforme completo da Marinha, o capitão Coffin ficava ao lado da jaula, o paletó dobrado e firmemente seguro debaixo do braço. Hunter, por sua vez, permanecia na frente da jaula com um megafone, vestindo uma túnica a ponto de estourar, com o rosto excepcionalmente vermelho. Do lado de fora da tenda, cocheiros de braços nus seguravam as rédeas de cavalos inquietos e ruidosos; bem além deles, o irregular horizonte de Nova York.

"Senhoras e senhores", Hunter bradou pelo megafone. "Gostaria de apresentar ao mundo civilizado uma criatura mágica."

Vamos correr e fugir daqui, pensei comigo.

"Promete que vamos?", perguntei a Chang.

"Prometo."

"Das ribeiras de um lugar conhecido, gente boa, por Sião", dizia Hunter, "essa criatura teve literalmente dois pais, mas uma única mãe..."

Eu virei para meu irmão, pasmo. *Dois* pais?

Chang por sua vez olhou para mim, de queixo caído.

Hunter levou o megafone à boca e discursou em tom de confidência. "Porém, senhoras e senhores...", fechou os olhos, em êxtase, "... trata-se de uma fera de boa índole; na verdade, quase se pode dizer que se trata de duas feras, ambas boas, ambas inteligentes..."

Pensei no pai, o bom pescador, o batalhador orgulhoso.

"Eis." Hunter falava agora no tom vivo do homem que tem consciência do dinheiro que está ganhando. "Eles não só jogam damas como fazem vários truques!"

O agente virou-se para olhar para nós. E mais alto dessa vez, repetiu as palavras, que deviam ser nossa deixa: "Fazem vários truques". Tossiu um pouco. Chang e eu não nos mexemos. "Como *andar sobre as mãos*", disse Hunter, e agora havia uma súplica em sua voz. Alguém, um homem, provavelmente bêbado, gritou do meio da multidão que nós devíamos ser manequins, que ele sabia disso o tempo todo.

As chamas das tochas ao lado de nossa jaula vacilaram a um sopro de vento e Hunter ficou por um momento envolto em trevas. Nesse instante prolongado e transcendental, dava para sentir palpavelmente a autoridade fluir de Hunter para nós, como uma corrente elétrica no fio do telégrafo.

Chang e eu continuamos imóveis. Quando a chama se endireitou, o pânico nos olhos de Hunter era inconfundível. E Chang e eu dissemos juntos, em inglês: "Tivemos um só pai".

Os olhos de Hunter chisparam. Ele engoliu em seco e começou a respirar de modo acelerado pelo nariz. No escuro da noite que caía além das tochas, a multidão parecia um único elemento cinzento.

"E agora!", Hunter conseguiu dar um grande sorriso. "A criança excepcional, filha de pais normais, Chang e Eng!"

Durante nossa parada de mão, na penumbra, eu não consegui distinguir direito a platéia, mas consegui ouvir algo como milhares de vozes soar sobre o arrastar de outros tantos pés ao se aproximarem de nós, vozes elevadas em gritos e exclamações, enchendo a tenda com expressões de descrença e deslumbramento.

Saltamos, juntos, pela jaula, quase perdendo o sincronismo quando apoiei a mão, ao fim de um dos giros, numa pedra pontiaguda. Gemi, estremeci, mas conseguimos nos recuperar e pousar equilibradamente sobre os pés depois de três giros completos.

A multidão correu até a jaula, pelo menos os homens. Empurraram Hunter e enfiaram os braços pelas grades tentando agarrar nossa junção, enquanto o apresentador gritava: "Por favor, senhores, por favor!". Nós nos encolhemos, nos apertando contra as grades. As pessoas se empurravam, gritavam, tentavam nos alcançar, estendendo braços, mãos, dedos, mais próximas a cada tentativa; parecia que nos atiravam dardos invisíveis.

Um adolescente magro perdeu o equilíbrio durante o empurra-empurra. Preso no meio da onda humana, esse jovem loiro bem vestido bateu a cabeça nas barras. Soltou um gemido. Seu rosto entrava mais e mais em nossa jaula a cada empurrão da turba. Seus olhos azuis se arregalaram, suas faces roçavam nas barras, e ele olhava para Chang e para mim. Tentou dizer alguma coisa, mas não conseguiu soltar nenhum ar pela boca aberta. Então deu um guincho.

Logo parecia não haver no rapaz um só ponto que não estivesse arranhado, ensangüentado. Então, mãos invisíveis o puxaram para trás e ele desapareceu na multidão. Meu irmão e eu começamos a sorrir, apesar dos olhares da platéia, ou talvez por causa deles. Com grande esforço, Hunter conseguiu passar no meio da turba e chegar à jaula, os braços levantados acima da cabeça, agarrando com as juntas brancas dos dedos as grades atrás de si, avançando barra a barra como um artista de trapézio que passa de corda em corda acima da rede.

Hunter gritava: "Por favor! Um de cada vez! Formem uma fila à esquerda!". Mas o empurra-empurra continuou.

De repente, um tiro de arma de fogo, seguido imediatamente do som de uma bala rasgando o pano da tenda. O capitão Coffin, ainda pregado em seu lugar ao lado de nossa jaula, segurava no ar uma pistola, o cano fumarento apontando para cima. Ele ficou assim, imóvel, e lentamente a multidão foi se arranjando em uma fila à esquerda da jaula.

Os espectadores, agora ordenados, foram desfilando um a um até que um homem parou e deteve a fila, recusando-se a avançar. Era velho e recurvado, com as costas tortas, quase meio metro mais baixo que todos à sua volta, com um tapa-olho preto na cara.

"Fraude!", ele disse.

"Por favor, senhor." Hunter retomou seu lugar diante da jaula. "Eu garanto que..."

"Fraude!" O velho sacudiu a cabeça. "Quero meu dinheiro de volta."

A multidão, que até então estivera murmurando, aquietou-se. O velho mexia nervosamente no tapa-olho. "Uma fraude..."

"Meu senhor", Hunter deu um sorriso decepcionado, "não podemos devolv..."

"Sem devolução!", Coffin exclamou.

"Devolva metade do dinheiro", disse meu irmão.

Coffin e Hunter viraram-se, sem poder acreditar. "Como é?"

"O que eu digo é assim", Chang sorriu, "ele tem um olho só; viu só metade. Paga só metade!" A multidão explodiu numa risada. Meu irmão arreganhou os dentes numa risada.

Embora tivesse encontrado o tom correto de pegajosa bajulação, os gestos e maneiras de Chang não eram ainda tão espalhafatosos quanto viriam a ser. Ele ainda era jovem. Mais tarde, depois de anos praticando o servilismo, passou a brilhar tanto em gestos e palavras como em atitudes. Eu nunca havia conhecido esse lado de Chang. Ele havia contraído o vírus do show, uma tentação tão viciante e (quase) tão deplorável quanto o álcool.

Não vejo nada de errado em gostar dos vivas da multidão, mas quando um sujeito se transforma em outra pessoa dentro de uma jaula de monstro, quando se tem duas identidades, o seu próprio eu e o eu do palco, então a vida perde o rumo. Anos depois, se eu tivesse me lembrado da primeira e rápida capitulação ao vírus, não teria ficado surpreso com seu amor pela garrafa.

Duas mocinhas apareceram à porta de nossa jaula, duas meninas suburbanas, que tinham ganho num sorteio de jornal a honra de ser assistentes de Hunter naquela noite, criaturas alegres que pareciam amigáveis, até que seus olhos cruéis se desviaram dos nossos, horrorizados. Vestidas de vermelho, as meninas pegaram Chang e a mim e nos levaram para a carruagem de Coffin. A bela ao meu lado tomou o cuidado de não tocar em minha mão, e portanto não pude sentir sua pele enquanto ela nos conduzia até a carruagem.

Fechadas as cortinas, Coffin, Hunter e nós fomos embora juntos. E a multidão seguiu a gente, correndo atrás da carruagem durante pelo menos um minuto.

10. A novidade do casamento

1843-4
Wilkesboro-Waveland, Louisiana

Passadas as primeiras semanas do casamento, achei que Sarah e eu formávamos um casal de recém-casados bastante feliz. Diga-se a favor dela que se empenhava muito em esquentar nossa união. Por exemplo, uma noite, quando estávamos na cama, fui surpreendido pela mão de Sarah, procurando docemente a minha. Chang estava roncando. O estranho é que essa mão acariciante não pareceu estranha. A existência solitária que eu havia levado até poucos meses antes parecia tão distante que ela e minha vida presente de homem casado pareciam as vidas separadas de duas pessoas distintas.

"O casamento será maravilhoso para nós dois, Sarah", eu disse a ela, porque seus olhos pareciam inseguros, e dei-lhe um pequeno beliscão na palma da mão antes de desenlaçar meus dedos dos dela. Chang fungou ao meu lado, o nariz na minha orelha. Ah, será que esse arranjo ia dar certo?

Minha esposa (eu ainda mal podia acreditar nessa palavra) estava dormindo agora. Puxei as cobertas sobre essa mulher que eu mal conhecia, beijei-lhe os lindos cabelos e apaguei a vela na mesa-de-cabeceira. No lugar da inquietação que eu sentira pela idéia de casar com uma estranha calada havia agora uma onda de nervoso contentamento que parecia dissolver meu corpo. Ouvi a mim mesmo murmurando algo sobre o fato de sentir amor por ela. Gostaria de ter mais lembranças agradáveis como esta.

Eu sentia intensamente a novidade do amor, mas Chang parecia senti-la com ainda maior intensidade. Ele não tinha a menor inquietação. Sempre que eu vinha com a idéia de sair de novo em turnê, esse homem que antes chegava a paroxismos absurdos de alegria ao ouvir o aplauso de estranhos parecia agora se incomodar com a idéia de abandonar Wilkesboro por uma hora só que fosse. Mas isso não me surpreendia. Assim como a saúde precária ou a aposentadoria, o amor também pode trocar uma primeira vida por uma segunda. Quando o homem assume um novo papel, o encanto do anterior perde a atração. Como recém-casado, Chang recebia sua tão prezada dose de atenção e já se esquecia do alento similar que para ele apresentar-se em público havia sido até então.

Mesmo assim, continuamos a passar nossos dias e noites ensaiando nossos números.

Certa tarde, estávamos no quintal de nossa propriedade, saltando das mãos para os pés e dos pés para as mãos. Minha esposa estava dentro de casa, com dor de estômago; Adelaide, sentada na grama, assistia.

"Onde aprendeu a fazer isso?", perguntou minha cunhada depois de algum tempo.

"Com nosso pai", Chang respondeu, nós dois de cabeça para baixo. "Raiz-de-Chá, o grande pescador do Mekong", acrescentei. Saltamos e ficamos de novo em pé. E de novo saltamos para as mãos.

"É um truque e tanto." Adelaide tentou dar um assobio. "Um truque e tanto." Não era uma conversa séria, apenas um bate-papo de parentes recentes. "Eu não consigo nem assobiar e vocês sabem fazer uma coisa dessas."

Adelaide mudou de tom. "Meu pai nunca me ensinou a fazer nada", disse ela. "Uma vez, o velho nos disse: 'Se vocês fossem meninos, eu ensinava as duas a caçar', mas foi só."

"Parece bom", Chang disse.

Ela desfez o sorriso. "O que quer dizer com isso?" Olhou-nos de alto a baixo. "Eu acabei de dizer que ele nunca me ensinou nada."

Demos mais um salto. Chang respondeu: "Eu só estava...".

"O que você promete e não dá você tira da pessoa", disse Adelaide. "Meu pai é assim, ele sempre fala assim."

"Então alguma coisa ele ensinou a você", disse eu, de cabeça para baixo.

Saltamos sobre os pés. "Sabe, eu faço promessas para você, Adelaide", disse Chang. "Eu cumpro minhas promessas a você."

"Quer saber de uma coisa sobre seu irmão, Eng?", ela me perguntou. "Ele fala pelos cotovelos. Diz que nunca chegou perto de mulher antes, e é claro que eu acredito nele." Adelaide sacudiu a cabeça. "Mas onde foi que aprendeu a falar tanto?"

Meu irmão e eu ficamos de pé um pouquinho, recuperando o fôlego. "Talvez Chang tenha ficado com a boca, e eu com o cérebro", repliquei. Ela riu. De novo a parada de mão.

"Eng!", fez Chang em meu ouvido, nem um pouco satisfeito. Ele nunca tinha me visto fazer uma piada engraçada, ao passo que ele não fazia outra coisa quando estávamos em turnê.

"Sabe...", Adelaide estava sentada sobre as mãos, na relva, "meu pai sempre me disse para não confiar em quem fala demais."

Eu podia tentar ser engraçado de novo. "Mais uma coisa que ele ensinou a você", comentei. Mais um salto.

"Você é capaz, Adelaide", disse Chang. "Eu ensino você."

"Do que você está falando, rapaz?"

"Plantar bananeira", ele esclareceu. "É fácil, eu ensino você."

"Ora, Chang." Ela estava olhando para alguma coisa acima de nossa cabeça, de olhos apertados. "Não seja maluco. Quer uma esposa ou uma atração de circo?"

Sustentando uma metade de nós, os braços de Chang começaram a demonstrar cansaço, seus ombros tremiam um pouco, seu pescoço esticou-se para a frente de um jeito esquisito. Ele estava ofegante quando tornamos a ficar de pé.

"É, vamos ensinar você." Fiz um gesto de cabeça para Adelaide. "É só você se fundir com sua irmã, e a gente vai ganhar o dobro de dinheiro em família."

Ela riu, eu ri, até Chang riu, de certa forma.

"Por favor, eu só quero ser mãe", ela disse. "Isso já me basta, claro."

"Certo", concordou Chang, franzindo a testa. Por que ele não podia achar graça quando eu conseguia fazer outra pessoa rir?

Adelaide veio até nós, ficando a poucos centímetros de nosso rosto. "Parem de pular, vocês dois, só um pouquinho", ela pediu e, quando paramos, pousou as mãos em nossos ombros com afeto. "Quero fazer uma coisa", disse, sorrindo tão misteriosa quanto um jogador que acabou de roubar e ganhar. "Venham comigo."

Ela pegou as mãos de Chang e a minha, lentamente, suavemente, com um prazer feminino que surpreendeu tanto a Chang como a mim, e nos deixou sem palavras. Mas não estávamos assustados; sorríamos. Ela começou a nos guiar numa delicada valsa a três, perfeita no ritmo, apesar da ausência de música no ar da tarde.

"O que a gente está fazendo, se não tem música?", disse Chang com voz trêmula.

"Dançando, meninos", ela respondeu. "Não é evidente?" Minha cabeça estava quase tocando a face de Adelaide e a de Chang roçava a outra face, quando ela nos perguntou se não achávamos aquilo divertido. Sim, achávamos.

"É uma delícia dançar", eu disse.

"Viram, rapazes? Se tivéssemos esperado a música teríamos perdido a chance de nos divertirmos."

"Tem toda a razão", concordei.

"Eng, talvez você possa ensinar seu irmão a dançar tão bem quanto você."

Chang disse que não precisava que eu lhe ensinasse nada. Mas ele embaralhava os pés, enquanto Adelaide nos mantinha eretos, os cabelos perfumados de sabonete tão próximos do meu nariz. Quando dei por mim, estava a cheirá-los.

Naquela noite, fomos nos deitar cedo. Eu estava lendo na cama em silêncio, com Sarah às minhas costas e Chang virado de frente para mim. (Eu apoiava a lombada do livro na testa do meu irmão.) Ambos dormiam. Pelo menos, era o que eu pensava. Mas Sarah sussurrou: "Eng, você está lendo aquele tal de Shakespeare?".

Olhei por cima do ombro e examinei minha mulher. Eu lia o bardo todas as noites desde que nos casamos, e ela sabia disso.

"Não quer ler para mim, Eng?" Ela piscava os olhos, com um sorriso dentuço e delicado.

"O que disse, querida?"

"Eu gostaria muito que você lesse para mim, Eng." Ela manteve aquele seu sorriso, e eu não podia deixar de notar que havia uma ponta de desespero nele. "Quem sabe melhora meu estômago. Por favor."

Nunca gostei de representar; meu irmão é que era o artista, não eu. Mas um marido tem de se empenhar no casamento, pensei, e até que eu era um homem de sorte por ter a possibilidade de fazer esse trabalho.

Pela primeira vez na vida, comecei a recitar em voz alta uma passagem, o segundo soneto. Mas eu não lia bem. Minha voz era aguda e incerta quando devia ser profunda e firme. Mantive os olhos fixos na página, mesmo sentindo que ela estava olhando para mim. Com o canto da vista, percebi as pálpebras do meu irmão se abrindo e senti minha metade adormecida despertar lentamente, com a coberta enrolada nos ombros. Ele gemeu de modo exagerado antes de fechar os olhos de novo e dar um ronco fingido.

Aquilo já era demais! Parei de ler. As palavras tinham perdido o sentido, e as sílabas, sua elegância. Curvei-me sobre o corpo de Chang e coloquei o livro na mesa-de-cabeceira ao lado dele.

"Desculpe, Sarah." Puxei a coberta sobre Chang e mim. Meus olhos estavam pesados e coçavam como se tivesse areia dentro das pálpebras. "Querida, eu..."

"Achei que estava muito bonito", disse ela.

Notei como soava alto o ar, entrando e saindo de meu nariz, enquanto eu pensava como responder. "Boa noite", murmurei, desviando dela os olhos.

Passou-se um longo tempo antes de ela perguntar, com voz suave: "Eng, está dormindo?". Ela tocou ternamente o meu ombro, sacudindo um pouquinho a mim e meu irmão, mas eu não soube o que dizer. Como explicar que ler daquele jeito era tão desagradável para uma atração de circo tão tímida como eu? Minha esposa ficou ali um momento, aconchegada a minhas costas, parada e quieta, respirando suavemente. Percebi que ela estava tentando acompanhar o ritmo de minha respiração.

Mas ela não conseguia dormir e me mantinha acordado com as inspirações e expirações ruidosas, virando-se na cama, também chiando pelo nariz. Parecia que ela havia começado a chorar, o rosto afundado no travesseiro. Mas não me virei para ver se era isso, porque eu não saberia como reagir se a visse soluçando. Fosse o que fosse que a fazia chorar, devia ser algo mais consistente que a minha incapacidade de ler para ela, pensei. Amanhã mesmo eu começaria a me empenhar para fazer feliz meu casamento, disse comigo mesmo.

Na manhã seguinte, Chang e eu estávamos cuidando de nossas contas no escritório, calculando exatamente até onde nossas economias agüentariam, quando as meninas voltaram da cidade. Podíamos ouvi-las rindo no vestíbulo, tirando os chapéus.

"Adelaide chegou", Chang disse, como se ainda não soubesse que quando ele percebia uma coisa eu provavelmente percebia também. Ele nos fez sair do escritório e ir receber nossas esposas.

"Olá", ele cumprimentou com um sorriso.

Minha esposa olhou para mim e Chang. "Não é um encanto?" A voz de Sarah soava de maneira nada usual; ela tentava fazer charme adotando uma voz de menininha de cinco anos. E, virando-se para a irmã, ainda com a mesma vozinha: "Seu menininho está todo contente por ver você". Voltou-se então para mim. "Será que o meu homenzinho também está contente por ver *sua* mamãezinha?"

Eu nunca tinha ouvido uma mulher crescida falar daquele jeito. Fiquei confuso. Tive de desviar os olhos dela, e meu olhar foi pousar no rosto de Adelaide. Ela teve dó de mim e se solidarizou com um sorriso.

“Pelo visto você não quer que seu marido fique *tão* contente assim por ver você, Sarah”, interveio Adelaide, revirando os olhos. “Você não pode tratar seu homem igual a um cachorrinho. Tira o mistério que todo casamento precisa ter.” Ela deu uns tapinhas no ombro de Chang.

Sarah perguntou se tínhamos examinado nossas contas. Eu respondi que sim.

“Que bom!”, fez Adelaide, pegando a mão da irmã e puxando-a para a cozinha. “Sarah e eu já sabemos o que é ser pobre.” Nossas esposas passaram por nós.

Meu irmão estava com um ar de cão sem dono. Acho que ele não tinha se mexido nem um milímetro desde que a esposa começara a falar. “O que ela quis dizer com ‘cachorrinho’?”

“Acho que estava brincando, Chang”, respondi, rindo.

“Ah!”, ele exclamou, ainda com aquele ar de cão sem dono e me olhando nos olhos como se não tivesse certeza de poder confiar em mim. “E o que a gente deve fazer quando elas agem assim?”

Parei de rir. Eu não sabia a resposta. A gente não tinha aprendido a como se comportar com mulheres.

Como havíamos decidido não viajar durante algum tempo, precisávamos arranjar um jeito de ganhar dinheiro. Tenho de admitir que meu sogro, embora de início tivesse se oposto a nosso casamento, acabou sendo útil durante esse período. Os moradores da cidade também pareciam ter se acostumado com nossa presença na rua Principal. Pouca gente em Wilkesboro torcia o nariz para nós.

Meu irmão e eu resolvemos trabalhar na terra, como havíamos feito anos antes, no Sião, e o sr. Yates nos deu de presente muitas mesas, ferramentas, fertilizantes, almanaques e ditados para memorizar, a fim de mergulharmos de cabeça na agricultura moderna. Yates nos contou que, após anos de uso e abuso, o solo da Carolina do Norte produzia cada vez menos. A maior parte das terras do condado de Wilkes tinha menos de treze hectares e era cultivada com milho ou tabaco, mas Chang e eu íamos criar principalmente porcos, embora também contássemos plantar um pouco de milho. Chang e eu compramos mais três escravos, Nathan, Basel e Guillaume, e nos transformamos em rígidos feitores.

Enquanto isso, meu casamento começava a parecer uma casa de sonho, agradável no início, mas encolhendo um pouquinho a cada dia que passava. "Eng?", chamou Sarah uma noite quando estávamos sentados na cama, ela escovando os cabelos antes de dormir. Ela já estava escovando havia minutos e ainda não estava pronta para se deitar. Chang e eu estávamos debaixo das cobertas e eu queria apagar a vela.

"Eng?" A voz de Sarah soava aguda e com aquele tom que algumas pessoas usam para falar com pequenos animais. Embora estivéssemos casados fazia pouco tempo, eu ansiava por passar algum tempo longe dela. Iria acabar tendo mais certeza de minha afeição por ela, achava. Queria seguir meu próprio ritmo.

"Eng?" A voz dela ainda cantarolava.

"Sarah está chamando você." Meu irmão me sacudiu. Minhas têmporas latejavam e eu não queria abrir os olhos.

"Eng?" (Por que ela não tinha me avisado, antes do casamento, que às vezes falava daquele jeito?) "Eng, meu estômago não está tão ruim hoje." Sarah piscou de um jeito que me fez não gostar de mim mesmo, pela animosidade que despertava em mim. Ela se inclinou para colocar a escova em cima da cômoda, e a camisola subiu por suas coxas, que eram pálidas e massudas.

"Tudo bem, querida", respondi, sorrindo. Tentei dar um sorriso afetuoso, mas não foi fácil superar a tolice da voz dela. Não parei de sorrir até minhas bochechas doerem. "Tudo bem."

Durante essa época, meu irmão e a esposa eram tão ardentes na copulação que eu tentava fazer a mesma coisa com Sarah, sendo amoroso e entusiasmado nos assuntos carnais. Mas a forte corrente que havia me arrebatado no começo de nosso casamento começara a afrouxar. O amor agora era um suave riacho que corria em volta de meus pés; por mais que eu tentasse trabalhar a ternura, não conseguia me afogar numa água tão rasa. Claro que eu ainda a acariciava, por afeição ou por alguma outra coisa, mas depois de alguns meses procurava cada vez menos minha esposa, e ela nunca me perguntou por quê. Eu esperava algum outro tipo de ligação, alguma outra intimidade que aparecesse e preenchesse o vazio. Às vezes, imaginava a princesa Xenga no lugar de Sarah.

Outras vezes, eu me via como um espectador nada entusiasmado durante as noites em que meu irmão tinha intimidade com sua mulher. O transe que eu buscava raramente se sustentava tanto tempo — nem tão bem — quanto eu gostaria, mas acabei descobrindo que não achava os toques acidentais de Adelaide tão inteiramente desagradáveis quanto havia pensado. E a própria Adelaide também era agradável, principalmente em seus modos com meu irmão. Ela adquiriu o hábito de provocá-lo, expondo, brincalhona, suas falhas, de maneira benevolente, é claro, mas com um toque irônico e aquele sorriso ao fim das frases. Geralmente a expressão dele era tão dócil que chegava a ser involuntariamente cômica, até que ela lhe dizia que estava brincando.

Logo chegou a manhã de nossos seis meses de casados, um sábado. Chang teve a idéia de fazermos um piquenique ao ar livre no Yadkin e, quando começou a tentar me convencer com uma conversa de ar limpo e quente, eu me vi imaginando lindas flores cheias de insetos; mas eu sentia o suave calor do sol de verão de que ele falava e me deixei facilmente persuadir.

O idílio descrito, porém, não lembrava nem um pouco a aparência do Yadkin naquela tarde. Uma umidade opressiva carregava o ar, as flores se negavam a vibrar de vida e a água estava marrom. Sentamos à margem do rio. O chão estava coberto de uma parda poeira seca. Embora o outono ainda estivesse longe, algumas árvores estavam começando a perder as folhas. A poeira e o vento quente entravam nos olhos. Estendemos a toalha o mais perto possível do rio.

"Bom, foi mesmo uma ótima idéia, Chang", disse Adelaide, respirando pelo nariz e franzindo a testa com tanto desdém que Chang se desmanchou. "Está fazendo uns *cinqüenta* graus." Chang ficou olhando para a relva.

"Vamos comer?", sugeri e sorri para nossas mulheres. Cada esposa se sentou com as pernas dobradas debaixo dos quadris. Sarah estava afogueada e suada, a pele avermelhada nas partes expostas pelo vestido. Adelaide não transpirava tanto quanto sua irmã.

"Não precisava nem ter tido o trabalho de *assar* a galinha!" Adelaide lançou um olhar de lado para Chang enquanto pegava a comida na cesta de piquenique. "Temos sol aqui para tostar qualquer coisa." Eu nunca a tinha ouvido usar aquele tom sarcástico com ninguém.

"Desculpe." A voz de Chang soou tão pequena como se tivesse saído de um corpo de meio metro de altura, que continuava diminuindo.

Pedi a minha esposa que me passasse um pedaço de galinha, mas ela não ouviu. Tinha uma inocente expressão de bebezinho nos grandes olhos azuis, no nariz longo, reto e franzido, e no lábio infantilmente preso entre os dentes. Ela me encarou por um segundo, antes de desviar o olhar como se não tivesse percebido o meu.

"Não é exatamente o tipo de diversão que você tinha imaginado?", Adelaide perguntou a Sarah. "Casar, correr o mundo. Um piquenique à margem do velho Yadkin, onde é evidente que deve estar fazendo cinqüenta graus à sombra."

"Que tal a gente só ficar aqui, comer e tentar sorrir?", falou Chang, surpreendendo as meninas, que pareciam não estar esperando que ele fosse responder. "Só ficar aqui, comer e conversar?"

Eu poderia jurar que a testa franzida de Adelaide era uma expressão de vergonha, se eu não tivesse visto a mesma expressão em seu rosto quando Chang colocou o anel em seu dedo seis meses antes.

"Está calor demais, gente", disse Sarah. "Calor demais me faz mal ao estômago."

"Ficar e conversar sobre o quê, Chang?" Os olhos de Adelaide ardiam de uma emoção que ninguém quer ver nos olhos do ser amado. "Algumas pessoas falam bem, algumas *andam* bem. É evidente que *ele* não faz nenhuma das duas." Ela apontou um dedo humilhante para o marido.

Sarah riu e Adelaide continuou: "A maior parte dos homens perde o senso de conveniência quando bebe, e os que estão sempre falando não são bons para pensar". Ela então olhou para mim e sorriu. A raiva desaparecera de seu rosto. "Mais uma coisa que meu pai me ensinou." Adelaide não demorou a perceber que o marido fazia um muxoxo de tristeza e disse, brincalhona: "Eu estava *brincando*, Chang".

Pôs a mão na dele e inclinou-se para lhe dar um beijo rápido na face. Adelaide era uma daquelas camponesas que as pessoas rotulam de bobas, quando a conhecem. Ela não conhecia nem se importava com o que acontecia no mundo além de Wilkesboro, era primária na conversa, se entediava com a maioria dos assuntos e tinha vivido solteira anos demais antes de Chang e eu chegarmos. Mas eu estava começando a perceber que, debaixo dos resíduos de décadas da vida obscura naquela cidadezinha, ela possuía uma alma divertida.

E então eu me ouvi dizendo: "Está mesmo um calorão hoje. Se as senhoras preferirem ir embora, eu concordo".

Chang inclinou-se na direção da mulher, me puxando com ele, tentando beijá-la. Mas ela se levantou e disse em voz bem alta: "Olhem! O que é aquilo?". Apontou para uma borboleta que esvoaçava em cima de um dente-de-leão. Chang e eu quase caímos quando Adelaide escapou do abraço de Chang.

"Só uma borboleta", respondeu Chang, pesaroso. E nos endireitou.

Embrulhamos o almoço não comido e começamos a voltar para casa. O ar estava quente, era inegável, e o céu não dava nem a esperança de uma chuva refrescante. Minha esposa e minha cunhada caminhavam à nossa frente, conversando entre si. Eu contemplava a figura de minha mulher descendo a encosta entre as árvores. Será que esperar pelo amor era tão inútil quanto esperar que chovesse com um céu assim tão claro?

Adelaide olhou para meu irmão por cima do ombro. Ele ainda estava com aquela expressão de cachorro esfomeado. Ela parou debaixo de uma árvore esperando que a alcançássemos. Cutucou o peito de Chang e disse, meio de brincadeira: "É claro que eu estava brincando. Ele é tão bonzinho, não é?". Deu-lhe um beijo no rosto, coisa que não podia fazer sem se encostar um pouco em mim.

Adelaide tinha sido minha maior preocupação quando pensei em casamento pela primeira vez, um obstáculo que julguei intransponível. Eu havia pensado: o que pode ser pior que uma cunhada sempre presente? Não vai funcionar nunca. Alguma vez dois casais conseguiram sobreviver a tamanha proximidade? Uma falsa esposa que não era minha, sempre atravessada em meu caminho — não havia como uma coisa assim não transformar para sempre nossa vida das mais insuportáveis maneiras, fazendo com que, mais cedo ou mais tarde, eu passasse a odiá-la e ela a me odiar.

Mas não era isso que estava acontecendo.

Adelaide logo começou a pressionar Chang a sair em turnê. E ela queria ir junto! Ela "nunca tinha estado em lugar nenhum". Sarah, embora não tão decidida quanto a irmã, falou que também gostaria de correr o mundo, ou pelo menos conhecer o máximo possível do Sul dos Estados Unidos.

Nosso trabalho no campo já era bem rendoso nessa época e nossas economias não tinham sido muito comprometidas, mas Chang, que estava se revelando o tipo de homem que tem medo de desagradar à esposa, disse que gostaria que as mulheres nos acompanhassem. Embora eu odiasse o maldito olhar da multidão, concordei e preparei uma modesta expedição, uma excursão pelo Sul americano. Como as pessoas olhavam mesmo, pensei, melhor que pagassem por esse privilégio.

Nossa fama não havia diminuído muito, e conseguimos marcar exibições sem divulgação prévia. O show inaugural de nossa turnê foi em Wohl, Carolina do Norte, uma minúscula comunidade à sombra das montanhas Leatherwood, a cerca de cinqüenta quilômetros de Wilkesboro. Seria a primeira vez que as meninas veriam nosso show. Essa idéia deixava a mim e a meu irmão muito nervosos, Chang principalmente.

O Teatro Wohl era novo e pequeno, como a própria comunidade. Antes do fim dos anos 1840, poucas estradas levavam às casinhas que estavam a ponto de se tornarem a cidade de Wohl. Chester Wohl havia construído o Teatro Wohl, e a cidade, depois de descobrir um cintilante veio de ouro que serpeava em torno do monte Oxford até desaparecer dentro dele, como uma cobra deslizando para dentro de um túnel.

Já era noite quando fomos ao teatro pela primeira vez. A névoa e a escuridão envolviam o monte Oxford, e a luz fraca só revelava uma construção quando já se estava chegando a ela.

Por dentro, o teatro era escuro, apesar de todo o esforço que um conjunto de três lanternas fazia para iluminar o palco. E nossas esposas na primeira fila, Sarah e Adelaide, eram as únicas espectadoras. Talvez nossa fama tivesse diminuído por não viajarmos mais.

E que show Chang e eu fizemos! Números acrobáticos e de força, ensaiados e improvisados: movimentos espontâneos, perigosos de realizar, saltos, dolorosas torções, mais esplêndidas ainda por sua severidade. Os números ensaiados foram executados com uma segurança sem precedentes e sem erro. Chang e eu balançávamos nas barras da jaula; girávamos no chão frio.

Ao fim da parte vigorosa da apresentação, Chang e eu nos fechávamos um contra o outro como uma morsa. O suor dele corria por meu corpo e seu coração batia contra minhas costelas. E então a morsa se abria, as duas metades voltando a ficar ombro a ombro. Do outro lado da grade, nossas esposas estavam aplaudindo, não muito alto nem com entusiasmo. A luz das lanternas brincava no rosto delas.

O sr. Wohl surgiu diante da jaula, pôs as mãos em concha diante da boca. "Aproximem-se para examinar a membrana!", gritou para o teatro vazio. "Querem ver se é de verdade?"

Adelaide respondeu: "Não precisamos de mais nenhuma prova!". E jogou a cabeça para trás, às gargalhadas. Tinha os olhos molhados de tanto rir, estava linda. As sombras dos galhos iluminados pelo luar lá fora lançavam seu padrão irregular sobre seu corpo e seu rosto, linhas escuras na quase-escuridão. Sarah não chegou a rir e parecia cansada ao lado de Adelaide.

Não recebemos nenhum dinheiro por aquele show marcado com pressa, e muito pouco pelas outras apresentações que se seguiram. Quando se faz uma turnê com pouca divulgação, ela tende a começar mal mesmo. Não melhorou muito quando chegamos a Windy Gap, Carolina do Norte. Na única hospedaria da cidade, fugindo à rotina habitual, Adelaide e Sarah ficaram num quarto, Chang e eu em outro. Por sugestão de Adelaide.

Era tarde. Quando estávamos nos vestindo para dormir, notei que Chang tinha ficado pálido. Estávamos frente a frente no pequeno quarto de teto baixo, pouco mais alto que nossa cabeça, apoiados na cômoda para nos equilibrarmos ao tirar as calças, quando ele me olhou como se tivesse acabado de descobrir que lhe faltava um membro.

"E se Adelaide parar de me amar?", ele disse. "Acho que ela parou de me amar."

"Chang." Respirei fundo. "Ela não tem falado que quer ter um filho mais que qualquer outra coisa?"

Passei meu braço pelo ombro dele, para podermos ir até a cama. "Irmão", falei, "você e eu não parecíamos destinados ao amor, portanto não vamos querer falhar. Por isso não se atormente com qualquer coisinha." Dei um aperto em seu braço. Num minuto ele estava exultante com a glória de ser marido, no minuto seguinte era todo angústia.

"Eng, você nunca fica aflito?" Ele piscava para mim, quase em pânico.

"Sou um sujeito metódico, você sabe disso, irmão", respondi. "Tenho tido... dificuldades no meu casamento, mas vou em frente, me empenhando para deixar as coisas calmas e tranqüilas", respondi enquanto nos enfiávamos debaixo dos lençóis. Chang encostou a cabeça na minha, como um galo.

Por que será que ele está falando assim comigo?, pensei com meus botões. Claro que também tenho minhas preocupações, ligado assim pelo peito e tentando o que estávamos tentando.

Por que ele não faz como eu?, pensei. Não será mais fácil viver sem compartilhar os medos?

O que eu estava começando a entender com meu casamento era que ele me permitia entrever a normalidade de uma maneira que eu nunca antes havia imaginado, mas só entrever. Eu sabia que havia tido razão ao prevenir Chang quando ele começou a ficar caído por Adelaide. O insignificante apêndice de carne que nos ligava era muito mais forte que a marca de seu tecido macio, porque podia impedir o amor e qualquer idéia de felicidade. Eu era um solitário, talvez tanto no casamento como sempre.

Pouco depois nos encontrávamos em Waveland, Louisiana, uma cidade portuária próxima a Nova Orleans, às margens do fétido Mississippi. Ali embarcaríamos naquele fim de tarde no *Ivory Eagle*, um barco a vapor branco que subia o rio. Os passageiros formavam uma enorme fila, subindo a bordo um a um. Do fim da fila, onde estávamos, o barco parecia um bolo de casamento que soltava fumaça e me fez pensar nos teatros musicais flutuantes de minha terra.

Uma vez a bordo, a fila de viajantes era dividida em duas classes: a do convés principal, que se apertava contra os motores, barris, bagagens, variados pacotes, galinhas vivas e vagabundos; e o convés superior, para os privilegiados que subiam a escada barroca em espiral que os levava a uma série de cabines individuais, todas com uma varanda à moda sulina e uma criada mulata para atender as damas. Era para nós, os dois casais, termos ficado no convés superior; mas meu irmão havia preenchido a quantia errada no cheque que enviamos (eu não podia cuidar de *tudo*, apesar de nossa proximidade), e os quatro tivemos de viajar no convés principal.

Havia ornatos em relevo por toda parte e as janelas tinham vidros coloridos. Uma parte do vapor do barco se condensava em gotículas de umidade sobre as peças de latão como pequenos diamantes à luz do sol, mas sob essa maquiagem vistosa o barco era a própria sordidez flutuante. O chiado alto não parava nunca, a chaminé cuspia nuvens negras de fumaça uma atrás da outra, e o convés todo sacudia com os soluços do motor logo abaixo. Todos esses inconvenientes não eram nada diante dos detestáveis habitantes desse mundo que ficava entre as rodas propulsoras. O gordo jogador com seu charuto, em busca de um turista para depenar; o fazendeiro curvado, levando sua modesta colheita, olhando nervoso para todos os lados; o tripulante fazendo cara feia ao passar; a dama da noite com seu chapéu estreito, trabalhando à luz cada vez mais feia do dia; o turista que olhava para essa prostituta e voltava a olhar para a mulher e os filhos com desprazer; e, principalmente, o conjunto daquela massa de infelizes malvestidos, olhando furtivamente para os lados, recendendo a roupas puídas e sujas, a suor, conversando, dormindo ou dando passagem para algum destroço humano empurrado para bordo, esses é que davam o caráter específico do convés principal. Chang e eu nunca havíamos viajado nessas condições, desde que fizéramos nossa modesta fortuna.

Eu me sentia mal naquele convés com nossas esposas, ombro a ombro com meu irmão, nossa junção aparecendo pelos coletes dos ternos. Assobiando com a boca suja, os viajantes do convés principal, damas e cavalheiros, todos, nos cercaram, espetando dedos suados e puxando para ver, com seus frenéticos olhos arregalados, se a membrana era de verdade. Caminhando ligeiro ao nosso lado, tentando achar um lugar para sentar, Sarah e Adélaide estavam rígidas como estátuas e olhavam para a frente, fazendo um grande esforço para não demonstrar quanto estavam incomodadas. Chang e eu usamos técnicas de kung fu para evitar o melhor possível as mãos rudes, empurrando a multidão com nossos golpes circulares precisos. Nossas esposas suplicavam-nos em cochichos roucos: "Por favor, tirem a gente daqui", insistindo no "por favor".

Finalmente, nós quatro achamos lugar num banco isolado, perto do leme. O barco deslizava sobre a água, que a proa cortava em uma dupla esteira de espuma que se estendia atrás do barco como um par de borbulhantes caudas de cometa. Todo mundo à nossa volta continuava olhando, apontando, chamando Chang e a mim. Adelaide fervia debaixo do chapéu de abas largas, cujas fitas cor-de-rosa flutuavam atrás dela ao menor sopro, enquanto Sarah se mantinha imóvel atrás do leme, sem chapéu, sem o batom vermelho que sua irmã sempre usava. Nossas esposas não estavam acostumadas àquele tipo de recepção. Adelaide não queria olhar para o marido, então se sentou a meu lado. Apoiou a sombrinha em meus joelhos. Sarah ficou junto do leme, os ombros curvados ante os olhares, rugas de preocupação surgindo em volta dos olhos, controlando as lágrimas.

"Muito bem, Eng", disse Adelaide, dirigindo-se ostensivamente a mim e não ao marido. "Acho que ficou claro para todos que seu irmão é um cretino."

"Desculpe", ele murmurou.

"Já ouvi isso antes, Chang", rebateu ela, agora com violência. E imitou o sotaque de meu irmão: "*Solly*".

"Está todo mundo olhando para a gente. É terrível", disse Sarah, deixando cair os ombros e olhando para os barracos na margem que oscilavam ao ritmo de nosso barco.

"Muito bem, Eng", disse Adelaide outra vez, "parece que você e eu estamos presos ao mesmo cretino." Seu riso não podia ter soado menos carinhoso. Sorri para ela.

Ela desviou os olhos depressa.

Sarah, enquanto isso, começou a chorar. Seu rosto estava ficando cheio de manchas vermelhas, e ela se apoiava na amurada do barco, abrindo os lábios para a brisa como se quisesse tomar um gole de ar. Suas roupas pareciam ter sido atiradas em cima dela com um forcado. "Meu estômago", disse, a pele solta do queixo tremendo. "Que vida maluca vocês levam. Ai, meu estômago."

Tive de desviar os olhos da visão de minha mulher. Mesmo que minha cunhada fosse a mulher mais feia do mundo, naquele momento ela teria parecido atraente para mim. E Adelaide não era a mulher mais feia do mundo. Ela passou rapidamente a língua nos lábios, para umedecê-los.

Adelaide estava olhando as cores do sol na água e percebi que eu nunca havia observado a perfeição de seu nariz. Entendi então que o nariz de Sarah era comprido demais, uma imitação grotesca do de Adelaide. Ela logo desviou o rosto de mim, e senti como que um chute no coração, subitamente desgraçado.

"Por favor, Adelaide", Chang disse. "Qual o problema?"

Adelaide batia os dedos uns contra os outros, distraída. Será que ela desconfia dos meus sentimentos?, pensei.

"Qual o problema?", Chang perguntou, lento.

Era a primeira vez que eu admitia para mim mesmo meu desejo por ela.

"Será que uma mulher não pode ficar pensando", Adelaide respondeu, "sem que um chinês fique a seu lado perguntando, perguntando, perguntando?" Ela entortou a cabeça para um lado. "Qual você *acha* que é o problema? É evidente que não era isto que eu tinha em mente quando disse que queria conhecer o mundo."

"Eu fiz erro." Chang soltou o ar pelo nariz, e eu senti aquele ar desanimado soprando em meu pescoço.

"Esqueça, Chang", disse Adelaide. "Esqueça." Ela se levantou do banco e começou a andar na direção de um grupo que jogava cartas no convés principal. "Esqueça." A frase, que ela agora cantava com uma melodia inventada, ficou como uma trilha sonora atrás dela. "*Esqueça. Esqueça. Esqueça...*"

Chang gritou para ela: "Adelaide, desculpe, me desculpe...".

Ela voltou-se para nós. "Psss! Chang, não é nada."

Ele sorriu nervoso e engoliu. "Nada, Adelaide?"

"Nada. Pois é." Ela começou a rir. "Eu estava brava, mas não estou mais."

Tornou a se afastar. Ele chamou por ela de novo: "Addie!", mas ela não respondeu. E meu irmão olhou para mim, o rosto afogueado de desamparo, de tristeza.

Quanto a mim, eu estava magnetizado pela imagem de Adelaide se afastando de Chang e também pela adorável melodia que ela havia inventado segundos antes: *Esqueça. Esqueça. Esqueça...*

Nesse momento, Sarah, piscando, pálida e sentindo ainda um pouco de náusea, veio se sentar ao meu lado e tocou meu braço. "Não sei como vocês agüentam isto o tempo inteiro: todo mundo olhando e apontando." Estava trêmula, mas conseguiu retomar seu tom de bebê. Assustei-me com a mão de minha mulher. Tinha esquecido dela.

Depois de alguns minutos, Adelaide voltou, acompanhada de um sorridente tripulante de camisa vermelha. O vento havia enrolado uma das fitas cor-de-rosa de seu grande chapéu em volta do pescoço. A imagem daquela fita privilegiada que descia do chapéu para tocar sua pele nua doeu fisicamente em mim. Ciúme de uma fita?

De qualquer forma, o tripulante sorridente que acompanhava minha cunhada sacudiu a cabeça para Chang e para mim. "Este é o senhor Butler", apresentou Adelaide. "Consegui convencê-lo a nos deixar ocupar dois quartos vazios do convés superior."

O sr. Butler pegou nossas malas e nos conduziu para a escada que nos levaria a acomodações mais agradáveis. Depois de alguns passos, Butler desapareceu no meio do vapor, da fumaça e da multidão. Chang e eu íamos um passo atrás de nossas esposas, lutando contra as mãos invasoras, e, embora as meninas achassem que não estávamos ao alcance de sua voz, podíamos ouvir o que diziam. Estavam comentando, em voz baixa, como Adelaide havia conseguido convencer o sr. Butler a nos levar para o convés superior. "O que você disse a ele?", Sarah perguntou à irmã. "Eu nunca sei o que dizer a um homem."

"Não tente me enganar, Sarah Bunker", contestou Adelaide. "É claro que você sabe exatamente o que dizer a qualquer homem. Se você não soubesse falar manso, talvez não tivesse arruinado a gente..."

Sarah virou o rosto como se tivesse levado uma bofetada. "Adelaide Yates", ciciou. "Isso foi bem diferente." E lançou para Adelaide um olhar mais frio de que jamais pensei que fosse capaz. O vento desviou o que ela disse em seguida, mas tenho quase certeza de que ouvi: "Bom, eu me casei com eles, não me casei?". Chang parecia não ter ouvido ou fingiu não ouvir.

Subindo os degraus, senti primeiro um choque, depois uma tremenda raiva. O que queria dizer aquele "se você não soubesse..."? Minha mulher tinha mentido para mim a respeito do escravo? Eu estava em tal estado que nem registrei a fumaça preta que nos envolveu enquanto subíamos a escada. Ela havia mentido para mim? Que ousadia! A base de nosso casamento se revelava agora furada desde o início. E todo o esforço que eu fazia em prol do amor e do casamento? Mas havia outra coisa em minha raiva que era quase agradável. Sarah tinha mentido e eu não estava disposto a perdoá-la.

Não pude saborear por muito tempo minha raiva. Assim que entramos na nossa cabine, veio um grito do andar de baixo. Primeiro pensei que havia começado alguma briga em torno do "grude", aquele enorme recipiente de metal que os taifeiros de nosso barco enchiam com carnes, aves, ragus e peixe para que os viajantes do convés principal pudessem todos comer ao mesmo tempo; mas não, a comida ainda não havia sido servida, embora já estivesse escuro e fosse bastante tarde. Olhando pela amurada, logo entendi o porquê da comoção.

O *Mirrorglass*, outro barco a vapor, de uns trezentos pés de comprimento, enfeitado com bandeiras americanas e uma insígnia pintada no colossal tambor da roda propulsora, vinha rugindo em nossa direção, à direita do *Ivory Eagle*. Já estava a menos de vinte metros. Os outros passageiros de nosso barco gritavam insultos para o outro barco. E queriam apostar uma corrida.

O trecho do Mississippi em que estávamos viajando era bem acidentado e, embora fossem comuns as corridas de barcos a vapor, elas não eram nada seguras. O grande rio estava sempre mudando de forma. Novas e surpreendentes junções apareciam e desapareciam com a chuva, enchentes e ligações surgiam e se evaporavam, faixas de terra de repente se juntavam depois de ter estado separadas durante anos. Um centímetro de diferença de um dia para o outro no nível do rio podia provocar um desastre.

Nosso capitão gritou instruções ao piloto, que por sua vez gritou frenéticos comandos ao maquinista e seus auxiliares na casa de máquinas no andar de baixo. Todo mundo estava gritando e pulando no convés principal. Íamos apostar uma corrida!

O rio era estreito na altura de Waveland e fazia uma curva abrupta, mas nada disso impediu o *Mirrorglass* de se aproximar a nossa direita. As duas margens estavam cheias de árvores semi-submersas que espetavam suas garras agudas para fora da água, prontas para nos engolir como armadilhas de ursos. Correndo juntos pelo estreito rio abaixo, a uma velocidade nada segura, os dois vapores estalavam, balançavam, mas continuavam descendo a corrente.

"Que horror!", disse Sarah, a voz aguda agora ferindo meus ouvidos. Ela parecia ainda mais enjoada que antes, coisa que pensei fosse impossível.

Em nosso barco, todo mundo estava de pé, olhando para o *Mirrorglass*. As pessoas gritavam ao vento: "Abaixo o *Mirrorglass*!", "Vamos acabar com vocês!", "Este aqui é o *Ivory Eagle*!". Meus olhos estavam fixos no rosto longo de Adelaide e em seu sorriso. "Dá-lhe!", ela ria. "Dá-lhe!" E eu também ria. Ela apertou o leque, excitada, prendendo a respiração. Olhei para o outro lado. Mas, antes que meu coração desse mais uma batida, estava olhando para ela de novo.

O *Mirrorglass* estava nos alcançando. Enquanto ele emparelhava com o *Ivory Eagle*, seus passageiros começaram a jogar comida e bolas de jornal nos ocupantes do convés principal. Nossos passageiros reagiram à altura.

Correndo pela água, quase encostando, manobrando para corrigir a posição e, por fim, realmente provocando pequenas colisões de raspão, os dois barcos a vapor corriam como cavalos depois do tiro de largada, dois barcos quase fundidos num só, num trecho do rio onde havia espaço para apenas um. Dava para ver o rosto dos passageiros do outro barco, tomados pela excitação.

O convés abaixo do nosso também estava numa grande agitação, com centenas de passageiros se apertando na amurada, gente de todas as idades, de todo tamanho e classe, gritando e berrando, em luta contra suas limitações. Os tripulantes jogaram carne estragada e sebo em nossas caldeiras para aumentar a pressão. Os maquinistas abriram ao máximo as válvulas, e o grito do vapor chegou a um pico maluco. Cada vez mais depressa, mais depressa que qualquer vapor ousaria. O rio não era mais largo que uma calçada.

E minha esposa foi finalmente contagiada pela excitação. Ela agarrou a balaustrada, rindo e gritando para incentivar o piloto, os olhos rolando de prazer. Eu ainda olhava fixamente para Adelaide, apesar do vento e da corrida.

Você é um homem mau, Eng, pensei.

Jamais me deixarei levar por um impulso assim, pensei, porque não sou dado a enganar.

Quanto a Sarah, pensei, ela é traiçoeira e não merece confiança.

Os barcos agora estavam lado a lado, a fumaça das chaminés se misturando numa grande nuvem negra pouco acima. Estávamos tão perto que podíamos ver os passageiros do *Mirrorglass* pulando e arfando, as veias saltadas no pescoço deles, e em cada rosto aquele êxtase típico da competição. Apesar de nossa velocidade, o *Mirrorglass* estava nos ultrapassando. Os motores de ambos os barcos gemiam pedindo misericórdia, e o fino madeirame de nosso barco começou a estalar no limite da resistência. "Dá-lhe! Dá-lhe!", gritavam Sarah e Adelaide. "Dá-lhe!", Chang gritou, esperando que Adelaide percebesse que ele estava tão entusiasmado quanto ela.

Durante alguns segundos, olhei sem amargura para o rosto afogueado de Sarah e sua boca trêmula. Como eu devia parecer insignificante em sua vida. Ela sorria diante da emoção da corrida, o cabelo esvoaçando no vento, e eu a observava como se nunca a tivesse beijado nem tocado. Seu rosto afogueado, seus cabelos loiros arrepiados, que aspecto teriam quando ela estava nas garras de seu amor juvenil? Senti pena dela, dessa mulher simpática de cabelos duros, o rosto mais franzido do que quando havia amado o escravo. Quando foi pega com ele, ninguém sabia a verdade, a não ser sua irmã; o negro fora enforcado por isso. Sarah sabia como conversar com os homens, sabia sim. Que terrível tumulto de emoções ela devia esconder dentro de si! E que triste!

Minha atenção voltou-se de repente para a corrida de barcos, o vento fustigando meu rosto. O *Mirrorglass* rugia mais alto que nós. Fagulhas brilhantes, incontáveis, se acenderam em seu convés principal, uma fonte fulgurante que ateou um rápido incêndio. Voaram gritos no ar, horríveis, arrepiantes, e um frêmito de pavor atravessou nosso barco.

O *Mirrorglass* se incendiou e queimou como se fosse lenha. Seu piloto desviou de nosso barco, na direção da margem, mas o *Mirrorglass* não chegou até ela, cambaleando e parando com um gemido feroz ao encalhar num banco de areia. Nosso *Ivory Eagle* continuou descendo o rio, enquanto os passageiros do *Mirrorglass* gritavam e pulavam na água, homens e mulheres mergulhando do convés superior em chamas no raso Mississippi. Uma explosão acendeu o céu, um assombroso holocausto, e o *Mirrorglass* fez-se em pedaços. Gritos abafados e uma centena de magníficos cometas cruzaram o céu.

A dor da lembrança alfinetou meu coração. Em meio aos gritos, relembrei em silêncio os corpos dos mortos siameses, o corpo do pai, o de Ping e incontáveis outros juncando todo o

Mekong, décadas antes. Mais uma vez senti aquele cheiro que parecia de excremento queimando e, embora fechasse os olhos, o pântano cheio de corpos siameses voltava, horripilante, à minha visão. Mas quando relembro nossa viagem no *Ivory Eagle*, não é esse acidente que me vem primeiro à cabeça.

"Afinal alguma excitação para manter o coração disparado", dizia Adelaide para ninguém em particular poucas horas depois da trágica corrida. "Claro que foi terrível. É evidente que foi terrível, mas como fez bater meu coração!"

Ela, Chang e eu estávamos muito desconfortáveis na cama de um dos compartimentos do *Ivory Eagle* enquanto Sarah dormia sozinha no outro. E logo, assim como antes estiveram brigando, meu irmão e a mulher começaram a ter relações; Adelaide devia estar querendo desesperadamente ter um filho. Mas ela se dedicava àquilo com um empenho incomum. A luz da vela acesa bruxuleava sobre seus corpos; eu não queria ver aquilo, não sabia se ia agüentar. Se tudo que eu mais queria quando menino era me ver separado e sozinho, agora o que eu mais queria era o oposto: amor.

A mão de Adelaide roçou por acaso meu antebraço, que estava, de propósito, bem perto da parte carnuda e grossa de sua perna, acima do joelho. Ela tirou a mão, abruptamente, lançando um olhar nervoso em minha direção antes de olhar para o teto.

Desviei meu braço, mas ao oscilar um pouquinho para trás, voltou a me tocar. Na coxa dessa vez.

Achei que ela talvez estivesse fazendo de propósito.

Os lençóis estavam quentes. A pele de Adelaide era fantasmagórica na semi-escuridão. Mais uma vez, os nós de seus dedos me tocaram, e senti minhas pernas e meus braços se arrepiarem. Seria possível que estivesse fazendo de propósito? Esse contato parecia impossível partindo de Adelaide e, como a sensação de sua pele tocando tão de leve a minha parecia pouco provável, não me dava prazer. Mesmo assim, a sensação fazia tudo em torno de mim parecer irreal, como se em meu estado de choque e quase transe eu pudesse me livrar de meu corpo e do corpo de Chang, uma sensação estranha e maravilhosa.

Teria ela me tocado de propósito?

11. A fama e os impulsos de nossos corações

1826
Nova York-Boston-Nova York

Na noite que se seguiu a nossa primeira apresentação em Nova York, nós nos sentamos com o agente Hunter no quarto da casa da sra. Sachs. Ele nos cumprimentou pelo "bom começo". Porém, murmurou, as coisas precisavam "melhorar bastante".

"Primeiro, nosso pequeno problema financeiro", disse, tirando do bolso uma grande carteira de couro. Pegou duas notas, desdobrou-as, mostrou-as para nós e as colocou cuidadosamente no bolso. "Estas eu vou mandar para sua mãe." Depois, pôs em nós um olhar fixo, estranho. "E agora preciso conversar com vocês dois por literalmente uns três minutos."

Hunter deu um passo em nossa direção e, de repente, meteu um tapa na cara de Chang. Chang gemeu, pulou para trás, e eu pulei junto com ele. Caímos em cima de uma das pilhas de roupa suja no canto oposto. Eu podia sentir o peito de meu irmão respirando fundo, lutando contra as lágrimas.

Hunter assumiu a postura de um pugilista posando para um daguerreótipo depois da luta: joelhos ligeiramente flexionados, um braço estendido para a frente, a mão na altura da cabeça, como que congelado no último momento de um golpe, mas seus olhos o traíam, principalmente o esquerdo, em que a indecisão ficava ampliada pelo monóculo. Hunter não se sentia à vontade com a brutalidade.

"Nunca me contradigam", chiou ele, baixando o braço para limpar os lábios. "Principalmente durante uma apresentação. Se eu disser que vocês têm três pais, vocês têm três pais."

Chang e eu nos levantamos devagar. Meu irmão estava gemendo.

"Os meninos entenderam?", Hunter perguntou, a garganta apertada.

Chang e eu assumimos a posição do tigre e da cegonha. Hunter não conseguiu olhar para nós mais que um segundo. Demos um passo até ele, e mais um.

De repente, ele pareceu se dar conta da vantagem que o tamanho lhe dava. Deu um passo em nossa direção. Era um homem-feito. Nós tínhamos apenas catorze anos.

Mas ele não entendia nada de Chang e Eng. O pequeno porte nos dava uma agilidade e uma rapidez que nenhum adulto era capaz de igualar. Sem falar que éramos dois, vestidos de marinheiros, é verdade, mas prontos para atacar em perfeita sincronia. O rosto de Hunter estava todo vermelho. Ele brilhava de suor.

Quando eu comecei o golpe, sabia que Chang faria a mesma coisa. Eu e meu irmão, como se fôssemos um só, ombro a ombro, nos projetamos no ar para cima de Hunter. Com os braços em torno um do outro, tocamos ambos o chão com uma mão dando uma cambalhota em direção ao nosso alvo. Hunter podia ter se esquivado ou pelo menos levantado o punho para se defender. Mas, enquanto Chang e eu íamos girando entre as pardas montanhas das roupas de baixo da sra. Sachs na direção da cabeça dele, Hunter não fez nem uma coisa nem outra.

No ápice de nossa última rotação, nos viramos no meio do salto e chutamos ao mesmo tempo. Tínhamos avaliado com perfeição a distância entre Hunter e nós e demos juntos nossos chutes, o meu um pouquinho mais baixo, na direção do pescoço dele, o de Chang direto para a frente, atingindo em cheio o rosto.

O grito apavorado e áspero de Hunter ecoou nos montes e vales das roupas da sra. Sachs, e, quando Chang e eu aterrissamos em cima de um corpete, Hunter estava caído de costas, com os quatro membros no ar, duro e gemendo.

A porta estava trancada, a janela também. Ainda não podíamos fugir, mas aquilo era uma boa notícia: podíamos com ele e isso iria facilitar nossa escapada. Mas, por enquanto, precisávamos de Hunter muito mais do que ele de nós.

Chang e eu fomos até nosso patrão vencido e o ajudamos a se pôr de pé.

Os jornais de Nova York ficaram fascinados conosco. O *Herald* do dia seguinte foi apenas um dos muitos que publicaram um longo editorial sobre mim e meu irmão:

> Nosso Visitante Amarelo em duplo costume de marinheiro nos leva a ponderar sobre os caprichos da Mãe Natureza e sobre a maneira como os homens se comportam quando são forçados a colocar uma placa de "Dois em um" acima de suas portas. Esperávamos vê-los puxar sua corda em direções opostas, por isso é que vale a pena dar uma olhada no espetáculo da tenda de Madison Square. A sugestão vale principalmente para os mestres da

metafísica e da teologia, para não falar dos que mergulham em outros domínios científicos. Esse belo enigma amarelo levanta complexas questões: quais seriam as implicações para sua alma dupla se uma metade resolvesse continuar discípula do Grande Buda e a outra se convertesse ao verdadeiro Evangelho? Sábios homens da lei, vocês condenariam dois pagãos como um pagão só? Teriam a coragem de mandar o pequeno Chang para a cadeia se seu irmão por acaso desrespeitasse a lei? Poderia uma metade processar a outra se ocorresse uma disputa entre as partes? E vocês, metafísicos: podem nos dizer, nesse caso, como a bruxaria seria capaz de transformar as trevas em luz? Como Chang e Eng podem resolver a questão filosófica de o que é o quê, quem é quem? A despeito do compreensível interesse despertado por esse profano e duplamente monstruoso show, sua intimidade profana e duplamente monstruosa é repugnante para qualquer tipo de séria pesquisa cristã e somos favoráveis à possibilidade de efetuar a separação desse duplo monstro profano por meio de uma operação cirúrgica.

Na manhã seguinte a nossa luta, Hunter chegou cedo e nos acordou. Estava bem vestido, os hematomas do rosto e do pescoço quase invisíveis. Ele nos entregou dois ternos pretos cortados em estilo ocidental e ordenou: "Depressa, vistam-se". E desviou os olhos. "Vamos sair para um passeio, por favor", disse para o chão.

Quando subimos na carruagem, Hunter puxou as cortinas, consultou o relógio de bolso e suspirou: "Sete e quarenta e dois", disse. "Eu queria já estar a caminho às sete e quarenta e dois. Vamos nos atrasar cinco minutos." Obcecado pela maneira como um segundo se afastava do outro, Hunter dividia cada dia em partes precisas e parecia doloroso, para ele, atravessar as cercas mentais que estava sempre construindo.

"Vamos a um encontro com a imprensa, ao norte do monte Vernon." Tentava esconder a irritação atrás de um tom agradável, enquanto devolvia o cronômetro ao bolso. "Sabem alguma coisa sobre Deus?", perguntou. "É uma coisa que os repórteres podem perguntar, sabem?" Tornou a consultar o relógio. Sete e cinqüenta e três: hora de fumar. "Lembro-me do momento exato em que comecei a acreditar", disse ele, tirando um cigarro do bolso do paletó.

"Eu era literalmente um bom corredor, quando menino. Um bom fundista, eu era. Parecia um índio, dizia o professor." Ele tocou suavemente o desenho do hematoma no pescoço. "Sozinho na pista, completamente sozinho, a gente é diferente dos outros, sabem? Não se perturba com nada, entendem?"

Não esperou a resposta; estava tentando ensinar alguma coisa a mim e a meu irmão. "Talvez eu não esteja me expressando direito, mas aquela sensação de solidão — é quase um paradoxo quando a gente pensa nisso —, estar sozinho na frente de toda aquela gente me revelou que existia *alguma coisa* que era onipotente em sua ausência. Faz sentido?"

"Não", disse Chang.

Hunter rilhou os dentes. "Vou dar uma Bíblia para vocês", resmungou. O cheiro pesado do tabaco encheu a carruagem.

"Então", Hunter disse, "vocês tiveram um pai."

"Sim", respondemos.

Ele pensou um momento. "Sentem falta dele."

"Sim", respondeu meu irmão imediatamente; eu não respondi tão depressa.

"Não", menti. Chang virou a cabeça para mim, surpreso. A carruagem sacudiu sobre uma irregularidade da rua.

Quando terminamos a curta viagem, o sr. Hunter abriu a porta para ver se a rua estava vazia. Depois de alguns momentos, nos fez sair rapidamente e entrar num edifício branco de dois andares, uma pequena escola.

O anfiteatro circular, com suas fileiras concêntricas de assentos formando anéis ascendentes cada vez mais largos, ficava no centro da Faculdade de Medicina Irving Wallace. Ali estávamos, ao lado de Hunter e de um médico de avental branco, meu irmão e eu, nus, numa gélida mesa cirúrgica de metal, no meio do círculo mais interno. Salvo nas fileiras mais altas, a sala estava repleta de curiosos, jornalistas e alguns representantes da ciência médica. Nem Chang nem eu havíamos visto uma só cara conhecida entre eles.

O quarentão dr. David Rosen estava de pé junto de nós, seus olhos cinzentos brilhando. Pálido, cara chupada, alto e magro, parecia um esqueleto que conservara as sobrancelhas hirsutas e os cabelos encaracolados no alto do crânio.

"Amigos da imprensa, caros colegas, fãs do circo", leu com um chiado na voz que contrastava com a pompa da exposição. "O nobre cavalheiro, senhor Robert Hunter, deseja que eu examine esses gêmeos amarelos do Sião a fim de atestar se existe algo de falacioso ou indecoroso em sua ligação, tarefa que tenho o orgulho de ora cumprir, sob a égide de Deus e de Hipócrates." Suas palavras ecoaram no vasto recinto. Chang teve um arrepio a meu lado: a sala era fria, o metal da mesa mais frio ainda.

"Estou com saudade do In", sussurrou.

Um certo Nick Reding, do *New York Herald*, escreveu na edição do jornal da manhã seguinte que o "médico baixote" parecia estar adorando se exibir para uma platéia. Reding descreveu como o médico pôs a mão direita sob nossa membrana e "bateu com força do outro lado com o punho" esquerdo. O soco doeu. Chang e eu gritamos; a multidão exalou um "oh" em uníssono. O dr. Rosen olhou para nós e piscou os olhos.

"Essa ligação não é particularmente sensível, creio." O doutor aplicou as palmas das mãos sobre nossos peitos. Ficou imóvel por um segundo, seus lábios pronunciando palavras inaudíveis. Depois suas mãos suadas moveram-se sobre nós. "A batida dos corações não parece coincidir."

As mãos alvas do dr. Rosen eram cheias de pintas e atravessadas por grossas veias azuis. Seus dedos comprimiram a junção. "A conexão é... mais complicada do que eu esperava."

Virou-se de costas para nós, fitando a assistência. "O... vínculo, como vou chamá-lo, parece ser cartilaginoso, uma massa de quase treze centímetros na parte superior. Mas pode esticar-se, aumentando sua extensão; é mais consistente de alto a baixo do que na horizontal. É um pouco... repugnante ao toque, cheio de uma cartilagem nodosa sob a carne." Tomou fôlego. "Não convém esquecer a rede de vasos sangüíneos e linfáticos, de vísceras abdominais e de pequenos nervos que aí se forma. Pode ser que os rapazes tenham um só estômago."

O doutor parecia ainda mais pálido ao prosseguir. "Bem, estou surpreso por constatar que é extremamente sólido. Não é tão firme na parte de baixo, e é bom lembrar que há um só umbigo, através do qual passava um único cordão umbilical para alimentar as crianças no estado fetal. Minha opinião é que, não obstante os protestos feitos por vossos colegas na imprensa, a separação não é a resposta adequada. A solução, do ponto de vista humano, parece de fato ser essa, mas a membrana peritonial que recobre a cavidade provocaria a ruptura dos intestinos, do fígado, do estômago e do baço."

Hunter sorriu de uma orelha a outra: *a separação não é a resposta adequada*. Quantas vezes na vida eu tinha de ouvir essa péssima notícia?

"Assim, eu só defenderia uma tentativa de separação no caso da morte de um deles", afirmou o doutor. "Nesse caso, valeria a pena assumir o risco, para tentar salvar a vida do outro." E deu um tapa em nossa junção. "Mas só nesse caso. Portanto, concluo parafraseando Montgomery: esses rapazes são 'distintos como as ondas, mas unos como o mar'. Muito obrigado, poupem seus aplausos. Considero boa a saúde deles, no momento. É provável que o confinamento em que se encontram, para não falar da súbita ruptura com seus costumes bárbaros, porá fim à vida deles em alguns anos. Muitíssimo obrigado. Podemos passar às vossas perguntas."

Um repórter, vestindo um surrado terno marrom e empunhando um bloco de notas, levantou-se e nos perguntou: "Vocês falam?".

"Sim, falam", respondeu Hunter, virando seu ouvido bom para a platéia.

Tentei chamar a atenção de Chang: o que o médico dissera mesmo sobre nossas vidas? Que iam terminar em breve?

Quando o primeiro repórter sentou-se, outro homem levantou-se.

"Eles têm a mesma idade?", indagou. "Se não, qual o mais velho, e quanto?"

Hunter riu para dentro e voltou a responder: "Claro, têm a mesma...".

Após mais algumas perguntas, um homem que estava sentado à parte numa das fileiras mais altas levantou-se e deu um passo à frente. A platéia ficou em suspenso. O homem usava uma gravata de seda vermelha, sobre a qual caía uma enorme papada. Seu cabelo era repartido no alto do crânio em dois tufos, que deixavam entre si uma risca de pele bem no meio da cabeçorra, desproporcional ao rosto compacto.

"Barnum", murmurou Hunter, deixando o queixo cair.

"Eu tenho uma pergunta", disse P. T. Barnum, em sua voz alta e profunda. A seu lado estava sentado um homem de cabelos negros, com rosto e pele como os nossos e um traje parecido com o de um camponês.

"Senhor Barnum, eu não sabia que o senhor estava aqui." Hunter tentava recobrar a compostura. "Só tínhamos convidado..."

"Meus amigos, minha pergunta é de ordem moral", cortou Barnum, balançando a papada. Marcou uma pausa, até a frase produzir seu efeito. "Apresento números. O Francesão de Bouchamp. O generalzinho Thaddeus Pinky. Estranhos? Claro. Mas meus números são com homens cristãos. Estrangeiros, às vezes. Mas cristãos. E esses gêmeos? São atrações tementes a Deus? Não posso apostar. Gostaria de saber a que estamos submetendo as famílias de Nova York."

"É isso mesmo, o que estamos fazendo?", perguntou um homem sentado numa fileira mais abaixo. Esse "repórter" soltou sua pergunta tão logo Barnum acabou de falar, com uma rapidez um tanto suspeita.

"Bem, sim, eles são tementes a Deus", respondeu nosso agente, Hunter. "Minhas atrações estão se convertendo à fé presbiteriana e já começaram a ler a Bíblia." Hunter virou a cara vermelha para Chang e para mim, com olhos que nos imploravam para que não o contradisséssemos.

"Ótimo", disse Barnum. "Vai ser interessante ver isso." Alisou a gravata. "Os bons jornais deste justo país têm a obrigação de acompanhar essa informação. De verificar sua veracidade."

Barnum deu um tapinha na cabeça do homem de pele amarela sentado a seu lado. O homem se levantou e deu um passo à frente: era o médico do Sião que havia tentado nos separar e agora estava ali, balançando sem parar, ora num pé, ora no outro. Ele tinha raspado o cavanhaque e estava bastante envelhecido.

Barnum apontou para ele. "Um genuíno curandeiro da cidade de Bangcoc, no país do Sião. Não fala inglês muito bem. Doutor Lau. Chegou hoje de manhã. Uma palavra ou outra. Eu próprio comprei a passagem desse amigo amarelo. Lau diz que esses meninos duplos cresceram nas árvores de lá. Não é verdade?", perguntou, dando uma pancadinha no braço do médico. O dr. Lau olhou para Barnum como se o homem tivesse cuspido nele. O empresário deu-lhe outra pancada, mais forte dessa vez.

"*Xim*", confirmou o doutor, dando um puxão nervoso em sua fina trança.

Barnum prosseguiu: "E também é verdade que eles...". Barnum fez nova pausa para obter uma ênfase dramática, mas o dr. Lau, em pânico, estragou a tensão soltando um novo "*xim*" fora de hora.

"... *podem*, sim, ser separados", concluiu Barnum apesar do contratempo.

Hunter voltou-se para o dr. Rosen com um olhar suplicante. Rosen entendeu a súplica e deu um passo em direção às arquibancadas. "Senhor Barnum, duvido de suas afirmações", falou, dando um soco na palma da mão.

Sorrindo, Hunter pegou a deixa. "Senhores", disse, "não me digam que dão mais valor à palavra de um curandeiro que à de um médico americano!" A sala gargalhou. Hunter prosseguiu: "Acho que todos concordarão que esses rapazes não são o pequeno general Thaddeus Pinky, certo?".

Quando a última risada morreu e antes de Barnum conseguir achar uma réplica à altura, Hunter puxou seu relógio de bolso. "Muito obrigado por terem se juntado a nós para este pequeno espetáculo, cavalheiros, senhor Barnum. Mas está na hora de levarmos nossas atrações para casa."

De volta a Nova York, após horas de carruagem, a estrada deixou para trás as pacatas colinas da zona rural e numa curva abriu-se à nossa frente a vista de Manhattan. Hunter estava dormindo. Sentados lado a lado, Chang e eu não trocamos uma palavra, cada um certamente pensando no que o dr. Rosen dissera — que só tínhamos mais alguns anos de vida. O queixo de Chang tremia.

Limpei a garganta. "Tenho certeza de que o doutor estava apenas representando seu papel no show deles. Pense bem, irmão, por acaso tivemos dois pais? Não, mas não foi o que eles disseram para que nosso número ficasse 'melhor'?"

Passado um momento, Chang falou em inglês: "Como é que você não ficou com medo?". Esfregou o queixo com o punho cerrado. "É quanto tempo alguns anos?" As palavras tremiam. "E se a gente... morresse?" As lágrimas começavam a se formar em seus olhos.

"De que adianta ficar com medo?", falei. "Chega de choro agora. E que tal falarmos em tai?"

"A gente estamos na América, ué!" Ele olhou para Hunter como para indicar que eu ia acabar arrumando encrenca para nós se não falasse em inglês. "Não estou com medo que nós vai morrer. Só que..." Apertou os olhos e fixou-me longamente. "Por que você não está com medo?"

Virei-me para o outro lado e olhei pela janela. "O pai não disse que na próxima vida vamos voltar como uma coisa melhor?"

A carruagem rangeu ruidosamente. O nariz de Chang quase bateu na minha testa quando ele sacudiu a cabeça. "Não estou acreditando em você. Será que você tão idiota que pensa morte é um jeito de conseguir o que quer?"

"Como assim?", repliquei. Lá fora, duas partes de uma floresta se abriam, como uma concha, numa estreita clareira à medida que nos aproximávamos. Podia ouvir a respiração de Chang e sentir seus olhos cravados em minha nuca.

"Você quer ficar separado de mim", falou. "É só nisso que você pensa."

Ele sussurrava em meu ouvido, com intimidade e uma surpreendente ternura. "Por que você nunca perguntou se eu quero ser separado? Acha que eu quero?"

Não me interessa se você quer ou não, Chang, respondi para mim mesmo.

"Eu nunca pensei nisso, nunca", ele sussurrou. "Quer saber por quê?"

Se fosse para falar abertamente, pensei, eu diria que não queria uma vida depois da morte se *ele* estivesse presente, que eu o odiava de vez em quando e que agora, quando fechava os olhos, fantasiava que éramos uma concha se abrindo, suas duas metades ficando separadas. Como se nem mesmo minhas fantasias pudessem ficar sem ser compartilhadas com ele, Chang bufou e insistiu: "Por que quer separar se isso não possível?".

Eu contemplava a paisagem. Enquanto nos aproximávamos da escura Manhattan, eu era como que o oposto de Lot, prudente o bastante para só olhar para trás, e não para a mistura de fogo e agitação à frente. Que êxtase delicioso e despreocupado deve ser viver seus dias sozinho, totalmente sozinho.

"Amanhã fugiremos", falei.

Já vestidos quando a sra. Sachs veio com nosso desjejum na manhã seguinte, mal ela abriu a porta dissemos um "Até logo, senhora" e passamos como coriscos por ela, escapulindo pelo corredor em nossos trajes de marinheiro.

"O que vocês estão fazendo? Não têm permissão..."

Antes que ela terminasse a frase, já tínhamos aberto — e batido atrás de nós — a porta da frente. Meu irmão e eu rumamos para o porto, onde arranjaríamos um jeito de voltar para o Sião. Pelo menos era esse nosso plano.

O tempo estava fresco e o ar tinha um cheiro como que de suor. Ao longe, para os lados do subúrbio, avistávamos uma campina em que pastavam algumas vacas. Caminhávamos ombro a ombro em direção ao sul, por uma das largas avenidas pavimentadas de pedra, sombreadas por chorões e margeadas de casas de madeira e tijolo, em diversas etapas de construção.

Chegamos a uma parte populosa da cidade. As pessoas largavam o que estavam fazendo e apontavam para nós. Chang e eu continuamos andando, sem olhar para ninguém, nem mesmo um para o outro. Passamos pela gráfica de um jornal, por um bar com altas janelas de vidro, um hotelzinho de quatro andares, uma tabacaria, uma lavanderia, uma farmácia com suas garrafas verdes e azuis na vitrine, uma locomotiva que corria rua abaixo e por uma caixa-d'água mais alta que tudo o mais por perto. O sol lançava seus raios implacáveis por entre as sombras dos prédios e dos lampiões a gás apagados, e eu achava que até a luz do dia era diferente ali, não tinha nada a ver com o dourado quente do sol ao se deitar nas águas lilases do Mekong. Descemos uma avenida cujo nome não guardei, com suas mansões de mármore e suas montanhas de granito. Onde ela cruzava a Broadway, o trânsito começou a aumentar perigosamente. Os policiais postavam-se no meio da rua, orientando as carruagens para evitar colisões.

Mesmo numa hora daquelas da manhã de um dia útil, havia gente bebendo nos bares. "Vamos em frente!", comandei, na verdade sem um pingo de segurança (às vezes, eu sabia ser impetuoso). A atmosfera ficou ainda mais abafada, o ar impregnado de maus cheiros e um grande número de bêbados — homens e mulheres — chafurdava na imundície de ruas cada vez mais estreitas.

"Vamos voltar para a casa da sra. Sachs?" A voz de Chang traía o medo e o arrependimento.

Eu não queria voltar, apesar de os edifícios cada vez mais altos projetarem agora sombras que pareciam fazer a noite descer, naquela luminosa manhã, em pedaços inteiros da calçada. Em várias portas, surgiam homens grandalhões, mal-encarados, protegendo os olhos do sol matinal antes de apontar com o dedo meu irmão e a mim. Era por isso que eu não gostava do olhar dos outros, que me incomodava ser alvo deles.

Agora toda a rua olhava para os garotos geminados, e uma pequena multidão já nos cercava. O braço de Chang pesava atrás da minha cabeça, como o disparador de uma armadilha.

Fomos em frente, e a roda de curiosos conosco. As pessoas começavam a se agrupar nas portas para se juntarem ao círculo, e quem não o fazia gritava de dentro das casas e dos edifícios.

"Quanta gente!" Chang de repente pôs-se a sorrir, seus olhos tão distantes de mim quanto o Sião. Começamos a acenar para as pessoas, como se cumprimentássemos nossos amigos. Eu me retraía, aquela multidão ruidosa me assustava, mas Chang respondia a seu barulho, deixava-se arrastar por ela e, pela primeira vez desde que éramos crianças, meu irmão e eu tentamos ir em direções opostas, tanto que quase perdemos o equilíbrio quando nossa junção nos puxou um contra o outro.

Um hurra elevou-se. Talvez a turba tivesse tomado nossa falta de coordenação como uma prova de que nossa condição não era um embuste. Alguém gritou: "Os irmãos siameses!".

"Eles nos conhecem!", exclamou Chang (Hunter andara escondendo a verdade: sem que percebêssemos, tínhamos ficado famosos naquele tempo em que estivemos enclausurados na casa da sra. Sachs). A roda de curiosos em torno de nós não parava de aumentar.

O círculo humano se fechou. Notei um rapaz bem em frente de mim, de nariz arrebitado, testa chata, sujo, sinistros olhinhos negros, como os de um velhote estúpido. Andava de costas sob o sol forte, a brisa leve agitando sua gola. O casaco que ele usava era grande demais e o chapéu era posto num ângulo tão inclinado que mal parava na cabeça.

O rapaz veio na minha direção, tocou nossa membrana, fez uma careta de horror, depois correu para o meio da multidão, que ria às gargalhadas. As pessoas às nossas costas se adiantaram para ver melhor o espetáculo. O círculo fechou-se sobre si mesmo. Uma centena de mãos, duas centenas agarraram meu irmão, puxando sua camisa para espiar nosso corpo. Depois todas elas avançaram, socando.

Um animal sem dono certamente teria sido mais bem tratado. Tivemos de dar pontapés, meter as unhas, dois garotos adolescentes derrubando seis ou sete com cada golpe, mas não bastava. A turba nos engoliu, o ar em torno de nós ficou negro. Caímos no chão, inconscientes.

Assim era Nova York, o capitão Coffin tinha razão. Nem a cidade nem nós estávamos preparados um para o outro.

Meu irmão e eu despertamos numa sala de espera de terceira classe de uma delegacia. Éramos um interessante problema para a polícia. A lei, conforme era interpretada em Manhattan, mandava o guarda-civil prender gatunos ou inquietar as velhas prostitutas, mas qual era o procedimento no caso de um menino duplo ferido? Os repórteres chegaram pouco antes de Hunter.

Chang não conseguia manter os olhos abertos e, quando um policial nos ajudou a levantar, tivemos dificuldade para ficar de pé.

Dissemos a Hunter que só tínhamos saído para dar uma volta, que queríamos conhecer Nova York.

Ele sacudiu a cabeça. "Cada um tem o que merece. Quem sabe um homem duplo tenha o dobro, certo?"

Mas a publicidade gerada por nosso espancamento seria exatamente o que estávamos precisando, comentou Hunter. E ele tinha razão. Nossa notoriedade crescia a cada apresentação. Mais alguns shows em Nova York, e era a vez de Boston, para uma semana em cartaz na Bolsa de Café.

Os shows em Boston — cidade que, depois de Nova York, achamos um tanto sem graça — correram bem, assim como nossa entrevista coletiva à imprensa local, na qual um repórter do *Daily Courier* perguntou se nos sentíamos particularmente próximos um do outro.

"Acho que a gente somos uns treze centímetros próximo", disse Chang.

Depois da coletiva, voltamos para o hotel Tremont (seus oito toaletes foram os primeiros do gênero num edifício público dos Estados Unidos — Chang e eu, primeiro frente a frente, depois lado a lado, levamos um bom tempo para usar a latrina). Tiramos um cochilo no chão do quarto de Hunter, mas, antes de permitir que nos retirássemos, o sr. Hunter sentou-se, com uma expressão solene na face. Abriu a boca como se fosse falar, mas parou de repente para limpar o monóculo.

"Vocês têm se saído muito bem, rapazes, literalmente magníficos", disse. "Se as coisas continuarem assim e eu ficar satisfeito, vamos trabalhar bem juntos. Aqui têm quatro dólares", disse, sacudindo um moedeiro de veludo negro. Sorriu, como se gostasse da gente, e devolveu o porta-níqueis ao bolso. "Não quero mais saber dessa história de saírem por conta própria na rua, por isso vou guardar estes honorários, certo?"

Abri a boca para fazer uma pergunta.

"Já mandei para a mãe de vocês a parte dela." A voz de Hunter soou irritada.

Meu irmão começou a dizer alguma coisa, mas Hunter ergueu a mão para calá-lo. Os olhos de Hunter fulminavam. Ele parecia a ponto de pular em pé, mas de repente se lembrou do que lhe sucedera e levou instintivamente os dedos à garganta. Ele lembrava um dos bêbados que saíram dos bares de Nova York para nos espancar naquele dia (já então eu começava a desenvolver um ódio tremendo pelo álcool).

Falar da minha mãe me fez pensar nela pela primeira vez em sei lá quanto tempo. Seus olhos castanhos, seus cabelos negros, seu corpo delgado mas firme. Senti também uma espécie de alegria, ao pensar em quanto o dinheiro que estávamos mandando iria melhorar sua vida. Vai ver tinha se mudado das margens do rio para uma aldeia, vai ver tinha se livrado do Sen, vai ver era feliz de novo.

"Cadê o In?", perguntou Chang.

"Hein?"

"Pato."

Hunter inclinou rapidamente a cabeça, como se pensasse que Chang estava dando uma ordem.

"Seu bichinho?" Ele se endireitou, alisando os cabelos enquanto levava a cabeça de volta à posição normal. "Essa criatura está a salvo comigo." Hunter enxugou o suor da sobrancelha direita. "Vou dar uma saída esta noite. Tenho certeza de que não preciso lembrar que vocês não devem pôr os pés para fora do hotel nem sequer abrir as cortinas das janelas, certo?"

Ouvimos suas advertências e fomos para a cama cedo.

Antes de dormir, virei-me para meu irmão. "Chang?"

"Sim?"

"Quer que eu ajude você a aprender inglês?"

Ele piscou para mim. "Ajudar por quê?", respondeu. "Meu inglês nada mau, certo?"

Desejamos bons sonhos um ao outro e adormecemos.

Embora nossos shows em Boston atraíssem multidões cada vez maiores, fizessem correr cada vez mais tinta nos jornais e até tivessem arrancado alguns sorrisos do sr. Hunter, graças a nossa bilheteria cada vez mais polpuda, eu vinha fracassando em minhas tentativas de parecer contente.

Chang era capaz de brincar com qualquer um que se destacasse da multidão para falar conosco. "Volte para a tropa, senão terá de juntar-se a nós", dizia. Ele entretinha os repórteres e usava de um tom todo suave para conversar com os colegiais amedrontados (uns bobocas pálidos como cera) que eram levados para nos ver como parte da aula de ciências. "Sabem onde fica o Sião?", murmurava Chang. "É um país bonito, mas não como a América." E seu rosto se iluminava quando fazia piadas com as ruidosas levas de médicos de Massachusetts que, em seus aventais brancos, vinham visitar a Bolsa de Café — eles faziam comentários e cutucavam nossa membrana e tornavam a comentar enquanto escreviam suas anotações. Foi então que Chang ganhou o título de "mais dominante e charmoso dos dois", enquanto eu caía em períodos de desespero e, mesmo, de completo desgosto. Era uma profissão abjeta, o sucesso não estava nos trazendo nenhum benefício e ainda por cima eu sentia saudade de casa.

Quando voltamos para Nova York e para a casa da sra. Sachs, a viúva começou a nos tratar melhor. Começou a servir para a gente, com o pão costumeiro, xarope de bordo, o qual enrolávamos em nossos garfos, formando uma deliciosa massa dourada que deixávamos escorrer pelas mãos até os dedos. Depois ela nos levava ao banheiro, nos dava um sabão inglês — preto como alcatrão —, saía, e nós tomávamos banho em sua banheira dobrável. Eu não via nada de suspeito nos bons modos com que a sra. Sachs agora nos tratava. Suas filhas também não voltaram a nos espionar à noite.

Certo dia o sr. Hunter entrou em nosso quarto com um papel dobrado, caneta e um livro. O papel trazia as vinte e seis letras do alfabeto, o livro era a Bíblia, numa bonita edição encadernada, cujas bordas douradas me encantaram de imediato. No Sião, afora o que o pai dizia sobre a reencarnação, havíamos tido muito pouca instrução religiosa.

Com abundantes suspiros de tédio, Hunter repassou uma a uma as letras da língua escrita, mandando que escrevêssemos uma transcrição fonética de cada uma em siamês. Apliquei então meus conhecimentos anteriores do inglês (eu já conhecia as palavras pelo som) para ver como ficavam no papel as palavras que eu vinha empregando. Foi assim que aprendi a ler inglês em tão pouco tempo.

Na manhã seguinte, Hunter voltou para nos ler o Gênese e mandou que continuássemos a leitura. "Vou lhes fazer perguntas sobre isso da próxima vez que aparecermos em público", disse. "Vamos começar por um pequeno questionário sobre a primeira parte, sobre como o Senhor literalmente criou o mundo em seis dias, entenderam? Lendo sempre, vocês vão acabar conhecendo o livro. É bonito, não é, Chang? Não é, Eng?" Deu-nos tapinhas na cabeça. Alguma coisa tinha mudado nele. Ele também estava mostrando mais respeito por nós.

Depois que Hunter saiu, li várias passagens do Antigo Testamento, até tarde. Fiquei fascinado, embora de início fosse penoso — porque eu tinha de consultar nossa lista a cada letra, dar-lhe forma sonora, até desfrutar o prazer de descobrir aquela enfiada de letras metamorfoseada numa frase familiar.

"Chega, irmão, vamos dar uns saltos mortais na pilha de roupa suja", sugeriu Chang, que se cansou com a leitura horas antes de mim.

Ignorei-o e continuei com o nariz metido no livro. Por motivos de ordem pessoal, a alegoria de Noé me atraiu em particular. A narrativa da Arca cruzando os mares, os casais de bichos, o exilado solitário buscando uma nova terra, tudo aquilo calou fundo em minha alma e deu asas a minha imaginação, que percorreu o espaço maravilhoso aberto por aquela fábula antiga e estranhamente familiar. Outra passagem favorita: *E se tua mão direita te ofender, corta-a. Porque é preferível que um dos teus membros pereça a ter todo o teu corpo arrojado no Inferno.* No entanto, mais até que a piedosa magnificência da Bíblia, era aprender, era ler, o que me deixava fascinado.

"Largue a Bíblia, quero brincar", insistia Chang, olhando para o teto.

"Cale a boca!"

As lendas, os personagens tão vivos e solenes, a linguagem — como é que eu poderia parar de ler? Nosso quartinho na casa da sra. Sachs era, naquele instante, uma linda catedral. Os altares de roupa suja empilhada irradiavam uma luz sublime, nosso quarto-lavanderia recendia a Deus. Chang acabou adormecendo, encostado em mim; firmei minha coluna para agüentar seu peso e li noite adentro.

Mais tarde, quando eu já estava mergulhando nos sonhos, nossa porta se abriu. As duas filhas da sra. Sachs, que dormiam no andar de cima — a Martha cara-de-buldogue e sua companheira de cara ovalada —, tinham descido para dar outra espiada furtiva. Martha, a mais ousada das duas na última visita, veio até nossa cama. Sua irmã esperou à porta. Chang dormia.

Não estava muito escuro lá fora, naquela noite, o luar entrava pela janela e, embora àquela meia-luz o rosto de Martha parecesse um mosaico de sombras de variada intensidade, eu podia ver o branco de seus olhos, de seus olhos arregalados — eram de um branco amarelado, como abscessos. Quando ela parou, o mosaico de sua pele parecia feito de aparas de queijo.

"Oi", falei.

Ela levou a mão ao peito e soltou um grito, que acordou Chang.

"In?", ele balbuciou.

"A coisa *fala*", sussurrou a outra menina, encolhendo-se, sempre à porta, em seu vestido amarelo. Martha ficou petrificada, a mão ainda contra o peito, a boca ainda aberta de medo.

"Oi", fez Chang, agora quase totalmente desperto.

Após um longo momento — segundos de silêncio que escorreram como o xarope de bordo que tínhamos provado naquele dia mesmo —, meu irmão e eu nos sentamos na cama.

"Co... como vocês se chamam?", Martha finalmente conseguiu perguntar.

"Chang e Eng."

"Vocês falam?", perguntou a outra, do umbral.

"Não", respondi. Ninguém riu.

A da porta pensou por um momento, depois disse: "Eu sou Ada, e ela é Martha".

Numa falsa manifestação de hospitalidade, Martha, sem recobrar a compostura, gaguejou: "Encantada, mesmo".

Nem Chang nem eu sabíamos o que dizer. "A senhora Sachs é mãe de vocês?", arrisquei.

Ada respondeu que sim. Engoliu em seco uma porção de vezes, parecendo mais nauseada a cada vez.

Consegui controlar a vontade de apertar as mãos delas, de tocar a pele delas com a minha pele e perguntei: "Vocês são irmãs?".

"Somos", respondeu Ada. "Naturais do Tennessee." Tornou a engolir em seco e cravou os olhos em nossa junção. "E vocês, são irmãos?"

Chang e eu sorrimos: "Somos". Guardamos o sorriso até ele ficar forçado e minhas bochechas doerem. As irmãs não sorriam conosco. As mãos de Ada, seus longos dedos sem anéis, pareciam elegantes e atraentes, mesmo tremendo, ou talvez exatamente porque tremiam. Martha, pálida como um fantasma, girou nos calcanhares e saiu correndo do quarto. Sem uma palavra Ada seguiu-a, seu vestido amarelo inflando-se a suas costas, e logo ouvimos seus passos abafados anunciar sua rápida retirada escada acima.

Os olhos de Chang ficaram tristes como os de um cão sem dono, e os dois compartilhamos então a certeza de que nunca teríamos nenhum outro tipo de relação com o sexo frágil, fora aquela que acabávamos de experimentar: ver as mulheres dar um grito e fugir às carreiras.

12. Um longo aperto de mão

1844-6
Wilkesboro

Fazia dois anos que morávamos no condado de Wilkes e que estávamos casados. Adelaide e eu roçamos as mãos duas vezes nesse tempo, nunca por mais de um segundo. Os toques eram propositais, eu achava, mas não podia ter certeza. Nenhum de nós nunca falou a esse respeito. Eu percebia claramente a imoralidade e o absurdo da situação: o marido dela sempre a centímetros de distância, uma sombra de carne e osso de setenta e cinco quilos, para mim um futuro interminável de culpa e de proximidade dela. Abandone essa idéia, ordenei a mim mesmo.

Eu queria me imaginar capaz de não pensar na alegria que a mão da mulher do meu irmão me proporcionava e opor a esse prazer egoísta a lealdade a minha esposa, apesar de saber que Sarah tinha mentido sobre sua história. Eu ficava pensando em diversas maneiras de lhe dizer que sabia a verdade sobre seus sentimentos para com o escravo, mas, sempre que meditava sobre algo por muito tempo, a coisa era absorvida dentro de mim, descia tão fundo que eu não podia trazê-la de volta à tona — e adiantaria alguma coisa, se pudesse? Em casos como esse, a única atitude possível é confiar em si mesmo. O que não é nada fácil quando você se sente dilacerado por sentimentos conflitantes e dolorosas angústias, quando você se sente fraco e impotente — mas é sempre com a gente mesmo que temos de contar. No entanto, apesar de meus melhores esforços, ficou difícil para mim manter uma boa relação com Sarah.

Comecei a conhecer todos os pequenos gestos secretos que ela não se dignava esconder de mim. Passei então a marcar o início e o fim de cada dia observando minha mulher pentear os cabelos toda manhã, antes de estar plenamente acordada, e novamente à noite, antes de dormir. Ombros caídos, sem forças para enfrentar um novo dia ou esgotada pelas tarefas do que acabava, ela se sentava na beira do colchão, sem maquiagem, cansada, olhava para a ponta da escova. Depois limpava a garganta e ficava esperando ali, como que petrificada. O que estaria esperando?

Olhava para as cerdas até quase o fim dos tempos e suspirava com uma emoção que eu nunca pude entender, depois levava a escova aos cabelos, dava outro suspiro, como se Chang e eu não estivéssemos presentes e, após hesitar um pouco, começava a demorada e aparentemente dolorosa escovação. Contorcia a face como se estivesse enfrentando — mal — a amputação de um membro, arrastava a escova pelos cabelos como se dragasse o fundo de um rio, e eu ouvia o som das raízes, incapazes de agüentar aquela pressão. Amarrando a cara, como se alguém a estivesse obrigando a suportar aquela tribulação ou como se nunca houvesse escovado o cabelo daquele jeito e não soubesse que ia doer tanto...

"Por que você se dá tanto trabalho?", perguntei certa vez. "Não precisa fazer isso, se for por minha causa." Eu tentava parecer o mais marital possível. "Vamos para a cama e pronto."

Sarah virou-se então para nós e olhou para mim como se eu houvesse falado baixo demais para que ela ouvisse. E começou tudo de novo, os ombros caídos, os minutos inteiros fitando a escova, o pigarreio, o soluço e o suspiro e, claro, a escovação demorada, dolorosa. Escovou assim mais algumas vezes, e aquela rotina me permitia prever cada movimento seu. De manhã, eu ainda podia nos levantar e sair do quarto para não ver aquele ritual, mas à noite eu era platéia cativa. E tinha de respirar fundo para me acalmar.

Certo dia, quando Chang e eu estávamos na varanda, ouvi Sarah assobiando na cozinha pela janela aberta. Ela estava vendo Thom cozinhar e improvisava, se assim posso dizer, uma música desafinada, que me doía nos ouvidos.

"Ai, Sarah, está desafinado!", falei por cima do ombro, voltando-me para a janela.

Meu irmão ergueu as sobrancelhas, intrigado.

"Não diga besteira", respondeu Sarah, naquela voz cantada. "Como é que posso estar desafinando se estou inventando a música?"

"Pois está", insisti. "E, por favor, pare de falar desse jeito."

Ela não disse nada, mas o som de passos femininos saindo energicamente da cozinha já era resposta suficiente. Chang continuava olhando para mim.

Passado um minuto, Adelaide abriu a porta da varanda e saiu da casa. "Você está sendo muito intolerante com minha irmã", disse no tom que usava para repreender os escravos. "Não é justo." Mas depois me dirigiu um meio sorriso. "Sarah está lá em cima, com o estômago arrebentado, garanto."

Tive vontade de lhe dizer que era engraçado ela me acusar de intolerância para com minha mulher quando eu estava sendo mais que tolerante ao ver todos os dias e todas as noites Sarah brigando para embelezar seus cabelos — para quem? Se eu não podia me separar do meu irmão, será que tinha de me conformar também com a proximidade excessiva de minha mulher?

Mas eu só disse a Adelaide que ela tinha razão e que iria pedir desculpas.

Logo no começo de 1846, o país encheu-se de novas tensões. John Calhoun, o político separatista da Carolina do Sul, introduzia sua idéia de uma "maioria concorrente", na qual a América teria um par de presidentes — um representando os estados escravocratas, o outro, os estados livres —, cada um com poder de veto sobre o outro. Eu sabia melhor que ninguém que esse sistema com duas cabeças certamente levaria à secessão. No meu coração, porém, eu não era inteiramente americano e estava demasiado absorvido pelos problemas de minha situação doméstica para me preocupar com política.

Estávamos então com trinta e quatro anos, os cabelos começavam a ficar grisalhos (os dele mais que os meus). Também possuíamos uma fazenda dupla — um fértil lote de quase onze hectares, em que cultivávamos milho; e outro de quinze hectares, em que podíamos criar porcos. Contudo, por mais que meu irmão e eu déssemos duro, e independentemente do que gastássemos em ferramentas e escravos, nossos custos sempre superavam nossos ganhos. Havia muitas despesas ocultas na atividade de um fazendeiro. Possuíamos vinte negros. Thom vigiava os outros dezenove escravos, quando não podíamos fazê-lo, cuidando que todos trabalhassem direito, o que a maioria deles fazia, porque nós os tratávamos rigidamente e porque eles tinham medo da nossa forma dupla. Pagamos caro por nossos escravos: um deles, um rapaz de dezessete anos chamado Soren, custou-nos nada menos que seiscentos dólares.

Foi assim que Chang e eu nos vimos necessitados de dinheiro. Adelaide tinha gostos dispendiosos, Sarah seguia seu exemplo. E Chang, que deu de usar gravatas pretas de seda e de apreciar, muito mais que eu, os conjuntos de pentes e escovas de prata para cabelo — que usávamos curto na frente e preso numa trança atrás —, agora insistia em que devíamos voltar a excursionar. Mas o clima mudara desde nossa última turnê.

Chang e eu tínhamos nosso problema com os escravos. Nossa fazenda não produzia tanto milho quanto deveria. Tendo conversado com Thom a esse respeito e ouvido as vagas e amistosas respostas do preto velho, cheguei à conclusão de que, em vez de comprar mais trabalhadores, meu irmão e eu deveríamos investir em terras. Terra nunca tinha vontade de fugir.

Com o pouco dinheiro que havíamos ganho com nossa mais recente turnê pelo Sul, compramos mais alguns hectares para plantar tabaco. Na verdade, fui eu que os adquiri; Chang tinha sua própria idéia de como levantar dinheiro — vendendo os escravos —, que eu rejeitara mostrando que precisávamos dos escravos para o grosso do trabalho nas terras. "Será que seu irmão ficou com o cérebro todo para ele?" Foi assim que Adelaide transmitiu a Chang sua oposição à idéia dele.

Nossa propriedade crescera bastante. Os pastos verdejantes e as loiras plantações se estendiam até o sopé dos montes Blue Ridge. O tempo e o lugar não podiam ser mais adequados para cuidar da terra, mas a cabeça de Chang, e acho que a minha também, estava demasiado concentrada em Adelaide. Ele e ela brigavam sem parar. Bastava meu irmão fazer alguma coisa que a chateasse — uma gentileza que ele lhe fizesse do seu jeito tremendamente desastrado, uma bobagem qualquer, como o uso errado de uma palavra —, e ela rolava os olhos e olhava para mim. E eu a imaginava então num traje real de seda.

Passávamos um bom tempo sentados na varanda dos fundos, conversando ou simplesmente contemplando os pastos verdes, que levavam nosso olhar até as montanhas. Eu adorava ficar sentado ali, vendo meus escravos lá longe, trabalhando nos campos, apreciando minhas terras, minha casa. Apesar de todas as dificuldades que ainda enfrentávamos, não podia negar a satisfação que sentia. Ainda mal podia acreditar que nós é que tínhamos feito aquilo tudo. Chang e eu éramos fazendeiros americanos, casados com esposas americanas.

Adelaide era mais inquieta que a irmã. Enquanto Sarah era capaz de ficar horas sentada ali conosco, sem querer perturbar seu estômago com muito movimento, Adelaide de vez em quando entrava e saía de casa, arranjando alguma coisa com que se ocupar — alguma renda, por exemplo. Eu acompanhava sua movimentação. Observava-a sentar-se e manipular as agulhas com os dedos longos. Observava-a largar o bordado e levantar-se, espichando o corpo esguio. Depois ela tornaria a sentar-se e ficaria remexendo nas felpas do vestido com as mãos fortes, e eu observando-a.

Certa manhã estávamos na varanda falando das filhas da prima Emily, que quase haviam sido atropeladas por uma charrete em Mount Airy, semanas antes. Chang e eu estávamos sentados num sofazinho de vime, as irmãs em outro.

Chang sacudia a cabeça às gargalhadas, enquanto dizia: "Neste país, carruagens em tudo que é lugar, se você sem cuidado passam por cima. Que coisa maluca".

"Acham que 'este país' não é bom para vocês?", rebateu Adelaide, virando-se para Chang como se ele tivesse quebrado uma porcelana chinesa. "Pelo visto vocês não apreciam a boa sorte que tiveram 'neste país'. Eu e Sarah não valemos nada?"

"Oh, Addie!", reclamou Sarah. "Não estou me sentindo bem para ser envolvida na briga de vocês." Ela estava de olhos fechados, com um pano úmido na cabeça.

"Eu gosto da América, Adelaide, eu...", replicou Chang com um sorriso amarelo e uma vozinha débil.

"É que ele me deixa transtornada, de tão ingrato que é, Sarah", respondeu Adelaide à irmã, ignorando Chang. "O *seu* não é tão ruim quanto o meu."

Sarah ergueu uma sobrancelha cética.

"Só falei da América", tentou explicar Chang, "por causa de uma coisa interessante: carruagens em tudo que é lugar. Se você sem cuidado passam por cima." Engoliu em seco e emendou: "Desculpa".

Adelaide, sabendo ter ganho aquele round, manteve os olhos cravados nele, enquanto batia distraidamente com a unha do polegar no pescoço. E no meu coração.

"Você está zangada comigo?", perguntou Chang.

"Claro, não acabei de dizer?" Os olhos de Adelaide ficavam acesos quando ela brigava.

Como a calmaria depois da tempestade, o silêncio que se seguiu foi sufocante. Nós quatro ficamos ouvindo por algum tempo os sons das terras, sem fazermos nenhum nós mesmos, e de repente Sarah levantou-se, deixando o pano úmido no sofá de vime.

"Meu estômago", explicou, cruzando a varanda para entrar em casa. Antes de entrar, virou-se para a irmã, apontou para o estômago e imitou um choro. Depois de tanto tempo, eu ainda não era capaz de explicar aquelas suas atitudes, aqueles maneirismos que surgiam bem quando eu imaginava que não havia mais nenhum a descobrir.

A varanda ficou um pouco mais quente depois que ela saiu. Chang estava olhando para Adelaide. Ela não retribuía seu olhar. "Estou com um humor infernal hoje", disse Adelaide, com um arremedo de sorriso no fim da frase e batendo palmas com as mãos compridas.

Arrisquei uma resposta. "Bem", tentei não parecer muito veemente, "no mínimo está com um ânimo belicoso."

"Ah, estou?", fez ela, levando a mão esguia à garganta.

"Sim", respondeu Chang suavemente. "Está."

"Escute aqui, ainda está sobrando belicosidade, Chang, se você provocar." Deu uma risadinha e apontou o dedo para ele. "Estou com um humor infernal e ainda por cima num estado deplorável."

"Se me permite, não parece." Eu tentava equilibrar, em meu sorriso, uma aparência de modéstia platônica e de ardor. "O calor da briga parece dar mais brilho a você. 'Brilha Febe em sua força', como diria Shakespeare."

"Eng, pare já com sua bajulação. Acho que meu marido deve estar por perto." E caímos na risada com esta tirada. De todas as pessoas que agora faziam parte do meu mundo, ela era a única com quem eu podia brincar. Meu irmão não riu.

Apesar de não entrar nenhum dinheiro, Chang e eu compramos um pedaço de terra vizinho, leiloado após a morte de uma viúva do lugar. Mas o desânimo freqüente de Chang tornava difícil motivá-lo a trabalhar na fazenda. Era esse o problema. Nossos novos hectares não estavam em condições de cultivo. E os escravos demoravam muito para limpar e preparar a terra, o que fez com que meu irmão e eu fôssemos forçados a trabalhar lado a lado com aqueles negros durante três ensolaradas semanas. Tiramos as pedras e o mato, adubamos o solo, abrimos regos e aramos, plantamos ervilha e trevo. A nossa volta, os escravos suando em bicas erguiam e abaixavam seus forcados e suas pás na cadência de alguma canção de trabalho: um trabalhador cantava uma frase e o resto dos homens repetia, negros mourejando numa fileira que serpeava em direção ao bosque que delimitava nossa terra. As vozes deles eram sombrias e agourentas, soando como trovões naquele dia ensolarado.

Concentre-se no trabalho que você tem em mãos, pensava eu. E não nas mãos de Adelaide.

Um negrinho dava duro junto com os mais velhos. As pilhas de mato e de pedras cresciam cada vez mais à esquerda da nossa terra, à medida que nós e os escravos avançávamos no preparo daquela terra marrom. Thom se apoiava em sua bengala, indo de ponta a ponta da fileira de negros e incitando-os a trabalhar com mais afinco. Mesmo quando trabalhavam, meus escravos não despregavam os olhos maravilhados de Chang e de mim. Eu tinha dó deles por causa da sua posição desafortunada. E pensava, de modo fugaz, que o aspecto mais horrendo da escravidão era este: eles só viraram escravos por ser diferentes, como meu irmão e eu éramos. Eram diferentes, embora, é claro, também fossem perigosos. Esse era o xis do problema. Eu estava bem a par dos fatos históricos: das sangrentas insurreições de São Domingos à breve rebelião liderada pelo negro Gabriel na Virgínia, em 1800, à conspiração de escravos em Charleston em 1822 e, especialmente, à sangrenta e obstinada insurreição na Virgínia liderada por Nat Turner em 1831. Os escravos precisavam ser mantidos sob controle. E tinha mais: a abolição era um movimento nortista, e eu não tinha a menor simpatia pelo Norte, especialmente depois que lá surgiu o partido de carolas xenófobos chamados de "os ignorantes".

Chang e eu trabalhamos dias inteiros, de manhã e de tarde, sem descanso, até que uma quarta-feira nós nos permitimos começar mais tarde porque a prima Emily, prima de nossas esposas, claro, veio nos visitar. Quando descemos naquela manhã, Sarah e Adelaide já estavam tomando café com nossa visita, que nós ainda não conhecíamos.

"Alô, rapazes", cumprimentou Emily. "Estávamos comentando que casa adorável vocês têm, adorável mesmo." Ela era uma mulher cheia de rugas, mas dava para ver traços de Adelaide no queixo comprido de Emily, em seus cabelos loiros e finos, na luz de seus olhos. "Não vão sentar-se com a gente?" Ela tomou um gole de chá. "Vejam só, eu lhes dizendo o que fazer na casa de vocês!"

Chang e eu nos instalamos em nossa cadeira na cabeceira da mesa. Emily sentava-se à nossa direita, nossas esposas à esquerda. Chang procurou a mão de Adelaide, mas ela não o deixou pegá-la. "Você se lavou antes de descer, Chang?", perguntou. "Está fedendo mais que a cocheira!" E, virando-se para a prima Emily: "Minha irmã, é claro, ficou com o mais limpo dos dois".

"Eu não imaginava que o condado de Wilkes podia ser tão adorável", desconversou Emily. "Nos meus tempos, nunca tínhamos um chá tão gostoso. Posso saber onde compraram esse chá adorável?"

Fui eu o único a notar o olhar de Chang. Fazia-me pensar nas contorções do peixe ao ser fisgado e puxado fora d'água de manhã.

"Compramos nosso chá na cidade", esclareceu Sarah. "Como todo mundo."

"Pois ele é adorável mesmo", disse Emily. "Da última vez que vim visitar vocês todos na velha Wilkes... A casa adorável de vocês é bem melhor que a velha mansão... Sabem, sou uma pessoa simples, temos uma pequena... Ouvi falar tanto de vocês dois... Ah, meu Deus, acabei meu chá, você se incomoda, Addie, se eu tomar um golinho do seu? Como ia dizendo, ouvi falar tanto de vocês, rapazes... Nunca pensei que um Yates teria um dia uma casa tão adorável..."

"Sinta-se à vontade para ficar tanto quanto quiser, Emily", falei. "Depois do susto com a charrete, você precisa relaxar um pouco."

Ela estava acabando o chá de Adelaide. "É muita amabilidade sua, Eng. Você é o Eng, não é? Achei que era. E você é o Chang, não é? Oh, vocês são límpidos como o dia. Que pergunta mais boba, se você é o Eng, então você é..."

"Vocês devem estar querendo saber como diferenciar os dois, não é?", cortou Adelaide. "Um dá raiva quando fala, o outro dá menos nos nervos, mas cospe tanto Shakespeare que chega a dar sono. Se você fica com raiva e com sono, pode ter certeza de que os dois devem estar falando."

Se as circunstâncias tivessem dado a Adelaide uma vida diferente, nos salões aristocráticos londrinos por exemplo, provavelmente seu espírito lhe teria granjeado muita admiração, e sua cara comprida — se lhe tivesse sido concedido o benefício a que costumam fazer jus as ricas herdeiras britânicas — talvez teria sido considerada uma irregularidade atraente. Mas agora apenas deslizava a ponta do dedo pela clavícula.

Sarah fazia uma careta. "Acho que você está enganada, Adelaide. Acho que você está redondamente enganada quanto a esses maridos."

Emily agitou as mãos, tentando varrer todas as palavras desairosas a Chang e a mim. "Bem, gêmeos, eu lhes agradeço por sua... Muito obrigada por sua adorável hospitalidade... não vai tomar seu chá, Sarah?"

"Não me cai bem no estômago. Na verdade, acho que é melhor eu subir e..."

"Então posso tomar um golinho do seu?" Emily fitou-nos, a Chang e a mim, maliciosamente enquanto bebia o chá da minha mulher. Depois falou: "Vou lhes dizer uma coisa. Eu não concordo com nada do que elas disseram sobre o casamento com vocês. O importante é que vocês as façam felizes, como sempre digo. E era disso que estávamos falando esta manhã, antes de vocês descerem. Principalmente Addie. 'Bem, Eng disse assim, Eng disse assado'... Eu achava que *você* é que era o marido dela, e não Chang".

Adelaide não pôde deixar de esboçar um meio sorriso malicioso, que parecia querer dizer que eu iria poder manifestar meu desejo por ela. Tive de conter minha respiração.

Naquela mesma tarde, Chang não ajudou praticamente nada quando fomos remover pedras nas novas terras, deixando-me penar sozinho sob o peso delas. Logo Thom veio juntar-se a nós, protegendo os olhos com a mão contra a luz do sol. "Já, já vai estar tudo limpo, patrões. Limpamos quase metade da terra desde hoje de manhã." Mesmo ao sol e no meio do cheiro de mato, ele exalava um odor de coisas velhas e de trabalho. "Por que não vão descansar, patrões?" Ele era o único escravo cujas calças eram bastante compridas para cobrir os tornozelos.

"O que é preciso, Thom", repliquei irritado, enquanto eu e meu irmão batalhávamos com um mato, "é trabalhar rápido e sem parar. É o que você devia dizer aos outros." Chang e eu continuamos arrancando o mato, e o solo escuro esparramava-se contra nossas botas. Mas eu é que vinha fazendo o grosso do trabalho pesado e agora pensava, olhando de esguelha para meu irmão, que não era por nada que Adelaide vivia reclamando dele.

Bem nesse instante o negrinho foi na direção de um dos amontoados de pedras levando nas mãos alguns calhaus.

"Já chega, filho!", gritou-lhe Thom.

"Quem é?", perguntei a Thom.

"O filho da minha irmã", esclareceu o velho escravo soltando uma risadinha.

Chang e eu paramos de trabalhar, para tomar fôlego. "Não sabia que você tinha um sobrinho", comentei.

"Pois é, patrão Eng, eu tenho", replicou e foi para junto dos outros escravos.

Thom talvez tenha cochichado de passagem alguma coisa para um dos negros que trabalhavam alguns metros à frente de nós — um vigoroso adolescente que removia os pedregulhos com a maior facilidade —, porque o rapaz deu uma gargalhada depois que Thom se afastou. Eu tinha a sensação irracional de que, graças ao seu vudu, todos os escravos talvez soubessem de meus sentimentos para com a mulher de meu irmão, de minha tola esperança de que o sorriso que ela me dera hoje tinha um significado oculto, que os toques de mão no *Ivory Eagle*, e depois disso, foram intencionais. Afastei esses pensamentos e continuei a trabalhar, mas não conseguia olhar para Chang, acho que por uma espécie de sentimento de culpa.

Mais tarde, quando o sol já ia se pôr, meu irmão e eu fomos trabalhar na cerca que estávamos construindo. Cortamos a madeira, atividade em que éramos especialistas. Tínhamos inventado o "corte duplo", uma técnica de corte de madeira que ainda hoje é usada em toda a Carolina do Norte sempre que dois homens querem derrubar uma árvore. Eu batia com meu machado com a lâmina atacando em certo ângulo, enquanto Chang atacava o outro lado do tronco, dando as machadadas no ângulo oposto. Essa técnica nos permitia cortar a árvore sem que nenhum dos dois precisasse mudar o ângulo de ataque. Enquanto eu machadava, sempre fantasiava estar cortando nossa membrana de ligação.

Naquela tarde, nosso método não foi tão eficaz como de costume, porque meu irmão atacava a árvore sem o menor entusiasmo. Meu machado tinha aberto uma cunha duas vezes mais profunda que a do meu irmão.

Após uma machadada particularmente fraca, não me contive: "O que é que está acontecendo?".

"Antes, ela toca minha mão", respondeu ele, como se estivesse no meio de uma conversa. Deu uma machadada desleixada no tronco.

"O quê?", perguntei, vibrando meu machado vigorosamente.

"Antes, ela toca minha mão, no jantar, de manhã, em qualquer lugar, segurando minha mão como uma esposa." Seu rosto não tinha um pingo de emoção. "Adelaide." Quase ria. "Agora repele minha mão", e deu a machadada mais forte daquela tarde.

Um pensamento absurdo passou pela minha cabeça: como *ele* ousa pensar nela!

"Vai ver ela está de olho em outro. Num americano!", exclamou. Meu coração disparou à simples menção de tal eventualidade, e eu a imaginei com a cabeça no ombro de um americano grandalhão, ruivo, de bastas costeletas.

"Não!", quase gritei. "Não, não é possível." Ele parou de cortar.

As veias do seu nariz estavam inchadas. "Que mais pode explicar isso, irmão? Eu sei que ela nunca vai me amar de novo. Antes, a gente ria junto, agora..." Deu outra machadada. Lascas de madeira voaram no ar. Soltara nela a raiva e a angústia que pouco depois iriam levá-lo à bebida.

"Mas vocês têm... relações de noite", repliquei. Eu estava tentando, sinceramente, ser um bom irmão.

"Ela quer filho", cuspiu Chang. "Não quer dizer nada."

Senti-me tomado por uma súbita exaltação. "Você não acha que ela vai sempre amar você?"

"Não. Você está vendo muito bem como está as coisas, então por que pergunta?"

"Quer dizer que... você acha mesmo que ela amaria outro?"

"Acho! O que é que eu estou dizendo para você o tempo todo?"

Minha alegria cortava meus pensamentos como o machado, o tronco. Ela *nunca* o amaria! Ele mesmo admitia isso! Eu o fiz repetir seus temores mil vezes. O resto do dia só pensei em Addie.

Naquela noite, quando eu estava a sós com Sarah e Chang, não pude parar de falar de Adelaide, embora tivesse plena consciência de quão inadequado era. Qualquer pretexto era bom para mencioná-la. ("Vocês se lembram", peguei-me dizendo a Sarah e a meu irmão, a propósito de uma besteira qualquer, "o que Adelaide disse hoje sobre os circos: que esquisitos mesmo são os que pagam para ver outras pessoas?")

Embora eu vivesse tão próximo de meu irmão e desejasse secretamente sua mulher, Chang e eu tínhamos maneiras completamente diferentes de ver as coisas. Era evidente que meu irmão gêmeo cultivava a ilusão de recuperar a Adelaide que existira na época do casamento, a Adelaide que ainda não perdera o entusiasmo por ele; já eu vinha suspirando por uma Adelaide que, passados alguns anos, ainda não existia — a Adelaide que um dia me amaria. E qual o resultado disso tudo? Chang enxergava Adelaide de modo exageradamente negativo, enquanto comigo ocorria exatamente o oposto.

Na noite seguinte, Adelaide, Chang e eu estávamos na cama do quarto principal, e, apesar de terem brigado tão feio antes, meu irmão e sua esposa mantiveram relações, o que provava — eu tentava me convencer — quão desesperadamente ela queria um filho. De novo, a luz da vela clareou seus corpos.

Pus meu braço de propósito perto da coxa de Adelaide, mas sua mão nem sequer roçou a minha. Com minha membrana estendida ao máximo, meu rosto tão próximo dos olhos fechados do meu irmão que eu podia sentir sua respiração quente na minha orelha, deixei a mão junto de Addie por algum tempo, no ponto exato em que ela podia tocá-la, se assim quisesse. Mas minha mão permaneceu intocada — nada roçou meus dedos desalentados, a não ser o ar frio.

Resolvi então roçar levemente a mão dela, que agora estava aberta, espalmada no colchão, sustentando seu corpo. Assim fiz, e ela afastou a mão o mais depressa que pôde, mas tomando o cuidado de não deixar meu irmão, que continuava de olhos fechados, perceber algo. Adelaide nem sequer olhou para mim.

Eu me enganara aquele tempo todo! Tudo não passara de um tremendo equívoco!

Ela nunca havia pretendido me tocar, e eu havia interpretado mal seu sorriso. Ali, sob a janela, tentei me concentrar na canção do vento, enquanto meu corpo era balançado pelos movimentos dos dois. Eu não queria ver. Meu coração estava em pedaços.

Encostei novamente minha mão na dela. Ela não a retirou tão depressa quanto da primeira vez, mas essa vitória de Pirro não me satisfez. Todo o prazer que aquelas carícias acidentais tinham me proporcionado se dissipara.

Chang gemeu, o pescoço e o queixo afogueados.

Eu tinha de pegar na mão dela. Mais que isso, precisava apertar sua carne. A coisa tinha de ser executada como uma operação militar.

Mas e se ela me repelisse? Pegar a mão dela, apertá-la, não era a mesma coisa que roçar sua pele, era um ato inegavelmente intencional. Se ela o recebesse mal, se gritasse, tudo estaria perdido. Comecei literalmente a tremer de medo. Eu era um covarde, tanto quanto o mais reles dos indivíduos. Não era capaz de fazer aquilo.

Vou contar até dez e pôr minha mão sobre a dela, disse a mim mesmo. E apertá-la quando Chang não estiver olhando.

Se não fizer isso, jurei para mim mesmo, vou me matar amanhã de manhã.

Dez vezes meus olhos piscaram. Eu estava agonizante.

Passou-se um minuto e vinte e dois segundos, contados pelo pulsar de meu coração. Enquanto o rosto de meu irmão se contraía num gozo alheio a tudo o mais, eu me resignei ao fato de que não havia como alcançar e pegar a mão de Adelaide.

Mas alcançá-la e pegá-la, foi exatamente o que eu fiz.

Ela fez um barulhinho de susto e tirou a mão de sob a minha, quase perdendo o equilíbrio. Chang, de boca ainda aberta, nem percebeu. Adelaide levou a mão de volta à mesma posição no colchão.

Ela não me encarava: rangia os dentes.

Já sem controlar direito meus atos, num novo surto de coragem, peguei de novo sua mão. Notei que estava trêmula e apertei-a, repetidas vezes, como alguém que estivesse tendo um ataque epiléptico. Adelaide fez uma débil tentativa, sem muita convicção, de se livrar de minha mão, mas acabou parando de resistir. Olhou-me nos olhos, como uma estátua, a boca entreaberta, a luz da vela dançando em sua face. E apertou por sua vez minha mão.

Fiquei num estado de êxtase. Ouvia cheio de felicidade o vento, tentando separar a música que ele fazia da respiração de Adelaide. Minha mão segurava a dela.

Passados uns poucos segundos, Chang estava por abrir os olhos. Adelaide pressentiu-o, creio eu, porque começou a retirar a mão. Dei um derradeiro e duradouro aperto. Ela soltou a mão da minha.

A felicidade que me enchera o coração agora se diluía. O que eu havia conseguido naquela noite podia ser perdido para sempre. Eu tivera a sorte de juntar toda a audácia necessária daquela vez, mas teria de novo, quando voltasse a ter uma oportunidade? Temi que o terreno que eu havia ganho ia ser perdido.

O coitado do Chang abriu os olhos e acariciou a cabeça da mulher.

Mantendo os dedos longe dos meus, Adelaide apagou a vela e rolou para seu lado da cama, junto do marido, que agora estava entre nós dois, de frente para mim. Na escuridão azulada, Adelaide e eu nos olhávamos por cima do flanco de meu irmão. Dobrou os lábios para dentro da boca, piscou algumas vezes olhando para mim, depois virou os olhos para o teto, segurando um pedaço de cobertor nas mãos, com um ar ausente. Não voltaria a olhar para mim.

Por um bom tempo depois desse dia, tive dificuldade para dormir. Muitas vezes, depois de Sarah ou Adelaide soprarem a vela, eu a via arder bem após ter se apagado e continuava a ouvir a cera derretendo bem depois de seu último pingo ter escorrido no castiçal. Olhava para os corpos na cama com o meu. Quando tinha sonhos, eram de remorso, culpa e de anseio por um novo toque. Não foram fáceis aqueles dias.

Conheci duas Adelaides: a esposa de meu irmão que eu via todas as manhãs, uma mulher para a qual eu lançava um olhar cheio de remorso, quando devia adotar em relação a ela um tom neutro; e a outra Adelaide, Addie, cuja mão eu teria, em raríssimas ocasiões, a sorte de segurar de noite, sob as cobertas, sentindo-me então todo confuso com o que acontecia.

O nosso era um pacto silencioso, resumia-se a um toque de mãos de vez em quando, e ponto final, mas sem reconhecer em hipótese alguma o que fazíamos. E depois, na manhã seguinte, lá estávamos sentados à mesa, tomando o desjejum. Chang perguntava: "Dormiram bem?", e eu me sentia um mau-caráter, como era mesmo.

Adelaide fazia questão de sorrir e manter os olhos cravados no marido. "Sim", respondia. "Você pergunta tanto se dormimos bem que até parece o Rip van Winkle." E eu podia surpreender Adelaide lançando um breve olhar para mim, o que fazia meu coração palpitar de tristeza e felicidade.

Se eu não poderia jamais conhecê-la fisicamente, então iria registrar tudo que viesse a saber a seu respeito. Que era obstinada. Apaixonada. Mordaz. Que tinha um queixo elegantemente alongado. Que em menina vivia fazendo piruetas e que todos os garotos de Wilkesboro foram caidinhos por ela até o fim da adolescência. Que ela gostava mais de peru que de galinha, que sua risada sempre soava mais alta no terceiro gorjeio ("ha, ha, *ha*"). Quanto às incontáveis facetas de sua inteligência tão peculiar, eu pude pelo menos captar os atributos que as outras pessoas deixaram escapar — ou, se os perceberam, os desdenharam — e apreciá-los. Sim, às vezes ela era grosseira, mas, embora eu quisesse ajudá-la a perder essa grosseria, até mesmo essa sua característica acabou me cativando. Eu era até capaz de dar uma boa e afetuosa gargalhada interior com sua rudeza, exatamente como fazia com minhas próprias fraquezas. E foi assim que aprendi que os vínculos do amor são mais fortes quando você julga os pontos fracos da amada do mesmo modo como julga os seus. É esse o segredo para constituir o tipo de laço capaz de nos unir solidamente a outro ser.

E foi assim que meu amor criou uma pessoa a mais, diferente da mulher que Wilkesboro conhecia pelo nome de Adelaide. Eu pensava saber que era loucura jogar fora minha vida suspirando por *minha* Addie, a Addie que eu havia inventado, construída com partes iguais de minha personalidade e da dela. No entanto, eu não podia deixar de ampliá-la febrilmente, dando-lhe proporções que pareceriam ridículas aos que conheciam a Adelaide que era vista pelo resto do mundo.

Quanto a Sarah, eu achava que ainda podia ser fiel a meu voto de casamento se tentasse tratá-la como amiga, como uma companheira platônica. Eu era um hipócrita.

Logo, logo, a situação iria ficar complicada. Eu ia ser pai.

13. Celebridades

1826-9
Nova York-Londres-Europa

Em 1826, quando meu irmão e eu estávamos com quase dezesseis anos, morando ainda com a sra. Sachs em Nova York, nosso espetáculo tinha se tornado um enorme sucesso, mas não tínhamos recebido um centavo de Hunter. Achamos que conseguiríamos persuadi-lo a nos contar sobre o que tinha em vista para nós e, quem sabe, até conseguir que nos desse algum dinheiro. "E que nos devolva nosso pato também", Chang me lembrou. Além disso, tornamos a cogitar outra tentativa de fuga, mais bem planejada do que a última. Eu queria tanto ver a mãe de novo, era quase a única coisa em que pensava.

Os shows tornavam-se rotina. No entanto, uma apresentação daquela época ficou gravada na minha memória: a que fizemos no Tompkins Square Park.

O show de início foi monótono. Nossa jaula estava do lado de fora, num morrinho, e o céu estava encoberto. Hunter, como sempre, falava com as mãos em concha na boca e, como sempre, nós o ignorávamos. Plantando bananeira, observávamos o povo passar. Foi então que aconteceu. “Eles são cristãos?”, alguém berrou numa voz grave.

Hunter parou por um momento sua peroração e olhou para a multidão. “Sim, são. Até citam as Escrituras literalmente, é só vocês pedirem.”

Pusemo-nos sobre os pés e distinguimos, no meio do público, um homem de gravata de seda vermelha, um tratante com uma volumosa papada e a raia do cabelo no topo da cabeça: Barnum.

Ele avançou ameaçador para nossa jaula, o rosto iluminado pelas lanternas. Hunter precipitou-se num passinho de ganso, interpondo-se entre Barnum e nós.

“Que história é essa, senhor Barnum?”

“Ele está pagando vocês, gêmeos?” Barnum ficou na ponta dos pés para se dirigir a nós por cima do ombro de Hunter. “Está?” Inclinava a cabeça de um lado para o outro, esquivando-se de Hunter, que tentava obstruir-lhe a visão. Chang e eu nos aproximamos das barras da jaula.

“Escute aqui, senhor Barnum, já chega. Literalmente.” Hunter encostava a pança no empresário, bem maior que ele, e tentava empurrá-lo para longe da jaula.

Com uma ombrada seca, Barnum é que afastou Hunter e grudou a cara nas barras. Suas bochechas, de tão gordas, chegavam a envolver as barras de metal. Dava para enxergarmos, na pele do nariz, grandes poros escuros. “Posso lhes dar uma vida melhor”, disse Barnum quase sibilando, depois girou nos calcanhares e se foi.

Hunter ocupou o espaço que o outro acabara de abandonar. Vermelho como um pimentão, engoliu vigorosamente em seco várias vezes. Por fim, dando um riso nervoso, perguntou-nos: “Vocês acreditam nesse sujeito? É um mentiroso!”.

* * *

Em casa naquela noite, Hunter já ia nos trancar em nosso quarto quando lhe dissemos que precisávamos ter uma conversa. "A remuneração de vocês?", indagou. "Vão recebê-la. Em todo caso não vão precisar dela nos próximos meses, porque vocês dois e eu vamos viajar de novo."

Foi assim que descobrimos que íamos para Londres.

Hunter, Chang e eu tomamos um vapor para a Inglaterra. Esperávamos ter, no navio, alojamentos bem melhores que os que Hunter nos reservava em terra, mas nos desenganamos assim que pisamos a bordo: viajamos de terceira classe, o que significa acomodações apertadas, sem luz, refeições com a tripulação — uma pobre dieta de batatas e charque — que contrastavam vivamente com os suntuosos banquetes que eu imaginava Hunter comendo. A travessia até a Inglaterra durou vinte e seis dias. Chang e eu resolvemos que, se alguma oportunidade se apresentasse, fugiríamos e daríamos um jeito de voltar para casa.

Nossa primeira noite em Londres resumiu-se a uma corrida de coche por Cheapside, passando pelos principais pontos da cinzenta capital: o teatro de Covent Garden, a Baker Street, Grosvenor Square, todos eles envoltos no *fog* de sempre e escuros mesmo à luz dos lampiões de gás, se comparados com a paisagem de edifícios recém-construídos da luminosa Manhattan. Trotamos pelos paralelepípedos da Whitechapel Road, entre os tropeiros que levavam o gado para o Smithfield Market. A fuligem cobria tantas caras! O arco da London Bridge apontava para o céu, ressaltado por uma iluminação mortiça, e a massa sombria da catedral de São Paulo aparecia em meio à névoa quando o cocheiro parou o cavalo.

Desembarcamos no Beautiful Meadows, um hotel na Drury Lane, perto do Theatre Royal, onde íamos nos apresentar. Hunter avisara seus contatos londrinos da nossa chegada com bastante antecedência, e no Beautiful Meadows um grupo de pálidos jornalistas ingleses nos aguardava.

Londres foi outro sucesso, profissionalmente falando. Cobrávamos uma coroa pelo ingresso. Não sabíamos, é claro, que esse preço de uma coroa seria em parte responsável pela notoriedade ainda maior que logo iríamos ter.

Por ser tão próxima do continente, Londres era mais cosmopolita do que qualquer outro lugar que tínhamos visto nos Estados Unidos. Junto com todo tipo de ingleses (do limpador de chaminés de cara suja ao nobre impecável), gente de todo o mundo veio nos ver: velhinhas francesas, que não paravam de fazer "tsk, tsk" enquanto nos espiavam com seus *lorgnons*, debruçando-se sobre nós como flores curvadas por uma brisa leve; princesas russas, que enrubesciam diante das barras de nossa jaula; espanhóis bigodudos, que coçavam o queixo... O público era enorme, incontáveis fantasmas aglomerando-se em torno de nós, com os joelhos tremendo. E, como uma mulher que sai para comprar um vestido, eu me imaginava experimentando alguns daqueles corpos: o daquele garoto loiro, tentando escapar da mãe, o daquela inglesa rosada com sua sombrinha cheia de babados, o desse velho clérigo, arqueado sobre a bengala.

Com o passar do tempo, o teatro e as aglomerações tornaram-se como que um segundo sobretudo que eu vestiria com pouca alegria ou emoção certas noites de minha vida. Eu estava ficando cada vez mais impaciente, porque Chang e eu não víamos a menor oportunidade de levar a cabo nosso projeto de fuga.

O que eu fazia quando não estava me apresentando? De volta ao hotel, deitados em duas camas de solteiro postas juntas, Chang e eu jogávamos damas, praticávamos andar de pernas para o ar e, com Chang já dormindo a meu lado, eu lia a Bíblia.

Eu já era capaz de recitar capítulo e versículo, normalmente para apenas um ouvinte, desinteressado ainda por cima.

O livro trazia passagens que me soavam pungentes: "Sou peregrino em terra estrangeira" (Êxodo, 2:22); "Acaso sou eu o tutor de meu irmão?" (Gênese, 4:9); a história da criança que seria dividida em dois por Salomão.

Em uma dessas noites, Hunter me observava ler a Bíblia, e eu lhe disse que ele não via em mim nada mais do que dinheiro vivo em seu bolso. "Sei que fui eu que lhe dei esse livro, garoto, mas você está literalmente lendo as Escrituras palavra por palavra, não é?" Sua voz estava embargada pela vergonha. "Quero dizer..." Ele chupou os dentes, sua versão de um sorriso caloroso. Estava embaraçadíssimo. "Eu me pergunto se já pensou alguma vez que vocês vão para o céu."

E deixou-me ali com uma pergunta: se Deus sente a perda de cada criatura que morre, se chora sem exceção cada pombo que se vai, não iria Ele sentir-se duplamente triste quando morrêssemos?

Numa manhã londrina escura e nevoenta Chang e eu tivemos de fazer uma apresentação especial na residência do duque de Angoulême. "Desta vez vocês não vão vestidos de marinheiros", disse Hunter, entregando-nos um conjunto de calças e casacos de seda verde, curtos e folgados, à moda do Sião, ou melhor, confeccionado por um inglês para que parecesse um traje siamês. "É uma roupa mais adequada para quando se vai encontrar um alto dignitário."

O duque era filho do rei Carlos X da França, o monarca que fora destronado por um golpe de Estado. Era por isso que o duque, que um dia teria ascendido ao trono, se tudo houvesse corrido conforme o planejado pelos seus, agora vivia na

Inglaterra, um exilado ex-futuro regente que padecia de gota, hidropisia e inflamação dos pulmões.

A residência do duque era uma antiga cocheira de carruagens em Regent's Park, e quando chegamos um criado francês, cuja cara miúda estampava uma expressão terrivelmente vazia, anunciou-nos como "os irmãos chineses". Ele introduziu Hunter, Chang e a mim numa simples sala de estar, onde o duque estava rodeado por seu séquito decadente de lacaios vacilantes, partidários desmazelados e duas meninas de olhar triste vestidas de cor-de-rosa. Também havia uma mulher na sala, sentada a um canto numa poltrona mais estufada que estofada e ignorando-nos acintosamente: uma bela ruiva, de corpo esguio e ágil, que parecia estar ali para me lembrar o que eu era e quanto isso me fazia sofrer. Três ou quatro homens correram para junto dela quando ela se curvou para trás, como se os houvesse convidado a mergulhar em sua direção.

A sala não tinha tapetes; seu único luxo era um candelabro de cristal que pendia do teto como uma galáxia em escala reduzida, condensada e, por isso mesmo, ainda mais brilhante. Uma atmosfera lúgubre envolvia a casa, o ar parecia morto, como no espaço entre nossos rostos geminados depois que um de nós bocejava.

O duque estava escarrapachado num velho sofá ao lado da lareira sem fogo — infelizmente, porque eu estava morrendo de frio. "Sua alteza", curvou-se Hunter. "Posso lhe apresentar os gêmeos?" Nosso empresário deslizou até um canto da sala, deixando-nos diante do quase monarca.

A faixa escarlate posta de través no peito do duque acentuava seu inchaço e evidenciava a tremenda perda que sofrera, traída até por seu porte. Perguntei-me se não era pior perder um reino que nascer servo.

Atrás de Angoulême se postavam suas duas filhas de olhar triste e um homem baixote e calvo, que mais tarde vim a saber tratar-se do dr. Peter Mark Roget, secretário da Royal Society, criador do mais célebre dicionário analógico do mundo.

"*Venez vite*", disse o duque.

Uma parada de mão antecedeu uma pirueta no ar, e caímos com perfeição em pé. Angoulême bateu palmas chochas, uma espécie de meias palmas, e seus acompanhantes o imitaram, com exceção da ruiva do canto e seus admiradores, que acintosamente nos ignoravam e continuavam conversando entre si.

"Eu gostaria de fazer algumas perguntas aos gêmeos, senhor." Roget inclinou-se para o duque. "Isso agradaria a vossa alteza?"

O duque deu de ombros.

"Apresentar-se em público é difícil?", perguntou-nos Roget, falando alto o bastante para ser ouvido pelo grupo do outro lado da sala. "Os shows, as multidões...?"

"Qualquer boboca pode fazer pirueta", respondeu Chang. "Cada dia de vida é que cansa a gente, certo?"

As meninas ao lado do duque bateram palmas, espontânea e vivamente, mostrando, além de seus anéis de diamantes, que gostavam de mutantes engraçados. Roget, por sua vez, afastou-se, como se quisesse que não notassem mais sua presença.

"E você?", perguntou-me uma das meninas. "Você acha que apresentar-se em público é difícil?" Eu estava aturdido com aquelas meninas, com aquela cena toda, por isso ouvi o som da voz dela mas não registrei as palavras, que soaram em meu cérebro como um matraqueado sem sentido de sons.

De repente, vi por cima do ombro de Chang oposto a mim o dr. Roget vir furtivamente em nossa direção. Quando chegou bem atrás do meu irmão, estendeu seu braço curto e começou a cutucar o pescoço de Chang.

"Pare com isso, por favor!", gritei. As meninas sobressaltaram-se com minha explosão. Roget, arreganhando os dentes, inclinou a cabeça para mim. A mulher do outro lado da sala continuava parecendo não perceber que estávamos ali.

(Mais tarde Roget publicou um ensaio que pode explicar suas ações: "A curiosa intimidade dos gêmeos proporciona uma comunicação sangüínea entre os dois. Estou certo de que essa criatura pode ser guiada por uma única vontade; diz-se que, se você tocar um deles, o segundo lhe dirá para parar, como se o intocado também sentisse o contato". É ridículo: eu o vi cutucá-lo. Só isso.)

"E o quê, Menino Duplo", Roget coçava o queixo distraído, como se não tivesse acabado de nos cutucar, "você pensa da civilização? Da nossa linda cidade de Londres?"

Vou fugir deste seu mundo pálido, e não vai demorar muito, respondi para mim mesmo.

Entretanto, Chang estava nos levando para perto da lareira; inclinou-nos para pegar um pedaço de carvão apagado. Segurou o carvão bem diante dos olhos. "Este o sol de Londres", falou. "Esta cor."

"Fabuloso", gargalhou Roget, erguendo as sobrancelhas para o duque, que parecia surpreso.

"Esta metade é fabulosa!", exclamou Roget apontando para Chang.

Virou-se então para mim, a fim de ver se eu também era fabuloso. "E então, garoto", disse, presenteando-me com um sorriso encorajador, "você chegou ao mundo civilizado depois de conhecer um navegador americano?"

"Bem... sim", respondi baixinho, sentindo mais que nunca a falta da casa flutuante do Mekong. "Atravessamos o mar com um traficante, o capitão Abel Coffin."

Roget suspirou. A expressão de Chang era igual à que eu teria feito se ele se tivesse saído com uma das suas improvisações teatrais — ele estava boquiaberto. Senti como se eu estivesse olhando para mim, apesar de ser a ele que eu fitava. Dessa vez foi meu irmão que ficou pasmo com minha réplica, pensei.

"*Este* garoto parece mais apalermado que o outro", comentou Roget, meneando a cabeça em minha direção.

Matutando sobre o que deveria dizer, peguei a primeira anedota à mão. "Tudo sobre nosso nascimento é bem conhecido." E engatei a história de nossa origem.

Quando terminei, ergui os olhos e percebi que todos pareciam incomodados: minha narrativa mergulhou-os, todos, no mais pesado silêncio.

"*Il n'est miracle que de vieux saints*", soltou o duque com um bocejo.

Hunter tomou aquilo como o fim da exibição e levou-nos depressa para o outro lado da sala. "Muito obrigado, vossa alteza", disse. "*Pas mal*", respondeu o duque. O ex-personagem real abriu a mão com a palma para cima, e um de seus lacaios lhe deu uma bolsinha azul.

O duque voltou-se para Chang e para mim: "*Pour...*". Interrompeu-se e, por um momento, perdeu sua compostura real. Parecia que tentava resolver um enigma. "*Pour toi*", disse finalmente e estendeu-nos a bolsa.

Nós a abrimos e vimos umas bugigangas douradas, destacando-se contra o pano azul. Hunter olhou para o presente com admiração. Chang ergueu os olhos da bolsa e de seu conteúdo de ouro e, dirigindo-se a Roget, disse: "O duque dá ouro porque não tem coroa".

Na poltrona mal estofada do outro lado da sala, a mulher ruiva ergueu a cabeça, como uma corça. Três ou quatro dos presentes contiveram a respiração. Hunter virou-se para meu irmão, depois para o duque. "O gêmeo se referia ao preço da entrada, só isso", explicou nosso empresário, rubro de embaraço.

O ar ficou denso, parado, só se moviam os grãozinhos de poeira que dançavam brilhantes nos raios de sol e caíam devagar no assoalho. O rosto do duque também ficou quase imóvel. Mas logo começou lentamente a tremer. O tremor começou pelo olho escuro e sombrio. Desceu pelo rosto, saltitando em torno da boca como uma abelha em volta da colméia, arrastou-se sob a pele até atacar o queixo. Todo o seu semblante se fechou, como uma flor posta à sombra.

O quase rei ficou ali sem dizer uma palavra, como se desejasse ter o poder de mandar alguém para a guilhotina. Mas o único poder que ainda tinha era o de fazer um gesto para um lacaio.

O lacaio virou-nos e empurrou-nos para a porta. "Siga-me, *monsieur*", fez, exibindo uma fileira de dentes amarelados, miúdos como os de uma criança. Hunter acompanhou-nos.

Já na altura da porta, com as mãos do criado empurrando-nos para fora, olhei por cima dos nossos ombros e vi Roget ir até a mulher na poltrona mal estofada. A bela sentada franzia os lábios e corria os olhos pela sala, como um general em cima de seu cavalo. A bela não se dignou observar a nossa partida, e eu não tinha motivo algum para pensar que um dia voltaríamos a ouvir falar dela.

Chang e eu nos tornamos o assunto de Londres.

Quando Roget publicou seu ensaio a nosso respeito, a tirada de Chang foi imortalizada nas gazetas londrinas e repetida em toda a cidade, por todo o mundo, do engraxate ao parlamentar. Em nossas exibições, o público cada vez que passava por nosso picadeiro repetia a tirada nas mais diversas variações — tipo "ele não conseguiu nem uma coroa" ou "parece que o regente não tem uma coroa" —, e os repórteres se acotovelavam diante de nossa jaula tentando arrancar outra piada. Quanto a mim, descreviam-me como "o que parece mudo".

O relato mais esquisito foi publicado no *Times* de Londres. Dando a entender que era um "relato ocular" da recepção no salão do duque, a reportagem era um amontoado de invenções intitulado "Uma harmonia em três partes?".

Falava de uma mulher a quem o jornal — "para preservar a privacidade" — se referia pelo "*nom-d'-amour*" de Susannah das Campinas, "uma deslumbrante jóia ruiva da sociedade londrina", que, de acordo com essa matéria infame, "por algum capricho inexplicável, se apaixonara pelos gêmeos".

Depois falando conosco por "um período que não pode ter durado mais que alguns minutos", ela nos "amou como um só, não como homens distintos". Ela teria ficado *inconsolada* após nossa saída do salão, porque sabia da "impossibilidade" de seu amor.

O pensamento de que nós pudéssemos ser separados lhe era insuportável, dizia o artigo. "Como eu poderia ficar contente com um, se o outro encanto estivesse longe?", essa Susannah das Campinas não parava de repetir, em prantos, enquanto seus amigos tentavam consolá-la. O artigo terminava assim:

> Situações como essa, dada a fineza de espírito de pelo menos um desses despedaçadores de corações, ocorrerão sempre ao longo da vida, que se prevê curta, do menino duplo. Portanto não é nenhuma insensatez conjeturar que, em algum momento do futuro, a ligação com uma mulher venha a destruir a harmonia deles e induzir um desejo mútuo e irresistível de separação, apesar dos riscos.

Esse relato, apesar de totalmente fantasioso, produziu em meu irmão e em mim sentimentos ao mesmo tempo misteriosos e arrepiantes. Ele tocava em vários pontos a que estávamos resignados sem jamais tê-los discutido. A probabilidade de vir a existir uma Susannah de carne e osso era bastante remota, mas, postos diante do fato de que, se encontrássemos tal Susannah, ela sem dúvida nunca poderia consumar sua paixão, tivemos de nos resignar a uma existência sem amor. Entretanto, enquanto fôssemos prisioneiros de nossa união, eu nunca deixaria de esperar que, um dia, um médico nos separasse em dois, tão nitidamente quanto o autor do artigo separara a última sentença com uma vírgula. Não era eu que temia a solidão, nem o risco. Como um cego de nascença se contrai ao perceber a luz se ganha a visão, meu irmão receava a separação porque ela representava o desconhecido. Mas eu não.

Depois da visita ao salão do duque, e a outros como o dele na Europa, excursionamos pelo continente com Hunter, com shows quase todas as noites. De volta à Inglaterra, conhecemos a pequena Vitória, que logo iria ser rainha e que nos descreveu como um "encanto" e um "verdadeiro tesouro médico". Na época, ela não tinha mais de doze anos.

Mas a certa altura nossa reputação alcançou um nível fantástico, e o problema é que nem sempre o que o público via correspondia à sua expectativa. Em São Petersburgo, uma cidade imponente com uma tranqüilidade elegante desconhecida na América, o czar Nicolau bateu palmas polidamente e nos deu um presente em duas partes. Mas não ficou entusiasmado com nossa apresentação. Foi então que Hunter decidiu que era hora de deixar a Europa.

Embora nosso empresário nos tratasse como crianças, já não éramos garotinhos: estávamos com dezoito anos, quatro longe do Sião. Com as viagens constantes, não tínhamos como escapar e resolvemos que, quando chegássemos a Nova York, fugiríamos imediatamente. Assim que chegássemos aos Estados Unidos, decidimos, íamos ter uma conversa com Hunter, que só então havia começado a nos dar algum dinheiro (não tínhamos certeza se ele havia mandado dinheiro para a mãe e ele não nos devolvera nosso pato, In), e cobraríamos o que era nosso. Depois, iríamos para casa.

A viagem de volta foi novamente de terceira classe. Numa noite escura, pouco antes de chegarmos ao destino, dormíamos em nossa cabine apertada quando um jovem marinheiro nos acordou, sacudindo-nos.

"Quem?", perguntei. "É você?", completou Chang.

O rapaz espiou por cima do ombro e estendeu sua mão fechada junto do nosso rosto. Olhamos para a mão, que parecia flutuar na escuridão, e por um segundo o marinheiro também olhou para ela, depois rolou os olhos. "Peguem!", sussurrou.

"Pegar o quê?"

O marujo estalou a língua e inclinou-se bem próximo de nós — próximo o bastante para que eu sentisse o cheiro do seu sabonete. Então agarrou a minha mão e pôs um bilhete nela. Quando teve certeza de que eu pegara o papel, espiou de novo por cima do ombro e foi embora.

Tivemos de esperar a luz da manhã para lê-lo. "Venham encontrar-se comigo", dizia. E abaixo vinham instruções sobre onde e como, uma vez em Nova York, nos encontrarmos em segredo com Barnum.

Duas noites depois estávamos de volta a Manhattan. Uma multidão de repórteres esperava nosso navio. Os americanos não tinham confiança suficiente em si para decidir sobre certas coisas, por isso foi sem dúvida nenhuma o sucesso que fizemos na Inglaterra e no resto da Europa o responsável pelo súbito interesse em nós. Agora éramos a mais célebre atração do mundo, mais famosos que qualquer outro número de Barnum.

No entanto, fomos levados de novo para a casa da sra. Sachs, como Barnum sabia que ia acontecer. Era tarde, um úmido crepúsculo de verão. Estávamos no segundo andar, num quartinho escuro com uma janela que dava para a rua. Não havíamos dormido direito; os olhos de Chang estavam vermelhos e suponho que os meus também. Tínhamos de decidir logo se iríamos ouvir a proposta do célebre empresário ou se tentaríamos voltar por conta própria para o Sião, o que era minha proposta.

"Que mais a gente pode fazer?", Chang perguntou num fio de voz. Estávamos à janela de nosso quartinho, olhando para a rua lá embaixo, e não queríamos que ninguém na casa nos ouvisse. Passou uma carruagem num toque-toque ritmado. "Vamos nadando para o Sião?", quis saber Chang.

"Podemos pedir o que Hunter nos deve...", falei.

"Barnum disse: 'Eu lhes dou oportunidade'", atalhou Chang. "Barnum disse: 'Eu faço dinheiro pra vocês'."

"Não quer voltar para casa?", perguntei.

Chang sorriu para mim, como quando eu era criança e ele brincava de meu pai. "Sim, sim, sim", respondeu. "Quero mais isso que nada."

"Certo", sussurrei. "Eu também."

"A gente ouve o que Barnum vai dizer", disse Chang. "Depois vamos para casa. Logo."

"Quem sabe a mãe não recebeu de Hunter dinheiro bastante para pagar nossa volta", murmurei.

"Quer voltar para o Sião do jeito que a gente chegou agora aqui? Viajando de terceira classe? Se a gente volta assim, somos fracasso. Vamos voltar ricos, vamos voltar vencedores." Dito isso, meu irmão escancarou a pequena janela. Fez-nos debruçar no parapeito, no ar úmido da noite lá fora. Ficamos ali, debruçados na janela, ouvindo conversas distantes, vendo luzes piscar lá longe, na cidade. Uma charrete parou na esquina da rua 42, perto da casa da sra. Sachs.

"A gente volta para o Sião daqui a duas, três semanas", ele garantiu.

Eu sempre fui o mais complicado, disse comigo mesmo. Sei disso.

Seu irmão sempre encarou tudo isso mais simplesmente, reforcei.

Chang tem agido muito mais de acordo com o pescador do Mekong, prossegui comigo. Diminuir a influência do destino. E você tem de lhe agradecer por isso.

"Certo, Chang", falei, segurando seu cotovelo como se ele pudesse me segurar para eu não cair. "Vamos ouvir a proposta de Barnum. Mas, se não gostarmos do que ele disser, vamos para casa imediatamente." Não o deixei desviar o olhar. "E voltamos para casa daqui a algumas semanas, aconteça o que acontecer."

"Sim", fez ele. "Sim."

Içamos nosso duplo vulto para fora da janela aberta.

As quatro mãos agarradas no parapeito, giramos o traseiro e sentamos — metade dentro, metade fora, um de cara para o outro. Depois, ao mesmo tempo, erguemos as quatro mãos até a moldura da janela acima da cabeça e pusemo-nos de cócoras no parapeito. Esgueiramo-nos então até a saliência sob a janela, seguramo-nos nela lado a lado e descemos como um inseto duplo pela parede, dirigindo-nos para a macieira que ficava na extremidade da casa.

De um pulo, agarramos o galho mais alto. Balançamos o corpo para fora da parede e entramos na carruagem de Barnum, que estava nos aguardando.

14. Satisfações adultas

6 de dezembro de 1847-9 de abril de 1860
Wilkesboro

Verão de 1847. Passou-se um ano desde que eu e Addie nos demos as mãos e não tive mais a oportunidade de repetir aquele gesto secreto. Ela não dava bola para mim agora, ignorava minha companhia quando estávamos juntos, como se eu fosse um escravo ou uma árvore. Salvo quando sorria ligeiramente para mim por cima da mesa, o que era raro e até mais perturbador, talvez.

Mas agora eu era pai.

A pequena Katherine foi meu primeiro rebento, e a primeira criança dos dois casais. Embora nosso casamento estivesse bem desgastado, Sarah continuou a querer ter filhos, bem como sua irmã, aliás. Assim, do mesmo modo que Adelaide e meu irmão, minha mulher e eu nos empenhamos com afinco na tentativa de fazer um filho. E foi assim que a minha triste e miúda Katherine nasceu.

O dr. Cottard, de Wilkesboro, veio correndo tão logo a bolsa da minha mulher se rompeu. Ele não queria perder a chance de entrar para a história, pois contava com a possibilidade de trazer ao mundo um bebê duplo.

Era uma noite gelada. Meu irmão e eu ficamos ao lado da cama preparada para o parto, que ficava no quarto secundário da casa; Adelaide — que por sua vez estava grávida de alguns meses — segurava a mão da irmã. Sarah estava debaixo do lençol, com os joelhos dobrados apontando para o teto. Seu barrigão formava um globo sob o linho branco. Tinha então trinta e cinco anos. O ar frio arrepiava a pele de suas canelas descobertas. Ela chorava, de dor de estômago ou ansiedade, não sei.

Mesmo enquanto fazia o parto da minha filha, o dr. Cottard olhava para nós sempre que imaginava que eu não iria notar, com uma centelha nos olhos que não me fazia pensar nem um pouco em Hipócrates e na ciência médica. No grande espelho do quarto, eu estava com uma aparência péssima, encostado nervoso no meu irmão. Um comprido raio de luar infiltrou-se pela janela até a cama, como uma aparição inquisitiva.

"Vocês, gêmeos, não querem nos deixar sozinhos agora?", sugeriu o dr. Cottard dando tapinhas no ombro de Chang. "Sei que você deve estar nervoso, filho, por ser seu primeiro bebê", disse a meu irmão, tomando Chang pelo pai. "Mas isso não é para homens, nem mesmo para um homem como você."

Existe o clichê do pai que espera nervoso o nascimento do filho, andando como um boboca de um lado para o outro. Mas não havia clichê nenhum sobre meus temores, quando Chang e eu saímos do quarto e fomos esperar andando de um lado para o outro no quarto principal. Pela primeira vez compreendi a repulsa que os outros sentiam em relação a meu irmão e a mim, e foi uma descoberta nem um pouco agradável. Enquanto medíamos o quarto a passos ansiosos, os pés de Chang atravessavam meu caminho — qual foi a última vez que isso aconteceu? Se o bebê nascesse sem nenhuma anormalidade, a não ser uma ligação de pouco mais de dez centímetros de cartilagem, carne e vísceras, como a que eu compartilhava com meu irmão, aquela pequena idiossincrasia o condenaria a toda uma vida de incômodos olhares de curiosidade e reprovação, a uma existência sem um pingo de privacidade.

"Não se preocupe, Eng", murmurou Chang. Senti seu bafo cálido na minha orelha. "A gente trabalhou duro a vida toda, e agora sua Sarah está tendo um bebê", continuou. "Sorria, irmão, sorria."

"Obrigado, Chang", respondi.

Levei-nos de volta ao quarto do parto e empurramos juntos a porta. Cottard percebeu nossa entrada com um olhar por cima do ombro, depois tornou a concentrar-se silenciosamente em seu trabalho de trazer ao mundo meu filho.

Chang e eu fomos nos postar ao lado de Adelaide, que ainda estava segurando a mão de minha mulher e sussurrava-lhe palavras de estímulo. Cinco meses de gravidez davam uma linda cor às faces da minha cunhada e um volume encantador a seu corpo. Ela não correspondeu a meu sorriso nem prestou atenção em mim, pelo menos agiu como se não prestasse. Sarah apertava a mão dela. Senti que não poderia viver um só minuto sem olhar para os cabelos loiros e os olhos brilhantes de Adelaide, deslumbrante como sempre. Dissimular meu olhar só tornava ainda mais caóticas as emoções que me afligiam. Será que eu significava alguma coisa para ela? Será que um dia significaria?

"Calma, filha!" A voz do doutor soava nervosa agora, suas mãos trabalhavam sob as cobertas de Sarah. "Calma!"

"O senhor está conseguindo ver?" Minha mulher estava em pânico, à beira das lágrimas. "É o quê?"

* * *

Minha filha Katherine era uma criança franzina, e uma só menina, graças a Deus. Mas nunca seria bonita nem bem-proporcionada: pescoço fino, cabelos cor de fuligem sempre emaranhados, pele como um velho pergaminho e uma alma pobre, temerosa, assim era minha filha Katherine, que demorou para crescer e sempre necessitou de uma palavra compassiva.

Eu era bem diferente dela, não me amedrontava diante das pessoas, mas sempre reconheceria minha tristeza na de Katherine, em seus olhos dardejantes e em seu embaraço.

Pegando aquela criança triste, descarnada, fazendo todo feliz seu corpinho saltar na ligadura que eu compartilhava com Chang, eu sabia que minha filha nunca seria admirada, mas pelo menos eu era o pai de uma menina única, de aparência bastante americana. Nunca a proximidade de uma gêmea a impediria de estar a sós com o homem que amaria, nunca enfrentaria aqueles incômodos olhares de curiosidade e reprovação, e sobretudo tinha um pai que jamais permitiria que um estranho a levasse para exibi-la em terras estrangeiras. Considerei isso tudo verdadeiras bênçãos. Para meu encantamento, a criança tinha pele clara e olhos redondos.

Katherine, minha predileta, foi seguida por outros filhos: Julia Ann, Roslyn Etta e Georgianna, todas elas, como a pobre Katherine, já falecidas, que Deus as abençoe; e minha posteridade sobrevivente: James, Stephen, Patrick, Robert, William, Frederick e a graciosa Rosella.

Chang e Addie também tiveram sua prole: Christopher, Nancy, Susan, Victoria (por causa da rainha), Louise Emeline (surda-muda), Albert, Jesse (também surdo-mudo), Margaret

Lizzie, Hattie e Josephine Virginia, que tinha o lindo cabelo loiro da mãe e a única a morrer durante a vida de Chang. Eu amava todos eles: em suas veias corria o sangue de Addie.

Mas resolvi tentar esquecer o toque da mão de Adelaide. Concentrar toda minha força e minha vontade em ser um bom pai proporcionou-me novos olhos para enxergar o resto da família, e eu tratei de me dedicar a ser um marido e um irmão melhor.

O nascimento de nossos filhos coincidiu com uma época difícil para os Estados Unidos. Uma década de crise teve início com o Compromisso de 1850, uma andrajosa colcha de retalhos que começou a se esgarçar no momento mesmo em que era costurada. O retalho mais puído era a concessão da soberania popular, que fez de cada novo Estado um campo de batalha. Os omissos nortistas, não podendo mais continuar tapando os olhos para a escravidão, tiveram de escolher seu lado. Enquanto os progressos do telégrafo e a construção de novas estradas, canais e ferrovias reduziam a distância entre os estados, esses problemas provavam que, quando as partes de uma nação são unidas à força, um lado não pode simular por muito tempo indiferença em relação ao outro.

Eu estava me iniciando nas delícias da paternidade, das satisfações adultas que não tinha conhecido antes de Katherine. Mas — e pode ser o que meu pai tenha sentido no início em relação a Chang e a mim — eu tinha certa dificuldade para considerar aquela menina única como carne da minha carne. Apesar de eu saber muito bem que tudo aquilo era real: a vida em Wilkesboro, a ligação com minha mulher e com os Estados Unidos, as agruras e as exigências da vida cotidiana.

Quando Katherine ainda era uma criancinha e o interesse pela família estava no auge dentro de meu coração, eu costumava ir às escondidas com Chang espiar minha filha dormir no bercinho. Ele e eu sempre fazíamos isso de noite, e sempre a sós. Passando por entre os galhos, a lua entrava pela janela e vinha derramar suas moedas de prata no corpinho franzino de minha filha. "Dá para acreditar que fizemos isto?", eu perguntava a Chang. E ele passava a mão nas minhas costas e dizia que não, que não dava. Aquela menininha era como um tônico que aliviava minhas dores e meus anseios.

Poucos anos depois do nascimento de Katherine, quando ainda estávamos esperando nosso segundo filho, fiz exatamente aquilo que eu vinha me esforçando por não pensar: toquei de novo Adelaide, uma vez.

Foi certa madrugada escura, em que o silêncio só era quebrado pela tagarelagem dos insetos noturnos. Chang dormia e eu acabava de acordar quando percebi que Adelaide estava chorando. Não sei como me dei conta, já que ela não fazia nenhum barulho capaz de chamar minha atenção. Mas senti que ela chorava e, quando abri os olhos e espiei por cima do rosto de meu irmão, minha cunhada Adelaide, que a escuridão cobria como se fosse um véu negro esfarrapado, estava fitando um ponto distante de nós, os olhos lacrimosos cravados no teto.

Minha mão jazia do lado de meu irmão e, com cuidado para não o acordar, estiquei meus dedos o suficiente para tocar levemente o quadril de Adelaide. Ela virou-se sobressaltada, olhou por cima do ombro boquiaberta. Fitamo-nos piscando os olhos, como um gamo e uma corça estudando-se no coração de uma floresta escura. Ela sorriu. Não sei por que está chorando, quis lhe dizer desajeitadamente, mas sei que posso ajudar você. Juro que ela se moveu em minha direção, mas então Chang se virou para mim, dormindo, e minha mão afastou-se dela; isso foi tudo.

Não demorou para que Sarah e eu tivéssemos nossa segunda filha, que se chamou Julia. Vi meu irmão ser pai de Josephine e Chris, e nossa casa ficou cheia com as quatro crianças.

Por algum tempo, Chang e eu ensinamos kung fu a Josephine, Chris e à minha Katherine todo sábado de manhã. Katherine tinha cinco anos, Josephine quatro e o rechonchudo Chris, quase sem pescoço, três. No gramado dos fundos, na garoa fina clareada pelo sol, as crianças moviam-se como tímidas sombras de si mesmas, desafiando suas pernas nas posições baixas chamadas "cavalgando", que as fazia se acocorarem no lombo de minúsculos cavalos imaginários.

"A cegonha branca abre as asas", ordenei num tom que me agradava, não só por me lembrar meu pai mas também de como eu era quando estava de bem comigo mesmo. Meu irmão e eu estávamos na posição da sétima estrela, descarregando o peso nas pernas postas atrás e com as quatro mãos na frente do rosto.

As crianças ergueram as palmas da mão direita, viradas para fora, girando a mão esquerda na direção do chão. Katherine perdeu o equilíbrio como um pintinho que ainda não achou seu ponto de estabilidade. Olhou então para mim com aqueles seus olhos tristes e tive de conter meu impulso de sair correndo e afagá-la. "Não foi nada, Katherine", disse, permanecendo na minha posição, peito a peito com meu irmão.

"Agarrem o rabo do pássaro", comandou Chang, também com uma voz que soava como a do pai. As crianças deram um passo à esquerda e baixaram a mão direita. Todas se moveram nesse sentido, salvo o pequeno Christopher, que foi para a direita, trombando com a irmã. "Ai!", ela se queixou.

Ouvi uma voz feminina atrás de nós: "Vocês vão acabar fazendo com que eles se matem com essa palhaçada". Era Sarah, minha mulher, que nos espiava da varanda e sorria para mim, o que era uma verdadeira raridade.

"Não tem perigo", respondi. Fazia um lindo sol, eu estava entregue a lembranças felizes, aos prazeres domésticos, e a ternura por minha mulher insinuou-se dentro do meu coração. "Isso vai ensiná-los a nunca brigar, querida."

"Oh, Eng", fez ela. Eu já tinha me esquecido de como seu rosto podia brilhar e de como era bom receber um sorriso.

A pequena Katherine aproveitou que eu não estava prestando atenção nela para sair da posição: "Podemos parar agora, mãe?".

"Vocês vão acabar fazendo com que eles se matem", repetiu minha mulher com algo que parecia ternura na voz, antes de dar meia-volta e rumar para dentro de casa. Seu vestido cinzento rodopiou, mostrando um pedaço de seu tornozelo branco e peludo. As crianças a alcançaram antes mesmo de ela chegar à porta.

Chang e eu já éramos quarentões agora, assim como nossas esposas. Sarah e Adelaide haviam engordado com os anos e as gestações. O que fora um tabu — ficar de mãos dadas com Adelaide — havia se tornado um ritual, nunca esclarecido mas repetido de vez em quando, sempre que podíamos, até a Guerra Civil estourar.

Os anos se passaram e eu só me vi preso ao Sul e a sua causa no dia em que entendi que a secessão era inevitável. Foi um homem, um forasteiro com que me encontrei rapidamente, que me mostrou esse fato.

Numa tarde de abril de 1856, depois de vendermos dois escravos para uma viúva chamada Catalin McAdoo, uma mulher ainda moça conhecida por seus lindos cabelos encaracolados, Chang e eu tivemos de ir ao fórum de Wilkesboro assinar uns papéis. Saindo de lá, vimos um rapaz forte, de ombros largos, de pé ao sol. Seus cabelos ruivos saíam de sob seu gorro de pele de guaxinim fincado impetuosamente até a testa e, embora o rosto estivesse sujo, seus olhos meigos e a brancura do seu sorriso sugeriam a têmpera de um anjo.

Ele adiantou-se a passos largos até a varanda e puxou conversa com meu irmão e comigo. "Vocês não são do Norte, são?" Sua voz estava aguda de tão excitada. "Meu nome é Jeff Roda."

"Não", respondemos.

"Vocês são mesmo uma visão e tanto." Com o queixo enterrado no peito, olhava para nós com uma careta de espanto. "Vocês não são nortistas, são?"

"Não. Nós é Chang", disse meu irmão. "E Eng", completei. "De Wilkesboro."

"Esta é a minha primeira viagem a uma cidade como Wilkesboro", ele disse. "Ouvi falar da baita cidade de vocês, rapazes. Todo mundo é meio esquisito em Wilkesboro, sempre ouvi dizer." O brilho de satisfação em seus olhos confirmava suas desconfianças. "Fico só *imaginando* como é a gente lá do Norte."

O jeito como o rapaz passava a mão nos cabelos ruivos me fazia pensar em nosso filho menor. "Gostei de vocês logo de cara", continuou. "Não querem conhecer o Kansas?" Deve ter notado nossa apreensão, porque prosseguiu rapidamente: "Vamos a Lawrence botar ordem naquele... *antro* de abolicionismo". A maneira como ele disse "antro" deixava claro que a frase não era dele; além disso, sua cara suja e seus modos indicavam que ele era pobre demais para possuir escravos. Mas sua emoção mexeu comigo. Não é sempre que a gente nota, simplesmente olhando para a cara de um estranho, que ele seria capaz de matar ou morrer por uma causa ou um companheiro. E eu acreditava que era assim que ele via a mim e meu irmão: como dois possíveis companheiros. Ninguém no Norte jamais demonstrara tais sentimentos de fraternidade nem confiara tão depressa em nós. "Não querem vir?", perguntou, e eu senti a esperança irracional de que ele tinha se encantado à primeira vista comigo, como eu me encantara com ele.

"Muito obrigado, senhor Roda, por sua amabilidade", respondi. E ele deu um sorriso largo, como só os homens que não estão acostumados com a rudeza do mundo são capazes de dar.

Chang e eu, é claro, não fomos combater os abolicionistas no Kansas, mas aquele homem, Jeff Roda, me marcou, apesar de nunca mais ter voltado a vê-lo, porque, ao encontrá-lo, soube que o Sul iria separar-se e que eu teria de aceitar isso. Os odiosos "ignorantes", como eram chamados, organizados contra os imigrantes, eram um partido poderoso no Norte. O lema nortista — Liberdade *e* União, agora e sempre, uno e inseparável — soava falso e vazio.

Algumas semanas depois do encontro com aquele rapaz, Chang e eu, com nossas esposas, recebemos nosso sogro para jantar. Um ano antes, a mãe delas morrera, e o irmão, Jefferson, também, ao cair de cabeça no chão de uma carruagem em alta velocidade, na qual ia pendurado fazendo palhaçadas. Depois disso, o sr. Yates volta e meia vinha nos visitar, mas raramente ficava para jantar. Os anos o haviam diminuído um pouco: não só seu corpo estava menor, arqueado, mas sua voz também decaíra. Já fazia quase quinze anos que o conhecíamos.

Sentamos em volta da comprida mesa de jantar. Christopher, o filho de Chang, também estava conosco, com seus já quase vinte e cinco quilos. As outras crianças — as minhas Katherine e Julia, e Josephine, de Chang — estavam em cima com Thom, cuja ocupação principal agora era cuidar delas.

O tema da conversa à mesa era John Brown, um partidário do abolicionismo que liderara um pequeno grupo dois dias antes numa sangrenta incursão contra alguns colonos sulistas, matando cinco homens, cujos corpos retalhados pendurou para servir de advertência aos proprietários de escravos. Yates dizia a Chang e a mim que o tal de Brown devia ser pego e enforcado em público.

"Acho que eu gostaria de assistir", comentou Adelaide, que estava com o filho sentado no colo. (Durante meses que me pareceram uma eternidade, eu não tivera a oportunidade de pegar de novo a mão de Adelaide.) "Um homem desses tem que servir de exemplo."

"Já eu não!", exclamou Sarah, que apesar da idade ainda continuava com a mania de fazer carinha de criança. "Com este estômago que tenho, não poderia nem olhar." Ela estava grávida de nosso filho Stephen, e sua barriga começava a arredondar-se.

Na manhã daquele mesmo dia, Chang e eu tínhamos encontrado um gatinho perdido embaixo de um tronco caído; com as perninhas da frente quebradas e os olhos remelentos, a pequena criatura miava num estado tão lamentável que Chang e eu pedimos a Thom que pusesse fim a sua desgraça com uma misericordiosa pedrada na cabeça. Agora, vendo Sarah, tão frágil e sem viço, acariciar agitada a barriga, passou-me pela mente a idéia de que minha mulher não tinha estômago para esta vida.

"Estão falando da execução desse miserável ou do que ele fez?" O sr. Yates sacudiu a cabeça, franzindo a boca miúda. Ele queria expor seus pontos de vista e irritava-o ser interrompido, ainda mais por uma mulher.

"Eu sei o que o pai quer dizer", falou Adelaide, com uma ponta de presunção na voz. "Que esse tal de Brown não merece nada mais nada menos que uma boa forca."

"E você gostaria de assistir a isso com os próprios olhos?", exclamou Sarah, estremecendo com a idéia.

"Não gostaria de assistir pessoalmente", esclareceu Adelaide, com ar alheio. "Mas talvez todos nós *devêssemos* ir ver...

Esse selvagem que sai por aí matando as pessoas... Todos nós da Carolina do Norte, para nos lembrarmos da nossa situação."

"Acho que você tem razão", disse Sarah. "Só eu é que não iria."

Adelaide deu um leve sorriso e beliscou a bochecha do gorducho Christopher, ainda no seu colo. "Você ouviu só sua tia?", falou. O menino fez seriamente que sim com a cabeça, depois fechou os olhos e aninhou os cabelos negros na barriga da mãe. Adelaide vestia uma estranha saia amarela franzida, cujo modelo ela mesma criara. Seu colo aparecia mais que de costume acima da gola de babados e, embora sua pele já não fosse tão firme quanto na juventude e seus cabelos houvessem ficado grisalhos, as sardas que sarapintavam seus ombros ainda lhe davam um arzinho de menina. Um leve suor lhe escorria pelo pescoço.

Meu sobrinho deve ter sentido o olhar que dirigi a sua mãe, porque logo abriu os olhos e fez uma cara marota para mim. Eu vinha lançando o mesmo olhar esperançoso fazia anos e desta vez não o desviei.

"Exatamente, Adelaide", dizia Yates. "O primo do Will Pundyk estava lá, na matança. O coitado foi perseguido até o rio e atiraram nele como num cão."

"Pai", disse Adelaide, "os ouvidos do menino talvez sejam novos demais para esta conversa."

"E quando tentou se levantar na água", os olhos de Yates faiscavam, "um deles o matou a porrete." Meu sogro tentou capturar meu olhar, ou o de Chang.

"Que horror", comentei. "Que horror."

"Continue, pai", pediu Sarah. Ela nunca me criticava abertamente, nem eu a ela.

"Até ouvi falar que os negros andam armados por lá!" Eu nunca ouvira a voz de meu sogro soar tão solene.

Adelaide cobriu o rosto com as mãos, depois as desceu lentamente pelo pescoço, marcando a gravidade de tal afirmação. Aquelas mãos. Ela passou o peso de Christopher de uma perna para a outra. "Vá para cima, filho", mandou, e o menino saiu correndo da sala.

"Bem", interveio Chang por fim, querendo entrar na conversa, "pelo menos acabou."

"*Acabou*?!" Yates ficou rubro e arreganhou os dentes lamentáveis. "Acabou?!" Seu olho esquerdo, que sofrera uma paralisia havia algum tempo, tremia.

Nessa altura, Soren, um de nossos escravos, entrou pela porta da cozinha e começou a servir café para todos. Ninguém disse uma palavra enquanto o negro ia de um a um com o bule de porcelana na mão. Quando ele terminou, todos os olhos acompanharam sua saída da sala.

"Não sei, talvez por ser da China, marido, você não entende nada de nada", disparou Adelaide, sacudindo a cabeça. "Mas esse ataque é sem dúvida nenhuma a pior coisa que já aconteceu por aqui." À medida que falava, ia ficando mais agitada. "Esses canalhas nojentos acham que o que fizeram foi a serviço de Deus! E você diz que acabou!"

Chang abriu a boca para falar, depois fechou. Tentou responder de novo, mas faltou-lhe coragem. Em vez disso, tomou um silencioso gole de café, cujo vapor umedeceu meu queixo.

O sr. Yates voltou à carga. "O pastor Hodge disse no sermão que é assim que esses ianques são. 'Que mais', disse o pastor, 'que mais se podia esperar dessa gente de um outro mundo, um mundo de amor livre, socialismo, espiritualismo, e todos os outros ismos inventados pelo homem ou pelo demo?'"

Adelaide continuava encarando o marido. "*Acabou*, disse Chang."

Nessa altura achei que minha mulher tinha percebido que eu não despregava os olhos de Adelaide, porque começou a me fitar com uma expressão esquisita. Não havia maneira de ela desconfiar de meus sentimentos, é claro, mas seu olhar me deixou muito incomodado. À medida que a curva decrescente de nossa intimidade se afastava da curva crescente de minha paixão por sua irmã, o silêncio de minha mulher se tornava mais profundo, desagradável, quase maldoso. Talvez fosse por isso mesmo que eu sempre ficava espantado ao ver quão falante ela ficava quando seu pai estava por perto.

O sr. Yates foi embora depois do jantar. Nossas esposas subiram para dormir, e Chang e eu ficamos na varanda de casa, desfrutando o espetáculo do céu estrelado do Sul. Pensar que logo iríamos nos deitar com Adelaide (era a vez dela nessa noite) me deixava nervoso; mas a simples existência de meu irmão — e de minha mulher também, aliás — ali, grudado em mim, me causava tamanha irritação naquele momento que quase aliviava meu sentimento de culpa.

Chang estava tomando um drinque. Começava a "tomar gosto" pela bebida. Nos primeiros tempos, bebia pequenas doses, que não eram suficientes para me intoxicar, porém mais que bastantes para soltar sua língua e reclamar de Adelaide quando ela era fria com ele. Chang, pois, tinha um copo de uísque na mão naquele momento. O ruído das pedras de gelo se chocando era o único que ouvíamos, salvo o chiado de um ou outro grilo.

Sem mais nem menos Chang comentou: "Agora sei que minha Adelaide vai me amar de novo". Falou aquilo sorrindo, seu bafo de álcool no meu nariz.

"Por que acha isso?", indaguei. Terá sido por desespero?

"Eu pensando agora em mim e Adelaide antes de Christopher nascer." Seu sorriso era o de um homem feliz passando a vida em revista. "E tudo era bom."

"Tudo", eu tentava firmar minha voz, "era *bom*, então, Chang?"

"Vamos voltar daquele jeito, eu com Adelaide." Ele compartilhava comigo o que achava ser a verdade irrefutável, sorrindo de orelha a orelha. "Eu só vou ser muito bom com ela. Ela vai me amar de novo logo, logo." Tomou mais um gole. (Do Livro da Temperança: "O néctar depravado faz com que as pessoas achem graça da própria miséria, embebe a mente delas de uma felicidade falsa, líquida. Ele nega as lições que costumam acompanhar as tribulações".)

Meu irmão tomou mais um gole e tossiu. Não me felicito pelo que pensei em seguida.

É *minha* mão que Adelaide segura no escuro, lembrei a mim mesmo. É o que ela faz, mais ou menos uma vez por ano, pelo menos.

Você não quer perder essa mão, eu me disse. Nem a alegria de guardar esse segredo por tanto tempo. Não é para esse macaco risonho que vai querer perdê-la!

"Eng, eu ainda amo ela." Chang sorria como o pai, quando passava a mão pelos cabelos da mãe. "Entende?"

A palavra *infidelidade* irrompeu em minha mente, aviltando os sentimentos que o toque de Addie havia provocado em mim — e que se mantiveram vivos com tão pouca coisa a sustentá-los. Minha mulher estava grávida. Eu tinha filhos. Aquilo nunca esteve nos meus planos, aquela mão dada a Adelaide, esposa de meu irmão, aqueles toques clandestinos e tão pouco freqüentes.

Olhei para Chang. Eu podia me lembrar facilmente dele com vinte, catorze, dez anos: um sorriso que tomava a cara inteira.

"Eu não acredito que nossa sorte continue, às vezes." Fechou os olhos e respirou fundo, como se tentasse inalar toda a sorte que havia neste mundo.

Eu amava meu irmão; eu odiava meu irmão. Meu ato de infidelidade não passara de um inocente toque de mão — afinal, aquilo não era tão medonho assim, ou era? Eu me achava agora uma pessoa horrível. Mas existe neste mundo alguém a quem o diabo às vezes não consegue tentar?

"É", respondi. "Nossa sorte."

Até a própria Adelaide eu odiava naquele momento, com sua cara comprida, suas cadeiras largas, sua língua afiada. Ela nunca teria ousado tratar seu marido daquela forma se ele fosse americano. E segurar a mão do irmão do marido — como ela ousava fazer aquilo? Eu estava tomado pelo ódio a mim mesmo e por um profundo desespero.

Virei-me para olhar a janela do quarto onde sabia que minha esposa estava dormindo. A vela estava apagada, a janela às escuras. Imaginei sua barriga grávida subindo e descendo suavemente a cada respiração. O gelo tilintou de novo no copo de uísque de Chang e senti vontade de agarrar meu gêmeo e nos levar correndo para acordar Sarah e contar tudo para eles dois: eu talvez não revelasse *exatamente* a extensão de meus sentimentos, mas diria em todo caso que temia que pudesse *estar correndo o risco* de me apaixonar por minha cunhada. Isso pelo menos me daria uma oportunidade para conversar sobre Addie. Será que ela se importava comigo?

"O que foi, irmão?", perguntou Chang, com uma expressão preocupada. Ele era o homem que Adelaide amara; eu duvidava que os sentimentos que ela nutria por mim fossem assim tão sérios. Vai ver Chang era o verdadeiro amor da vida dela e, se isso era verdade, ela certamente voltaria a reavivá-lo.

"Será que é você?", sussurrei irracionalmente.

Ele olhou de revés para mim, afagou meus cabelos. "Vamos dormir, não quer?"

"Desculpe, Broto de Feijão, tem razão. Vamos."

É claro que meu irmão estava errado. Adelaide e eu continuamos a nos tocar as mãos pelo menos uma vez por ano, e ela continuou a tratá-lo muito mal. Chang começou a beber mais pesado. Não levou muito tempo para ele passar dos limites. Principalmente quando estávamos em turnê.

Eu não gostava nada desse seu novo hábito, mas de início não o combati. Naturalmente, isso foi antes de eu conhecer os males secretos do álcool, antes de eu tomar conhecimento das provas científicas dos desastres que ele provoca. Mas eu sentia a presença do maligno quando ele bebia — disso eu sabia.

Certa noite, numa cidade das várzeas lamacentas do rio Arkansas, chegávamos à parte do nosso show em que os espectadores faziam perguntas (uma novidade, que teve vida curta) quando Chang, depois de uma única pergunta da platéia, saiu-se com esta: "Mais uma pergunta, e acabou".

Um sujeito desengonçado destacou-se da assistência. "Vocês são casados..."

"Vou precisar de um drinque para responder a esta." Chang tirou então a garrafinha metálica do bolso: uísque ordinário de Wilkesboro, seu cheiro me doía no nariz como uma ferroada de abelha.

"Eu respondo à pergunta", intervim, olhando feio para o meu irmão. "Por favor, cavalheiro."

O sujeito remexeu-se, parecendo apreensivo, mas falou: "Eu me perguntava se o casamento de vocês...".

"O cavalheiro não tem nada que se perguntar sobre nosso casamento", atalhou Chang. Eu detestava o suor espesso que empapava seu corpo quando ele bebia. "Chega de conversa." Tomou outro gole, e mais outro. O que não passou despercebido aos repórteres presentes.

Foi nessa mesma época que comecei a receber correspondência da Associação das Senhoras da Carolina do Norte contra o Alcoolismo, então uma sociedade de um só membro: uma senhora de cabelos brancos chamada sra. Appleby, de Winston-Salem. Ela queria me fazer membro honorário de sua associação. A princípio, ignorei suas cartas — se meu irmão queria naufragar na bebida, problema dele.

Minha tolerância com o vício de meu irmão chegou ao fim, porém, num dia de outono de 1857, quando levamos minha filha Katherine, que afinal não era mais tão pequenina, para dar um passeio de charrete por nossa propriedade. Ela tivera uma inflamação no fígado que a deixara de cama desde a primavera, vomitando sem parar. Mas no começo do outono já havia melhorado e, quando ela se sentiu suficientemente bem, levei-a para passear.

O dia estava quente e luminoso, ela parecia estar se divertindo com o passeio, apesar de nem sequer esboçar um sorriso e continuar bastante pálida — como era estranho para mim ter uma filha tão clara! Às vezes ela me passava os braços em torno do peito, pulava, me agarrava pela gola e me beijava bem no queixo. Eu nunca soube como lidar com o afeto exteriorizado daquele jeito.

Chang e eu íamos confortavelmente sentados lado a lado no banco da charrete, minha filha vinha no meu colo. Era leve como uma gatinha. "Upa, upa!", eu gritava, e Katherine então, sim, caía na gargalhada. Nosso cavalo, cuja pelagem de inverno vinha surgindo, era um baio gordo que chamamos de In. Ele nos levava por nossas terras, subindo um morro que dominava um pasto em que o capim crescia denso, descendo em direção ao cercado onde criávamos porcos. A paisagem era serena. Meu irmão não parava de beber o *bourbon* que trazia na inseparável garrafa de bolso. Durante todo o almoço, Addie evitara falar com ele, embora ele lhe tivesse feito uma porção de perguntas. "Addie, quer vir dar um passeio de charrete com a gente?", ele havia convidado, e ela nem sequer parara de mascar seu tabaco.

Dei um tapinha no ombro de Katherine e apontei para o cercado. "Está vendo aqueles porcos? Está vendo os leitões?"

"Estou." Sua voz, imaginava eu, era como a que uma mosca teria, minúscula e contrita, mesmo quando não havia nada errado.

"Sabe como os porcos fazem, Katherine?", perguntei.

"Não", respondeu, franzindo o cenho.

O cavalo ia quase a trote.

"Eles guincham", falei. "Você sabe, sim. Tente imitar a voz do porco." O gluglu de Chang bebendo me perturbava.

"Ai, pai", Katherine sacudia a cabeça de um lado para o outro. "Não quero."

Olhei para Chang, depois para minha filha, esperando que ele entendesse que eu não gostava que bebesse tanto assim na frente dela. Ele, é claro, fedia: seu hálito e sua pele exalavam um cheiro mais horroroso quando ele bebia *bourbon* do que quando bebia vinho.

"Imite o barulho do porco, Katherine", insisti. "Eu sei que você é capaz." O álcool de Chang começava a borbulhar no meu cérebro, e os pequenos glóbulos se organizaram em torno do meu eixo cerebral como minúsculos rolamentos. Eu odiava essa sensação, como a de escorregar no gelo, que marca os primeiros passos na marcha da embriaguez. As rédeas pesavam em minhas mãos. In apressou o passo, eu dei-lhe um puxão de rédeas.

"Chang, gostaria que você parasse de dançar com essa Madame Libação", pedi, tentando falar num código que Katherine não entendesse. O mundo todo estava começando a patinar.

"Este cavalo sacoleja muito", Chang sorriu zombeteiro, como se tomasse os solavancos por um insulto pessoal. Deu outro gole.

Como In ia agora num passo ainda mais rápido, puxei as rédeas para freá-lo. O verde das árvores e o chiqueiro estavam ficando bem nítidos, como se antes eu estivesse, sem saber, enxergando o mundo através de uma película leitosa. As nádegas ossudas da minha filha pulavam em meu colo.

"Faça o som do porco, Katherine." Eu tentava não sentir o estado de minha cabeça, prestes a explodir. A charrete fez um bando de passarinhos sair voando de uma nogueira.

"Por favor, pai, não estou com vontade", minha filha dizia.

"Estou enjoado!", exclamou Chang de repente. Tapou a boca com a mão e inflou as bochechas, mas o vômito jorrou, passando por entre seus dedos. Inclinou-se para o seu lado, a fim de não vomitar em si mesmo, levando-me com ele. Quase perdi o controle do cavalo e tive de agarrar Chang e puxá-lo, ao mesmo tempo que tentava parar a charrete. A cabeça de meu irmão bateu forte na minha. Segurei as rédeas com todas as minhas forças, mas elas começaram a escapar. "Papai!", gritou Katherine. "Não se assuste, Katherine!" Puxei as rédeas. A cabeça de Chang batia e tornava a bater na minha. Seu vômito caía na minha camisa. Continuei puxando; o cavalo relinchou. Minha cabeça latejava, o vômito de meu irmão afetava meu corpo, desarranjando meu estômago, dando-me calafrios. Mas eu continuava puxando as rédeas. O mundo voava. Era como se uma tocha me houvesse descido pelo esôfago abaixo, acendendo-se no meu estômago. Puxei as rédeas, o cavalo relinchou outra vez. E estacou.

Paramos à sombra de um carvalho que tinha folhas de um vermelho-sangue brilhante, mas o cavalo continuava resfolegando, ansiando por trotar novamente.

Minha filha olhava para o pálido e trêmulo Chang com simpatia. "O tio também está com uma inflamação no fígado, como eu?", perguntou.

O resto do dia Chang passou mal e, naturalmente, eu também tive de ficar de cama enquanto ele se recuperava. Naquela noite ardi de raiva, deitado ao lado de minha mulher e de meu irmão doente.

Chegou a noite seguinte e, com ela, a vez de Adelaide juntar-se a nós na cama. Ninguém abriu a boca quando ela se enfiou embaixo das cobertas. Ela estava furiosa com Chang, mais que nunca agora, que ele era um alcoólatra.

Deu dez horas, deu onze. Meu irmão dormia profundamente. Aquele tempo todo eu observava Addie, que, deitada às costas de Chang, tentava adormecer. Enquanto eu, imóvel, o coração presa de uma grande agitação, a espreitava, minha memória trazia à tona velhas recordações, enterradas tão fundo. Que longo caminho elas têm de percorrer para subir à superfície! Lembrei-me de minha cunhada anos antes, em nosso duplo casamento. Lembrei-me daqueles primeiros dias em que eu achava que poderia amar Sarah, do nascimento dos meus filhos, daquela noite em que peguei sua mão pela primeira vez... As lembranças chegaram enfim a essa noite, em que Adelaide estava ali, mais roliça, mais bonita até, com os cabelos presos atrás das orelhas, algumas madeixas caindo nas faces e na fronte, tal como caíam quando ainda não eram grisalhos, mais de uma década antes.

Agora madura, grávida, Addie devia ter puxado a camisola para cima, deixando descoberto um pedaço das pernas, porque, acima da cintura de meu irmão, eu podia percebê-las iluminadas pelo luar, que projetava sombras irregulares sobre a gordura suave do seu quadril. Eu queria tanto sentir seus cachos roçando meu pescoço!

Por cima do corpo cansado do meu irmão, alcancei, silenciosa, calmamente, sua mão. Lentamente, cruzei meus dedos com os dela.

Era o prêmio que coroava anos de uma batalha assídua. Mas, agora que eu o conquistava, não me sentia feliz. De repente, achei que era loucura estarmos ali de mãos dadas.

Apesar disso, não ousei separar os dedos de Addie dos meus.

"Adelaide", sussurrei, com uma ousadia que eu nunca tivera desde quando a toquei secretamente pela primeira vez. "Adelaide!" Meu cotovelo se apoiava levemente no braço de Chang. A mão dela estava úmida de suor, mas como era agradável sentir sua pele! Podia ser que, afinal de contas, ela me amasse. Que maravilha seria! Meu coração era como um peixe-voador, saltando fora do peito. "Adelaide..."

"Psss!", fez ela. E puxou a mão, soltando-a da minha. Quis pegá-la de novo, mas ela não permitiu. Tentei uma nova investida, e dessa vez ela retirou completamente a mão, pondo os dois braços nas costas. Estendi a mão o mais longe que pude por cima de meu irmão, tentando tocar seu cotovelo. Ela o afastou. "Pare com isso, Eng!", exclamou, agitada. "Nunca mais, está ouvindo? Isso é ridículo."

"Hã?", murmurou Chang, despertando.

E foi tudo. Eu não estava em condições de fazer nada mais.

Ela odeia você, disse a mim mesmo.

Meu coração gelou. Comecei a chorar silenciosamente, de olhos fechados; as lágrimas me escorriam pelo rosto até que caíram no de Chang.

"Que foi?", perguntou ele. "Que foi, irmão? Pesadelo?"

"Psss!", fiz. Eu era um péssimo irmão. "Psss!" O remorso e a vergonha me estrangulavam.

Na manhã seguinte meus olhos encontraram os ombros pálidos, indiferentes de Addie, iluminados pelo forte e melancólico sol matinal, e resolvi que melhor seria eu ir procurar consolo em outro lugar. Foi depois disso, percebi, que Adelaide começou a se dedicar seriamente ao crochê e eu entrei para a Associação das Senhoras da Carolina do Norte contra o Alcoolismo.

15. Barnum e nossa liberdade

1833-8
Nova York

Em meus anos de juventude em Nova York, Londres e no continente europeu, nunca soube o que era liberdade até a noite em que Chang e eu escapamos da casa da sra. Sachs, pulando seu muro e entrando na carruagem de Barnum. Até hoje me lembro claramente da noite seguinte — e da grande festa a que comparecemos.

A música animada que vinha da enorme mansão de Barnum em Connecticut se perdia em sons indistintos pelo estreito de Long Island. A maioria dos convidados ia e vinha entre o salão dos fundos e o gramado, como espíritos ansiosos em busca de algo concreto para assombrar naquele burburinho sob o céu noturno.

O colossal jardim dos fundos estava todo enfeitado por fileiras e mais fileiras de archotes que balizavam o caminho até a beira d'água. Uma tropa de garçons percorria aqueles corredores de luz, àbastecendo regularmente o bufê repleto de pratos cujo nome eu ainda não sabia — vários tipos de aves grelhadas, sobremesas esplendorosas como eu nunca havia visto.

Este é o primeiro passo, eu disse a mim mesmo. Da volta para casa e para perto da mãe.

Junto do bufê, na praia, haviam improvisado um bar de madeira, em cujo balcão estava disposto um número incontável de garrafas que o sorridente *barman* permitia que os convidados esvaziassem a um simples pedido — e de graça.

Comparado com o que conhecemos dos salões das casas inglesas, o mais notável nessa festa não era o número de convidados, mas a vastidão do ambiente, que fazia aquele banquete parecer tão genuinamente americano. Ao contrário de uns não sei quantos aristocratas numa velha antecâmara sem ventilação, deparávamos ali com um formigueiro de gente comum sob as estrelas.

Lá dentro, perto das portas-balcão da mansão de estilo georgiano, a orquestra tocava com entusiasmo enchendo com suas melodias a atmosfera saturada de álcool.

Senti-me o máximo ao lado de Barnum, debaixo daquele cintilante céu noturno. A furiosa arrogância que havia distinguido o empresário quando o vimos pela primeira vez anos antes tinha se transformado em calorosa camaradagem. Seus gestos largos, suas gargalhadas eram um apelo irresistível à amizade.

"Então, amigos, gostam da minha vida?", perguntou Barnum. Trazia pendurada em seu braço uma moça deslumbrante, de cabelos castanhos empastados com brilhantina. Havia tirado as sobrancelhas, que substituiu por réplicas traçadas a lápis, bem mais marcantes — a julgar pelas marcas que os pêlos deixaram — que seus precursores naturais. A dama, como Barnum, aguardava nossa resposta. Passando a língua pelos lábios, ela cravou os olhos em nós.

Chang ergueu os ombros humildemente e sorriu, um modo de responder à pergunta de Barnum. (Chang desenvolvera pequenos cacoetes com que ele pensava conquistar a simpatia do público: erguer os ombros e sorrir com uma inocência simulada, por exemplo; ou coçar a cabeça e contrair a fisionomia para mostrar que não tinha entendido direito o inglês em que lhe falavam. Mas esses gestos afetados acabaram tornando-se habituais, e ele os fazia mesmo quando estávamos sozinhos.)

"Bem, Lara", riu Barnum, despachando a garota. "Agora deixe-me a sós com meus amigos geminados, mas antes de ir...", remexeu no bolso, "... um presentinho para você, querida." Deu à moça uma concha fechada, que, para seu deslumbramento, quando aberta revelou um par de brincos de pérolas. "Pegue-os e caia fora", mandou Barnum.

"Como é que os brincos entraram aqui?" Agora era a boquinha de Lara que se abria maravilhada.

"Aceite a mágica e se mande!" Ela já estava fora de vista quando Barnum nos levou para dentro. "Uma boa apresentação é tudo", confidenciou-nos piscando o olho.

Entramos na mansão atrás dele. No rosto bronzeado do empresário, todo ele alegria e negócios, não vi nada de desagradável, nada que justificasse todas as imundícies que Hunter despejara a seu respeito. Hunter caía no meu conceito a cada sorriso simpático de Barnum.

"Coquetel, senhores?" O mordomo de Barnum apareceu de repente ao nosso lado, um homenzinho vestido formalmente, dando passos que reproduziam engenhosamente nosso andar. Seus cabelos negros estavam alisados com brilhantina e a pele esticada de seu rosto de cera amarelada fazia-me pensar que ele talvez fosse chinês, quem sabe até siamês. Tentei adivinhar sua nacionalidade — ou arrancar-lhe um sorriso cúmplice —, mas ele nunca olhava para nós. "Coquetel?"

"Não, obrigado", respondi, entrando na casa.

"Sim, drinque, por favor", respondeu por sua vez meu irmão ao mordomo, com o que o criado, olhos sempre baixos, lhe ofereceu um copo grande como um vaso.

Chang tomou um gole da bebida intoxicante, seu primeiro trago, e ergui minhas sobrancelhas para ele, demonstrando minha surpresa. Um gole, e Chang sorriu estupidamente, como se estivesse de fato alarmado ou como se suas glândulas estivessem sobrecarregadas. E o mordomo se afastou, esgueirando-se diplomaticamente.

Estávamos agora dentro da mansão, numa sala alta e enorme, forrada de lambris de carvalho, tão longe do centro da festa que o som da orquestra se esvanecera.

Um som, porém, substituía o outro. No meio da sala, uma mulher de vestido azul tocava um piano claudicante, com algumas pessoas a seu redor, rindo de como ela martelava as teclas, mas cantando, já meio altas.

In the meadows, fair meadows, I loved a girl
In the meadows, fair meadows, I gave her a twirl,
She was blond, she was blond, my heart unfurled
She was blond, my blond love, my meadows girl...[*]

Alguns convidados ocupavam as cadeiras de veludo na extremidade do salão, dormindo o sono ruidoso dos ébrios. Barnum ficou conosco num canto, elegantemente afastado de seus convidados barulhentos. Tinha nas mãos o projeto de um cartaz para nós, um exemplo dos anúncios que ele espalharia por toda a cidade se concordássemos em trabalhar para ele.

[*] Na campina, bela campina, amei uma garota/ Na campina, bela campina, eu a fiz rodopiar,/ Ela era loura, ela era loura, meu coração se abriu/ Ela era loura, meu louro amor, minha garota da campina...

O cartaz dizia: CHANG-ENG: OS IRMÃOS SIAMESES UNIDOS. Sob o título, uma águia americana ria, gozadora, e a legenda trazia esta citação: "União e Liberdade — Unos e inseparáveis, agora e sempre". "Et pluribus *unum*", disse Barnum. "Pode significar um montão de dinheiro. E significa mesmo, isso eu lhes garanto, rapazes." Barnum inclinou-se para nós, franzindo a testa larga. "Vocês têm de trabalhar para mim. Têm mesmo. Vou lhes trazer a glória. Nenhum número de monstros será mais extraordinário. Nenhum, no mundo inteiro." Ele tinha um cheiro de oceano. As luzes das velas e as sombras dividiam sua cara.

Mais convidados, provavelmente tendo ouvido dizer que Barnum entrara, chegavam à sala. Barnum piscou os olhos para nós e, com um sinal, chamou nossa atenção para o número crescente de pessoas que entravam e se aglomeravam ao redor do piano, fingindo não reparar em Chang e em mim.

"Tudo isso", disse Barnum, e vi-me olhando para a mulher ao piano, para seus lindos cabelos, seus braços delgados e adejantes. "Tudo isso", dizia Barnum, e o salão agora já estava lotado. "Tudo isso eu posso lhes dar." Enrolou o cartaz num gesto teatral.

A pergunta de exatamente *quanto* ele iria dar estava pendurada em meus lábios. Mas nesse instante um tumulto perturbou a atmosfera. Acompanhadas por murmúrios irados, algumas pessoas que não faziam parte dos convidados empurravam à força a multidão. Com um sotaque tipicamente siamês, o mordomo berrava: "Vocês não podem entrar aqui!". Mas o alvoroço vinha em nossa direção.

Não demorou muito para que a multidão agitada se abrisse a nossa frente, deixando surgir a causa do alvoroço: Hunter e a sra. Sachs.

Hunter se adiantou e nos fitou através do monóculo com um gigantesco olho semicerrado. A sra. Sachs ficou atrás dele, olhando para o chão e remexendo nervosamente os cabelos.

"Você!", proferiu Hunter, e parecia a única coisa que ele era capaz de falar, tanto que ficou um tempão com a boca escancarada sem emitir nenhum som. Alguém tocou uma nota no piano.

"O sr. Hunter", meu irmão e eu apresentamos educadamente. "A sra. Sachs."

Mas era claro que Hunter não estava se dirigindo a nós, porque fuzilava Barnum com os olhos injetados. "Eles são literalmente *meus* chineses, Barnum. Paguei para trazê-los, tomei conta deles nestes últimos anos, dei-lhes uma casa. Eles são *meus*!"

"Na verdade, agora eles são meus chinas", replicou Barnum com voz macia. E nosso recentíssimo amigo, Barnum, armou seu melhor sorriso ao voltar-se para nós. O sorriso era atencioso demais para não ser o resultado de longa prática diante do espelho. Com ele, Barnum dava a entender que *você* era mais importante para ele que todo o resto deste vasto mundo — mais importante até que ele mesmo —, que você era uma pessoa excepcional e, caso você não soubesse ou se esquecesse disso, aquele sorriso estaria ali, aberto de orelha a orelha, para lembrá-lo.

Pigarreei. "A bem da verdade", sorri por minha vez, "não somos os chinas de ninguém." Estufei o peito, forçando a membrana. "Somos do reino do Sião e, além disso, somos de nós mesmos e de mais ninguém." Voltei-me para o mordomo boquiaberto e me servi de um grande copo de uísque.

Tomei um gole teatral — foi o último trago que tomei daquele líquido maldito —, quase cuspi aquela coisa horrível que me queimava a boca e a garganta e rumei com meu irmão para a saída.

"Para onde vamos?", Chang perguntou, enquanto abríamos caminho entre a multidão, com uma cara tão fresca como quando tinha cinco anos de idade. Entornou o resto do uísque goela abaixo, e senti como que bolhas negras me pinicando o peito. Minha cabeça estava leve como um balão.

"Vamos embora", respondi, e Chang perguntou: "O quê? Por quê?".

Caminhando na noite, eu me sentia tão feliz como nunca me lembrara de ter ficado um dia. Estávamos voltando para casa, para junto da mãe, para o Sião.

Depois de discutir um bocado com o cocheiro da carruagem que Barnum contratara para nos levar lá ("Você acha que o senhor Barnum teve todo esse trabalhão para nos trazer a Connecticut, para depois termos de voltar sozinhos?", argumentei), consegui que ele nos conduzisse a Nova York, apesar de a corrida durar a noite toda. Nada ia me impedir de nos tirar daquele fim de mundo.

Durante a volta a Manhattan, eu não pude conter meu entusiasmo. Chang admirava a paisagem pela janela da carruagem com uma cara tão apática que me dava vontade de apertá-lo nos braços.

"O que foi, irmão?", sussurrei baixinho em seu ouvido. "Estamos indo para casa!" E repeti de novo, suavemente: "Para casa!".

Ele se virou finalmente para mim e ficamos nariz contra nariz. Nos olhos de Chang não brilhava aquela felicidade que tantas vezes eu vira quando ele se rejubilava com algo que acontecera ou estava por vir, mas não me importei, porque naquele instante meu irmão me inspirava um profundo amor e eu me sentia tão próximo de nosso Mekong de outrora quanto sua respiração estava de meu rosto. Chang era o principal responsável pelo sucesso de nossos shows, eu sabia, e aquele pensamento me encheu de nova ternura para com ele.

"Não vou voltar para o Sião", Chang murmurou. "Não, eu não vou voltar."

As janelas da carruagem estavam abertas e o vento entrava mansamente, como se fosse um suspiro. Dali a pouco começaria a chover.

"Ouviu, Eng?", ele empinava a cabeça, o que não era um de seus gestos mais dramáticos, mas ainda assim era um gesto. "Não tem nada pra nós no Sião." Ele soltou uma golfada de ar pelo nariz e virou-se de novo para a janela. Certamente não conseguia suportar ver minhas lágrimas. "Eu sei desde dia que desembarcamos do *Sachem* que Sião acabou para nós." Parecia cansado. "Você muito burro se pensa de outro jeito, sabe?" Virou-se e fitou-me com olhos que estavam a sete mil quinhentas e vinte milhas náuticas de onde estavam os meus. "Boa sorte para voltar sem Chang", falou.

Minha mão estava apoiada na parte de trás do pescoço dele. Tirei-a. O silêncio era denso e repleto de paixão. Quer dizer que agora o difícil era ele, não eu, pensei. O cruel. Meu coração estava murcho, soturno.

Eu podia ter dito: "Mas você prometeu!". Eu podia ter perguntado: "Como você pode abandonar sua casa, sua dignidade, sua nação, por este lugar frio?". Mas não quebrei o silêncio. O movimento de nossos corações parecia não coincidir.

Estar preso àquele impostor egoísta me deixava fisicamente doente.

Eu podia ter coberto Chang de pancadas então, podia tê-lo espancado, arrebentado sua cara — e tinha mesmo vontade de acabar com ele. Mas a lembrança da mãe, da mesma mãe de quem Chang me mantinha distante agora, e o respeito à sabedoria dela me contiveram. *Um menino duplo nunca deve brigar um com o outro.* Sua voz macia e leve. *Seria como vocês cortarem a própria cabeça.* Eu nunca mais voltaria a ver a Terra do Elefante Branco. Não sabia o que fazer com aquela furiosa sensação de desapontamento que me dominava. Por isso a engoli. Não tinha opção: teria de ficar na América.

* * *

Mas não tínhamos aonde ir na América. Depois de pegar o pouco que possuíamos na casa da sra. Sachs (dois pares de ternos pretos e o dinheiro dos primeiros pagamentos que Hunter nos fizera, depois de retornarmos de Londres), passamos nossa primeira noite de emancipação vagando sob o céu cinzento, em busca de um lugar para nos hospedarmos. Andamos a noite inteira como se fôssemos autômatos, evitando o olhar das poucas pessoas que estavam na rua naquelas horas, agrupadas em torno de fogueiras. Caminhamos sem parar, até o último dos cidadãos ir para a cama.

Eu o odiei.

"Calma", Chang me dizia, "relaxe. Todo mundo já tinha ouvido falar de nosso show. Se quando éramos adolescentes montamos nosso negócio de patos, como jovens adultos que somos podemos perfeitamente montar nosso próprio show, que é o que todo mundo quer de nós."

Mas eram outros meus pensamentos enquanto perambulávamos pela Manhattan vazia até o sol raiar: quem sabe eu não conseguiria persuadir Chang a voltar ao Sião no ano seguinte; quem sabe um dia apareceria um médico que me separasse daquele meu fardo...

A manhã logo chegou, ensolarada e quente, mas de início foi desapontadora. Paramos em todas as pensões com que topamos, mas seus donos desconfiavam de nós. Finalmente, chegamos à parte velha da cidade, onde demos com um pequeno teatro: o Kay Playhouse. Mais parecia uma casa de dois andares do que um auditório.

"Vamos parar um instante aqui", disse Chang.

"Por quê? Quero arranjar um lugar para dormir."

"Só um instante." Seu sorriso me deu ganas de lhe acertar um soco nos dentes. Fomos até a porta branca, que estava trancada.

"Parem de bater!", berrou uma voz de homem atrás da porta. Era cedo demais para a bilheteria abrir, explicou a voz, e além do mais o teatro não iria apresentar nenhum espetáculo até quinta-feira.

Batemos de novo. Olhei para Chang como se ele estivesse maluco. Eu não tinha a menor dúvida de que dali a um minuto ia aplicar-lhe a pata de tigre do kung fu.

"Falei para cair fora..." O homem se arrepiou todo ao abrir a porta. Era um sujeitinho pequeno, de cabelos brancos. Sua cara maltratada pelos anos traía um bom coração por trás da expressão perplexa.

"Os gêmeos...", balbuciou, e fez um gesto: "Entrem, entrem".

O teatro era modesto: umas vinte cadeiras sob o teto baixo; o palco era pouco maior que uma caixa de sabão.

"Queremos trazer show para teatro", falou Chang. "A gente somos aqueles gêmeos. Ouviu falar de Chang-Eng?"

"Trazer o show de vocês para o *meu* teatro?" O espanto animou as faces descarnadas do sujeito. Seu corpo era impregnado de um cheiro de peixe que lembrava o fedor que emanava das margens lamacentas do Mekong quando a pesca do dia havia ficado apodrecendo ali, no calor.

Por fim entendi o que estava acontecendo. "Dividiremos a féria com o senhor, na porcentagem que o senhor achar justa", respondi.

"Quer dizer...", ele apertou os olhos, "vocês querem apresentar o show de vocês no meu..."

"Interessa?"

"Interessa, sim, claro... claro... Me... me interessa, sim", gaguejava o homem. "É que somos um pequeno..."

"Contanto, é claro, que possamos ficar aqui", acrescentei.

"Contanto, é claro... Como assim, ficar?"

"Morar", esclareceu Chang. "Por pouco tempo", emendei.

"Ué, *eu* moro aqui", respondeu ele. "Só tem uma cama no segundo camarim, e eu já..." O velhote coçou a cabeça, o sono ainda incrustado no canto do olho. Só então percebi que o camisolão enfiado apressadamente nas calças é que fazia suas pernas parecer teatralmente pequenas.

"Podemos dormir no palco", sugeri.

Nós três nos viramos para avaliar nosso futuro dormitório, meu e de Chang. Que não seria uma casa espaçosa dava para ver.

"Travesseiros", falou o homem, preocupado. "Posso lhes arranjar uns travesseiros, claro, claro. Cobertas. Posso me virar com aquelas. Dividir a féria, você disse. Dividir a féria..." Cerrou os olhos e passou a língua pelos lábios, sem dúvida degustando o novo sabor de seu futuro. E franziu a testa. "Publicidade. Divulgar o espetáculo. Vocês vão ter de assumir isso, não tenho dinheiro para bancar."

"Pendure cartaz, as pessoas vai vir", disse Chang.

Com isso e o par de apertos de mão que se seguiram, começamos nosso acerto com Robert Kay e a Kay Playhouse.

Foi lá que de fato consolidamos nossa reputação profissional nos Estados Unidos. Após alguns meses de apresentação, meu irmão e eu éramos a maior atração de Nova York. O dinheiro entrava, e nós o economizávamos. "Um ano aqui", falei, "e voltamos." Ele não respondeu, o que achei ótimo, porque eu não estava lhe perguntando nada.

E então, certo dia chuvoso, quando fazia alguns meses que estávamos de volta a Nova York, recebemos uma visita de nosso passado.

Chang e eu estávamos sozinhos no teatro, treinando andar de pernas para o ar no pequeno espaço do palco-dormitório, quando alguém bateu na porta da frente da casa de espetáculos.

Abrimos a porta para um homenzinho siamês, velho e calvo. Usava um sapato de couro como os que estavam na moda em Manhattan, mas em vez de capote vestia a túnica de algodão dos camponeses do Sião. "Alô", fez ele, e seu sotaque era mais carregado até que o de meu irmão. "Lembram-se de mim?" Chovia na cabeça dele.

Levei um tempo para reconhecê-lo, com seu pescoço frágil e seu rosto agora todo enrugado. Nosso visitante era o dr. Lau, o médico siamês que viera nos examinar quando éramos criancinhas. Fazia anos que não o víamos, desde aquela vez na Faculdade de Medicina Irving Wallace, quando ele e Barnum interromperam a apresentação de Hunter. O dr. Lau havia perdido todos os dentes da frente.

Com um passo ligeiro, o dr. Lau passou por nós sacudindo a água das mangas e entrou no teatro. Parou na altura da última fila e deu meia-volta para nos observar. Trazia na mão uma maleta de médico, de couro preto.

"Vocês resistem juntos", falou em tai. "Há força e glória na união, mas felicidade na liberdade." Inclinou-se para pousar a maleta no chão.

Ágil para um homem idoso, deslizou rápido até nós e pôs a mão em nossa membrana, que saía entre os botões de nossos casacos. Apertou-a com naturalidade, mas não sem cerimônia; correu dois dedos ao longo de toda ela. O velho médico tinha a carranca serena de um papa-defunto.

Nem Chang nem eu nos demos ao trabalho de perguntar o que ele estava fazendo.

"Eu separo", falou em inglês sem tirar os olhos da junção.

Não demorei a registrar aquelas palavras. Sim!, pensei. Sim! Não ousando fazer perguntas, não precisando de nenhuma explicação, eu pensava: sim!

"O quê?", exclamou Chang, que eu esperava não ia dizer nada para dissuadir o doutor, para quebrar o encanto.

"Vamos falar em tai", disse o dr. Lau.

E contou-nos sua história. Desde que Barnum o trouxera para os Estados Unidos para tumultuar nosso encontro com o dr. Rosen, vivia em Nova York, atendendo a crescente população amarela com sua medicina antiga.

"Por que nós?", perguntou Chang. "Por que agora?"

Ver os olhos estreitos de Lau, decidindo-se sobre quanto iria revelar-nos, lembrou-me da mãe quando, na primeira metade da nossa existência, escolhia que fatos do mundo eram adequados a nossos ouvidos.

"Vim vê-los", disse o doutor em nossa língua nativa, "devo admitir, porque essa operação ousada vai me tornar famoso."

"Ousada?", repetiu Chang.

Eu não ia deixar meu irmão arruinar minha oportunidade de ser feliz, disse a mim mesmo. Eu estava disposto a garantir minha felicidade, custasse o que custasse.

"Irmão", intervim, "tenho certeza de que o doutor sabe o que está fazendo."

"Não quero dizer que seja perigoso." Lau esfregava as mãos nervosamente. "Quero dizer", ele se contraiu, "*difícil*. A medicina mudou muito desde que nos vimos da última vez." Ergueu as mãos, abrindo-as bem, num gesto para nos acalmar. "Faço isso para vocês, de graça." Como seu sorriso era benevolente! "Afinal de contas, temos sangue chinês."

"Os médicos americanos diz que isso mata a gente", replicou Chang em inglês.

Lau também trocou de língua. "Não sou médico americano."

"Como o senhor faria?" Eu tentava mostrar segurança e indiferença na voz.

O doutor fez uma careta. "Deixe-me dar uma olhada."

Agarrou nossa junção e apoiou todo o seu velho corpo contra ela. Segurava nosso *tzon* como se fosse uma preciosidade.

Bateu na rija marca de nascimento que ficava no meio dela e passou um dedo sobre a pinta castanha até a parte inferior da mancha maior. A marca de nascimento formigava agradavelmente. Então aplicou a mão sobre a membrana, massageando os feixes de cartilagem sobre a carne e dando tapinhas suaves, como uma mãe faria com seu bebê.

De que o senhor precisa, doutor?, pensei. Eu até rôo esta maldita membrana para o senhor, se for preciso.

Lau observou a membrana por longos minutos. Sua fisionomia se decompunha gradativamente, como um amante ao perceber — pouco a pouco — que sua amada lhe é infiel...

O doutor resmungava consigo mesmo: "Pendurado numa corda, a corda cortando progressivamente...".

"O senhor acha que cortar mataria a gente?", indagou Chang de repente. Eu não queria ouvir a resposta. A esperança viera acenar para mim de modo tão inesperado, tão maravilhoso... O doutor que tentasse nos separar. Pouco importavam os riscos.

Chang sorria nervosamente para o médico. Meu irmão estaria disposto a fazer a operação, se ela fosse comprovadamente segura? Isso não me importava: eu ia fazê-la! Só de pensar em meu irmão me dava tanta raiva que eu estava como que cego. Percebi chocado: eu queria que ele morresse!

As plantas crescem quando o rebento mais fraco é removido, pensei.

Quem sabe o doutor vai usar uma faca, pensei. Aí você agarra a mão dele, disse a mim mesmo, pega a faca. Quem sabe você se apossará então de toda a força de Chang, continuei falando a mim, e ficará com a energia de dois homens.

É claro que eu nunca teria feito isso. Às vezes temos maus pensamentos, mas eles não passam de pensamentos, e nós somos melhores que eles.

"Não, não, não, isso não *mataria* vocês", respondeu o doutor, mas olhando com tamanha tristeza para nossa junção, segurando-a tão delicadamente, como se não percebesse que a palma de sua outra mão ainda se apoiava nela. Olhou para Chang e para mim, os olhos passando de um rosto ao outro — ele deve ter visto uma expressão hesitante e outra cheia de ansiosa expectativa —, e disse bem baixinho: "Mataria vocês, sim".

Afastou-se de nós e pegou a maleta. "Fiz vocês perderem tempo à toa."

Senti as lágrimas se avolumarem em meus olhos. Quis fazer alguma coisa — mas havia alguma coisa a fazer? — ou pelo menos dizer alguma coisa.

"O senhor voltou à Terra do Elefante Branco?" Minha voz vibrou como a de uma garotinha num dia de chuva.

O médico olhou para mim e sacudiu ligeiramente a cabeça. "Não, não voltei." Rumou para a porta. "Faz anos."

Pus-me a falar depressa, tentando achar algum ponto em que pudesse depositar minha esperança. "Espere", pedi. A mãe já devia ser uma senhora frágil, de cabelos brancos. "Doutor, espere." A mãe ainda devia ser bonita. Ela fora tão linda em nossa infância, fora seus dentes, e tão miúda... Como nosso dinheiro a ajudaria!

"O senhor sabe qual é o melhor meio para a gente se comunicar com as pessoas lá no Mekong?" A firmeza de minha voz me surpreendeu. "Eu queria mandar uma mensagem para nossa mãe."

"Sinto muito. A mãe de vocês morreu", ele sussurrou. "Eu a vi pouco antes do fim, mas não pude fazer nada. Morreu poucas semanas depois de vocês virem para a América."

Meus braços e minhas pernas ficaram como que entorpecidos. Não falei nada. Chang deixou sua mão tocar levemente a minha. Acompanhamos o dr. Lau até a porta. Não a abri para ele. O próprio doutor abriu-a e saiu. Passado um bom momento, fomos até os bancos e desabamos num deles.

Sozinho com meu irmão naquele teatro, a simples vista dele era insuportável para mim. Seu rosto tremia. Se ele tivesse dito uma só palavra, eu talvez lhe tivesse dado um chute na cara. Tudo o que eu queria na vida era ficar sozinho. Tudo o que eu sempre quis. Sentamos num silêncio sem lágrimas.

Não paramos os shows. Eu perdi o ânimo, é verdade, mas depois que alguns donos de grandes teatros entraram em contato conosco, Chang me convenceu de que podíamos levar nosso show para as casas de espetáculos que quiséssemos, praticamente em qualquer canto do país. E foi o que fizemos.

E assim foi, ano após ano. Ficamos ricos, viramos homens-feitos, mas não vivíamos como os ricaços. A maior parte do ano ficávamos na Kay Playhouse e em hotéis baratos, quando excursionávamos. Eu lia com freqüência, era minha válvula de escape. Embora aquilo tenha acontecido anos antes de Chang dar para beber, começamos a brigar com maior freqüência. Eu não sabia que poderia perdoá-lo — eu acreditava irracionalmente que, se tivéssemos voltado para casa quando eu havia querido, teríamos encontrado a mãe viva.

Levamos nosso show à Europa, numa turnê organizada por nosso velho conhecido Barnum. De volta aos Estados Unidos, levamos nosso espetáculo até o Oeste. E assim foi, ano após ano, até que encontramos nossas esposas.

16. Secessão e reconstrução

6 de novembro de 1860-março de 1868
Wilkesboro, Carolina do Norte

Embora uma série de incidentes tenha pressagiado a cisão do país, a violência com que ela irrompeu parecia tão abrupta e inesperada como a enxurrada que devasta a terra quando a barragem se rompe.

6 de novembro de 1860

Sete meses depois que eu havia decidido nunca mais segurar a mão de Adelaide, um nortista chamado Lincoln foi eleito presidente. Ele tinha declarado que o governo não podia "aturar permanentemente a meia escravidão e a meia liberdade". Lembrei-me do ruivo Jeff Roda, que nos convidara a ir ao Kansas, e sabia de que maneira gente como ele ia reagir.

Soubemos da vitória de Lincoln quando o pastor Hodge, usando seu terno preto de clérigo, passou para nos dar as notícias. Ele estava tentando aliciar todos os seus paroquianos para a oposição ao novo presidente. Conversamos sobre política em nossa sala de estar — eu respeitando minha mais recente política, a de não olhar muito para Adelaide. Hodge estava ao nosso lado, nossas esposas em frente, enquanto meus filhos Julia e Stephen (meu primeiro filho homem, que tinha então seis anos) brincavam com Christopher, filho de Chang, então com nove. As crianças corriam em volta da sala, enquanto os adultos conversavam.

"É tão ruim assim, pastor?", perguntou Adelaide, sem parar seu crochê — fazia uma das almofadas que começavam a aparecer em todos os cantos da casa. Ela batia os joelhos um contra o outro sob a saia.

Hodge fechou a cara, enrugando as bochechas rosadas. "Eles podiam também ter eleito o *Greeley*, senhora Bunker." O homem de Deus piscou para Stephen, quando o menino passou correndo por ele.

Aconteceu então uma coisa estranha. Adelaide sorriu de repente para mim, um sorriso bem malicioso, pensei, cheio de um carinho manifesto, tal como ela nunca ousara dirigir-me antes.

Que diabo está fazendo?!, disse comigo. Por que estará tão atrevida?

"O senhor deve estar decidido a passar a noite toda na rua, pastor", disse Adelaide, "falando com todo mundo sobre esse Lincoln e tudo o mais." Foi só quando ela falou que meu pobre coração se deu conta de que era para Hodge que Adelaide sorria.

"Esta é minha última parada", replicou o pastor. Ele também percebeu os olhos de Adelaide, porque olhou nervosamente para ela através dos óculos à Benjamin Franklin.

"*Bom*." Ela continuava a sorrir, como se só houvesse os dois na casa. "É claro que ficamos contentes em vê-lo, pastor, fazia tempo que não nos visitava."

Disse a mim mesmo que substituiria o desejo que tivera por ela por um engajamento mais sério com o movimento contra o alcoolismo. Addie ainda sorria.

Chang parecia cochilar. Tinha um copo de bebida na mão. Quando alguém espera um amor impossível, uma semente negra cheia de espinhos cresce em seu coração, embotando-lhe totalmente os sentidos. E só se apresentam duas alternativas para essa pessoa: fazer o que fiz, entregar-se de corpo e alma a alguma atividade; ou permitir que tudo morra para si, dando lugar a um enorme amargor. Eu sentia a palma molhada da mão de Chang em meu ombro.

Minha pequena Julia, toda de cor-de-rosa, tropeçou no próprio pé, perto de Chang. Todos olharam para ela, para ver se ia chorar.

"Não foi nada", consolei-a. "Venha sentar-se com seu pai e seu tio."

"Não", respondeu ela, levantando-se.

Chang tossiu. Meu filho foi para junto da irmã. "Stephen", chamei.

"Não." Deu um passo para trás. Olhei para minha mulher em busca de ajuda.

"Não foi nada. Venham cá, crianças", disse Sarah, e as crianças correram para ela. Pôs um em cada perna, coisa que pareceu deixá-la exausta. Virou-se para Hodge. "Pastor, me dá dor de estômago, literalmente, esse homem na Casa Branca." Assim dizendo, tirou a mão do joelho de Stephen e esfregou-a no estômago, espichando exageradamente o beiço. "Verdade, nem consigo falar dele. Só de pensar nessa confusão toda abro o berreiro, viram?", completou.

"Bom seria se lágrimas consertassem as coisas, senhora Bunker." Quando Hodge franzia a testa, todo o seu rosto se desfigurava. "Mas precisamos de algo mais que mulheres chorando, neste momento. Precisamos de ação."

A ação estava vindo. Carolina do Sul, Mississippi, Flórida, Alabama, Geórgia, Louisiana e Texas separaram-se da União e, às quatro e meia da manhã do dia 12 de abril, soldados sulistas dispararam cinqüenta canhões contra o forte de Charleston, Carolina do Sul, controlado pelo exército da União. Pouco depois eram formados os Estados Confederados da América — sem a Carolina do Norte, por enquanto — e Jefferson Davis, nomeado seu presidente. Todos em Wilkesboro discutiam o que nosso estado devia fazer.

Nesse meio tempo, saía este editorial no *Winston-Salem Spectator*:

> Amigos, vinguem o caráter sulista contra as difamações feitas contra nós por nossos inimigos do Norte. Lembrem-se, e isso é tão verdadeiro para nós quanto para qualquer outro povo do globo civilizado, devemos mostrar que repudiamos e abominamos terminantemente a barbárie. Propomo-nos a lutar por nossa individualidade, e temos uma união não natural dentro das fronteiras de nosso próprio estado, em Wilkesboro! Uma união bárbara também pode significar uma união não natural da carne! Não temos acaso o dever de questionar a validade de tudo o que acontece dentro das fronteiras da Carolina do Norte, antes de qualquer união externa que possamos desejar reavaliar?

Até então, embora nunca tivesse sido propriamente bem-vindo no Sul, não me sentia rejeitado pelos sulistas, salvo aquela vez em que nós e nossas esposas pusemos para correr aqueles pilantras na véspera de nosso casamento. Certas características da Carolina do Norte — uma índole pacata que não ignora os acontecimentos correntes, um senso de humor que é agudo sem ser cruel e a deliciosa sensação de isolamento — sempre fizeram o Sul preferível a Nova York e às cidades do Norte. Eu temia que aquilo pudesse mudar com os conflitos por vir. Temia que tivéssemos de enfrentar nossos próprios vizinhos.

Em 17 de abril, um general chamado Robert Lee renunciou a seu cargo no exército dos Estados Unidos e assumiu o comando das forças confederadas. Naquela noite, me peguei olhando para Thom, que tirava a mesa de jantar. Ele não notou meu olhar. Inclinado sobre a mesa, seu rosto negro e ossudo, talhado como um totem índio, não parecia especialmente infeliz. É claro que eu não queria perder seus serviços. Imaginava o que ele podia pensar, se é que pensava, da União e da liberdade.

"Desculpe, patrão." Tinha a fisionomia rígida ao tirar o prato da minha frente.

Pouco depois, o presidente Lincoln decretou o bloqueio dos portos sulinos.

De início, nossas únicas preocupações foram de ordem egoísta. Chang e eu tínhamos programado uma turnê pela Europa, que nos levaria a Amsterdã e envolvera um considerável esforço financeiro (e com ela eu tinha querido também me afastar por um tempo da tentação de Adelaide). Mas naquelas circunstâncias não havia como embarcar. Ainda por cima, havíamos trocado todos os nossos dólares por dinheiro confederado, que se desvalorizou bastante com o passar do tempo. Mas não era o pior de tudo.

Dado que o condado de Wilkes era separado do mundo pelos montes Blue Ridge e que nossa cidade não foi palco de nenhuma batalha importante, escreveram que Wilkesboro ficou à margem da guerra. No entanto, do mesmo modo que a maior parte dos detalhes publicados nos relatos de minha vida com Chang, o que está impresso nas páginas nem sempre corresponde à realidade. Wilkesboro revelou-se uma perfeita ilustração de como a guerra levava a sociedade sulina à anarquia.

Embora a Carolina do Norte tenha demorado a participar da secessão, seus filhos logo se decidiram a não combater outros sulinos, de modo que, quando a guerra chegou, o condado de Wilkes mandou seus rapazes combater pela Confederação. A Guarda do Vale de Wilkes formou-se rapidamente e reuniu-se no morro acima do velho curtume, logo além da Union Square (já rebatizada de Westwood Park, pois a palavra *União* passou a ser repudiada no Sul), antes de marchar para o front, com seus duzentos voluntários, em 1º de maio de 1861.

O medo que Adelaide sentia, e que todos nós sentíamos por nossos filhos e por nós mesmos, dava a ela a aparência encantadora de uma mulher que acabava de despertar de um longo e agradável sonho. Quanto a mim, com meus cinqüenta anos, eu começara a desprezar o homem em que a idade vinha me transformando. Os cuidados com o corpo me deprimiam. Por exemplo, de manhã, barbear-me era um suplício, por causa de nossos rostos refletidos no espelho; vestir-me e despir-me era uma provação por que passava todos os dias, ao me levantar e me deitar. Nossas roupas pessoais e de cama traziam em suas fibras o ranço dos velhos, com as manchas de suor. O bolor escorria de meu próprio corpo também, de meus poros, de meus pêlos — e pior ainda era a fetidez que emanava de Chang. As fungadas de meu irmão e as minhas minavam meu moral algumas vezes por dia.

O condado de Wilkes não demorou a mandar mil e quinhentos homens para a guerra, mais do que qualquer outro condado do estado, salvo o de Mecklenburg. Somente duzentos e cinqüenta voltariam vivos, e poucos desses sobreviventes chegaram em casa sem ferimentos. Os combatentes de Wilkes eram ricos e pobres, proprietários de escravos ou não, jovens e não tão jovens, soldados por tradição, e o fato de terem partido em tão grande número deixou a cidade vulnerável.

Os soldados da União, fugindo das prisões confederadas como a de Salsbury, volta e meia vinham bater em Wilkesboro, e qualquer ianque em fuga que não escapasse nas trevas da noite em direção às linhas federadas no Tennessee vinha pilhar nossa cidade. Aos fugitivos da União se juntavam os desertores confederados, que viam em nossa pequena comunidade montanhesa um porto incomparavelmente seguro. Wilkesboro não demorou muito para se transformar num valhacouto de patifes da União e da Confederação, um vínculo entre o Norte e o Sul.

Enquanto isso, eu me correspondia com a líder da Associação das Senhoras da Carolina do Norte contra o Alcoolismo, a sra. Appleby, de Winston-Salem. Essa mulher, viúva de um próspero sapateiro, dizia-me que minha fama contribuiria muito para chamar a atenção para a causa. Trocávamos cartas diárias.

Aprendi muita coisa com essa senhora. Entranhado profundamente na vida americana, foi o álcool que levou o país à guerra e Wilkesboro à ruína. Adultos sóbrios por acaso teriam apontado seus fuzis para seus irmãos? A principal causa da guerra, e também da deserção dos covardes, era o estado de estupefação que os homens se infligiam e em que viviam permanentemente. Cedi meu nome às publicações da Associação contra o Alcoolismo.

Estava explicando tudo isso a meu irmão e a nossas esposas na manhã daquele dia de 1864 em que eu iria por fim conhecer pessoalmente a sra. Appleby. Naquela tarde, eu iria falar numa reunião que ela organizara para conquistar novos membros para a Associação. Depois do café, Chang, eu e nossas mulheres estávamos sentados frente a frente, nos sofás da sala de estar. Sarah estava com nosso filhinho William no colo (ele nascera em fevereiro de 1861, logo devia estar com uns três anos) e penteava seus cabelos. Desde que a guerra chegara a Wilkesboro, nossa renda se tornara instável e reduzida. Além disso, os impostos eram altíssimos. A própria cidade estava empobrecida com os saques constantes. Agora até mesmo as tropas regulares da Confederação que passavam por lá tomavam o que necessitavam da população. Um patife roubou o relógio de ouro do pastor Hodge, em seu caminho de casa para a igreja. No entanto, eu me sentia muito mais à vontade ali, falando da Associação das Senhoras contra o Alcoolismo, do que em qualquer outra conversa que tivera com Sarah e Chang, e até com Adelaide, nos últimos tempos.

"Acho uma coisa muito importante, de modo que, quando a senhora Appleby me pediu para falar, eu respondi: 'Claro, farei tudo o que puder para ajudar'. A bebida é um grande mal", asseverei, "é um pecado, é o arroto do diabo."

Chang bufou. Sarah balançava desajeitadamente nosso filho no colo, remexendo os cabelos dele — os dela eram um ninho de rato loiro-agrisalhado. Sentada ao lado de Sarah, Adelaide levou um dedo à boca e pôs-se a roer a cutícula. Estava mais corpulenta, e as suaves e claras ondulações de sua pele que sobressaíam suavemente acima do vestido eram como nuvens desaparecendo no horizonte.

"Fique quietinho, Will", disse Sarah, passando o pente pela cabeleira negra do menino.

Ela o estava preparando para assistir ao discurso do pai na Associação contra o Alcoolismo. Meu filho era rechonchudo, suas feições ainda eram indistintas. "Sorria, William", falei, mostrando-lhe como eu achava que devia ser um bonito sorriso. Ele continuava se contorcendo no colo da mãe.

"Pare com isso, Will", mandou Sarah. "Você sabe que a barriga da mamãe não agüenta tanta mexeção."

Adelaide observava a irmã tentando arrumar o menino, e eu imaginei o que a mulher de meu irmão devia estar pensando: uma pessoa tão desmazelada como Sarah não tem como fazer o filho ficar arrumado.

"Will!", fez Sarah apontando para mim. "Quer que seu pai faça você ficar quieto?" O garoto olhou-me de relance, antes de cravar os olhos timidamente no chão. O papel de um pai não é apenas o de sustentar a família, pensei, mas também o de vilão assustador.

Sorri para William, tentando sem sucesso capturar seu olhar. Admito que amava meus filhos de forma desigual. Cada um que nascia apagava um pouco a aura da paternidade. Não que, ao nascerem, meus filhos não recebessem meus cuidados e minha atenção. Cada nascimento me enternecia, mas, à medida que as crianças cresciam, sua atitude em relação a mim se transformava, seus olhos mostravam-se perturbados quando percebiam o tipo de pai e de tio que tinham. Essa mudança ocorria o tempo todo, com todos os filhos. Salvo com Katherine.

"Pode ficar sossegado, Will", disse Adelaide com voz apaziguadora, interessando-se pelo filho da irmã, "que a tia Laide não vai agarrar você e lhe fazer cócegas." O garoto deu uma risada gostosa. Foi essa uma das poucas vezes que entendi plenamente um de meus filhos.

Rindo junto com William, Adelaide parecia perfeita para mim. Pare de pensar nela, repreendi-me. Concentre-se em vez disso nos males da bebida. "Gostaria de assistir a meu discurso?", perguntei.

"Eu vou", respondeu Chang, tentando ser engraçado. Seus sapatos encostaram nos meus, mas não posso dizer se deliberadamente ou não.

"Obrigado, Chang, obrigado mesmo", falei. "Mas estava perguntando a sua mulher." Notei que Sarah parou de repente de pentear nosso filho e ergueu os olhos para mim.

"Mesmo que William vá", eu disse a Adelaide, "há lugar para você na charrete." Tentava falar com naturalidade, dirigindo-me a todos na sala. "Queria que houvesse bastante gente ouvindo."

Addie olhou pela janela por um instante, contemplou as flores azuis que cresciam além da varanda. "Acho que eu devia ir com vocês todos", respondeu enfim Adelaide, com todo o calor de uma enseada do pólo norte.

Naqueles últimos tempos, para zelar pela segurança da casa, raramente nos ausentávamos, e comíamos o que a fazenda produzia: bastante milho e carne de porco. Mas o governador Vance, pouco antes, pedira a Robert E. Lee que mandasse dois regimentos e um esquadrão de cavalaria do general Hoke às montanhas dos condados ocidentais para enfrentar os desertores e fugitivos, tornando nossa cidade mais segura. Com a notícia de que a cavalaria de um certo capitão McMillan havia transformado Wilkesboro num acampamento militar, Sarah, Adelaide, o pequeno William, Chang e eu resolvemos nos arriscar a ir à cidade e, de lá, a Winston-Salem, ao encontro da sra. Appleby e sua Associação contra o Alcoolismo. A viagem levaria meio dia. Adelaide sentou-se no lugar mais distante do meu, no banco da charrete.

Tivemos de atravessar a vau o Cub Creek, porque a pequena ponte que levava à cidade havia sido obstruída por soldados confederados. Aquilo nos retardou um pouco. Ao passarmos pela Oakwoods Road e tomarmos a rua Principal, vimos uns soldados ensarilhando suas armas no pátio do tribunal. Logo adiante, a velha cadeia branca exibia uma fileira de soldados em frente de sua porta de ferro, e de suas janelas saíam os braços estendidos de vários novos inquilinos amontoados na cela. O exército tomara a cidade dos saqueadores, mas a rua continuava tão deserta quanto antes da chegada dos soldados.

Eu mal reconhecia Wilkesboro. À medida que a comida e outros suprimentos escasseavam e o alistamento obrigatório levou os poucos homens aptos de menos de trinta e cinco anos que ainda não se tinham alistado, as lavouras foram abandonadas, a anarquia se espalhou e o sentimento unionista começou a surgir nas esquinas escuras de Wilkesboro.

Assim, naquele dia, os soldados sulistas patrulhavam as ruas de Wilkesboro com suas fardas cinzentas, olhando para nós com uma expressão estranha no rosto, enquanto nossa charrete passava lentamente. Os soldados, conhecidos como "*butternuts*" [nozes-manteiga], não podiam ocultar a preocupação atrás das longas barbas que todos pareciam ter, independentemente da idade — e eram homens de todas as idades. Alguns desses soldados carregavam bens que obviamente não lhes pertenciam. Um jovem infante confederado arrastava uma poltrona de veludo vermelho pela estrada poeirenta e outro, que por algum motivo usava um quepe azul de soldado da União, examinava um colar de mulher contra o céu nublado.

Em Westwood Park, à sombra da *Tory tree* — um carvalho assim chamado porque uns pró-ingleses haviam sido enforcados nela, quase cem anos antes, durante a Guerra da Independência —, vários cobertores de lã empoeirados cobriam cadáveres. Seguindo nosso caminho de saída da cidade, em direção a Cairo, uma comunidade ainda menor nos arredores de Wilkesboro, vi um rapaz com a farda da União, ferido, a cabeça sangrando, deitado num daqueles cobertores empoeirados. Ele agarrava o tornozelo de um de seus loiros captores confederados, puxando a calça do rebelde. Aquilo me trouxe à mente os relatos sobre soldados que ficavam largados nos campos de batalha mais de cinco dias antes de serem removidos para um hospital.

Eu tinha pesadelos freqüentes com a guerra. Sonhava com uma linha de nossos soldados que avançava ziguezagueando para escapar de uma chuva de balas em cuja direção corriam, tentando proteger-se da morte com os braços erguidos como escudos. Em meu sonho, os confederados feridos não caíam; na bruma criada pela fumaça das armas, eles eram divididos: cada um dos mortos era fendido no meio. E os corpos cortados saíam girando a esmo, um bando de metades numa dança ébria.

Por volta das seis da tarde chegamos à Associação contra o Alcoolismo, em Winston-Salem. Ela funcionava na residência da sra. Appleby, uma casa grande, de tijolos, a que se chegava por uma alameda de bordos. A propriedade, com seu gramado verde, era toda cercada de muros.

A sra. Appleby abriu a porta com um sorriso curioso mas familiar. Ela tinha a postura de uma foice e buscava meus olhos por alguma razão. Inclinou-se para mim, pondo a mão de um lado do rosto, como se quisesse evitar que meu irmão ouvisse seu cochicho: "Senhor Eng, estou muito satisfeita que o senhor tenha podido vir, muito satisfeita". Sarah e Adelaide impacientavam-se atrás de Chang e de mim — minha mulher carregava nas ancas meu filho, que dormia a sono solto — enquanto eu fazia as apresentações. A sra. Appleby olhou nervosa para Chang.

A sala de estar era espaçosa mas bastante escura àquela hora do dia. Todos os móveis haviam sido removidos e várias filas de cadeiras viravam-se para um estrado armado diante da lareira.

A Associação das Senhoras da Carolina do Norte contra o Alcoolismo eram dez fortes senhoras de uma certa idade. Leitoras da Bíblia e ases da agulha, metódicas viúvas sulinas sem nenhum vício, essas senhoras batiam delicadamente no colo com seus leques cor-de-rosa. Não usavam nenhum tipo de jóia, talvez por causa da guerra.

"Senhoras, este é *Eng*." A sra. Appleby falava com a lenta gravidade de alguém que tenta transmitir uma mensagem sem enunciá-la. Parecia ter nascido no século XVIII, antes de Thomas Jefferson chegar ao poder.

Chegamos na hora em que as senhoras estavam degustando seu chá, que tomavam nas grandes xícaras amarelas da Associação contra o Alcoolismo. Uma velhinha, muito parecida com a sra. Appleby — miúda, nervosa e arqueada —, deslizou até nós trazendo-nos chá numa bandeja. Chang não quis. Eu e nossas esposas aceitamos. Depois que pegamos as xícaras, a mulher recuou, sorrindo e meneando a cabeça, sem olhar diretamente para nós.

"Estou aqui para falar dessa coisa criminosa que é o álcool", disse do estrado, quando chegou minha vez. Era um prazer falar em público sobre outro tema que não o acidente de nosso duplo nascimento. "Beber é desastroso para qualquer um, pouco importa quantos fígados tenha!" Cutuquei gentilmente a nuca de meu irmão, e ele estremeceu. Olhou para mim franzindo as sobrancelhas. Acho que fiz sem querer umas bolhas de saliva de contentamento.

Enquanto eu desfiava meu implacável arrazoado contra a bebida, meu irmão se aproximou mais e mais de mim, tirou o braço de meu ombro e ficou brincando com um fio solto na manga de seu paletó. Estávamos quase cara a cara agora.

Animado pelo efeito relaxante do chá, resolvi não falar da nova documentação científica relativa à influência do etanol sobre o cérebro — o efeito da bolha negra. Em vez disso, pusme a recitar. Uns versos de Frances Anne Kemble estavam entre meus favoritos na língua inglesa, e devo ter enchido o peito de orgulho ao declamar: "Esta vida é um tremendo fardo a suportar/ Olhe para ele, erga-o, suporte-o solenemente/ Levante-se e caminhe sob seu peso com firmeza/ Não desista por pesar, não esmoreça por pecar", e, para dar mais ênfase, entoei o verso final com uma voz profunda, "mas vá em frente, que a vitória será sua!".

A imagem de Frances Kemble em pessoa flutuava agora diante de meus olhos — eu a imaginava usando um chapéu de florezinhas. Apontei para as xícaras espalhadas pela sala, enquanto monologava: "Eis o que não é capaz de fazer de ninguém um pecador: a boa água, que nunca deixa o homem aviltar-se!". Enfiei os polegares sob as lapelas do meu casaco, numa versão siamesa de Lincoln em Gettysburg. Enterrei o queixo no peito, ergui um punho e o sacudi. "E nada encoraja tanto o pecado quanto a indulgência!", exclamei, enquanto Chang tirava do bolso do casaco seu pequeno frasco prateado e desatarraxava a tampa.

"Minhas senhoras", disse elevando o tom e sublinhando minhas palavras com gestos enfáticos, "o que precisamos fazer é..."

A sra. Appleby, sentada bem em frente da estante do orador, chamou-me com um discreto psiu: "Senhor, seu irmão...".

Não olhei para Chang. Tampouco olhei para os rostos que compunham aquela modesta platéia. O que fiz foi fechar os olhos, e a escuridão que encontrei na parte de dentro das minhas pálpebras me encorajou.

"Oh, há homens que põem um inimigo em sua boca", eu estava berrando agora, "para que este lhe roube o cérebro!"

O ruído de meu irmão engolindo a bebida me perturbou, confesso. Assim como o débil e feminino protesto dos membros ali reunidos da Associação contra o Alcoolismo. E também me incomodou a consciência do frio frasco de metal a centímetros de minha face. Não deixe a raiva dominar você, disse a mim mesmo. *Ele* era exatamente o tipo de homem que eu estava tentando salvar, meu pobre irmão, perdido para o álcool. Para me distrair dos cochichos e aplacar minha ansiedade, gritei:

"Pobres dos que se levantam de manhã cedo para sucumbir à bebida!". Meus olhos se cerraram com força, eu só conseguia proferir frases soltas, sem ligar uma à outra, sem me preocupar com a lógica da sua seqüência. "Ele fez a taça rubra correr/ Até os sentidos e as penas se afogarem!"

Nessa altura o som surdo de pancadas chamou minha atenção. Abri os olhos. Uma senhora, fina de aspecto e de enormes peitos caídos, atacava Chang com o punho curvo de sua bengala. O sol acabara de se pôr enquanto eu fazia meu discurso.

A mulher batia em Chang gritando "pare, pare", e ele gargalhava gritando "pare", vendo-a bater no seu braço. Com a outra mão, meu irmão mantinha o frasco nos lábios.

A sra. Appleby e outras ativistas puxaram a senhora, afastando-a de Chang, e fizeram-na sentar-se. A sra. Appleby abanou o rosto afogueado da velha com seu leque porque ela parecia à beira de um desmaio.

Meu irmão ria sem tirar o frasco da boca, mas seus olhos negros estavam profundamente tristes. Um tremor percorreu-o e transmitiu-se a mim.

"Por que está agindo assim?", sussurrei-lhe de modo áspero.

"Estou com sede."

Na platéia, Adelaide ria — para Chang ou para mim, não sei. Mas saltava aos olhos que ela não sentia por nenhum de nós afinidade nem para compartilhar nossa vergonha. As mulheres da Associação contra o Alcoolismo se agitavam pela sala, alarmadas, e Sarah ruborizada tapava os olhos de meu filho para que não presenciasse aquele espetáculo. Adelaide continuava rindo.

Achei que atingira o ponto mais baixo de minha vida na Carolina do Norte. Eu estava enganado.

Por mais que o novo governo mandasse forças para expulsar todos os fora-da-lei de Wilkesboro, os renegados do Norte e do Sul voltavam para lá assim que os soldados saíam, e os saques recomeçavam. E não tínhamos onde vender o produto da colheita.

Era impossível viajar para fora do território da Confederação, e pouca gente no Sul estava interessada em ver irmãos siameses ligados pelo peito. A população tinha coisas mais importantes com que se preocupar. Nos três últimos anos da guerra só deu para organizarmos uma turnê, a qual não rendeu o suficiente para cobrir as despesas.

Toda a produção fora do Sul só era obtida com enorme dificuldade, por causa do bloqueio sufocante. E Lincoln declarara livres todos os escravos dos estados rebeldes. Na prática, essa proclamação não tinha um impacto direto. Lincoln era esperto o bastante para só libertar os escravos dos estados confederados. Mas agora sabíamos que a União ia vencer e que a abolição da escravatura seria uma conseqüência inevitável dessa vitória, que ficou ainda mais evidente depois da Batalha de Antietam.

Em outras palavras, tínhamos certeza de que íamos perder nossos escravos, fosse por decreto governamental, fosse simplesmente porque não teríamos condições de mantê-los por muito tempo. E, para piorar as coisas, a Proclamação de Emancipação sancionava o recrutamento de negros pela União, alistando-os nas Tropas Mistas dos Estados Unidos, o que dava a desagradável impressão de que os escravos lutavam contra seus donos. Thom, que cuidava de nossos filhos, nunca falou nessa proclamação, nem qualquer um de nossos outros escravos. Mas todo mundo sabia que a escravidão e a rebelião estavam com seus dias contados.

Foi naquela época que Adelaide deu para chamar nossa casa de "Arapuca Solitária", em vez de Morro da Armadilha. Eu sabia que a guerra não demoraria a nos afetar pessoalmente. Ficava pensando se teria coragem bastante para reatar de alguma maneira com Adelaide. Percebi que havia em meu coração algo como o vigor represado de uma garrafa de champanhe lacrada. Eu não sabia se seria capaz de mantê-lo assim para sempre.

No início de 1865, todos os carolinenses estavam desmoralizados, e a luta chegou a Wilkesboro. O general nortista William Tecumseh Sherman, em sua marcha para o Norte, cortou a Carolina do Sul com um exército de soldados e "libertos" que deixou atrás de si um rastro de queimadas e destruição. Enquanto meios de comunicação respeitáveis eram aniquilados — o *Columbia Whig Daily*, por exemplo, foi incendiado com o resto da cidade —, não paravam de correr boatos sobre o Sul, e os que davam conta de uma Carolina do Sul desmoralizada e em chamas deixou Wilkesboro em pânico. Sabíamos que a União estava chegando, marchando pelos pântanos de Salk a uma média de vinte quilômetros por dia, e achávamos que Sherman ia destruir nossa cidade e nossa casa. Ele estava reduzindo o Sul a cinzas.

A guerra chegou por fim a nossa casa na pessoa do general George Stoneman, cuja diretiva era riscar do mapa o interior da Carolina do Norte, destruir as ferrovias e cortar a retirada do general Lee. Em 29 de março de 1865, os soldados da União entraram em nossa cidade como um furacão azul, pondo tudo de pernas para o ar, xingando e intimidando os trinta e poucos soldados confederados por acaso estacionados ali. Essa guarda avançada do general Stoneman se apossou do que encontrou nas lojas da cidade, queimou a cadeia pública, depois esquadrinhou a zona rural. Numa tímida tentativa de conquistar a simpatia dos incursores, os moradores negros e brancos de Wilkesboro ofereceram seu uísque aos primeiros soldados da União que desceram a rua Principal, mas não deram sorte com a estratégia, porque, depois de provarem esse terrível "refresco", os soldados ficaram como loucos.

Naquela tarde do mês de março, eu ainda não sabia que o exército da União havia invadido minha cidade. Embora a noite ameaçasse cair mais cedo, por causa das nuvens negras de chuva que cobriam o céu, Chang, eu, Thom e os outros escravos estávamos trabalhando duro nos campos, tentando tirar algo daquela terra vermelha cansada. O ar estava pesado, úmido e silencioso, o cheiro forte de estrume sufocava. Chang e eu estávamos com cinqüenta e três anos. Eu havia ficado uns quatro centímetros mais alto que meu irmão e o fato de estarmos sempre inclinados um para o outro deixara sua coluna mais curvada que a minha. O sofrimento não dá necessariamente força a quem o experimenta.

Primeiro foi um grito, depois o ruído de cascos, por fim, sem que esperássemos, quatro federados irromperam em nossa propriedade e vieram direto em nossa direção, levantando nuvens de terra. Seus uniformes pareciam divididos no meio, mais escuros da cintura para baixo, como se houvessem acabado de cruzar um rio com água até o cinturão. As pernas dos cavalos deles também estavam mais escuras que o resto do corpo.

Quando esses unionistas pararam a nossa frente, ficaram um segundo imóveis na sela, coçando silenciosamente a cabeça com os olhos cravados em meu irmão e em mim, como se fôssemos seres do outro mundo. Dava para ouvir os movimentos dos escravos largando no chão os instrumentos de trabalho.

"O que é isso?", exclamou um dos soldados, arqueando as sobrancelhas para Chang e mim. Ele tinha um bigode castanho cerrado que lhe cobria toda a boca.

"Sei lá", fez outro, cujo cavalo resfolegou demoradamente.

"Sei lá", repetiu o primeiro soldado entre o bigode. Sacou o revólver e apontou-o para meu irmão e para mim. "O que é isso?", repetiu baixinho para si mesmo. Chang e eu estávamos tensos. Por cima de nossos ombros dava para ver nossa casa; na casa estavam nossos filhos, nossas esposas. Um pensamento me afligia: Adelaide e quão indefesa ela estava. E a coitadinha da Katherine também devia estar morta de medo, se estivesse vendo aquela cena da janela. *Coragem!*, eu me estimulei. *Coragem!*

Outro soldado, um rapazola cheio de espinhas no rosto, com lábios crispados, mirava-nos com seu rifle.

O quarto unionista — o único sem quepe — apertou os olhos, grudados em mim e em meu irmão. "Já vi esses chinas esquisitos antes", falou. "Em Boston, faz muito tempo, quando eu era criança. Eles são..."

O soldado com o revólver interrompeu: "Os Irmãos Siameses". Não moveu a arma ao falar e fechou um olho, como para fazer pontaria. "Que cidade é esta?", perguntou.

Levei algum tempo para entender que ele estava se dirigindo a nós. "Vocês estão em Morro da Armadilha, nos arredores de Wilkesboro", respondi por fim. Chang olhava por cima dos ombros para a casa, depois se virou para os soldados. "Por favor...", disse.

"Já ouviu falar, Abe?", perguntou o primeiro soldado a um dos outros. "Wilkesboro?"

"Não." O soldado cheio de espinhas que empunhava o rifle tinha uma voz nasalada. "Olhe... Metade disto está bêbada. Devíamos é..."

"O chefe aqui sou eu. Sei muito bem o que devemos fazer", replicou o primeiro soldado, depois nos fitou novamente. "Vocês são um troço bem esquisito, hein?" Cobriam suas faces densas costeletas. "Vocês podiam se arrastar por aí, para a gente ver."

Com a palma da mão empapada de suor, eu sentia nosso estômago revirando.

"Ouvi dizer que isso aí é capaz de flutuar acima do chão com seus poderes mentais e umas palavras chinesas", murmurou o espinhento. "Vocês podem, não podem?"

"Foi o que o monstro duplo fez em Boston, eu mesmo vi."

"Até podemos fazer isso para vocês verem", respondeu Chang furtivamente. "Se forem embora depois."

"Nunca vi esses dois antes", disse o soldado do revólver, continuando a apontá-lo para nós, "a não ser, talvez, em sonho." E, dirigindo-se a nós: "E se vocês *não* forem capazes de flutuar com seus poderes mentais e suas palavras chinesas?".

Não respondemos. Os poucos escravos que estavam na senzala num dos lados da propriedade saíam agora ao ar livre.

Com as mãos em viseira sobre os olhos, os negros olhavam para esses nada majestosos soldados como se estivessem olhando para o sol. Nenhuma palavra era pronunciada. Os dois unionistas que não estavam apontando as armas para nós dois descansavam a mão em sua espada. O silêncio entre os soldados, nossos escravos e nós era percorrido por um claro entendimento. Os escravos começaram a se aproximar cautelosamente dos homens da União. Não estavam sorrindo, muito menos gargalhando. Apenas andavam, lentamente e com orgulho.

O primeiro soldado, o do revólver, olhou para nossa casa por cima de nossos ombros, depois para seus companheiros, então todos olharam para onde estavam nossas mulheres e nossos filhos. Os escravos se agruparam em torno dos cavalos dos soldados. E os soldados, ainda olhando para a frente e apontando as armas para nós, começaram a retroceder, seus cavalos andando graciosamente para trás. Alguns escravos separaram-se de seus irmãos e foram correndo até a senzala, a fim de juntar o que queriam levar consigo, lembranças, coisas assim, mas a maioria acompanhou os soldados para fora de nossas terras. O velho e fiel Thom apareceu, vindo da senzala, trazendo na mão apenas um colar com três contas de madeira. Juntou-se aos outros e foi embora, bem diante de nossos olhos, sem nem sequer dizer adeus.

Perdida a guerra, os frios sucessores de Lincoln defenderam que a Confederação devia ser tratada como províncias conquistadas. Com os preços na Carolina do Norte nas nuvens depois da queda do Sul — o custo de muitos itens essenciais havia subido dezenas de vezes — e os dólares confederados não valendo nada de uma hora para a outra, o condado de Wilkes ficou arruinado.

Veteranos feridos vagavam por lá, cambaleantes, muitos caindo mortos nas ruas. As famílias que haviam perdido suas casas perambulavam pelos espaços livres, antes tão alegres. A luz do sol, e agora parecia fazer sol o tempo todo, a luz do sol era agora mais deprimente do que a chuva, uma vez que iluminava tanta miséria. A pilha de notas rebeldes sem valor que eu acumulara na cocheira zombava de mim cada vez que pegávamos a charrete para ir à cidade. Meu irmão estava tão pobre quanto eu. Como é que eu fora acabar desse jeito, tentando entender minhas contas, afligindo-me com as dívidas, batalhando para sustentar uma família na qual tantas vezes eu me sentia como um estranho? Eu quase não falava mais, com ninguém.

Chang e Addie, Sarah e eu nunca paramos de ter filhos, mesmo nos tempos mais difíceis, mesmo quando éramos mais velhos do que os outros novos pais da Carolina do Norte. Acho que ter filhos tinha se tornado uma espécie de competição para Sarah e Adelaide. Como se a quantidade de pessoas pudesse tornar a solidão menos solitária.

Nossa casa era pequena demais para a quantidade de crianças que tínhamos agora, e nossas mulheres estavam assumindo muito a contragosto o trabalho com elas, antes a cargo de Thom. Eu era pai de sete (Julia, Roslyn e Georgianna tinham morrido de doenças infantis), e Chang de nove (sua Josephine também tinha morrido). Meu adolescente Stephen e Christopher, o de Chang, moravam nos antigos alojamentos dos escravos, que tínhamos reformado com a madeira tirada de nossas terras. Na casa mesma, havia dois quartos para as crianças. Nove dormiam em camas, os menores em colchões no chão.

Katherine contraiu tuberculose e morreu logo depois que a guerra acabou, na mesma semana que meu sogro. De início, quando a frágil mocinha de quinze anos faleceu, minha dor foi branda, respeitosa, uma apatia calma, lânguida, que eu podia enfrentar. Mas certo dia frio Chang e eu estávamos indo de charrete para a cidade quando vi um rapazinho de cabelos negros passando com um pônei perto de uns passarinhos à beira da estrada; ao passarmos por ele, gritou "upa!", cutucou a montaria com os calcanhares e ultrapassou com facilidade nossa charrete no caminho poeirento. O bando de passarinhos levantou vôo, revoou na tarde quente, e a dor me aguilhoou de repente. Não sei por que ela me pegou naquele momento, mas me deixou desnorteado, e eu não tinha ninguém com quem compartilhá-la.

Pouco depois, naquela mesma semana, Chang e eu estávamos sentados com nossas mulheres na varanda, comendo uns bolinhos de trigo-sarraceno, deixando o tempo tristemente passar. O barulho do meu Stephen e do Christopher de Chang cortando lenha ecoava pela propriedade. Olhei para as terras, para Stephen, até para Adelaide e me perguntei como é que eu pude ter alguma alegria com aquilo tudo.

Stephen era um típico garoto sulista no início da adolescência — ora cheio de si, ora melancólico, ora destrambelhado, ora tomado pelo que achava ser sua sabedoria pessoal. Ele parecia mais siamês que qualquer um de meus outros filhos, por isso eu acreditava que ele iria ser um homem pensante, como eu.

Depois de cortarem a lenha, Stephen e Christopher vieram juntar-se a nós na varanda. Stephen era alto e, diferentemente de mim, troncudo para um garoto de sua idade. Meu sobrinho era encorpado e lento como aquele mundo.

Os garotos suavam em bicas. E, como notei então, Adelaide também.

"Terminaram com a lenha?", perguntei a meu filho, mas sem muita cobrança na voz, mesmo porque ele trabalhara duro no que eu mandara. E também porque eu estava pensando em Katherine e em como era triste ser pai assim.

"É que queríamos comer uns bolinhos, senhor." Stephen enxugou a testa. O curioso era que continuávamos ali, sentados na varanda, comendo bolinhos de trigo-sarraceno.

"Vocês *queriam*", falei.

"Ora, peguem um bolinho", disse Sarah. "Você sabe como seu pai é, Stephen." Ela dirigiu-lhe um olhar que não consegui entender direito. Sarah me tratava com demasiada indiferença, pensei, indiferença demais para quem estava casado fazia tanto tempo como nós e dera à luz tantos filhos quantos os que tivemos.

"Eng, não me perturbe, senão meu estômago desanda", disse-me Sarah. Ela estava quase rindo. E ao pegar o bolinho Stephen também ria, embora não olhasse para mim.

Eu sabia que aquilo não tinha nada a ver com os bolinhos. Minha mulher e meus filhos tinham inventado uma linguagem particular para nossa comédia familiar. Muitas vezes davam risada de alguma coisa sem que eu entendesse por não conhecer o vocabulário secreto deles.

Pelo menos Adelaide, sentada conosco mas sem prestar a menor atenção em nós, não participava daquele jogo. Eu ainda não a via como minha cunhada, agora grisalha e cada vez mais gorda, mas como a encantadora recém-casada que fora na primeira noite, quando desfez a roupa da cama e seus olhos disseram: *sou uma safada*. As lembranças cobriam serenas as rugas do seu rosto; seus olhos ainda eram os mais safados da Terra, eram mundos em que eu podia escapar daquilo que eu era.

Mas agora ela estava bocejando e seu rosto, como o meu devia ser, era o retrato da resignação e das ilusões perdidas.

Entretanto meu irmão dizia a seu filho: "Pegue um bolinho também, Christopher".

"Obrigado, pai." O filho de Chang tinha os olhos grandes de Adelaide, que agora estavam felizes e fixos no pai — como os de sua mãe nunca se fixaram em mim.

"Meu filho", suspirou Chang. "Meu bom filho."

O rosto de Christopher estava tomado pela gratidão e amizade.

"Coma um bolinho também, Stephen", disse a meu filho.

Stephen, que já começara a deliciar-se com o dele, virou-se para mim como se eu lhe houvesse dado licença para continuar a respirar. "Sim, pai", murmurou. "Obrigado." E relanceou os olhos para a mãe.

Nesse pé estavam minhas relações com minha família. Stephen era um violinista talentoso e o meu Patrick gostava dos livros tanto quanto eu. De vez em quando eu conversava com eles sobre esses assuntos, mas nunca sobre qualquer outra coisa.

Você fracassou como pai e como marido, disse a mim mesmo. Merece sua dor de cabeça.

O que eles me deram?, perguntei-me. Qualquer um deles?

O que você lhes deu?, perguntei-me. Não lhes deu seu coração, nem candura.

Você ama alguém de verdade?, perguntei-me. Mesmo Adelaide, você a ama de verdade?

A única responsabilidade na vida, respondi-me, é confiar em si.

Em 1867, Chang e eu tivemos a sorte de poder fazer uma modesta turnê nos distritos em torno de Richmond.

Após três semanas de apresentações, partimos de volta para casa em uma segunda-feira de manhã. Só de pensar em nossa casa eu voltava a ficar melancólico.

Chegamos de Richmond na terça, tarde da noite. Enquanto dirigíamos nossa charrete para a varanda da frente, a luazinha medíocre não se dignou iluminar o caminho. A casa estava totalmente às escuras e, lá dentro, todos com certeza estavam dormindo. A idéia de encontrar Sarah dormindo a sono solto me agradava. Perguntava-me, porém, se Adelaide estaria acordada.

Peguei meu baú de roupas e livros na charrete enquanto Chang pegava sua mala e entramos em casa. Adelaide e Sarah estavam, ambas, sentadas junto do abajur, na sala de visitas. Adelaide segurava nos braços um gatinho cinza, que eu nunca vira antes; Sarah estava ao lado da irmã no divã vermelho, rindo toda feliz. Fiquei surpreso, não só porque era tarde para Sarah ainda estar acordada mas também porque havia anos que as irmãs não desfrutavam a companhia uma da outra. Sem escravos, Adelaide e Sarah tinham de passar quase o dia todo lado a lado, mas trabalhando — na cozinha, servindo a mesa, fazendo faxina, cuidando da casa —, por isso haviam começado a ter brigas constantes. O que levara nossos filhos a brigar também.

"Ora, ora", fez Adelaide quando Chang e eu entramos lado a lado na sala. "Olhe só o que me apareceu aqui em casa."

Achei que ela estava falando de Chang e de mim, mas era para o gatinho que olhava.

Sarah, porém, não ignorou nossa entrada. Passadas mais de duas décadas daquele nosso arranjo, seus vivos olhos azuis ainda dardejavam nervosamente quando eu aparecia.

Adelaide acabou virando seu corpanzil para nós. "Vejam que gatinho lindo", disse, acariciando a cabeça do bichinho e levantando-se com ele nos braços. "Achei-o atrás da casa dos escravos. Não é uma graça? É disso que esta arapuca solitária está precisando — e *como* está! —, ouvir o gatinho ronronar quando eu lhe faço carinho." Fazia meses que as únicas conversas que eu tinha com ela eram as que se desenrolavam em minha imaginação. Fazia anos que não lhe pegava a mão. Seus cabelos, agora grisalhos, a linha comprida do seu nariz, o vago vestígio de uma alegria não compartilhada que seu sorriso escondia...

"... e está na cara que ele já se apegou", dizia Adelaide do gatinho. "Estão vendo?"

Colou o rosto no animalzinho e trouxe-o amavelmente até seus doces lábios. O bichinho não podia imaginar o que eu estaria disposto a suportar para trocar de lugar com ele.

"Bicho sujo", comentou meu irmão, sacudindo a cabeça. Levou a mão ao bolso do casaco, buscando sua garrafinha metálica, e tomou um gole.

"Adelaide, onde, por Deus do céu, você arranja essas coisas que traz para nossa vida?", indagou Sarah rolando os olhos. Ela era, sem dúvida, a mais amável das duas, a mãe mais compassiva, mas, depois daquele tempo todo, eu ainda me perguntava se ela de fato tinha uma personalidade.

"Não é lindo, meu gatinho?", insistiu Adelaide, esticando a mão que segurava o animal. Suas características físicas haviam se transformado com o tempo, de suaves tornaram-se duras, os cabelos loiros agora eram grisalhos, a carne rija ficara flácida e inchada. Essa decana do crochê e da gravidez era para mim uma mulher e todas as mulheres, porque tudo nela era variável, até seu temperamento. Agora ela vinha na minha direção com o bichinho.

Addie me pôs a carinha do gato diante da boca, e eu recuei instintivamente. "Irmão!", resmungou Chang, sacudindo a cabeça, quando esbarrei nele. "Irmão, você derramou minha bebida! Tirem este animal sujo *daqui*", gritou.

Adelaide caiu na risada e puxou o gatinho de volta, contra seu rosto. "*Eu* gosto do cheirinho dele", falou. "Achava que o Eng ia gostar do gato... *Achava* que ele era o único aqui com um sentido das coisas." Ela enfiava o rosto no pêlo do gatinho, sorrindo com a felicidade das afeições inocentes.

Não é possível que ela esteja fazendo isso, pensei. Não é possível que esteja excitando minha imaginação e atiçando meu coração desse jeito, bem na frente de meu irmão e de minha mulher. Será que ela percebia que estava zombando de mim? Não foi fácil fazer minha mão parar de tremer no ombro de meu irmão.

"Vou arranjar um lugar para ele", disse Addie, saindo em seguida, deixando a sala sem ar com sua ausência. Puxei Chang para junto de Sarah, no divã. Sentamos ao lado de minha esposa, meu braço passado sobre o ombro de meu irmão.

Sarah franziu a testa como se estivesse especialmente interessada no estofo gasto do divã e tentasse arrumá-lo alisando-o com os dedos. Respirava de forma barulhenta pelo nariz. "Bicho sujo", resmungou Chang, e soltou um risinho amargo.

Os ruídos que Adelaide fazia remexendo na cozinha chegavam até mim através das paredes.

Minha mulher a meu lado no sofá não devia saber que seu dente da frente estava manchado de batom. "O que foi?", exclamou. "O que é que está olhando?"

Chang conteve um arroto quando peguei abruptamente a mão de Sarah. Fazia anos que não segurava sua mão. E agora eu batia suavemente com o polegar na sua palma. Era tão macia quanto a madeira de uma almofada de porta.

Confusa, Sarah curvou-se toda, como se acometida por uma espécie de prostração nervosa. Transpirava abundantemente e com a mão livre coçava o pulso delicado.

Endireitei-a e beijei-a nos lábios.

"Eng!" Ela se afastou com um repelão, ficando branca como cera. "O que aconteceu com você?" Dava para ver, sob seus finos cabelos grisalhos, o suor brotar no couro cabeludo. Eu já podia sentir as bolhas negras que a bebida de Chang provocava na minha cabeça. Mas não foi por causa do álcool que eu a agarrei de novo.

"Pare com isso, Eng!", fez Sarah, arrumando o vestido. "Por favor." Ela franzia o cenho como se eu estivesse fazendo exatamente o que ela temia que fizesse, o que era ridículo e me irritava, porque era tão inverossímil que eu tivesse querido beijá-la que ela contar com que eu fosse fazê-lo era o cúmulo. Sarah levantou-se do sofá e foi ao encontro da irmã.

Eu podia sentir os olhos de Chang cravados em mim. Não olhei para ele. Chang guardou o frasco no bolso. Eu podia sentir as bolhas negras. Olhei pela janela, para a linha dos montes. Não, não era o álcool o responsável por minha atitude. O céu estava ficando mais brilhante àquela hora; já devia passar da meia-noite. Eu estava cansado demais para levantar do divã e ir para a cama. O firmamento escuro sobre a copa das árvores cintilava como passarinhos iluminados pelo luar.

"Está fazendo frio para esta época do ano", comentou meu irmão.

Não respondi.

"Não se preocupe." Meu irmão enrolava a língua. "Não se preocupe." Apoiou a mão contra a minha nuca e me afagou.

"O que foi que você disse?" Eu não queria a simpatia dele, sua compaixão baseada no que ele *pensava* que me aborrecera.

Chang conteve outro arroto, e eu senti meu próprio peito estremecer.

Meu irmão parecia naquele instante tão indefeso quanto o gatinho; o álcool o debilitara. Encostava-se fragilmente em mim. Esperei outro tremor vindo do seu peito. "Que bobocas que a gente foi", disse num fio de voz.

Olhei para ele.

"A gente nunca pensou que mulher ia casar com a gente." Pegou de novo a garrafa metálica. "Lembra, muitos anos atrás? Tão *felizes*!" A bílis engrossava sua voz. "A gente *nunca* pensou que uma ia querer."

"Pare de falar, por favor", pedi.

Ele sacudiu a cabeça e murmurou: "Nunca pensou...". Sua risada vibrou como um soluço, antes que ele tomasse outro trago. Pela primeira vez eu o invejei pelo efeito reconfortante da bebida.

Sarah juntara-se à irmã no hall, e pedaços de seus cochichos ininteligíveis chegavam até nós. Muitos anos antes, quando namorávamos, e mesmo nos primeiros dias de nosso casamento duplo, eu achava excitantes os sussurros das meninas. Agora não.

"Do que acha que elas estão falando?" Uma série de tossidelas reprimidas sacudiu seu corpo. E o meu. "Eu podia tapar ouvido com a mão que mesmo assim adivinhava", disse meu irmão. "Uma aranha perguntando para outra: 'Fez fio para os dois?'."

Por fim, fomos todos dormir. Chang e eu deitamos face a face. Lá fora, chovia leve e o quarto estava escuro e frio. Adelaide, de pé, penteava os cabelos e eu dava graças a qualquer movimento que me permitisse entrever seu rosto. Cada vez que Addie erguia o braço carnudo para passar o pente pelos cabelos, eu podia ver seu nariz na moldura formada pelo braço e pelo ombro. Ela se virou de leve para a janela, e como que um flash iluminou seu perfil — seu nariz grande, suas bochechas rechonchudas, a linha do cabelo. Eu me mexi na direção dela. Meu irmão, bêbado como nunca o vira antes, nem percebeu o movimento. Que fardo ele era, e que injustiça eu não poder tocar o rosto de Adelaide! O absurdo equívoco da minha posição.

Adelaide apoiou um joelho no colchão, depois o outro. Ajoelhou-se, uma mulher volumosa. Mas seu peso não afetava a linha do queixo, nem das faces, nem do belo nariz. "Adelaide!" Chang abriu os olhos para a mulher, a voz pastosa. "Adelaide, Adelaide, Adelaide..."

O peso de meu irmão caindo para a frente tentando alcançá-la quase me jogou fora da cama. Para evitar que caíssemos no chão, inclinei-me para trás, até nossos ombros tocarem o colchão. Segurei o ombro de Chang e sacudi-o, mas ele não acordou. Seu queixo estava todo babado.

O álcool de Chang infiltrava-se em meu cérebro. Sentiame esmorecer. "Não posso acreditar que meu irmão esteja tão bêbado assim", disse, com uma risada estúpida.

"Deveria estar visível para todo mundo a esta altura", suspirou Adelaide. "Não acho que seja difícil perceber." Estava virada para o outro lado, falava olhando para a parede, a cabeça no travesseiro.

Permiti-me o estranho prazer de defender meu irmão contra sua mulher, sabendo muito bem qual seria a resposta dela. "Ele não tem juízo, mas é um bom homem", falei.

"Esse china esquisito?" Seu suspiro foi comprido como o rio Yadkin. "Ora, faça-me o favor!"

"Adelaide", chamei.

Suas costas eram um redondo sob as cobertas.

"Adelaide."

"O quê?", respondeu, ainda sem olhar para mim.

"Adelaide!"

"O que foi?" Olhou para mim por cima do ombro, com uma careta de professorinha cansada.

Foi então que resolvi debruçar-me sobre o corpo de meu irmão e dar um beijo em sua mulher.

Nada jamais foi menos ensaiado, nem mais arriscado, nem mais incômodo para Adelaide ou para mim. Ela afastou a cabeça em pânico. Beijei sua orelha, que se afastava, bati no lado da sua cabeça — senti o cheiro suave de seus cabelos. Ela afastou todo o corpo de nós, horrorizada agora, deslizando na cama o mais longe de mim que podia. Eu nunca sentira um anseio tão forte.

"Está doido?", sussurrou de modo áspero, com a cara de novo virada para a parede, enxugando a orelha com a mão.

Quando ela olhou outra vez para mim por cima do ombro, uma pérola de saliva cintilava em seu lábio inferior à luz baça da lua. Lançou um olhar ansioso para o marido entorpecido. "Você não vai sossegar, Eng? Eu..."

Chang agora estava roncando. Sacudi-o com força, para testar quão profundo era seu sono. A sacudida projetou-me para a frente. A cabeça de Chang jazia pesadamente, ele arquejava, babando, mas seus olhos continuavam cerrados. Não acordaria, isso era seguro — aliás, agora eu já nem me incomodava com ele acordar ou não. Sentia-me bêbado com o álcool de meu irmão, mas não digo isso para me desculpar.

Eu tremia. Se não estivesse deitado, seria incapaz de me agüentar de pé. Rolei por cima de meu irmão, aproximando-me de sua mulher, e ela se contraía fugindo de mim. Achei que ela estava tentando se levantar. Agarrei seu ombro com minha mão livre e apertei-o. Senti sua pele macia sob os dedos. Ela não se mexeu. Mas talvez tenha tentado.

Estiquei-me mais ainda para beijar Adelaide de novo, com meu irmão roncando embaixo de mim. Beijei seu ombro e, quando ela se virou para dizer alguma coisa — quem sabe "pare", quem sabe algo mais encorajador —, meus lábios tocaram os dela e sua boca se abriu para a minha. Eu estava metade em cima do meu irmão, que jazia entre nós. O hálito de Addie, uma mescla de leite com trigo-sarraceno, espalhou-se quente por minha boca e desceu pela minha garganta. A saliva do canto de sua boca pingou em minha pele. Havia ânsia e trigo-sarraceno, leite e fervor naquele beijo. Eu me sentia como em estado de choque. Duas décadas de desejo escoavam, como um calor interior que emanava do meu peito. Eu beijava Adelaide repetidamente naquela posição desajeitada, o rosto metido em seus cabelos, aspirava seu cheiro, e ela me beijava por cima do ombro. Não tinha a menor consciência de meu ser físico. Não sentia as cobertas sobre mim. Não me lembrava naquele instante de que tinha um irmão grudado em mim e, acima de tudo, nem me passou pela cabeça que tinha uma mulher do outro lado da parede. Não considerava a loucura daquela situação, nem o que poderia acontecer depois.

Adelaide virou-se e se aproximou. Passou o braço ao redor de mim do jeito que pôde, sem perturbar Chang. Pôs-se de joelhos, debruçando-se sobre meu irmão para apertar seu peito contra meu ombro, agarrando-me com súbita e agitada confiança, apertando meu ombro contra o seu, enquanto seu ventre se inclinava sobre o lado de Chang; arrastou-se então mais para cima, de modo a pôr seu rosto contra o meu, seus lábios em meus lábios, na minha garganta, e afastou-se um pouco, para me fitar com seus olhos tímidos em brasa.

Eu não teria suportado, naquele ponto, se ela me repelisse. O desejo que tinha por ela havia se transformado numa doença. Eu era agora muito mais suor do que carne. Com grande esforço, estiquei-me ainda mais por cima de Chang, que agora estava totalmente debaixo de mim, e desci minha cabeça na gordura do ombro de Addie, e beijei seu pescoço infinitas vezes, e comecei a chorar.

"Adelaide!" Meu coração se esvaía. "Adelaide!"

"Psss!", fez ela. "Cale a boca."

Chang murmurou em seu sono, sua respiração fazia mexer os pêlos de meu peito. Addie grudou no marido para erguer minha cabeça e me beijou. Eu nunca havia experimentado aquilo antes, uma mulher insaciada me agarrando. Tentei me afastar um pouco para respirar, mas ela segurava minha nuca com força e não deixava que eu me movesse. Seu rosto carnoso se apoiava na orelha de meu irmão adormecido, seus lábios estavam um pouco ásperos e rachados, mas úmidos. Um fio de cabelo sobre seu lábio fazia cócegas no alto da minha boca.

Depois de cada beijo eu precisava de mais um, e de mais outro, até que comecei a desejar algo mais substancial. Uma estranha lembrança atravessou minha cabeça: a de que, anos antes, o empresário Hunter me chamara de filho de dois pais.

Rolei de volta para meu lugar e deslizei para longe de meu irmão, o mais longe que a membrana permitia. Chang e eu estávamos agora lado a lado na cama; ele tremia, mas seus olhos permaneciam fechados, seu ronco regular. A sombra de um muxoxo franzia seus lábios. Eu estava segurando a mão de Adelaide. Meu coração martelava loucamente. Ela desceu seu corpo sobre o meu, e eu a senti. Não discernia sua respiração da minha. Ficamos ali assim, sem nos mexermos, pecadoramente imóveis.

Passei o dia seguinte num paraíso silencioso, planejando. No café da manhã, fiquei recordando a plenitude de seu corpo quando ela se inclinou sobre mim. Mal notava meu irmão a meu lado, à mesa da sala, nem Sarah, sentada do outro lado.

"Não está com fome, irmão?" Chang perguntou ao ver que eu não tocava na minha canjica. Sorri para ele, depois para minha mulher. Eu era dois homens, o que todos viam e o indecente, escondido dos demais.

À tarde, Chang, eu e minha mulher ouvimos meu filho Stephen tocar violino para nós na sala de estar. Ele tinha olhos castanhos amendoados, pele cor de areia. Mas de espírito era tal qual a mãe. Tocava "I wish I was in Dixie". Nem que fosse Niccolò Paganini em pessoa eu teria prestado atenção. Estava preocupado demais para ouvir os sons produzidos por cordas de tripa. Apesar disso, fechava os olhos e sorria, como se fosse um melômano em deleite.

Ela me evitou o dia inteiro. Melhor assim: eu estaria de novo com ela dali a uma noite. Tinha de arranjar um jeito de repetir aquilo, conseguir que meu irmão ficasse de novo tão bêbado para que aquela noite pudesse voltar a acontecer. Olhei para Chang, afundado no divã a meu lado, tão mais magro que eu, tão pateticamente subnutrido. Minha mulher também estava no divã, rechonchuda e grisalha. Ela odiava nosso casamento, como eu, mas fora isso eu não tinha a menor idéia de quais eram seus sentimentos.

Naquela noite, na cama com Sarah e Chang, dormi profundamente. Se sonhei, com certeza foi com Adelaide. Estava feliz, pela última vez na vida estava feliz.

Foi Chang que me acordou, gritando "de pé, levanta!", e não o calor sufocante. Sarah acordou, deu um grito e correu para fora da cama. Nem tinha tido tempo de despertar direito quando Chang nos pôs de pé num pulo, berrando: "Acordem, acordem! Saiam da casa!". As chamas corriam cortinas acima, subiam até o teto e se espalhavam sobre nossas cabeças como água gotejando no assoalho.

Ele e eu saímos, atravessamos correndo o hall para acordar as crianças, ele fazendo o esforço maior na corrida, arrastando-me à medida que o ar pesado ia ficando cada vez mais quente a nossas costas, a luz atrás de nós vacilando. Meu coração disparara, minha cabeça só agora começava a entender que minha casa estava pegando fogo, e nós corríamos para o primeiro quarto das crianças, tiramos Rosella, de quatro anos, e Hattie, de cinco, da cama, Chang surpreendentemente sóbrio inclinando-se para puxar sua Hattie pelo braço e eu fazendo a mesma coisa com minha Rosella. Outros cinco filhos nossos também dormiam naquele quarto, todos eles um pouco mais velhos que os que segurávamos; gritamos "levantem!" para eles, enquanto púnhamos Rosella e Hattie, ainda adormecidas, de pé, e as meninas — talvez por instinto, talvez até por medo do pai duplo no escuro — debatiam-se tentando livrar-se de nossa mão, mas eu agarrara firme Rosella pela blusa. Pusemos as crianças de pé e saímos correndo no escuro, fugindo da fumaça em direção à porta da frente, sem ver o fogo atrás de nós, e eu só pensava: e Adelaide? Onde está Adelaide?, enquanto nossos outros filhos, mais velhos, corriam aos gritos, numa confusão de corpinhos em desordem. Chang e eu, os quatro pés descalços, carregando Rosella e Hattie, saímos da casa às carreiras, passamos pela varanda, largamos as crianças ao lado de Sarah aos prantos e voltamos correndo para dentro de casa, subimos no meio da fumaça, atravessamos o hall do andar de cima e entramos no outro quarto. Abrimos a porta com um pontapé duplo, arrancando-a das dobradiças, mas as crianças já tinham saído do quarto. Gritei para Chang: "E sua Adelaide?". A fumaça invadiu o quarto. Chang virou-se, conduziu-nos de volta ao hall, daí ao outro quarto dos adultos, os braços protegendo o rosto, o fogo saltando agora através das paredes. A única coisa em que eu conseguia pensar era em Addie no fogo. Sua bela carne se consumindo. Não era em me salvar que eu pensava. Quando entramos no quarto de Addie, meus pulmões pareciam cheios de ossos, cada respirada me causava uma dor aguda, meus olhos ardiam. A fumaça e as lágrimas não me deixavam ver se Adelaide ainda estava ali, mas arregalei os olhos no meio da fumaceira, como se minha ansiedade em relação a ela, minha aflição e minha vontade louca fossem capazes de me fazer enxergar. "Adelaide!", gritei; e Chang gritou: "Adelaide!".

"Adelaide! Adelaide!"

"Não está aqui!" Arrastei-nos às cegas até a cama, esbarramos nela, nos atiramos nela e, como nadadores ligados um ao outro, nos debatemos entre os lençóis, como se fossem as ondas do oceano, e envoltos na fumaça tomávamos fôlego como fazem os mergulhadores. Addie não estava na cama.

Adivinhando o caminho, voltamos para o hall. Meu coração saía pela boca, meus pulmões chiavam. Eu podia sentir o calor do fogo nas paredes de ambos os lados de nós. De olhos fechados e lacrimejantes, Chang e eu corremos para onde achávamos que ficava a escada. Chegando lá tropeçamos e despencamos escada abaixo.

Quiquei, desabei pela escada com meu irmão. Enquanto rolávamos, cada vez mais depressa, eu podia sentir sua respiração em meu cabelo, entrecortada por gemidos. Nossa junção esponjosa batia na madeira dos degraus a cada rotação, a boca de meu irmão emitia um grito em *staccato*, mais agudo a cada impacto, a cada batida do seu corpo descarnado, e aquilo me deixava apreensivo com sua saúde.

Ficamos estendidos no chão, ao pé da escada, exaustos e machucados. O calor estava insuportável, eu sentia dificuldade para respirar, embora o térreo estivesse menos enfumaçado. Abri os olhos e, apesar de minhas pálpebras parecerem em fogo, pude ver... Adelaide, vinda da sala de estar, passar correndo por nossos corpos caídos em direção à porta: levava nos braços o gatinho sujo que adotara. Sarah cruzou com a irmã na porta da frente e, uma vez dentro, passou por nós às pressas em direção à sala de estar.

"Levantem e ajudem a gente a salvar algumas coisas." Nem olhou para nós ao passar.

Chang e eu conseguimos nos levantar e ir aos trancos e barrancos até o poço, longe do cheiro de madeira queimando, no meio das primaveras e da grama abundantes, para contar nossos filhos. Nós dois pegamos um balde para apagar o fogo, mas antes mesmo de enchê-lo percebemos que não adiantaria. Se nossas mulheres não tivessem se preocupado em salvar "*algumas coisas*", quem sabe teríamos sido capazes de salvar a *casa*.

Sarah e Adelaide resgataram a maior parte das coisas valiosas, que puseram na grama junto delas. E ali estavam contemplando o incêndio, ao lado de nossos filhos: Christopher, Nannie, Susan, Victoria, Louise Emeline, Albert, Jesse, Margaret Lizzie e Hattie, de Chang; meus Stephen, James, Patrick, William, Frederick, Robert e Rosella. Todos estavam ali, olhando para a casa, chorando.

A luz intensa das chamas aumentava e diminuía, lentamente: o fogo fazia o mesmo movimento que as costas de um homem adormecido, observado através de uma estranha janela. Ouvíamos vidros estourando dentro da casa. Alguma coisa arrebentou-se fazendo um barulhão, depois silêncio. Eu esperava que, de um momento para o outro, o céu se enchesse de luz e cor, projetadas para a abóbada celeste por uma longa e serpeante erupção que, dramática e ensurdecedora, eclipsaria a lua. Era o que a destruição de nossa casa merecia, pensava eu. E esperava que os vizinhos, vendo o fogo, viessem nos oferecer ajuda. Mas o que aconteceu foi que nossa casa se queimou devagar, de modo silencioso, quase num prudente isolamento.

Será que uma vela tocou fogo numa cortina? Pode ser, mas eu tinha certeza de ter apagado a que ficava ao lado da cama. Mesmo se tivesse ficado acesa, a vela não estava tão perto da cortina que pudesse causar um acidente. Não sabia como desvendar aquele mistério.

Depois do incêndio, amontoamos por duas semanas as famílias, em que agora se instalara a dissensão, na antiga senzala, e fizemos, Chang e eu, um empréstimo com um banqueiro de Nova York chamado Babcock Young, dando como garantia a bilheteria de duas turnês que organizamos às pressas. Logo que nos vimos com esse dinheirinho no bolso, meu irmão me fez sentar com nossas esposas e explicou numa voz tensa seu plano para "a gente viver em harmonia". Disse achar melhor, tendo em vista as brigas que vinham ocorrendo entre nossas mulheres e nossos filhos, dividir-nos em duas residências. "Cada mulher vai ter sua casa, para ela e para as crianças", disse. Chang e eu passaríamos três dias e meio em cada residência, e eu teria de respeitar rigorosamente uma regra: quando estivesse na casa de meu irmão, eu, como "convidado", não abriria a boca, a não ser que alguém se dirigisse a mim, e me comportaria como se fosse invisível. Ele obedeceria às mesmas regras em minha casa. Desse modo, cada irmão, durante cinqüenta por cento do tempo, viveria quase como se não fosse ligado ao outro. Em todo caso, o objetivo era esse.

Sarah e Adelaide acharam ótima a idéia. Adelaide parecia especialmente entusiasmada, aliviada até. "É, vocês, rapazes, poderiam passar meia semana em cada casa", comentou. (Será que não era desejo, mas tédio, o que eu notara em seus olhos em todos aqueles anos de silêncio?)

"Por quê? Por quê?" Engoli em seco um sem-número de vezes. E por que você não olha para mim, Adelaide?

"Ora essa, Eng!" Sarah batia palmas levemente. "Vai ser tão bom ter mais espaço, não é?"

Eu sabia que a placidez e a rigidez desse arranjo significavam o fim de minha esperança de satisfação com Adelaide. Mas não podia dizer isso em voz alta.

"Por que não gosta da idéia, irmão?", perguntou Chang, piscando para mim.

Chang sorria como um homem a quem houvessem devolvido os anos perdidos de sua vida. Eu tinha certeza de que ele não sabia nada do que ocorrera entre Adelaide e mim, claro — e não conseguia entender por que estava propondo aquela maluquice. Mas quando foi que eu entendi os meandros de sua mente intrincada?

E foi assim que construímos lado a lado duas casas iguais. Que angústia! As casas tinham dois andares, com uma escada mais larga que o normal, três quartos de dormir no andar de cima, e pareciam muito mais amplas e vazias que nossa velha casa.

As desvantagens desse arranjo eram enormes, embora fosse uma tentativa de simular nossa separação. Não que eu não morresse de vontade de me separar de Chang, ao contrário: era precisamente por desejar tanto nossa separação que não queria aceitar nem esse nem qualquer outro compromisso. Não era por lógica, mas por um anseio profundo.

Bem, tentei me acostumar. Às vezes, quando estava em minha casa, pegava a flauta e modulava uma melodia inventada ou tocava "O, Susannah" com Stephen. Três noites seguidas, toda semana, vendo Sarah escovar os cabelos. Três dias longe de Adelaide, o tique-taque implacável do relógio, depois três dias sem poder abrir a boca, nem mesmo diante dela. Às vezes eu me pegava tirando Chang da cama de manhã e vomitando sem nenhuma razão. Chang não dizia nada — perdido, imaginava eu, no próprio silêncio.

17. A última jornada

Agosto de 1873-janeiro de 1874
Wilkesboro — Nova York

A única válvula de escape dessa residência dupla eram as turnês. E voltamos a realizá-las. Mas não eram um remédio para nossa situação (algum dia foram?), de modo que, de volta para casa, eu enfrentava uma vida pior que a anterior. Não poder dizer uma palavra, salvo se solicitada, por mais de três dias toda semana, é como estar morto metade do tempo, mas uma morte sem o halo da eternidade. Então, eu ficava calado na casa de meu irmão, obedecendo às regras e tentando não estar presente quando Chang e sua mulher jantavam ou espaireciam na sala de estar. Mas o fato é que o desejo é inseparável do destino, e era quase impossível ocultar a paixão que se traía nos olhos baixando as pálpebras ou sorrindo educadamente. Passado um dia ou dois, vinha um anseio tal — nunca deixava de vir — que era impossível não conversar com Addie sobre uma ou outra trivialidade. Mas ela mostrava uma estranha disposição para representar o papel de esposa de Chang e agora parecia embaraçada na minha presença, assim como a gente se sente quando um estranho ocupa o lugar vazio na mesa de jantar.

Na outra metade da semana, em minha casa, eu não tinha com quem falar. Um ano nesse arranjo, e eu achei que minhas cordas vocais se atrofiariam.

Apesar dos pesares, era de minha índole me dedicar a pequenas coisas boas, mesmo nas piores circunstâncias. Nesses tempos negros, eu ouvia a voz grave do pai: *O pescador do Mekong enfrenta a mudança... A ponderação ajuda a diminuir a influência do destino.*

Com nossas mulheres, certa noite de agosto Chang e eu falávamos de outra turnê, que seria a última, conforme os acontecimentos revelaram. Agora nós quatro só ficávamos juntos quando Chang e eu cuidávamos de negócios. Estávamos, dessa vez, sentados à escrivaninha de meu escritório, junto com nossas mulheres, estudando o itinerário que eu programara, vendo quantos dias passaríamos em Nova York, apresentando-nos no Museu Wood de Curiosidades e no Metropolitan. Seria a etapa mais lucrativa da turnê. Mas nos apresentarmos no Wood não me deixava nem um pouco à vontade, porque a tal "galeria de curiosidades", no espírito e no objetivo, se parecia demais com um circo para meu gosto. (Depois que o incêndio de 1868 destruiu seu Novo Museu Americano, nosso velho amigo P. T. Barnum era um dos sócios do Wood.) Apesar de George Wood nos ter escrito dizendo que podíamos ficar em cartaz em seu museu tanto tempo quanto quiséssemos e de ele pagar a cada um de nós cinqüenta dólares a cada cinco dias de espetáculo, eu só queria ficar uma semana lá.

Adelaide não entendia minha hesitação. "Você diz que não se sente à vontade para ganhar cinqüenta dólares por semana, cada um?" Apesar da idade, ela continuava a defender seus pontos de vista com ardor. Ela era agora uma versão da mãe em menor escala, seus olhos outrora coruscantes agora eram mortiços, com olheiras. Mas ainda tinha algo que eu achava ser paixão. Talvez fosse um resquício da antiga personalidade no corpo mais velho, mais volumoso. Seu vestido feito em casa descia até os tornozelos.

"Você não sabe como é uma galeria do Barnum, Adelaide." Apesar de sermos adversários ostensivos naquele debate, a perspectiva de falar com ela me deixava em êxtase. "Se um desses museus de curiosidades achasse um Shakespeare de duas cabeças", falei, "nem lhe interessaria saber se ele era capaz de escrever peças de teatro, acredite."

Meu irmão e minha mulher se entreolharam, sem saber o que dizer. Sarah também queria juntar-se a eles rolando os olhos, mas nem Chang nem Addie lhe davam muita atenção.

"Eu gostaria de ficar três semanas", disse Chang, encostando-se ligeiramente em mim. Ele não se gabava muito do trabalho cerebral independente que se espera de um homem de sessenta e dois anos.

"Você não se preocupa com sua família tanto quanto seu irmão se preocupa com a dele?", perguntou Adelaide, dirigindo-se a mim.

"Claro que sim", respondi. A alegria de falar com ela esmoreceu.

"Nunca exigi muito de vocês, mesmo assim acabei me desapontando", continuou Adelaide. "Pelo menos faça como seu irmão. Ele..."

"Prefiro não fazer", cortei.

"... ele, ele... Pelo menos ele..."

Eu não podia acreditar: defendendo Chang, e de mim! "Não estou a fim de discutir", repliquei. "Não quero discutir com você..."

"Bem", Adelaide estava dizendo a Chang e Sarah, "o que são três semanas em Nova York?"

"São cento e cinqüenta para cada um", calculou Sarah em voz alta.

"Bom, ótimo. E depois mais duzentos para cada um pelo resto da turnê..."

"É que acho que já estamos meio *velhos* para esse tipo de show", falei.

"De que diabo está falando?" Adelaide estava irritadiça e tão confundida por mim quanto um pregador pelo pecado. "Não está na cara que, se esse ianque quer torrar cento e cinqüenta..."

"Não é a idade, é... bem, o problema sou *eu*", atalhei. "Não quero me degradar. É isso que estou tentando dizer."

Depois de olharem um instante para mim, as irmãs continuaram a conversar e a planejar a excursão com Chang, que não parava de beber. Eu fiquei ali, irrelevante sob todos os aspectos. Lá fora, o céu noturno estava escuro o bastante para fazer do vidro da janela um espelho. Aquele reflexo mostrava Chang mais próximo de mim do que eu podia imaginar.

"Por que não ficamos duas semanas em Nova York, em vez de três?", intervim a certa altura. Sorri para Adelaide. Era uma solução de compromisso a que eu propunha.

Sua fisionomia mudou e ela me exibiu uma carranca que parecia começar nas canelas e subir até a testa. Disse então algo que ecoaria em minha memória pelo resto de meus dias, a cada despertar (e, claro, depois disso, noite adentro). "Você me dá náuseas", falou Adelaide. "Eu *detesto* você, Eng. *Detesto* mesmo." E era o que se espelhava em seu rosto: ódio e nojo.

Não me desfiz no ar nem implodi, como temi que fosse acontecer. Sarah é que se abalou com a explosão da irmã. "Adelaide Bunker", disse minha mulher com a voz trêmula. "É do meu *marido* que você está falando!" E por alguma razão ela me pôs a mão roliça e exangue no ombro. Se eu não estivesse tão arrasado, com certeza teria dado um pulo de surpresa quando o toque da mão de minha mulher arrepiou meu pescoço.

Venci o debate sobre o Museu Wood. Chang e eu nos organizamos para ficar em Nova York apenas duas semanas e meia. Não foi por causa de meus sentimentos que nossa temporada no Museu Wood foi reduzida.

Em fins de 1873, a Nova York que eu conhecera fazia parte agora de uma cidade mais alta, e mais sombria, conhecida por toda parte como a Manhattan do chefão Tweed.* Aportando na cidade a bordo do vapor *Ellenbernie*, pudemos constatar a mais perversa das modificações por que Nova York passara: na ponta sul, as gigantescas colunas gêmeas do que viria a ser a ponte ligando Manhattan ao Brooklyn erguiam-se face a face nas margens opostas, leviatãs à espera da conexão sobre as águas. Por toda a cidade podiam-se notar os novos meios de comunicação: os fios do telégrafo, que teciam em Manhattan uma trama parecida com a das artérias no corpo humano; os trilhos dos bondes cortando o calçamento das ruas.

Ao chegarmos, as primeiras páginas dos jornais só estampavam a notícia de que nós dois estávamos brigados. Nada como uma briga entre gêmeos indissoluvelmente ligados para tirar o presidente Grant das manchetes! Graças a essa atenção da imprensa e também ao clima de euforia que arrebatou o país depois que a Lei Geral de Anistia, do ano anterior, perdoou os

* W. M. Tweed, chefe político democrata, controlou a prefeitura de Nova York de 1858 a 1871, celebrizando-se por multimilionárias roubalheiras que teriam montado a mais de 100 milhões de dólares da época. (N. T.)

ex-confederados, atraíamos no Norte multidões tão grandes quanto antes da guerra. Todo mundo vinha ver "Os irmãos unidos Chang-Eng" e ganhar uma litografia de nós dois, de braços dados.

Para modernizar nosso espetáculo, havíamos introduzido nessa turnê a recente invenção de Michaux, pedalando lado a lado dois de seus "biciclos". Na verdade, não dava para pedalar tanto assim nos limites exíguos de nossa jaula. Além disso, como, naquela época, o fato de estarmos constantemente apoiados um no outro curvara tanto a coluna do meu irmão que a grande roda dianteira da engenhoca de Chang invariavelmente tremia, sua rodinha traseira batia na minha e acabávamos caindo. Por isso abandonamos os biciclos antes de chegar a Nova York.

O Museu Wood ficava na Broadway com a rua 30. Era horrível, como eu temera.

O "museu" não era tão degradante quanto um circo. Os circos eram uma bagunça poeirenta, uma bacanal atroz, com fedor de animais, relinchos de asnos, que estimulavam toda sorte de voyeurismo nunca mais visto desde o declínio de Roma, um pesadelo de gritos, socos, esquisitices fornicando nas sombras, bandas ensurdecedoras, bêbados e, claro, uma montanha de bosta de elefante. O estabelecimento de Wood não era tão vil quanto isso, mas, apesar de todo seu verniz, esse museu nutria os mesmos instintos sórdidos que qualquer picadeirozinho barato nos matos do Mississippi.

Edifício imponente, o Museu Wood ocupava cinco andares de mármore, entupidos de "aberrações" trazidas para os Estados Unidos por capitães de longo curso e empresários de espetáculos. Seus números de "curiosidades humanas" eram dos tipos mais reles: Zip, um africano debilóide que estava sempre grunhindo e era apresentado como "a prova viva do elo perdido" (na verdade, tratava-se de um ex-escravo, de nome

William Jackson, falastrão e deformado); as Hienas Humanas Uivantes, um par de irmão e irmã australianos, de cara suja, cuja única aberração era que gritavam sem parar, usavam tangas marrons e cabelos absurdamente compridos, tinham hálito pavoroso e um cheiro pior ainda; a mulher barbada, Virginia, com quem Chang fez amizade, mas para quem eu não podia olhar sem uma sensação estranha. E, o mais aberrante de tudo, os números de equilibrista que prendiam a atenção acima de nossa cabeça quando era nossa vez de nos apresentar no "auditório de exibições".

Os novos tempos também produziram seus efeitos no público. Os habitantes de Manhattan pareciam muito mais cruéis do que antes da guerra, como se a vitória ianque ou setenta anos de industrialização houvessem arrancado todo e qualquer vestígio de humanidade do seu coração. Era como se o fato de comprarem um ingresso de trinta e oito centavos e três quartos lhes desse o direito de nos insultar. À luz dura das lâmpadas a gás do museu, a platéia parecia a ralé do purgatório.

Quando chegava nossa vez, depois das Hienas Humanas e antes de Zip, Chang e eu, caminhando lado a lado, cara a cara e de novo lado a lado, nos dirigíamos a um tabuleiro de damas instalado no meio do palco sem jaula (os anos haviam tornado nosso número muito mais leve) e desafiávamos alguém da platéia para jogar conosco.

Em nossa terceira noite no Museu Wood, entramos do modo mais profissional possível no tablado, apesar de meu irmão parecer exausto e inclinar-se contra mim. A assistência debochava de nós, gargalhava e xingava, os olhares inflamados de raiva doentia, de maldição.

Eu queria escolher o espectador que eu achasse mais simpático para jogar a partida de damas. Chamamos, pois, um jovem — não tão jovem, aliás, senão teria o rosto cheio das espinhas da adolescência, mas não tão velho que o rancor já houvesse se instalado nele: o rapaz tinha uns vinte e quatro anos, rosto franco e pálido, barba bem-feita. Vendo-o, imaginava-se que ele tomava banho e se penteava de hora em hora.

O rapaz veio ao palco e sentou-se diante de nós. "Gosta de jogar damas?", meu irmão perguntou.

"Gosto, sim, senhor." Olhar para nós deixava-o meio nervoso. Além disso, era evidente que nunca enfrentara o público antes. Enquanto isso, um mosquito barulhento não parava de incomodar nossos olhos e nossos ouvidos.

"Dê uma surra neles, filho!" "Mostre a esses bichos como é que se joga!" "Coma todas as peças desses chinas!"

Ignorando os gritos da turba, perguntei ao rapaz: "Como você se chama, filho?".

"Arlen", gaguejou ele, sem desgrudar os olhos do tabuleiro.

"Não se preocupe, Arlen", meu irmão tranqüilizou-o. "Você com certeza vale duas vezes mais que o homem que a gente é." Sempre o velho humor. Não funcionou dessa vez; a platéia estava excitada demais para ouvir a piada.

Começamos o jogo. Éramos as pretas, o rapaz as brancas. Era dele a primeira jogada, e Arlen inclinou a cabeça para o tabuleiro, seus cabelos negros reluziam de brilhantina. Quando ele por fim moveu uma peça lateral, respondemos com nosso gambito tradicional, movendo a peça do meio.

Uma voz de bêbado se elevou das últimas filas: "Pagamos para ver um *show*!". Todo mundo caiu na gargalhada. Outra voz acrescentou: "... E não um *jogo*!". Todo mundo riu de novo.

O rapaz tremia como se estivesse morrendo de frio.

"Não ligue, filho." Eu tentava acalmá-lo, apesar de também estar irritado com aquela platéia furiosa. "É sua vez, por favor." O mosquito zumbia junto a meu ouvido.

Arlen parecia a ponto de chorar. Foi então que uma centelha invisível eletrizou o ar: a expressão de Arlen se alterou, a platéia paralisou-se num súbito silêncio, até o mosquito pareceu parar e prestar atenção. O único som que se ouvia era o dos pés do equilibrista andando no arame lá no alto.

"Desculpe", fez Arlen num sussurro contrito. E, com uma tossinha mansa, atirou sua peça em nós, acertando a membrana. A multidão teve um enorme espasmo, como se fosse uma só pessoa, e a gargalhada que estourou era mais o troar de um único furacão do que um conjunto de gargalhadas.

Arlen levantou-se, seu rosto fino parecia mais feliz, finalmente relaxado, e apontou para nós. "Queremos um *show*, não um jogo!", gritou.

Mesmo na nossa idade, podíamos ter tentado lutar. Que bom teria sido dar um chute duplo na cabeça de Arlen ou experimentar nossas mãos desafiando a platéia, que começava a atirar moedas e bolas de papel no palco. Mas eu estava cansado demais, meu irmão fraco demais, e achava que a idade debilitara um pouco a mim também. Após uma vida cheia de caras desdenhosas e insultos, quando o fogo da cólera se acendia em mim agora, minhas entranhas já não se inflamavam: o fogo não pegava.

Foi com grande tristeza que fiz o que devia fazer. Enquanto alguma mão desconhecida diminuía a iluminação, meu irmão e eu nos dobramos e tentamos plantar bananeira. Mas naquela altura da vida, e dada a condição física de Chang, não conseguimos nos erguer de pernas para o ar. Ao tentarmos descarregar o peso nas mãos, Chang sacudiu a cabeça dizendo que não. Postos ali de quatro, sem saber o que mais fazer para a assistência, saímos engatinhando. Gargalhadas e aplausos ensandecidos da multidão. O dono do museu, o sr. Wood — a camisa enfiada de qualquer jeito num par de calças que lhe caíam mal —, observava a cena dos fundos da sala, encostado na parede.

Daquela nossa posição podia identificá-lo por cima do ombro graças ao brilho de seu charuto, um minúsculo círculo de fogo sob o balcão do teatro.

A platéia pôs-se de pé, vaiando e rindo, enquanto cruzávamos o tablado de gatinhas, e eu nunca mais sentira tamanho mal-estar, desde aquela vez em que tivemos de ficar nus para as rainhas do Sião. Só que dessa vez era pior: eu era um homem de idade e as humilhações doíam mais. E ali estava eu agora, de joelhos, resignado como um mártir. Senti de repente uma vaga de satisfação vinda de meu irmão, quando ele se curvou fazendo uma mesura para o público, num gesto decadente e sem sentido. Aquilo só podia ser obra de seu fígado, devastado pelo álcool. Ficamos assim de joelhos mais uns cinco minutos.

O espetáculo finalmente acabou. Mas a turba queria dar uma última olhada antes de ir embora. O ar saturado de fumaça de tabaco estagnava-se no auditório fechado, um peso oprimente pairava sobre tudo, sobre a própria assistência, uma torrente de centenas de pessoas que fluía pelo palco, voyeurs de todas as classes, idades, opiniões e de ambos os sexos. Mas, apesar de todas as diferenças entre aquela gente, em todos os olhos brilhava a mesma luz, bramia a mesma curiosidade insaciável: *Quero ver! Deixe eu dar mais uma olhada!*

O Chang de quarenta anos antes teria engatinhado em torno daqueles imbecis até que as marcas de seus joelhos ficassem gravadas no chão, mas vejam a que ponto uma vida de exibições nos levara! Pobre Chang! Qualquer traço de seu charme se dissolvera e, com ele, qualquer traço de humanidade. A turba se esgoelava. O teatro do museu era enorme, mas estremecia e rangia com aquela comoção, as próprias paredes pareciam prestes a ceder à curiosidade. A náusea crescia dentro de mim.

"Vamos tomar um drinque", sugeriu meu irmão quando o teatro ficou vazio. Como sempre depois do show, ficamos no palco, tentando relaxar, sentados lado a lado num banco, alongando nossa membrana e torcendo-a num C, um com o braço no ombro do outro. "Direto de Wilkesboro", falou, pegando seu frasco metálico.

"Se você precisa mesmo beber, espere pelo menos até eu terminar este capítulo", respondi, mostrando o livro que lia naquela turnê, depois do espetáculo: *A volta ao mundo em oitenta dias*, de Júlio Verne, coqueluche literária do ano, apreciadíssima por nômades como eu.

Meu irmão pousou em mim os olhos mortiços e disse: "Dose dupla, então". Sentia sua respiração pesada no meu pescoço. Ele teve um acesso de tosse que nos sacudiu inteiros. Dava para eu sentir sua espinha tremendo.

Uma ponta de remorso, porém não totalmente desprovida de certa raiva, manifestou-se em alguma artéria do meu coração. "Desculpe se o magôo, irmão, mas não vou conseguir ler direito se você beber", falei. "Certo, Chang?"

"Diga uma coisa: o que tem de errado eu tomar um drinque para comemorar? O show acabou." Seu sorriso era de censura. "Todo mundo está tomando um agora."

"O álcool desequilibra as pessoas." Eu estava cansado demais para aquela discussão. "Obscurece sua mente." Quantas vezes eu lhe mostrara as provas científicas do que acabava de dizer?

"Vou tomar um drinque." Mesmo os elefantes voltam atrás. Desse ponto de vista, meu irmão decrépito era mais forte que aquele poderoso animal.

"As bolhas negras comprometem o encéfalo", falei, "e a cada hurra, a cada vômito, a cada abraço dado num bar, voam cacos de sangue endurecido que danificam as tripas de quem bebe."

"Não vou abraçar ninguém esta noite." Seu hálito recendia a comida azeda.

Chang chamou Franco Santoro, um imigrante italiano, auxiliar do sr. Wood. Fez-lhe um gesto pedindo um copo.

"Oba!", fez Chang quando o robusto italiano trouxe um enorme copo. Pedi ao italiano para ir fechar a bilheteria e arrumar nossas coisas.

Eu estava duplamente zangado, não só porque Chang sabia muito bem o que eu pensava sobre o álcool, mas também porque ele parecia sentir prazer em me irritar. Controlei a vontade de lhe cuspir na cara horrorosa.

Num lampejo de memória, vi Chang como ele fora outrora, um rapaz bonito, de pele macia e linda cor morena, cabelos negros e brilhantes. Como estava murcho!

Entrementes, o uísque corria por nossa conexão, fazendo seus feitiços. Meu irmão estava bebendo mais que de costume. Já dava para sentir nos ouvidos como que a reverberação de um forte estrondo.

Santoro voltou e Chang lhe pediu para buscar mais bebida em nosso camarote. "Por favor, já, senhor Santoro", insistiu meu irmão, soltando o suspiro de um homem ao cabo de uma longa tortura.

Os olhos de Chang acompanharam os passos arrastados do imigrante e, muito embora parecesse estar bem, meu irmão era agora muito mais uma massa de células ávidas do que um ser humano consciente. "Por que está me olhando, Eng?", perguntou. "Pela sua cara, até parece que o teatro está pegando fogo. Chang só está tomando coquetel, não está botando fogo no teatro."

Após algumas reprises da mesma cena — Chang enchendo a cara, eu fechando a minha e Santoro trazendo mais uísque —, meu irmão só piorou com a bebida. Falou às gargalhadas que sentia falta da mulher. "Dá pra acreditar *nisso?*" (Diz o manual: "O néctar corruptor... renega o aprendizado que costuma decorrer da dor".)

O ar continuava pesado e sufocante no palco. As bolhas negras juntavam-se como minúsculas placas de mármore na minha medula, o mundo parecia à deriva. Eu nunca havia sentido tamanha embriaguez. O auditório fedendo a suor estava completamente vazio, só Chang e eu estávamos ali.

"Queria ir para o hotel, por favor." Iniciei o movimento que dava a entender a meu irmão que eu queria me levantar. Ele continuou sentado, rígido. Caí sentado de volta. Minha cabeça estava perdida no meio de uma porção de bolhas escuras.

"Tome um gole comigo, Eng. Por que não toma? Só um, certo? Será que é tão ruim", sua boca tentava acompanhar a efervescência do cérebro, "tão ruim assim, Eng, beber com Chang?"

Chang lambeu a ponta do dedo e alisou minhas sobrancelhas. A luz clara das lâmpadas por trás de sua cabeça estava enevoada como se elas estivessem envoltas numa nuvem de creme.

"Você está com um bafo horrível de álcool", falei.

"Você também." Ele arreganhou os dentes como um macaco.

"É para rir?"

Talvez o que fiz em seguida se devesse a um sentimento de culpa — não nego minha responsabilidade pelo alcoolismo de Chang. Assim, apesar do ódio que eu tinha pelo álcool, apesar de fazer anos que meu irmão e eu não desfrutávamos de um momento de contato prazeroso e a despeito de minha posição na Associação das Senhoras da Carolina do Norte contra o Alcoolismo e de Chang revelar o maior pouco-caso pela minha militância ao me convidar para tomar um gole com ele, eu respondi amavelmente para ele, meu irmão: "Está bem, Chang".

Sua cara patética, descarnada, me encheu de ternura. "Por você, só por sua causa, vou tomar um golinho."

Larguei meu livro e girei, pondo-me cara a cara com meu irmão gêmeo. Ele me estendeu o copo. Levei-o aos lábios e, quando aquele copo de álcool se aproximou do meu rosto, disparou milhares de espinhos agudos nas minhas narinas. Eu então recuei, o nariz em chamas.

Chang segurou o copo antes que eu o deixasse cair. "No fim, talvez eu até tenha alguém nos braços esta noite", disse com um assobio. Levou o copo até a minha boca, inclinou-o...

Quando caímos juntos no chão, um em cima do outro, ele gritou "pare, pare", a cara ficando roxa com a pressão de meus dedos em sua garganta. Rolei sem querer sobre o copo.

A dor do lado da minha cabeça explodiu de repente: ele tinha me acertado uma cotovelada. Soltei sua garganta.

Levantamo-nos com dificuldade, um se apoiando no outro, cara a cara, dois senhores de sessenta e dois anos balançando ferozmente num movimento sincronizado. Chang parecia um desvairado, com os olhos inchados e vermelhos. Suas calças estavam cheias de cacos do copo quebrado. Ele tentava pôr-se na posição do fogo e da pedra, braços estendidos, pernas dobradas, girando devagar para evitar meus golpes, mas eu estava perto demais dele. Em meio ao caos de socos, vislumbrei de relance, numa fração de segundo, a cara enrugada de meu irmão, fraca, cansada, enraivecida. Minha joelhada nas costelas de Chang projetou-nos para trás. Seus braços sacudiam-se como os de uma marionete.

Com um baque surdo que ecoou no teatro vazio, desabamos emaranhados em cima do banco, dois velhos gêmeos engalfinhados num insólito corpo-a-corpo. Caímos no chão, Chang me esmurrando a cara. Não sei como, mas, antes que ele desferisse o soco, eu pressenti o que ia fazer.

Acertou-me um joelhaço na virilha, depois tentou uma seqüência de socos nas partes baixas, mas errou, acertando meus quadris. Cada golpe me causava uma dor cega. Sua tentativa de me atingir numa área tão sensível me deixou fora de mim. Dei-lhe uma cotovelada no osso mole da têmpora, ele gemeu e cambaleou, fazendo-me cair para trás com ele. Rolamos um sobre o outro, agarrei-o de novo pela garganta; ele, por baixo, também me estrangulava. A força de seus dedos gelados era surpreendente: seu aperto doía terrivelmente, eu estava quase sufocando. Agora eu só vislumbrava seu rosto arquejante em meio a um turbilhão de pontos negros. O oxigênio já não passava por minha traquéia para chegar aos pulmões, eu não tinha mais força para continuar estrangulando-o. Ele estava vencendo, agora era eu o mais fraco. Achei que era o fim. Senti um calafrio na nuca. Tinha consciência de cada fio de cabelo, de cada pêlo do corpo. Comecei a apagar.

Mas, ao fechar os olhos, pude ouvir estalar os ossos do pescoço de Chang. A força dele passava para mim, seus dedos perdiam a firmeza, ele teve de soltar meu pescoço. Minhas mãos lhe apertaram com mais força a garganta.

"P-por favor", ele suplicava.

Sua cara convulsionada trouxe-me uma cena à lembrança: Chang e eu éramos crianças, havíamos corrido pelas margens do Mekong, em nossa primeira excursão sozinhos por elas. Enquanto o estrangulava agora, voltamos a ser crianças correndo pelas barrancas ao sol, correndo e vendo nosso duplo reflexo. Deve ter sido a primeira vez. Corremos juntos para o rio, dois menininhos no vento quente, pisando nos ovos rosados dos caracóis, espiando nossa imagem compartilhada. Chang aparecia mais próximo de mim naquele reflexo do que eu podia imaginar, mais próximo que a consciência, mais próximo que um sussurro. Aquele reflexo duplo movendo-se em sincronia na água tremeluzente do rio oferecera tão pouca informação sobre mim! Meu reflexo não fora inteiramente meu.

Eu apertava sua garganta com mais força agora, meus dedos afundavam mais na sua pele. Ele parara de resistir, a única atividade de seu corpo se manifestava em seus olhos, que me pediam para parar. Eu sabia que tinha de parar, mas em meu cérebro filtrava-se algo amargo que tornava tudo claro e límpido, e eu forcei ainda mais a nuca de meu irmão contra o chão. Ele é que me impedira de voltar ao Sião todos aqueles anos.

"Aahh, aahh", Chang estertorava, o rosto quase esverdeado.

Lágrimas, espasmos, súplicas sufocadas. Dei-lhe um violento soco na cara, ele se contorceu, soquei de novo, de novo, soquei sua cara tanto quanto pude. Meu irmão gritava, eu voltei a socá-lo até minhas mãos doerem e eu sentir sua mandíbula estalar. Continuei, mais livre de Chang do que jamais me sentira. Seus lábios e seu nariz estavam sangrando, ele mal conseguia manter os olhos abertos. Soquei até nossa membrana. "Quebre", eu dizia fracamente. "Quebre."

Ouvi um berro às minhas costas: "Pare! Pare com isso!". O corpulento dono do auditório, o sr. Wood, vinha correndo para o palco através das filas de cadeiras. Estava desnorteado, agitando um braço enquanto o outro segurava o chapéu branco para não cair. "Vocês são adultos!", berrou por trás do charuto. Claro que éramos adultos. Sabíamos disso.

Eu agora estava deitado em cima de meu irmão, exausto, peito contra peito, sua respiração fraca, difícil, em meu ouvido, um murmúrio. "Fiz mal a você", sussurrou.

Wood subiu ao palco e veio se postar junto de nós, mãos na cintura, olhando para aquele velho par emaranhado. "Seu irmão não parece nada bem."

E Chang continuava sussurrando em meu ouvido: "Fiz mal...". Seu murmúrio carregava um fervor que eu não sabia direito se era arrogante ou penitente. Com toda a emoção de sessenta e dois anos de mortificações no peito, ele me disse: "Eu sei de tudo, seu idiota. Eu sabia, eu sabia, eu sabia...".

Sua carcaça inteira tremia. "Você está o tempo todo a treze centímetros de mim", falou. "Você achou que eu não tinha olhos para ver tudo?" Estreitou os olhos e cravou-os longamente no meu rosto. Depois suas feições se deformaram. "Eu faço coisas quando você está dormindo", continuou. "Você faz coisas quando *pensa* que eu estou dormindo."

Olhei em seus olhos vermelhos. Não conseguia achar palavras para responder. Chang não podia se mexer, mas se esforçava para se safar de mim. "Você matou o lar de seu jeito." Sua voz não estava trêmula. "Eu toquei fogo."

Chang teve um derrame que lhe custou boa parte da visão do olho direito e uma paralisia desse mesmo lado da face. A pele de sua bochecha direita pendia como uma massa de pão úmida. Com a metade do corpo assim debilitada, ele era um peso morto à minha esquerda, e eu era forçado a segurar uma correia de couro que suportava seu pé direito ao andarmos. A doença de Chang afetou-lhe o cérebro, e comecei a temer por meu próprio fim.

Consultamos os melhores médicos de Nova York. A melhor receita que puderam dar foi a aplicação de água fria no rosto, no braço e na perna, o que deu muito pouco resultado. E, sem nenhum sinal palpável de melhora, voltamos para casa. No porto de Nova York, meu irmão, frágil e claudicante, e eu embarcamos num vapor de duas rodas de pás, o *Northern Beacon*. Chang viajou deitado em nosso beliche, e eu com ele, é claro. Eu até que era saudável, para minha idade, mas iremos juntos, pensava eu. Quando chegar a hora.

Chang e eu nunca falamos sobre o incêndio nem sobre o que aconteceu entre Adelaide e mim naquela noite horrível e deliciosa. No *Northern Beacon*, conheci o fundamento humano da miséria. Minha mulher, Sarah, que eu podia ter amado outrora, e Adelaide, a esposa de meu irmão gêmeo, a mulher que amei mais do que imaginava ser possível, meus filhos vivos e mortos e, claro, meu irmão, nenhum deles eu era capaz de ver quando fechava os olhos. Toda essa gente se fundia na minha memória, misturava-se numa única forma. E essa forma era a minha, que era tudo o que eu tinha.

A meu modo, fui duas vezes o que foi a maioria dos homens, na medida em que minha vida teve dois significados: jovem, não havia nada que eu desejasse mais que a solidão e, na velhice, ansiava por ser menos só e rejeitava a ausência de amor. Mas a filosofia do pai mostrou-se falha: nem mesmo um pescador do Mekong pode diminuir a influência do destino.

O *Northern Beacon* logo chegou ao porto de Wilmington, Carolina do Norte. Estávamos voltando juntos para casa.

18. Nosso primeiro dia na Carolina do Norte

Segunda-feira, 10 de dezembro de 1842
Wilkesboro

"Chang-Eng", cantavam as crianças. "Mutante, mutante."

Chang e eu estávamos com trinta e um anos e acabávamos de chegar ao fim de outra turnê, mostrando a membrana que o público não podia ver sem achar que éramos completamente diferentes de todos os demais. Apenas quatro anos antes soubéramos que nossa mãe havia morrido e o Natal já se aproximava. Chang e eu chegávamos a um lugar em que nunca havíamos estado. Esse lugar se chamava Carolina do Norte. Meu ouvido zunia com a proximidade do meu irmão. Estava cansado de excursionar, cansado de tanta irritação.

Por que será que *ele* nunca parece infeliz?, perguntei-me. Chang enfrenta a mudança, reage a ela. Seus olhos negros quase não me refletiam, e ele estava sorrindo.

Como meu irmão, eu me disse, só preciso reagir à vida, sem maiores preocupações. Isso me faria feliz.

Pela primeira vez desde que chegáramos àquele país cruel, tive uma sensação de repouso ao viajar por aquelas terras do Sul, sentia o parentesco entre o Sião exuberante, coberto de florestas, e a seca Carolina do Norte, de tão densas folhagens. Apalaches e Sião: duas faces da mesma moeda, uma seca, a outra úmida, ambas verdejantes, ambas profundamente naturais.

A poeira nos levava em direção a Wilkesboro, uma cidadezinha em que devíamos passar a noite.

"Chang-Eng", cantavam as crianças, perseguindo nossa carruagem. "Mutante, mutante." Nossa carruagem sacolejava entrando na cidade.

Se meu irmão era uma pessoa afável, eu ia me dizendo, por que eu também não levava a vida do mesmo jeito?

Chang mandou o cocheiro parar na praça poeirenta de Wilkesboro, e a população do condado de Wilkes acorreu de todas as direções, gritando nossos nomes, que leram na tabuleta amarela na lateral do veículo. Senti uma estranha ternura por meu irmão, quando ele fez seu aceno costumeiro para todo aquele povo. Ele amava aquela gente, meu irmão de fato amava. Por que eu sou incapaz de me abrir para essa mesma emoção, por mais improvável que seja, para qualquer amor, amor ao trabalho, amor fraterno ou até um amor mais ardente?

A rua Principal era abaulada, com o centro saliente e as laterais em declive, e cortava toda a cidade. Cruzamos essa rua poeirenta lado a lado, um com o braço no ombro do outro, no ritmo cadenciado de nosso movimento uniforme. "Chang-Eng agradecem, boa gente", disse meu irmão. A multidão seguia-nos, a distância. Um pequeno número de cidadãos sorria abertamente para nós ao passarmos e deixava escapar uma risadinha amistosa quando Chang acenava.

"Eng", disse Chang. "Emocionante, não é?" Com a mão livre, arrumou as lapelas do casaco. Sua fisionomia denotava grande satisfação.

Eu só via os que debochavam de nós, por isso não estava gostando. Chang se aproximou mais de mim, a fim de melhor acenar para as pessoas. Todos aplaudiam. Chang girou para ficar de frente outra vez, com um sorriso aberto que se espalhava por toda sua face.

A rua Principal terminava na Pensão Yates, uma casa de madeira de dois andares, sem pintura, com janelas que pareciam olhos e um modesto jardinzinho frontal tomado pelas cerejeiras bravas.

Uma mulher gigantesca estava sentada na varanda decrépita da pensão, abanando-se à sombra esquelética dos carvalhos sem folhas. Perto dela havia duas mulheres loiras — suas filhas, de cara comprida, sem peitos, pisando nas minhocas com os pés descalços. A tarde terminava, os véus da noite começavam a cobrir o céu do Leste.

A irmã mais alta, que mais tarde soube chamar-se Adelaide, estava um pouquinho fora da sombra da varanda, e o sol poente brincava em seus lindos cabelos loiros, entalhando neles linhas de ouro, rosa e sombra. Eu podia ter me apaixonado por qualquer uma delas, mas foi a mais alta, Adelaide, que me cativou, parada ali na luz declinante e sorrindo... Para mim. Ela corou e baixou a cabeça, eu já não sentia meu corpo, nenhum corpo, tampouco o dele, nenhuma ligação. Não sei se o que senti, pela primeira vez na vida, era esperança ou algum clarão equivalente. Chang virou-se para mim, com uma súplica, sem palavras mas completa, dançando em seus olhos.

A moça que sorria na varanda deu um passo à direita, para se encostar numa das colunas. Era capaz de jurar que ela se movia como que fora do fluxo do tempo, encostando-se lentamente, mais ou menos no mesmo ritmo em que a Torre de Pisa se inclinava, e ao mover-se assim ela e sua sombra se aproximaram até se tocarem. Eu não conhecia aquela mulher ruborizada que entrevia na penumbra, mas sabia que tudo que queria era ser como aquela sombra, colada nela. Como uma ostra se abrindo para exibir a pérola, minha timidez cedeu lugar ao amor. Eu tinha uma nítida noção de como era, mas brotava em mim uma nova emoção. Um passarinho cantava nas árvores.

"Jefferson", disse a mãe, uma mulher de volume e otimismo gigantescos. "Vá chamar seu pai." Tirou um mosquitinho que tinha voado para dentro da sua boca. "Diga a ele que encontrei marido para suas irmãs."

As duas irmãs sorriram, ambas deliciosas a seu modo, revelando ao mundo a brancura de seus dentes. Meu riso era tão largo que as bochechas doíam. E Chang, oh, Chang!, seu coração irmão batia com tanta felicidade que eu podia senti-lo vibrar de êxtase.

Chang, estas memórias são suas também. Pobre irmão, desculpe por tudo. Você se foi agora, Chang, e não sou mais incompleto. Amo infinitamente você.

Juro que o povo da cidade deu vivas.

Epílogo

17 de janeiro de 1874
Wilkesboro

Chang Bunker morreu dormindo, depois da meia-noite, na casa do irmão. Ao acordar e ver o corpo sem vida do irmão, Eng disse: "Chegou também minha hora". Teve paroxismos de memória.

Sarah ouve os gemidos e vai correndo acordar seu filho William. Manda o rapaz chamar com urgência o único médico do condado de Wilkes, o dr. William Cottard. Mas o rapaz não encontrará o médico a tempo.

Eng está morrendo.

Silenciosamente, Sarah volta assustada para o quarto. Põe-se hesitante ao lado do marido, cujo peito está ensopado de suor. "Tudo vai correr bem", tenta reconfortá-lo. "O doutor está vindo, finalmente você vai poder ficar sozinho. Tudo vai correr bem." Na escrivaninha, um presente em duas partes do czar Nicolau.

Com uma voz áspera, Eng pede que Sarah friccione seus braços e suas pernas, que estão gelados. Ela junta forças. Esfre-

ga-lhe as pernas, esfrega-lhe os braços. Pára. Sarah não queria olhar para ele, mas agora o fita. "Quer que eu vá chamar Adelaide?" A voz de Sarah não se altera ao dizer isso. Ela nunca havia falado mais claro, mas Eng faz de conta que não escutou. Serpeando, afasta-se um pouco dela e puxa Chang mais para perto. Abraça o irmão. Será essa imagem do marido que Sarah guardará pelo resto da vida. Eng morre.

Na manhã seguinte, Sarah e Adelaide Bunker contrataram um funileiro local, chamado Joseph Augustus Reich, para fazer uma caixa de metal em que coubesse o enorme caixão dos gêmeos. Cortando trinta e quatro largas tiras de lata, Reich montou o extraordinário sarcófago em quatro horas. Reich é um homem jovem, de pálpebras pesadas, natural do condado de Wilkes. Ele sorri orgulhoso enquanto faz aquela urna funerária especial. Não é capaz de traduzir sua reverência em palavras, particularmente quando luta para colocar os Irmãos Siameses no esquife. Eles são enterrados de roupa preta de seda e chinelos pretos. Chang e Eng são as maiores curiosidades humanas da história do mundo, pensa Reich. Quem diria que eu seria o homem que soldaria seu caixão?

O jovem funileiro resolve guardar para a irmã, que visitara uma vez o Museu Wood de Curiosidades em Nova York, uma gota de solda que caiu do esquife quando lacrou a tampa.

Os irmãos estão enterrados numa cova dupla, sob uma só lápide, nos fundos da velha igreja batista de White Plains, Carolina do Norte, nos arredores de Wilkesboro.

Nota para terminar o livro

A história que acabei de contar é, ao mesmo tempo, verídica e inverídica. Os gêmeos Chang e Eng Bunker, unidos pelo peito, viveram de fato entre 1811 e 1874, conforme escrevi nestas páginas. Eles conheceram o rei do Sião, foram para os Estados Unidos, ficaram célebres, relacionaram-se com P. T. Barnum, casaram-se com irmãs, foram pais de vinte e um filhos e trabalharam como fazendeiros na Carolina do Norte na época da guerra civil.

Mas o livro que você tem em mãos pretende ser um romance, e não uma biografia. Boa parte das pessoas e das situações que nele aparecem é resultado exclusivo da imaginação. Onde descartei, burilei ou inventei detalhes da vida de Chang e Eng, foi só para sustentar os fatos de acordo com a idéia de verdade própria do romance, que nada tem a ver com a verdade factual.

Não há um registro definitivo da vida dos irmãos. Sua história conjunta foi uma mistura de lenda, hipérbole de números circenses e invenção editorial, criadas inclusive ainda durante a vida deles. Dito isso, certas obras de referência foram essenciais para a minha pesquisa: *The Kingdom of the People of Siam*, de John Bowring (Oxford University Press, 1969); *An historical account of the Siamese Twin Brothers, from actual observations*, de James W. Hale (Elliot and Palmer, 1831); *The two*, de Amy e Irving Wallace (Simon & Schuster, 1978); *America in 1857*, de Kenneth Stampp (Oxford University Press, 1990); *Entwined lives — Twins and what they tell us about human behavior*, de Nancy Segal (Dutton, 1999). Gostaria de agradecer à equipe do Mütter Museum do Colégio de Médicos da Filadélfia — onde está a figura de gesso de Chang e Eng — e a Joan Baity, curadora do Old Wilkes Museum, que fez com que me sentisse em casa em Wilkesboro, uma cidade tão graciosa hoje quanto deve ter sido quando os irmãos passavam por suas ruas.

E gostaria de expressar minha gratidão às seguintes pessoas: Jonathan Strong, Alan Lebowitz, Jay Cantor, E. L. Doctorow, Peter Carey e Lee K. Abbott por seus ensinamentos; a Brett Martin, Laurel Berger, Pamela Berger, Chris Noel, Jeff Roda, Doug Glover e, especialmente, a Susannah Meadows, por terem lido o que escrevi; New York State Writers Institute; Brian Tart, por me descobrir e me editar esplendidamente; a Carole Baron e o resto da Dutton, por seu apoio, e a Rob Kraselnik, por me emprestar alguns livros de história.

ESTA OBRA FOI COMPOSTA PELO ACQUA ESTÚDIO EM ELECTRA, TEVE SEUS FILMES GERADOS NO BUREAU 34 E FOI IMPRESSA PELA GEOGRÁFICA EM OFF-SET SOBRE PAPEL PÓLEN SOFT DA COMPANHIA SUZANO PARA A EDITORA SCHWARCZ EM SETEMBRO DE 2001